CALAMITY

NOVA

CALAMITY

BRANDON SANDERSON

Traducción de Pedro Jorge Romero
Galeradas revisadas por Antonio Torrubia

GRUPO ZETA

Barcelona • Madrid • Bogotá • Buenos Aires • Caracas • México D.F. • Miami • Montevideo • Santiago de Chile

Título original: *Calamity*
Traducción: Pedro Jorge Romero
1.ª edición: enero, 2017

© 2017 by Dragonsteel Entertainment, LLC
© Ediciones B, S. A., 2017
    Consell de Cent, 425-427 - 08009 Barcelona (España)
    www.edicionesb.com

Printed in Spain
ISBN: 978-84-666-5984-0
DL B 22128-2016

Impreso por Unigraf, S.L.
Avda. Cámara de la Industria, 38
Pol. Ind. Arroyomolinos, n.º 1
28938 - Móstoles (Madrid)

Para Kaylynn ZoBell,
autora, lectora, crítica y amiga,
que se ha pasado diez años
en un grupo de escritura creativa
con un montón de charlatanes
y todavía levanta la mano educadamente para hacer
comentarios en lugar de asesinarnos.
(¡Gracias por tu ayuda a lo largo de los años, Kaylynn!)

Prólogo

He contemplado las temibles profundidades.

Estuve en Babilar, Babilonia Restaurada, antes conocida como Nueva York. Miré fijamente la estrella al rojo vivo conocida como Calamity y supe, con absoluta certeza, que algo en mí había cambiado.

Las profundidades me habían reclamado. Y a pesar de que creía haberlas rechazado, seguía llevando su cicatriz oculta.

Insisten en que volverán a atraparme.

PRIMERA PARTE

1

El sol asomaba por el horizonte como la cabeza de un gigantesco manatí radiactivo. Me agaché, escondido nada más y nada menos que en la copa de un árbol. Había olvidado lo raro que huelen las cosas.

—¿Vamos bien? —susurré al transmisor. En lugar de usar móviles, dependíamos de las viejas radios que habíamos modificado para que funcionaran con auriculares. La voz se entrecortaba. Era tecnología primitiva, pero esencial para ese trabajo.

—Espera un segundo —dijo Megan—. Cody, ¿estás en posición?

—Vaya si lo estoy —respondió, arrastrando las palabras al modo sureño—. Si alguien intenta acercársete, chica, le meto una bala por la nariz.

—Puaj —dijo Mizzy por la radio.

—Nos moveremos a la de cinco —dije desde mi posición elevada. Según Cody, el trasto en el que estaba era una «plataforma arbórea», pero de hecho no era más que una silla plegable con pretensiones atada al tronco de un olmo, a unos diez metros de altura. En otros tiempos los cazadores las usaban para ocultarse de sus presas.

Me llevé al hombro el Gottschalk, un elegante rifle de asalto militar, y miré entre los árboles. Normalmente, en una situación así, habría estado buscando a un Épico: uno de los individuos con superpoderes que aterrorizaban al mundo. Yo era un Explorador, como todos los de mi equipo, y me dedicaba a acabar con los Épicos peligrosos.

Por desgracia hacía dos meses que la vida de los Exploradores había dejado de tener sentido. Nuestro líder, el Profesor, que era también un Épico, se había visto implicado en el intrincado complot de un rival para encontrar sucesor. Consumido por sus poderes, había abandonado el imperio de Regalia en Babilar, pero se había llevado sus discos duros, llenos de anotaciones y secretos. Intentábamos detenerlo, lo que me había llevado hasta allí.

Hasta un castillo enorme.

En serio: un castillo. Yo creía que solo los había en las películas antiguas y en el extranjero, pero había uno oculto allí mismo, en los bosques de Virginia Occidental. A pesar de las puertas metálicas modernas y del sistema de seguridad de alta tecnología, tenía todo el aspecto de llevar allí desde mucho antes de que Calamity apareciese en los cielos. Los líquenes cubrían las piedras y las enredaderas serpenteaban por sus muros envejecidos.

La gente, antes de Calamity, era rara. Asombrosa, cierto, prueba de ello era el castillo, pero también rara.

Aparté el ojo de la mira y eché un vistazo a Abraham, oculto en un árbol cercano. Di con él solo porque sabía dónde tenía que mirar. La ropa oscura se confundía bien con las motas de sombra de la mañana; según nuestro informador el mejor momento para atacar ese lugar en concreto: el castillo de Shewbrent, también conocido como la Fundición Knighthawk. La primera fuente mundial de tecnología Épica. Para luchar primero contra Steelheart y luego contra Regalia habíamos hecho uso de sus armas y su tecnología.

Ahora íbamos a robarles.

—¿Todos tenemos el móvil apagado? —pregunté—. ¿Sin batería?

—Ya lo has preguntado tres veces, David —respondió Megan.

—Aun así, comprobadlo.

Todos respondieron afirmativamente. Respiré hondo. Por lo que sabíamos, éramos la última célula de Exploradores. Tras dos meses seguíamos sin tener noticias de Tia, por lo que probablemente estaba muerta. Por eso estaba yo al mando... aunque el cargo me hubiera tocado por eliminación. Abraham y Cody se habían reído cuando les pregunté si lo querían; Mizzy se había puesto rígida como una tabla y había empezado a hiperventilar.

Y allí estábamos, llevando a cabo mi plan. Mi temerario, alocado e increíble plan. Sinceramente, estaba aterrado.

Me vibró el reloj. En marcha.

—Megan —dije por radio—, te toca.

—Voy.

Otra vez me llevé el rifle al hombro y miré por entre los árboles al punto donde Megan lanzaría su ataque. Me sentía como un ciego. Con el móvil podría haberme conectado a lo que Megan veía mientras atacaba, o al menos podría haber usado un mapa de la zona para ver a los miembros del equipo representados como puntos. Sin embargo, Knighthawk había fabricado y distribuido nuestros móviles, y mantenía la red segura con la que funcionaban. Usar esos móviles para atacar las instalaciones de Knighthawk era tan conveniente como usar pasta de dientes para aliñar la ensalada.

—Entablando combate —dijo Megan, y de inmediato un par de explosiones estremecieron el aire. Por la mira vi los penachos de humo en el cielo, pero no a Megan, que se encontraba al otro lado del castillo. Su misión consistía en realizar un ataque frontal, y aquellas explosiones habían sido de las granadas que había lanzado contra la puerta principal.

Evidentemente, atacar la Fundición Knighthawk era un suicidio en toda regla. Éramos muy conscientes de ello, pero estábamos desesperados, teníamos pocos recursos y el mismísimo Jonathan Phaedrus nos daba caza. Knighthawk se había negado a tratar con nosotros y respondía a nuestras peticiones con el silencio.

Podíamos elegir entre enfrentarnos al Profesor sin equipamiento o ver qué podíamos robar allí. De dos opciones malas, esta parecía la mejor.

—¿Cody? —pregunté.

—Megan lo está haciendo bien, chico. —Oí su voz sobre un fondo de estática—. Es justo como en el vídeo. Han soltado los drones en cuanto han empezado las explosiones.

—Derriba los que puedas —dije.

—Recibido.

—¿Mizzy? —dije—. Te toca.

—Guay.

Vacilé.

—¿Guay? ¿Es algún código o...?

—¿No conoces...? Chispas, David, mira que eres carca. —Sus palabras llegaron puntuadas por otra serie de explosiones, en esta ocasión más intensas. Las ondas expansivas sacudieron mi árbol.

Para ver el humo elevándose a mi derecha, a lo largo del flanco del castillo, no me hizo falta la mira. Poco después, un grupo de drones del tamaño de balones de baloncesto, de metal bruñido, con hélice en la parte superior, salieron por las ventanas volando hacia el humo. De los nichos ocultos en las paredes salieron máquinas más grandes; delgadas, tan altas como un hombre, cada una con un brazo armado en la parte superior y moviéndose sobre raíles en lugar de ruedas.

Las seguí con la mira cuando se pusieron a disparar hacia el bosque donde Mizzy había metido bengalas en cubos para que emitieran huellas térmicas. Las ametralladoras activadas por control remoto completaban la ilusión de que allí se ocultaba un buen grupo de soldados. Disparábamos bien alto. No queríamos pillar a Abraham en el fuego cruzado cuando le tocase moverse.

Las defensas de Knighthawk se comportaron exactamente como en el vídeo de nuestro informador. Nadie había logrado nunca entrar por la fuerza en ese lugar, pero muchos lo habían intentado. Un grupo en concreto, una fuerza paramilitar muy temeraria de Nashville, había grabado aquellos vídeos, de los que habíamos conseguido copias. Suponíamos que normalmente los drones vigilaban los pasillos. Ahora, sin embargo, habían salido a luchar. Eso, con suerte, nos daría una oportunidad.

—Vale, Abraham —le dije por radio—, te toca. Te cubro.

—Allá voy —dijo Abraham en voz baja.

Con cuidado, bajó por un cable delgado de su árbol y avanzó en silencio por el suelo del bosque. A pesar de tener los brazos y el cuello gruesos, Abraham llegó al muro, que seguía a la sombra a primera hora de la mañana, con una agilidad sorprendente. El traje ajustado de infiltración enmascararía su calor corporal, al menos mientras funcionasen los sumideros de calor que llevaba en el cinturón.

Su misión consistía en colarse en la Fundición, robar las armas y la tecnología que encontrara y salir en menos de quince minutos. Disponíamos de planos elementales de lo que según nuestro informador eran los laboratorios y las factorías de la planta baja del castillo, rebosantes de golosinas esperando a que alguien las cogiese.

Nervioso, seguí a Abraham por la mira, apuntando un poco hacia la derecha para no darle con un disparo accidental y asegurarme de que ningún dron lo viera.

No lo vieron. Empleó una cuerda retráctil para encaramarse al muro y otra para llegar al tejado del castillo. Se ocultó detrás de una almena, preparándose para dar el siguiente paso.

—A tu derecha hay una abertura, Abraham —le dije por radio—. Un dron ha salido del agujero que hay bajo la ventana de esa torre.

—Guay —dijo Abraham, aunque viniendo de él la palabra sonaba especialmente extraña, con ese leve acento francés suyo.

—Por favor, dime que es una palabra inventada —dije, levantando el arma para seguirlo mientras se acercaba a la abertura.

—¿Por qué iba a serlo? —preguntó Mizzy.

—Es que suena rara.

—¿Y las cosas que decimos hoy en día no? ¿«Chispas»? ¿«Tarugo»?

—Esas son normales —dije—. No son nada raras. —Un dron pasó volando a mi lado, pero por suerte mi traje ocultaba la huella térmica. Menos mal, porque la prenda, que parecía un traje de neopreno, era incomodísima, y eso que la mía no era tan espantosa como la de Abraham, que tenía incluso máscara para la cara. Para un dron yo tenía una huella térmica pequeña, como la de una ardilla o algo así. Una ardilla sigilosa y tremendamente peligrosa.

Abraham llegó al nicho que le había indicado. Chispas, al tipo se le daba bien el sigilo. Lo había perdido al apartar la vista y tuve problemas para volver a localizarlo. Tenía que haberse entrenado en las fuerzas especiales, seguro.

—Por desgracia, hay una puerta —dijo Abraham desde el nicho—. Seguramente se cierra cuando salen las máquinas. Voy a intentar cortocircuitarla.

—Genial —dije—. Megan, ¿estás bien?

—Estoy viva —me respondió, resoplando—, por ahora.

—¿Cuántos drones ves? ¿Ya te han lanzado los más grandes? ¿Puedes...?

—Knees, estoy un pelín ocupada —me espetó.

Me recosté, escuchando ansioso los disparos y las explosiones. Quería estar metido en el follón, disparando y peleando, pero habría sido una tontería. Yo no era tan sigiloso como Abraham ni, ya puestos, inmortal como Megan. Era toda una ventaja tener en el equipo a una Épica de su calibre. Ellos podían ocuparse de todo. Mi labor como líder era quedarme atrás y tomar decisiones.

Menuda faena.

¿Así se había sentido el Profesor durante las misiones que supervisaba? Habitualmente se quedaba atrás, dirigiendo entre bambalinas. Yo no me daba cuenta de lo duro que era. Bien, si en Babilar había aprendido algo era que debía controlar mi impulsividad. Tenía que ser... impulsivo a medias.

Así que esperé mientras Abraham trabajaba. Si no lograba entrar pronto, me vería obligado a abortar la misión. Cuanto más tiempo tardásemos más posibilidades habría de que los personajes misteriosos que dirigían la Fundición descubriesen que nuestro «ejército» se componía de solo cinco personas.

—¿Cuál es la situación, Abraham? —dije.

—Creo que puedo abrirla. Un segundito...

—No tengo... —dejé de hablar—. Un momento, ¿qué ha sido eso?

Oía un murmullo cercano. Miré hacia el suelo y me quedé sorprendido. El mantillo del bosque se estaba desplomando. La hojarasca y el musgo se hundieron y apareció una puerta de metal de la que salió volando otro grupo de drones que pasaron pitando junto a mi árbol.

—Mizzy —susurré por el auricular—. Más drones intentan flanquear tu posición.

—¡Qué latazo! —Mizzy vaciló un momento—. ¿Conoces...?

—Sí, conozco la expresión. Creo que te conviene pasar a la siguiente fase. —Miré la abertura del suelo, que se estaba cerrando—. Estad preparados; parece que en la Fundición hay túneles que llegan al bosque. Podrán desplegar drones desde posiciones inesperadas.

La puerta de abajo no se cerró del todo. Fruncí el ceño, inclinándome para ver mejor. Aparentemente, en el mecanismo de cierre había entrado un poco de tierra y algunas piedras. Ese era el problema de ocultar una entrada en un bosque, supongo.

—Abraham —dije emocionado por el auricular—, la abertura de aquí se ha quedado atascada. Podrías usarla para entrar.

—Me parece que va a ser difícil —me respondió.

Alcé la vista y vi un par de drones que habían retrocedido tras la andanada lanzada por Mizzy. Flotaban cerca de la posición de Abraham.

—Chispas —susurré. Apunté con el rifle y con un par de disparos derribé las dos máquinas. Íbamos provistos de balas cuyo impacto freía la electrónica. No tenía ni idea de cómo funcionaban, pero nos habían costado básicamente todo lo que habíamos podido reunir, incluyendo el helicóptero que Cody y Abraham habían usado para escapar de Chicago Nova. De todas formas, ese cacharro llamaba demasiado la atención.

—Gracias por la ayuda —dijo Abraham al ver caer los robots.

A mis pies, el mecanismo se esforzaba por cerrar la puerta, que se movió un par de centímetros.

—La entrada se va a cerrar en cualquier momento —dije—. Ven rápido.

—El sigilo es incompatible con la velocidad, David —repuso Abraham.

Miré la entrada. Habíamos perdido Chicago Nova; el Profesor ya había atacado y destrozado todos nuestros refugios en esa ciudad. Apenas habíamos logrado llevar a Edmund, otro aliado Épico, a un escondite seguro.

La población de Chicago Nova estaba aterrorizada. Babilar no estaba mucho mejor: pocos recursos disponibles y antiguos secuaces de Regalia que vigilaban la ciudad, ahora a las órdenes del Profesor.

Si el robo salía mal estaríamos arruinados. Tendríamos que desaparecer del mapa y reconstruirlo todo durante un año en que el Profesor tendría libertad para arrasar. No estaba seguro de qué tramaba ni de por qué había abandonado Babilar con tanta precipitación, pero todo parecía indicar que tenía algún plan. Jonathan Phaedrus, consumido por sus poderes, no se contentaría con quedarse con una ciudad y gobernarla. Era ambicioso.

Tal vez era el Épico más peligroso que el mundo hubiese visto nunca. Se me encogió el estómago al pensarlo. No podía retrasarlo más.

—Cody —dije—. ¿Ves a Abraham? ¿Puedes cubrirlo?

—Un segundo —dijo—. Sí, lo tengo.

—Bien, porque voy a entrar. Estás al mando.

2

Me deslicé cuerda abajo hasta el suelo del bosque, aplastando las hojas resecas. Veía que la puerta al agujero se había puesto en marcha al fin. Dando un grito me lancé hacia la abertura del suelo y salté dentro. Recorrí cierta distancia bajando por una rampa corta mientras la puerta se cerraba a mi espalda con un último chirrido.

Había entrado. Probablemente también estuviese atrapado.

Por tanto... ¿bien por mí?

Las tenues luces de emergencia de las paredes permitían vislumbrar un túnel abovedado en pendiente, como la garganta de un gigante. La inclinación no era excesiva, así que me puse en pie y empecé a recorrerlo despacio con el arma al hombro. Cambié la frecuencia de la radio que llevaba a la cintura: era el protocolo para que quien entrase en la Fundición pudiera concentrarse. Los otros sabrían cómo dar conmigo.

La penumbra me daba ganas de activar el móvil, que habría podido usar como linterna, pero me contuve. Quién sabe las puertas traseras que la Fundición Knighthawk podía haber puesto en aquellos trastos. ¿Quién sabía de qué eran realmente capaces esos dispositivos, de hecho? Tenían que ser algún tipo de tecnología Épica. ¿Teléfonos que seguían funcionando en cualquier circunstancia cuya señal no se podía interceptar? Me había criado en un agujero bajo Chicago Nova, pero hasta yo me daba cuenta de lo fantástico que era eso.

Llegué al final de la cuesta y activé la visión nocturna y el rastreador de calor de la mira telescópica. ¡Chispas, era un arma asombrosa! El pasillo se extendía silencioso ante mí: metal liso de suelo a techo. Dada su longitud, estaba claro que el túnel pasaba por debajo de los muros de la Fundición y se adentraba en el complejo. Probablemente fuese un pasillo de acceso.

Las fotos obtenidas de contrabando del interior de la Fundición mostraban que allí abajo había todo tipo de motivadores y de tecnología esparcidos por las mesas de trabajo. Era lo que nos había animado a jugarnos el resto con aquel plan, pillar lo que pudiéramos y salir pitando confiando en habernos llevado algo útil.

Sería tecnología fabricada a partir de los cuerpos de los Épicos. Incluso antes de descubrir que el Profesor tenía poderes, ya debería haber comprendido lo mucho que dependíamos de los Épicos. Mi sueño siempre había sido que los Exploradores fuéramos una especie de fuerza pura por la libertad humana: personas normales luchando contra enemigos extraordinarios.

Pero no había sido así, ¿verdad? Perseo tenía un caballo mágico, Aladino su lámpara, y David contaba con la bendición de Jehová. ¿Quieres luchar contra un dios? Entonces será mejor que tengas a otro dios de tu parte.

Nosotros cortábamos trozos de los dioses, los encerrábamos en cajas y canalizábamos su poder. Gran parte de esa tecnología tenía su origen en aquel lugar, en la Fundición Knighthawk, hermética proveedora de cadáveres de Épicos transformados en armas.

Oí un chasquido en el auricular y di un respingo.

—¿David? —La voz de Megan me llegaba por la frecuencia privada—. ¿Qué haces?

Hice una mueca.

—He encontrado un túnel de acceso para drones en el bosque y me he colado dentro —susurré.

Silencio.

—Tarugo —me dijo por fin.

—¿Qué? ¿Por mi impetuosidad?

—¡Chispas, no! Por no llevarme a mí.

Oí una explosión en sus inmediaciones.

—Por lo que oigo, tienes diversión de sobra —dije. Seguí avanzando, apuntando con el rifle y mirando al frente por si aparecían drones.

—Sí, claro —dijo Megan—. Interceptar minimisiles con la cara. ¡Qué divertido!

Sonreí; simplemente oír su voz me producía esa reacción. Demonios, preferiría una bronca de Megan que los elogios de cualquier otra persona. Además, el hecho de que me estuviese hablando indicaba que en realidad no estaba usando la cara para interceptar minimisiles. Era inmortal en el sentido de que, si moría, volvía a renacer, pero por lo demás era tan frágil como cualquiera y, debido a problemas recientes, hacía lo posible para no usar sus poderes.

Estaba haciéndolo a la antigua, escabulléndose entre los árboles, lanzando granadas y disparando mientras Cody y Mizzy la cubrían. Me la imaginé maldiciendo por lo bajo, sudando cuando avistaba un dron, su puntería perfecta, su cara...

... Uf, mejor que me concentrara.

—Los mantendré ocupados aquí arriba —dijo Megan—, pero ten cuidado, David. No llevas un traje completo de infiltración. Si prestan atención, los drones verán tu huella térmica.

—Guay —susurré, significara lo que significase.

El túnel empezaba a iluminarse, por lo que desactivé la visión nocturna y aminoré el paso, avanzando con precaución. Me paré. El túnel de acceso desembocaba en un largo pasillo blanco que se extendía hacia ambos lados, muy bien iluminado, con el suelo embaldosado y las paredes metálicas, completamente desierto, como los despachos el día que en la tienda del barrio reparten donuts gratis.

Saqué del bolsillo los planos que teníamos para hacer una comprobación. No daban mucha información, aunque una foto era de un pasillo bastante parecido. Bien, de alguna forma tenía que dar con tecnología útil, robarla y salir de allí.

El Profesor y Tia habrían concebido un plan mucho mejor, pero no estaban con nosotros, así que escogí al azar y me puse a caminar en una dirección. Lo cierto es que fue un alivio cuando minutos después un sonido que se aproximaba con rapidez rompió el tenso silencio.

Corrí hacia él, no porque tuviese ganas de un enfrentamiento, sino porque había visto una puerta. Llegué justo a tiempo de abrirla, por suerte no estaba cerrada con llave, y entré en una habitación oscura. Con la espalda apoyada en la puerta oí un grupo de drones pasar velozmente. Me volví y miré por el ventanuco de la misma. Los vi alejarse a toda prisa por el pasillo blanco y meterse en el túnel de acceso.

No habían detectado mi huella térmica. Cambié la radio a la frecuencia abierta.

—Salen más drones por mi vía de entrada. Cody, ¿situación?

—Nos quedan algunos trucos en la manga, aunque aquí las cosas se están poniendo feas. Abraham ha logrado entrar por el tejado. Deberíais pillar todo lo que podáis y salir lo antes posible.

—Recibido —dijo Abraham.

—De acuerdo —dije yo, mirando la habitación donde me encontraba. Estaba totalmente a oscuras, pero a juzgar por el olor a desinfectante, era algún tipo de laboratorio. Activé la visión nocturna de la mira y le di un repaso rápido.

Estaba rodeado de cadáveres.

3

Contuve un grito de alarma. Apuntando con el rifle y con el corazón desbocado, volví a examinar la sala. Estaba llena de largas mesas de metal y lavabos, con bañeras grandes intercaladas. Cubrían las paredes estanterías del suelo al techo atestadas de frascos de todos los tamaños. Me incliné para mirar algunos botes de un estante cercano. Trozos de cuerpos: dedos, pulmones, cerebros; según las etiquetas, todo humano. Aquel lugar debía de ser una sala de disección.

Haciendo un esfuerzo por controlar las náuseas, me concentré. ¿Guardarían motivadores en un lugar así? Todo lo de tecnología Épica que encontrase necesitaría un motivador para funcionar... La misión sería un fracaso a menos que diese con un montón de motivadores.

Me puse a buscarlos: serían cajitas de metal del tamaño de una batería de móvil. Chispas. Todo estaba teñido del verde del visor nocturno y con la visión túnel de la mira la sala se veía todavía más inquietante.

—Oye —dijo Mizzy, y di otro respingo—. David, ¿estás ahí?

—Sí —susurré.

—La lucha se ha trasladado hacia la zona de Megan, así que puedo tomarme un respiro. Cody me ha dicho que te pregunte si necesitas ayuda.

No tenía muy claro qué podría hacer a distancia, pero resultaba agradable oír la voz de alguien.

—Me encuentro en una especie de laboratorio —respondí—. Está lleno de estantes con frascos que contienen trozos de cadáver... —Me vinieron otra vez náuseas. Moví el arma usando la mira para ver bien las bañeras cercanas. Todas estaban llenas y cubiertas por una tapa de vidrio. Tuve arcadas y me alejé—. Hay unas cuantas cubas llenas de trozos de algo flotando. Es como si una banda de caníbales fuera a jugar a pescar la manzana... Abrí un armario donde encontré todo un estante lleno de corazones en vinagre. Di un paso y chafé algo húmedo. Retrocedí de un salto, apuntando al suelo con el arma, pero no era más que un trapo mojado—. Mizzy —susurré—, este lugar me pone los pelos de punta. ¿Crees que es seguro encender la luz?

—¡Claro, lumbrera! Una gente que tiene un búnker a la última y drones voladores de ataque no iba a instalar cámaras de seguridad en sus laboratorios... No. No es seguro en absoluto.

—Vale, tienes razón.

—O a lo mejor ya te han detectado y todo un escuadrón volador de la muerte se te echará encima. Pero en el caso de que no estés atrapado y a punto de ser ejecutado, no está de más que seas cauteloso.

Lo dijo animadamente, casi con entusiasmo. Mizzy podía llegar a ser más entusiasta que una camada de cachorrillos hasta las orejas de cafeína. Normalmente conseguía darte ánimos. Normalmente yo no tenía los nervios de punta en una sala llena de cadáveres a medio cortar.

Me agaché y toqué el trapo del suelo. Todavía estaba húmedo, así que allí había habido alguien trabajando y nuestro ataque lo había interrumpido.

—¿Algo que puedas pillar? —preguntó Mizzy.

—No, a menos que quieras suturar un novio nuevo.

—Qué asco. Mira, comprueba si hay algo que puedas agarrar y sal de ahí. Ya nos hemos pasado de tiempo.

—Vale —dije, abriendo otro armario. Contenía material quirúrgico—. Me daré prisa... Un segundo.

Me quedé totalmente inmóvil, prestando atención. ¿Había oído algo?

Sí, una especie de traqueteo. Hice lo posible por no imaginarme un cadáver levantándose en una bañera. El sonido procedía de la puerta por la que había entrado. De pronto en esa zona se encendió una diminuta luz cerca del suelo.

Fruncí el ceño y avancé despacio. Era un pequeño robot, plano y circular, con cepillos giratorios en la parte inferior. Había entrado por una pequeña tapa batiente situada junto a la puerta, parecida a una gatera, y se dedicaba a abrillantar el suelo.

Me relajé.

—No es más que un robot de limpieza —dije por radio.

El robot se detuvo de inmediato. Mizzy me contestó, pero no entendí lo que decía porque el pequeño dron de limpieza volvió a activarse y salió disparado hacia la puerta. Me lancé al suelo y lo atrapé por los pelos antes de que pudiese escapar por donde había entrado.

—¿David? —preguntó Mizzy con inquietud—. ¿Qué ha sido eso?

—Yo, comportándome como un idiota —dije con una mueca de dolor. Al lanzarme me había golpeado el codo contra el suelo—. El robot se ha dado cuenta de que algo no iba bien y ha tratado de huir, pero lo he atrapado antes de que saliera. Es posible que haya enviado una señal de advertencia.

—Es posible —dijo Mizzy—. Puede que esté conectado al sistema de seguridad.

—Me daré prisa —dije, volviéndome a poner en pie. Dejé el robot de limpieza boca abajo en un estante junto a un soporte de bolsas de sangre que colgaban en el interior de una pequeña nevera con la puerta de cristal. Había varios tirados sobre la mesa de trabajo. Qué asco.

—Quizás algunos de esos trozos sean de Épico —dije—. Si me los llevara tendríamos muestras de ADN. ¿Podríamos usarlas?

—¿Cómo?

—Ni idea. ¿Para convertirlos de alguna manera en armas?

—Ya, claro —dijo Mizzy con escepticismo—. Encajaré un pie en el cañón de mi rifle y con suerte disparará rayos láser o algo así.

Me sonrojé en la oscuridad, pero el sarcasmo me pareció necesario. Si robaba ADN valioso, podríamos canjearlo por suministros, ¿no? Aunque debía admitir que lo que tenía allí posiblemente no sirviese para nada. Las partes importantes del ADN Épico se degradaban con celeridad, así que tendría que dar con algún tejido congelado si quería llevarme algo que pudiésemos vender.

Congeladores. ¿Dónde encontraría congeladores? Levanté la tapa de una bañera y comprobé la temperatura del agua; estaba fría pero no helada. Volví a colocar la tapa mientras miraba a mi alrededor. Al fondo había una puerta opuesta a la que daba al pasillo.

—Sabes —le dije a Mizzy mientras me dirigía hacia ella—, esto es justo lo que esperaba.

—¿Esperabas una sala llena de cuerpos desmembrados? ¿En serio?

—Sí, más o menos —dije—. Es decir, son científicos locos que construyen armas a partir de Épicos muertos... ¿Por qué *no* iban a tener una sala llena de cadáveres desmembrados?

—No sé lo que pretendes, David, aparte de darme miedo.

—Un segundo. —Comprobé la puerta. Estaba cerrada.

Tuve que darle un par de patadas, pero se abrió. No me importaba mucho el ruido: si había alguien escuchando ya me habría oído pelearme con el dron. La puerta se abrió del todo a un pasillo más estrecho que el otro y completamente a oscuras. Presté atención, no oí nada y decidí ver dónde me llevaba.

—En cualquier caso —seguí diciendo—, no puedo evitar preguntarme cómo fabrican armas a partir de Épicos.

—Ni idea —dijo Mizzy—. Cuando nos llega el material sé arreglarlo, pero no sé nada de motivadores.

—Cuando un Épico muere, sus células empiezan a deteriorarse de inmediato —dije—. Es algo que sabe todo el mundo.

—Todos los sabelotodos.

—Yo no soy un...

—Vale, amigo —dijo Mizzy—. ¡Acepta tu naturaleza! Sé tú mismo y todo ese rollo. En el fondo todos somos unos sabelotodos, solo que lo sabemos todo de distintos temas. Excepto Cody, creo que él es un friki o un... no recuerdo bien la palabra, algo relacionado con una deformidad física.

Suspiré.

—Cuando un Épico muere, si te das prisa puedes tomar una muestra de sus células. Supuestamente las mitocondrias son importantes. Congelas esas células y las puedes vender en el mercado negro. Mediante algún proceso, se convierten en tecnología. El problema es el siguiente: Obliteration dejó que Regalia lo operase. Vi las cicatrices. Crearon una bomba con sus poderes.

—¿Y...?

—¿Para qué operarlo? —dije—. Podría haber dado una muestra de sangre, ¿no? ¿Por qué llamó Regalia a un cirujano experto?

Mizzy guardó silencio.

—Vaya —dijo por fin.

—Sí.

La verdad es que siempre había creído que un Épico tenía que morir para crear tecnología con sus poderes. Regalia y Obliteration me habían demostrado que me equivocaba. Pero si era posible crear tecnología a partir de un Épico vivo, ¿por qué razón Steelheart no había creado una legión de soldados invencibles? Quizás era demasiado paranoico para hacer algo así, pero con seguridad habría creado cientos de versiones de Edmund, el Épico que daba energía a la ciudad.

Llegué hasta un recodo del pasillo oscuro. Haciendo uso de la luz infrarroja de la mira telescópica, eché un vistazo más allá en busca de peligros. La visión nocturna me reveló una habitación pequeña llena de grandes congeladores. No di con ninguna fuente evidente de calor, aunque el temporizador superpuesto a la mira me advertía de que me fuera. Solo que si me iba, y si Abraham tampoco encontraba nada, estaríamos arruinados. Tenía obligatoriamente que encontrar algo.

Me agaché, preocupado porque se me acababa el tiempo, pero también inquieto por lo que había visto. Aparte de la cuestión de fabricar motivadores a partir de Épicos vivos, todo aquello planteaba otro problema. Cuando la gente hablaba de dispositivos Épicos, daba a entender que todos eran el resultado del mismo proceso. ¿Cómo era posible? Las armas eran muy diferentes de los dispositivos zahoríes que nos permitían detectar a los Épicos y ni una cosa ni la otra se parecía en nada al espiril, la tecnología Épica que me había permitido volar sobre chorros de agua.

No era un sabelotodo, pero sabía lo suficiente como para darme cuenta de que aquellos dispositivos pertenecían a disciplinas diferentes. No llamabas a un médico de jerbos para que se ocupara de un caballo. En lo que a tecnología Épica se refería, sin embargo, daba la impresión de que se podían fabricar artículos muy diferentes a partir de la misma materia prima.

Tuve que reconocer que esas preguntas eran la verdadera razón por la que habíamos ido a Knighthawk. Incluso antes de sucumbir a sus poderes, el Profesor ya tenía secretos. Tuve la sensación de que nunca nadie me había dicho la verdad acerca de nada de todo aquello.

Buscaba respuestas. Probablemente estaban allí mismo, en algún lugar. Quizá diese con ellas más allá del equipo de drones de guerra que me apuntaban con el brazo armado desde detrás de los congeladores que tenía delante.

¡Oh!

4

Los drones encendieron los focos a la vez, cegándome, y abrieron fuego. Por suerte los había visto a tiempo y pude doblar la esquina antes de recibir algún disparo.

Eché a correr, batiéndome en retirada por el pasillo. Los drones me persiguieron impidiéndome con sus disparos oír la voz de Mizzy. La base de cada robot era un cuadrado con ruedas excéntricas encima del cual estaba el cuerpo larguirucho coronado por un rifle de asalto. Eran perfectos para esquivar el mobiliario y recorrer los pasillos, pero, chispas, me resultaba humillante huir de ellos. Tenían más pinta de perchero que de máquina bélica.

Llegué a la puerta de la sala de disección, llena de trozos de cuerpos, y la crucé corriendo. Frené como pude y pegué la espalda a la pared. Le di a un botón y lo que enfocaba la mira apareció en una pantallita lateral del Gottschalk, lo que me permitió apuntar el rifle hacia lo que había al otro lado del recodo y disparar sin arriesgarme a que me pegaran un tiro.

Los robots corrían como un grupo de escobas sobre ruedas. A mí me habría dado mucha vergüenza haber diseñado robots con un aspecto tan estúpido, la verdad. Disparé una ráfaga sin intentar apuntar, pero el pasillo era tan estrecho que no importaba. Conseguí derribar varios drones y frenar los demás, que tuvieron que desplazarse esquivando los restos. Cuando hube derribado algunos más, se retiraron y se pusieron a cubierto en la habitación de los congeladores.

—¿David? —Mizzy, frenética, logró por fin llamar mi atención—. ¿Qué pasa?

—Estoy bien —dije—. Pero me han localizado.

—Sal de ahí.

Vacilé.

—¿David?

—Ahí dentro hay algo, Mizzy. Una habitación cerrada con llave, protegida por drones... Apuesto lo que sea a que han entrado en ella en cuanto hemos iniciado el ataque. O bien eso o es una sala que vigilan siempre, lo que significa que...

—¡Oh, por Calamity! Vas a hacer lo de siempre, ¿no?

—Acabas de decirme, y cito textualmente, «acepta tu naturaleza». —Disparé otra salva en cuanto aprecié movimiento al final del pasillo. Di a Abraham y a los demás que me habían detectado—. Saca a todos y preparaos para la retirada.

—¿Y tú?

—Voy a descubrir qué hay en esa sala. —Vacilé—. Es posible que para eso tenga que dejar que me disparen.

—¿Qué?

—Estaré un rato sin contestar por radio. Lo siento.

Dejé en el suelo la radio y el auricular. Le di a un botón lateral del rifle que desplegó un pequeño trípode. Lo situé apuntando hacia el túnel desde cierto ángulo, con la esperanza de que las balas rebotasen en la pared metálica y alcanzasen los drones... En realidad era una maniobra de distracción. Podía dispararlo por control remoto con el mando ligeramente fundido que saqué de un pequeño hueco del rifle.

Corrí por la habitación, disparando breves ráfagas para que diera la impresión de que todavía me ocupaba de los drones. Tenían unos focos tan potentes que la luz se reflejaba en el vidrio y el metal de la habitación, ofreciéndome iluminación suficiente para moverme. Cogí del estante el dron de limpieza, cuyas ruedecitas seguían girando frenéticamente, y también una bolsa de sangre de la mesa, así como un rollo de cinta quirúrgica que había visto antes en un cajón.

Corté un trozo de cinta, fijé la bolsa de sangre a la parte superior del dron y la perforé con mi cuchillo. Me acerqué a la puerta por la que había entrado, la abrí y dejé la máquina fuera. Se alejó rápidamente por el pasillo blanco, dejando un ancho rastro de gotas de sangre, tan evidente como un repentino solo de tuba en un rap.

Genial. Ahora con suerte podría fingir que me habían herido. Cogí otra bolsa de sangre y le clavé el cuchillo. Inspiré profundamente y corrí hacia la puerta del otro lado, donde los drones disparaban contra el Gottschalk. Habían hecho progresos apartando a los caídos y avanzando hacia mí. Me oculté en cuanto se pusieron a dispararme. A continuación grité y salpiqué de sangre las paredes. Luego corrí hacia una bañera usando la bolsa para dejar un rastro hasta la salida.

No veía bien lo que había dentro de la bañera porque ya no tenía la mira, pero la abrí, apreté la mandíbula y me metí dentro, rozando algunas cosas escurridizas que estaba casi seguro de que eran hígados. Mientras me sumergía en el líquido helado era completamente consciente de lo horripilante de la situación. Por suerte, ya estaba acostumbrado a que mis planes resultaran humillantes para mí de una forma u otra; en esta ocasión simplemente me humillaba a propósito. ¡Iba mejorando!

Hice lo posible por quedarme inmóvil, con la esperanza de que la unidad de refrigeración de la bañera y la baja temperatura me ocultasen de los detectores de infrarrojos que los robots estuvieran usando. Por desgracia, para pasar desapercibido tuve que cerrar la tapa de la bañera y contener el aliento. Y allí me quedé, tendido entre trozos flotantes de cadáveres, observando los destellos de luz de los robots que entraron en la sala. El agua y la tapa de vidrio no me dejaban ver muy bien, pero no podía evitar imaginarme a los drones reunidos alrededor de la bañera, mirándome, riéndose de mi ridículo intento por ocultarme.

Contuve el aliento hasta que estuve a punto de reventar. El traje de infiltración no me cubría la cara y se me estaba congelando. Afortunadamente, las luces acabaron desapareciendo. Logré aguantar un poco más antes de quitar la tapa y, temblando de frío, echar un vistazo. Estaba oscuro como boca de lobo.

Por lo visto los robots se habían dejado engañar. Me limpié el líquido de los ojos y salí. Chispas. Como si aquel sitio no fuera lo bastante horripilante de por sí, había decidido meterme en una cuba de hígados para ocultarme de unos robots asesinos. Sacudí la cabeza y crucé la sala para recoger la radio y el arma. Me coloqué el auricular, pero lo había manchado de sangre y no funcionaba.

Tuve que usar la radio a la antigua.

—He vuelto —dije con tranquilidad, manteniendo pulsado el botón.

—David, estás como una cabra —me respondió una voz. Sonreí.

—Hola, Megan —dije, saliendo al angosto pasillo. Corrí dejando atrás los robots caídos—. ¿Han salido todos?

—Todos los que son listos.

—Yo también te quiero —dije. Me detuve en el recodo donde me había encontrado por primera vez con los robots guardianes y eché un vistazo. En la habitación del otro lado no había luz, como antes. Me puse al hombro el arma y usé la mira para buscar posibles robots rezagados—. Estoy casi a punto de irme. Dame un minuto más.

—Recibido.

Manipulé la radio para que solo pudiese emitir y no recibir, para que la cháchara no alertase a ningún enemigo cercano. Por desgracia, no tenía tiempo para tomar más precauciones. Pronto se darían cuenta del engaño del falso rastro de sangre. Y, como para recordarme el peligro que corría, una explosión lejana hizo temblar el edificio.

Palpé la pared y encendí la luz. Luego me acerqué a uno de los grandes congeladores. Vi mi cara reflejada en la superficie de acero inoxidable. Llevaba barba de dos semanas. En mi opinión me hacía más masculino. Megan solía mofarse.

Con el corazón desbocado, abrí el primer arcón. Salió de él una ráfaga de aire helado. Dentro había filas y filas de viales congelados con tapones de distintos colores. No eran los motivadores que esperaba encontrar, sino seguramente muestras de ADN épico.

—Bien —susurré—, al menos no son raciones congeladas para cenar.

—No —me respondió una voz—. Eso lo guardo en otro congelador.

5

Me quedé muy quieto. Un escalofrío me recorrió la columna. Me volví, asegurándome de no hacer ningún gesto brusco. Por desgracia había pasado por alto un robot solitario oculto en un recoveco oscuro de la habitación. El cuerpo larguirucho no daba miedo, pero el rifle de asalto FAMAS G3 trucado montado en su parte superior era harina de otro costal.

Pensé en dispararle, pero tenía el cuerpo mal orientado. Me habría visto obligado a desplazar el arma con la esperanza de darle antes de que él me diese a mí. No tenía muchas probabilidades de acertar.

—La verdad es que guardo comida en el otro —añadió la voz que surgía del robot, una voz masculina, de tenor, aterciopelada. Debía de ser de uno de los enigmáticos individuos que dirigían la Fundición. La mayor parte de aquellos drones eran autónomos, pero seguro que sus amos estaban observando: cada arma llevaba una cámara—. No son cenas congeladas, eso no. Filetes. Unos cuantos entrecots que quedan de los buenos tiempos. Es lo que más echo de menos.

—¿Quién eres? —pregunté.

—El hombre al que pretendes robar. ¿Cómo has engañado a los robots?

Me mordí el labio mientras intentaba estimar el tiempo

de respuesta de ese rifle desplazándome imperceptiblemente hacia un lado y observando cómo me seguía. Chispas. El sistema de seguimiento era excelente; el arma no dejó de apuntarme. Incluso los altavoces del robot emitieron el ruido que suena cuando se amartilla un arma para advertirme. Me quedé petrificado.

¿Podía moverse libremente en cualquier dirección? Quizá no...

—Así que a esto se ha visto reducido el poderoso Jonathan Phaedrus —dijo la voz—, a mandar un equipo de asalto para robarme.

«¿Phaedrus?» Por supuesto. El personal de la Fundación Knighthawk creía que seguíamos a las órdenes del Profesor. No habíamos proclamado a los cuatro vientos que al final había sucumbido a sus poderes; la mayoría de la gente ni siquiera sabía que era un Épico, para empezar.

—Nos hemos visto obligados a venir porque os negasteis a hacer tratos comerciales con nosotros.

—Sí, muy noble por vuestra parte. «Vendednos lo que queremos u os lo quitaremos.» Esperaba más de un equipo especial de Jonathan. Tú apenas... —La voz se fue apagando y luego prosiguió. Se oía más débil—. ¿Cómo que hay otro? ¿Qué ha robado? Maldita sea, ¿cómo sabían dónde estaban?

Se oyó una respuesta apagada. Intenté apartarme, pero el robot volvió a emitir el ruido de amartillar, esta vez más fuerte.

—Tú —dijo la voz, dirigiéndose de nuevo a mí—. Llama a tus amigos. Diles que devuelvan lo que ha robado el otro o te mataré. Tienes tres segundos.

—Eh...

—Dos segundos.

—¡Chicos!

La pared a mi derecha se fundió en un estallido de calor, revelando una figura imprecisa al otro lado.

Me tiré al suelo y, luchando contra mi instinto, rodé hacia el robot. Logró dispararme, aunque, tal y como había supuesto, estaba tan cerca de él que no pudo bajar el arma lo suficiente para darme.

Así que solo me acertó una vez, en la pierna, mientras rodaba. No estaba muy seguro de cómo había sido, pero, chispas, dolía.

El robot intentó retroceder; sin embargo me aferré a él ignorando el dolor terrible de la pierna. La última vez que había recibido un disparo al principio no lo había notado, pero esta vez me costó horrores soportar el dolor agónico. Aun así, logré evitar que el robot me disparase otra vez mientras soltaba el dispositivo que sujetaba el arma a la máquina. Cayó al suelo.

Por desgracia, durante el forcejeo dos docenas de drones se habían soltado del techo, donde habían estado camuflados, y descendieron usando hélices. No estaba tan seguro en aquella habitación como había creído, aunque de momento solo prestaban atención a la silueta que atravesó los restos de la pared: la de un hombre enteramente de llamas, del rojo intenso de la roca fundida. Firefight había llegado. ¡Qué pena que no fuese real!

Me agarré el muslo herido y busqué a Megan. Estaba escondida cerca del recodo del pasillo del laboratorio. Firefight no era real, no del todo, pero tampoco era una ilusión. Era una sombra de otro lugar, de otra versión de nuestro mundo. No era que realmente hubiese venido a salvarme; Megan se limitaba a superponer un eco de ese mundo al nuestro, dando así la impresión de que estaba presente.

Engañó a los drones. De hecho, yo mismo notaba el calor que emanaba de la pared fundida y olía el humo en el aire. En cuanto los robots se pusieron a disparar frenéticamente, metí la mano en el congelador abierto y agarré un puñado de viales. Luego crucé la sala cojeando hasta Megan, que vino a buscarme en cuanto comprendió que me habían herido.

—Tarugo —gruñó, agarrándome del brazo para ponerme a cubierto. Luego se guardó en el bolsillo los viales que había cogido—. Te dejo solo cinco minutos y consigues que te disparen.

—Al menos te he traído un regalo —dije, apoyando la espalda contra la pared mientras ella me vendaba rápidamente la herida.

—¿Regalo? ¿Los viales?

—Te he conseguido un arma nueva —dije, apretando los dientes de dolor cuando tensó el vendaje.

—¿Te refieres al rifle FAMAS que has dejado tirado en el suelo?

—Sí.

—¿Eres consciente de que hasta el último de los cien robots con los que me he peleado ahí fuera tiene uno igual? A estas alturas nos podríamos construir un fuerte usando esos rifles.

—Pues bien, cuando termines de construir el fuerte, te hará falta uno para disparar. Así que de nada. Incluso trae... —Hice una mueca de dolor—. Incluso viene con sala propia llena de robots mortíferos. Y quizá con algunos filetes. No sé si me ha mentido al respecto.

Detrás de Megan, Firefight parecía despreocupado. Las balas se fundían antes de alcanzarlo. No hacía tanto calor como debiera... Era como si el fuego estuviera lejos y notáramos una brisa que surgía de él.

Apenas comprendíamos cómo actuaban los poderes de Megan. Los drones que Firefight había fundido no estaban realmente muertos ni había abierto un verdadero boquete en la pared. La capacidad del otro mundo para influir en el nuestro era pasajera. Durante un minuto habíamos estado atrapados en la distorsión de la realidad provocada por la fusión de los dos mundos, pero enseguida todo se desvanecería para volver a la normalidad.

—Estoy bien —dije—. Hay que moverse.

Megan no dijo nada. Se limitó a sujetarme otra vez del

brazo. El hecho de que no se molestase en responder y se hubiese tomado la molestia de parar en medio de una pelea para curarme la herida me indicaban todo lo que necesitaba saber. Me habían dado bien y sangraba mucho.

Arrastramos los pies pasillo abajo hacia el laboratorio. De camino, volví la cabeza para asegurarme de que no nos seguía ningún dron. No nos seguía ninguno, pero vi algo inquietante: Firefight volvía a mirarme. Entre las llamas, distorsionados, había dos ojos negros fijos en los míos. Megan juraba que no podía ver nuestro mundo; sin embargo, levantó una mano hacia mí.

Pronto lo perdimos de vista. Los estallidos de los disparos nos siguieron hasta que entramos tambaleándonos en el laboratorio lleno de órganos. Nos apartamos a un lado, ansiosos, mientras pasaba otro grupo de drones. Ni siquiera nos miraron. Había un Épico contra el que luchar.

Cruzamos la habitación y salimos al luminoso pasillo del otro lado. Dejaba un rastro de sangre auténtico en el suelo.

—¿Qué demonios era ese lugar? —me preguntó Megan—. ¿Eran corazones en frascos?

—Sí —dije—. Chispas, cómo me duele la pierna...

—Cody —dijo Megan, alarmada—, ¿Abraham ya ha salido? Vale, bien. Prepara los jeeps y ten listo el botiquín de primeros auxilios. Le han dado a David.

Silencio.

—No sé cómo vamos a hacerlo, Mizzy. Con suerte podremos usar la distracción tal como la planeamos. Estad preparados.

Me concentré en seguir moviéndome a pesar del dolor. Nos metimos en el túnel que llevaba hasta la entrada oculta que había usado para colarme dentro. A nuestras espaldas dejaron de oírse los disparos.

Mala señal. Firefight se había desvanecido.

—¿No podías hacer que nos siguiese? —pregunté.

—Necesito un respiro —dijo mirando al frente, con la

mandíbula tensa—. Ya era lo suficientemente duro antes, cuando no me importaba el efecto que me causa.

—¿Quieres decir...? —dije.

—No es más que un dolor de cabeza —respondió—. Como el de ayer, pero peor. Es como si..., bien, como si algo me golpease el cráneo tratando de entrar. Crear una distorsión de la realidad tan enorme me está llevando al límite. Así que esperemos que...

Se detuvo. Había un grupo de drones congregados en el túnel de acceso, bloqueándonos la salida al bosque. Aquella salida me tentaba; estaba a unos cien metros y veía que una explosión la había abierto por completo. La luz del sol se filtraba dentro. Probablemente por allí había entrado Megan, pero con los robots interponiéndose, bien podría haber estado en Australia.

Entonces, sin previo aviso, el techo se desplomó. Enormes trozos de metal cayeron a nuestro alrededor y el túnel tembló como si hubiese recibido un impacto. A esas alturas sabía lo suficiente como para darme cuenta de que la explosión era rara. Quizá los trozos de metal no habían hecho el ruido adecuado al caer o tal vez el pasillo no se había estremecido como era debido o quizá los fragmentos de metal habían caído delante de nosotros, bloqueando a los robots, que habían empezado a disparar de inmediato, pero sin herirnos a Megan y a mí.

Se trataba de otra ilusión dimensional, lo suficientemente agresiva como para hacerme perder el equilibrio. Golpeé el suelo con un gruñido, intentando rodar de lado para protegerme la pierna herida. Todo giró a mi alrededor y por un momento me sentí como un saltamontes pegado a un *frisbee*.

Cuando recuperé algo parecido a la visión normal, me encontré acurrucado junto a un trozo de metal. Me pareció real. En la mezcla de dos mundos creada por Megan, la «ilusión» era real.

Mi sangre, que había empapado el improvisado vendaje, manchaba el suelo como si alguien la hubiese frotado con un trapo sucio. Megan estaba de rodillas a mi lado, con la cabeza inclinada y la respiración sibilante.

—¿Megan? —pregunté, a pesar del sonido de los disparos de los drones. Chispas... se nos echarían encima pronto, con o sin bloqueo.

Megan tenía los ojos muy abiertos, los labios separados, los dientes muy apretados. El sudor le corría por las sienes.

Eso contra lo que había estado luchando recientemente mientras usaba sus poderes, fuera lo que fuese, venía por ella.

6

Se suponía que eso no iba a pasar.

Habíamos dado con el secreto, con la forma de conseguir que los Épicos fuesen inmunes al efecto corruptor de sus poderes: si te enfrentabas a tus miedos más profundos, la oscuridad se mantenía lejos.

Se suponía que ya estaba; Megan había entrado corriendo en un edificio en llamas para salvarme, enfrentándose cara a cara con sus miedos. Debería haberse liberado. Sin embargo, la expresión agitada de su rostro era innegable: los dientes apretados, la tensión en la frente... Me miraba sin parpadear.

—Lo noto, David —susurró—. Intenta entrar.

—¿Quién?

No me respondió, pero sabía a quién se refería. A Calamity. Calamity, el punto rojo del cielo, la nueva estrella, heraldo de los Épicos... también era un Épico. Yo era consciente de que Calamity estaba furioso porque al descubrir que el punto débil de un Épico estaba relacionado con sus miedos también habíamos encontrado la forma de vencer su influencia sobre Megan.

Los drones dejaron de disparar.

—El colapso del túnel es algún tipo de ilusión, ¿no es así? —dijo la voz de antes, resonando por todo el pasillo—. ¿A qué Épico matasteis para lograr semejante tecnología?

¿Quién os enseñó a construir motivadores? —Por lo menos nos hablaba en lugar de disparar.

—Megan —dije, agarrándola del brazo—. Megan, mírame.

Me miró fijamente y pareció que eso la ayudaba, aunque su mirada seguía siendo salvaje. Sentía la tentación de apartarme y dejar que se descargara. Quizás así nos salvaríamos.

Pero eso habría sido su condena. Cuando el Profesor sucumbió a la oscuridad de sus poderes, no vaciló en matar a sus amigos sin pestañear. El hombre que había dedicado la vida a defender a los demás estaba ahora totalmente controlado por sus poderes.

No quería que a Megan le sucediera lo mismo. Metí la mano en el bolsillo del muslo y, moviendo con una mueca de dolor la pierna herida, saqué el encendedor. Lo sostuve frente a Megan y lo encendí.

Se apartó un poco de la llama, luego bufó y la agarró con el puño, quemándose la mano. Los trozos metálicos caídos que habíamos estado usando para protegernos titilaron y se desvanecieron. El techo se reparó solo. El fuego seguía siendo el punto débil de Megan... y a pesar de haber superado sus temores, ese punto débil seguía desactivando sus poderes. Y probablemente así sería siempre.

Por suerte, parecía que mientras estuviese dispuesta a enfrentarse a su debilidad podría expulsar la oscuridad. La tensión abandonó su cuerpo y con un suspiro se dejó caer al suelo.

—Genial —murmuró—. Ahora me duele la cabeza... y la mano también.

Sonreí débilmente y empujé la pistola por el suelo, alejándola; luego hice lo mismo con la de Megan. Alcé las manos mientras los drones nos rodeaban. La mayor parte eran de oruga con rifle de asalto, aunque también había algunos voladores. Tuve suerte... no dispararon.

Una de las máquinas se nos acercó más. Había subido una pantallita de la base en la que se veía una silueta oscura iluminada desde atrás.

—Esa imagen era de Firefight, de Chicago Nova, ¿no es así? Engañó por completo mis sensores —dijo la voz—. Es imposible que lo haga una ilusión normal. ¿Qué tecnología empleáis?

—Te lo contaré —dijo Megan—. Pero no nos dispares, por favor. —Se levantó, empujando algo con un talón hacia atrás.

Su auricular. Mientras seguía tendido de lado, lo tapé con una mano y rodé para colocarme encima, agarrándome la pierna sangrante para ocultar la maniobra. Me pareció que ningún dron había visto lo que habíamos hecho.

—¿Y bien? —dijo la voz—. Estoy esperando.

—Son sombras dimensionales —dijo Megan—. No son ilusiones, sino ecos de otro estado de realidad. —Se había colocado mirando al ejército de robots, entre los drones y yo. La mayoría la apuntaban... y si la mataban, Megan se reencarnaría.

Me parecía bien el gesto de protección, pero, chispas, la reencarnación era impredecible en su caso, sobre todo teniendo en cuenta que acababa de usar sus poderes. No había muerto desde Babilar y mi intención era que siguiese sin morir.

Tenía que actuar. Me acurruqué sin dejar de agarrarme la pierna. El dolor era más que real. Mi única esperanza era que debido a mis temblores y la hemorragia los drones me ignoraran cuando apoyé la cabeza en el auricular y le susurraré con disimulo al micrófono.

—¿Mizzy? ¿Estás ahí? ¿Cody? ¿Abraham?

No obtuve respuesta.

—Imposible —le dijo el hombre a Megan—. En muchas ocasiones hemos intentado capturar ese poder en un motivador, y dudo de que nadie tenga los conocimientos necesarios para lograr lo que yo no he podido hacer. La separación dimensional es demasiado compleja, demasiado fuerte para...

Miré a Megan, que se mantenía erguida y orgullosa frente al ejército desplegado, aunque yo sabía bien que el dolor de cabeza que tenía era brutal. Antes se había expresado con humildad, como si la hubiesen derrotado... pero su postura transmitía un mensaje muy diferente. Se negaba a rendirse, a arrodillarse, a inclinarse ante nadie y ante nada.

—Eres una Épica, ¿no es así? —dijo la voz, cada vez más firme—. No existe tecnología ni motivador alguno. ¿Jonathan está reclutando? ¿Ahora?

Jadeé de asombro, sin poder evitarlo. ¿Cómo sabía lo del Profesor? Quise exigir repuestas, pero no me encontraba en situación de hacerlo. Súbitamente adormilado, apoyé la cabeza en el suelo. Chispas. ¿Cuánta sangre había perdido?

El auricular se activó cuando me apoyé en él, emitió estática y luego me llegó la voz de Mizzy.

—¿Megan? ¡Chispas, háblame! ¿Estás...?

—Soy yo, Mizzy —susurré.

—¿David? ¡Al fin! Mira, he colocado explosivos para volar el túnel. ¿Podéis salir? Lo volaré cuando hayáis pasado.

Explosivos. Miré los drones que nos rodeaban.

«Las ilusiones de Megan...»

—Hazlo ahora, Mizzy —susurré.

—¿Estás seguro?

—Sí.

Me preparé.

La explosión se produjo arriba, y de alguna forma, por estar esperándola, me pareció más fuerte. Los trozos de metal cayeron justo donde antes, golpeando el suelo a pocos centímetros de mi posición... pero seguí ileso, al igual que Megan.

Sin embargo, los robots, como un montón de sueños de juventud, quedaron completamente aplastados.

Al instante tenía a Megan a mi lado, disparando con la

pistola que había sacado de la pistolera del muslo a los drones que quedaban. Logré sacar el cuchillo de la funda de la pantorrilla y lo empuñé. Megan me lanzó una mirada que decía: «¿Estás de broma?»

—Al menos no es una estúpida catana —murmuré, apoyando la espalda en los escombros. Cuando el polvo se asentó, Megan se ocupó del último robot, mandándolo al suelo dando tumbos.

Me levanté con esfuerzo sobre un solo pie y fui a pata coja entre los escombros del túnel hacia mi pistola.

—¿Cómo ha sido eso? —preguntó Megan, señalando hacia el techo hundido. Los explosivos de Mizzy no habían logrado volar el túnel por completo... De hecho, los escombros eran *idénticos* a los restos ilusorios creados por Megan.

—Mizzy dijo que podía volarlo cuando hubiéramos escapado.

—¿Y has permitido que lo derrumbara sobre nuestras cabezas? —dijo Megan. Cogió mi pistola y me la pasó antes de agarrar su rifle.

—Se me ocurrió que tus ilusiones surgen de realidades alternativas, ¿no es así? Cuanto más cerca está esa realidad de la nuestra más fácil es traerla. Tú estabas muy cansada...

—Sigo estándolo.

—... así que estimé que habías empleado una realidad muy similar a la nuestra. Una explosión desde arriba. Mizzy había colocado las cargas. Supuse que sucedería de la misma forma.

Megan me volvió a agarrar del brazo y me ayudó a cojear entre los restos. Le disparó a un dron que intentaba salir de debajo de una piedra caída.

—Podría haber salido mal —dijo con un hilo de voz—. Las cosas no siempre suceden como en las otras realidades. Podrías haber muerto aplastado, David.

—Vale, pero no ha sido así —dije—; por ahora estamos a salvo...

Dejé de hablar al oír ruidos en el pasillo, resonaban detrás de nosotros, bastante lejos. Eran sonidos metálicos. Un zumbido de hélices. Orugas sobre el metal.

Megan me miró, luego miró la salida al bosque que teníamos todavía a unas decenas de metros de distancia.

—Deprisa —dije, avanzando a la pata coja.

En lugar de hacerme caso, Megan me soltó el brazo y me lo apoyó en la pared para que me sostuviera.

—Nos hará falta tiempo para salir —dijo.

—Entonces tenemos que darnos prisa.

Megan se puso el rifle al hombro y miró el pasillo.

—¡Megan!

—Ese punto detrás de los escombros es defendible —dijo—. Podré retenerlos un buen rato. Vete.

—Pero...

—David, por favor. Vete.

La agarré por el hombro, la atraje hacia mí y la besé, lo que me obligó a retorcer la pierna. Me provocó un ramalazo de dolor, pero no me importó. Un beso de Megan bien lo valía.

La solté y me fui como me había dicho.

Me sentía un cobarde, pero pertenecer a un equipo implica aceptar que otra persona puede realizar cierta labor mejor que tú. Y ser un hombre implica aprender a dejar que tu novia inmortal tenga su momento de heroísmo.

Volvería a buscarla, viva o muerta. Y pronto. No abandonaría su cuerpo para que acabase como los de las bañeras que había encontrado, ni hablar. Subí como pude la rampa, intentando no pensar en lo que podía sucederle a Megan. Tendría que pegarse un tiro cuando los robots la superasen, porque no podía arriesgarse a que la capturasen.

A mi espalda, Megan empezó a disparar; los disparos del rifle resonaban en el pasillo de acero. Los drones correteaban y hacían ruido. Siguieron las descargas de las armas automáticas.

Casi había llegado a la salida, pero vi sombras en el exterior. Me estaba empezando a hartar de drones. Hice una mueca de dolor al empuñar el arma. Por suerte, la sombra acabó definiéndose: era un hombre corpulento de raza negra, vestido con ropa oscura y ajustada, gafas de visión nocturna en la frente y, en las manos, un arma enorme. Abraham maldijo al verme con su ligero acento francés.

—¿Cómo estás? —dijo, corriendo cuesta abajo—. ¿Y Megan?

—Está cubriendo nuestra huida —dije—. Quiere que nos vayamos sin ella.

Me miró a los ojos, asintió y se volvió para ayudarme a recorrer los últimos metros.

—Cuando os han detectado, los drones del exterior han vuelto al complejo —dijo—. Los demás están en los jeeps.

En ese caso teníamos una oportunidad.

—Es una Épica.

Me sobresalté y miré a mi alrededor. Era la misma voz de antes. ¿Un dron nos había localizado?

No. Un panel de la pared se había convertido en pantalla. Frente a nosotros teníamos la misma silueta oscura de antes.

—¿David? —dijo Abraham, de pie al sol, en la salida—. Vamos.

—Es una Épica —fue lo que dije en lugar de hacerle caso, mirando a la pantalla. La silueta me resultaba familiar...

De pronto se encendió una luz que barrió la oscuridad y mostró a un hombre mayor, bajo y fornido, de cabeza redonda, prácticamente calvo, con solo unos mechones de pelo blanco tiesos formando una especie de corona. Lo había visto antes, en una ocasión. En una fotografía del Profesor, tomada muchos años antes.

—Hoy he visto algo increíble —dijo—, y siento curiosidad. Tú eres ese al que llaman Steelslayer, ¿verdad? Sí... el chico de Chicago Nova. ¿No matas Épicos?

—Solo a los que se lo merecen —respondí.

—¿Y Jonathan Phaedrus?

—Jonathan Phaedrus ya no existe —dijo Abraham con tranquilidad—. Solo queda el Épico Limelight. Haremos lo que sea preciso hacer.

No dije nada. No es que estuviese en desacuerdo con Abraham, pero me costaba decir aquello.

El hombre nos observó con atención. De pronto cesaron los disparos.

—He retirado las máquinas. Tenemos que hablar.

Mi respuesta fue desmayarme.

7

—No habríamos tenido este problema si hubieses estado dispuesto a comerciar con nosotros.

La voz de Megan. Agradable... Yo estaba tendido en la oscuridad disfrutando de ese sonido, y me disgustó que la siguiente persona en hablar no fuese ella.

—¿Qué se suponía que tenía que hacer? —era la voz del hombre, el tipo de Knighthawk—. Primero me entero de que Phaedrus se ha convertido, ¿y de inmediato os ponéis en contacto conmigo y me exigís armas? No quería involucrarme en ese asunto.

—Podrías haber supuesto que nos opondríamos a él —dijo Abraham—. Los Exploradores no iban a aliarse con un tirano simplemente porque antes era nuestro líder.

—No entiendes lo que quiero decir —dijo el hombre—. No os rechacé porque creyese que trabajabais para él; os rechacé porque no soy un idiota consumado. Phaedrus sabe demasiado acerca de mí. No voy a enojarlo ni tampoco a venderle nada. No quería saber nada de vosotros.

—Entonces, ¿por qué nos has invitado a entrar? —inquirió Megan.

Gemí, esforzándome por abrir los ojos. Me dolía la pierna, pero no tanto como había esperado. Al moverme no sentí más que un dolor superficial. Pero, chispas, estaba agotado.

Parpadeé esforzándome por enfocar la vista y un momento después la cabeza de Megan apareció encima de mí con una aureola de pelo dorado.

—¿David? —preguntó—. ¿Cómo te encuentras?

—Como una rebanada de pan en un concierto de rock.

Se relajó totalmente y se volvió.

—Está perfectamente.

—Una rebanada de pan en un concierto de rock —repetí, sentándome con dificultad—. Ya sabes: nadie quiere pan en un maldito concierto de rock. Quieren ver los grupos. Así que tiran el pan al suelo y lo aplastan.

—Es lo más estúpido que he oído en mi vida.

—Lo siento —refunfuñé—. Cuando me pegan un tiro suelo ser más elocuente.

Me encontraba en una habitación poco iluminada con una cantidad excesiva de sofás, en uno de los cuales había estado tendido. Había otro, largo, negro y demasiado mullido, cerca de la pared opuesta, con una mesa baja delante llena de monitores y equipo informático. También había encima un montoncito de platos sucios. El hombre de Knighthawk estaba sentado en un tercero, más cerca del mío, junto a una pequeña mesita con una montaña de cáscaras de cacahuete y dos grandes vasos de plástico vacíos. A su lado había un maniquí de tamaño natural.

En serio. Un maniquí de esos que había en los grandes almacenes antiguos para exponer ropa. El rostro de madera carecía por completo de rasgos y lo habían vestido como a la elite de Chicago Nova, con sombrero de ala ancha y traje de raya diplomática. Lo habían sentado en una postura relajada, con las piernas cruzadas y las manos juntas.

Bueno...

Abraham estaba de pie delante del sofá, con los brazos cruzados y todavía vestido con el traje de infiltración. Se había quitado la máscara, que le colgaba del cinturón, pero seguía llevando a la espalda la imponente P328 gravitónica.

Aparte de Megan, era el único miembro de mi equipo presente.

—Bonito lugar —dije—. Supongo que gastaste todo el presupuesto de decoración en el laboratorio de los horrores.

El hombre resopló.

—El laboratorio tiene que estar limpio para realizar mi trabajo. Os he invitado a mi hogar, jovencito. Un honor poco habitual.

—Mis disculpas por no haber traído algunos bordes de pizza como ofrenda —dije señalando los platos sucios que había sobre la mesa, al otro lado. Me puse en pie, tambaleándome, aunque con una mano en el reposabrazos del sofá logré mantenerme erguido. Me palpitaba la pierna. Me la miré y vi que me habían cortado la pernera para llegar hasta la herida. Estaba cubierta por una costra. Tenía el aspecto de llevar sanando semanas, incluso meses.

—Vaya —dijo el hombre—. Siento que no esté completamente curada. Mi dispositivo no es tan eficaz como otros.

Le hice un gesto a Megan para que supiera que me encontraba bien. No me ofreció el brazo para apoyarme, no delante del enemigo, pero se quedó cerca.

—¿Dónde estamos? —pregunté.

—Bajo la Fundición —dijo el hombre.

—¿Y tú eres?

—Dean Knighthawk.

Parpadeé.

—¿En serio? ¿Te llamas así?

—No —dijo el hombre—, pero mi nombre era insulso. Así que uso este.

Bien, un punto por su honestidad, aunque me estremecía la idea de renunciar a mi nombre. Ni siquiera me gustaba el mote que me habían puesto: Steelslayer. David Charleston me valía perfectamente. Fue el nombre que me puso mi padre. Era lo único que me quedaba de él.

Efectivamente, Knighthawk era el hombre que había

visto en la foto del Profesor, allá en Babilar. Ahora era mayor, estaba más calvo y tenía más barriga. La papada le colgaba como el queso fundido de una rebanada de pan calentada en el microondas.

Era evidente que él y el Profesor habían sido amigos, y sabía que el Profesor era un Épico..., lo sabía desde hacía tiempo.

—Formabas parte del equipo del Profesor —aventuré—. El que tenía con Regalia y Murkwood, cuando todos se convirtieron en Épicos.

—No —dijo Knighthawk—. Yo no era miembro. Pero mi esposa sí.

«Cierto.» Recordé al Profesor diciendo que eran cuatro. Una mujer llamada... ¿Amala? Era importante por alguna razón que no lograba recordar.

—Yo era un observador interesado —dijo Knighthawk—. Yo era un científico. No del tipo «eh, chicos, mirad cómo congelo una uva usando nitrógeno líquido», como Jonathan. Un verdadero científico.

—Y todo un hombre de negocios —dijo Abraham—. Has construido un imperio sobre cadáveres.

Junto a Knighthawk, el maniquí abrió los brazos y alzó las manos como si dijera: «Culpable de todos los cargos.» Di un respingo y miré a Megan.

—Sí —me susurró—, se mueve. No entiendo cómo.

—¿Mizzy y Cody? —susurré.

—Se han quedado fuera por si era una trampa.

—Fui el pionero de la tecnología de motivadores —le respondió Knighthawk a Abraham—. Y sí, me he beneficiado. Y también vosotros. Así que no nos pongamos a acusar con el dedo, señor Desjardins.

La expresión de Abraham siguió siendo de calma, pero no era posible que le gustase que Knighthawk supiera su apellido. Ni siquiera yo sabía cuál era; no hablaba mucho de su pasado.

—Todo eso es genial —dije. Me acerqué a Abraham y me

dejé caer en el sofá, frente a Knighthawk y su inquietante maniquí—. Una vez más, ¿por qué nos has traído aquí?

—Esa Épica es Firefight —dijo Knighthawk, y el maniquí señaló a Megan—, ¿no es así? ¿Siempre ha sido dimensionalista?

No era del todo cierto. Cuando Megan hablaba de Firefight, se refería a alguien distinto a ella, a un ser de otra dimensión que podía traer momentáneamente a la nuestra. No se consideraba Firefight, aunque había poca diferencia.

—Sí —dijo Megan. Avanzó y, tras pensarlo un momento, se sentó a mi lado. Apoyó el brazo en el respaldo del sofá, enseñando la sobaquera. Podía acceder a la pistola con facilidad—. Hay más detalles, pero básicamente... sí. Soy lo que dices.

Le puse una mano en el hombro. Megan podía ser fría, por temperamento y para no acercarse a la gente, porque... bien, solía ser peligroso conocer a un Épico. Yo veía la tensión con la que observaba a Knighthawk, el movimiento del pulgar como si amartillase un revólver imaginario. Tenía una enorme ampolla en la palma con la que había agarrado la llama.

Sabíamos mantener la oscuridad a raya, pero Megan todavía no había ganado esa guerra. Le preocupaba lo que le había sucedido antes y, francamente, a mí también.

El maniquí de Knighthawk se inclinó hacia delante adoptando una postura pensativa y se echó hacia atrás el sombrero para que se viese mejor su cara sin rasgos.

—Lo que has hecho en el laboratorio, jovencita —dijo Knighthawk—, ha engañado a todos los sensores, las cámaras, los programas. No eres una dimensionalista del montón, eres muy poderosa. Mis robots han informado acerca de marcas en las paredes de la sala y algunos de mis drones están inutilizados. Completamente destruidos. Nunca había visto nada igual.

—No te voy a dar mi ADN —dijo Megan.

—¿Eh? —dijo Knighthawk—. ¡Ah, ya lo tengo! Recogí una docena de muestras antes de que vosotros dos llegarais al pasillo de acceso. ¿Creéis que podéis entrar aquí sin llevar un traje apto para la sala limpia y salir sin que yo me quede con algunas células de vuestra piel? Pero no te preocupes; estoy muy lejos de poder crear un motivador basado en ti. Es más complicado de... lo que se cree.

El maniquí gesticulaba mientras Knighthawk hablaba.

«Pero Knighthawk no se mueve en absoluto —noté—. Y en ese sofá con los cojines demasiado mullidos parece encajado en su sitio.»

Dean Knighthawk estaba al menos parcialmente paralizado. Podía hablar —todo lo que decía salía de su boca—, pero solo movía la cabeza.

¿Cómo era posible que estuviera inválido? Si disponía de tecnología para sanarme a mí, ¿por qué no se curaba a sí mismo?

—No —dijo Knighthawk, todavía hablándole a Megan—. Ahora mismo no me interesa explotar tus poderes, pero deseo comprenderlos. Lo que has hecho ha sido tremendo. Increíble. La manipulación de la realidad no es un asunto baladí, joven.

—No me había dado cuenta —repuso Megan con indiferencia—. ¿Qué pretendes?

—Ibas a sacrificarte —dijo Knighthawk—. Te quedaste para que los otros pudiesen escapar.

—¿Sí? —dijo Megan—. No es para tanto. Puedo sobrevivir a muchas cosas.

—Ah... Por tanto, ¿eres una Gran Épica? —le preguntó Knighthawk. El maniquí se sentó más erguido—. Tendría que haberlo supuesto.

Megan apretó los labios.

—Al grano, Knighthawk —dije yo.

—El grano es esta conversación —respondió mientras el maniquí gesticulaba hacia nosotros—. Esta conversación. Un uso tan tremendo de los poderes por parte de esta mujer debería haberla abocado al aislamiento, a la furia, haberla convertido en un supremo incordio para cualquiera que tuviese cerca. Jonathan es uno de los pocos Épicos que conozco capaz de controlar sus tinieblas... y después de usar sus poderes se mantenía lejos de la gente durante días antes de recuperar el control. Sin embargo, *esta* joven ha hecho uso de los suyos sin que la oscuridad la consumiese... como demuestra el hecho de que luego, de manera altruista, ha arriesgado la vida para ayudar a su equipo. —El maniquí se inclinó hacia delante—. Por tanto —añadió Knighthawk—, ¿cuál es el secreto?

Miré a Abraham. Se encogió de hombros casi imperceptiblemente. Él no sabía si debíamos compartir información o no. Hasta entonces habíamos tenido mucho cuidado con cuándo y con quién comentábamos la forma de hacer retroceder la oscuridad de los Épicos. Con ese conocimiento, podríamos alterar accidentalmente la estructura de poder de los Estados Fracturados, ya que el secreto para superar la oscuridad también era el secreto para descubrir el punto débil de un Épico.

Estaba medio decidido a divulgar esa información todo lo posible. Si los Épicos descubrían el punto débil de cada uno de los otros, posiblemente se matasen entre sí. Por desgracia, la verdad probablemente fuese más brutal. El poder cambiaría de manos; algunos Épicos ascenderían y otros caerían. Podríamos acabar con el grupo de Épicos que controlaba todo el continente y vernos obligados a enfrentarnos a un régimen poderoso y organizado en lugar de a una red de ciudades-estado que se peleaban entre sí y, por tanto, eran débiles.

Tarde o temprano querríamos difundir el secreto, comunicárselo a los eruditos del mundo por si conseguían que los Épicos se apartasen de la oscuridad. Pero antes teníamos que probar nuestro descubrimiento y descubrir si surtía algún efecto en otros Épicos.

Yo tenía grandes planes, planes para cambiar el mundo,

que empezaban con una trampa. Un golpe importante, quizás el más complicado que los Exploradores hubiesen ejecutado nunca.

—Te contaré el secreto para conseguir que los Épicos recuperen la cordura, Knighthawk —decidí—, pero quiero que me prometas mantenerlo en secreto por ahora. Y quiero que nos equipes con todo lo necesario.

—Vais a acabar con él, ¿no es así? —dijo Knighthawk—, con Jonathan Phaedrus. Con Limelight, como lo llaman ahora. Vais a matar al Profesor.

—No —dije mirándolo a los ojos—. Haremos algo mucho más difícil. Vamos a recuperarlo.

8

Knighthawk hizo que el maniquí cargase con él.

Caminando a su lado observé mejor el artefacto. No era un maniquí normal de tienda. Tenía los dedos de madera, articulados, y el cuerpo más sólido de lo que creía. Era más bien una marioneta muy grande, pero sin hilos.

Y era fuerte. Cargó fácilmente con Knighthawk, metiendo los brazos por debajo de las correas del arnés que este llevaba. Daba la impresión de que el maniquí lo abrazaba por la espalda, con los brazos sobre el vientre y el pecho. Knighthawk iba derecho e inmóvil, con los pies colgando a pocos centímetros del suelo.

No parecía cómodo ni normal. A pesar de todo, Knighthawk no dejó de charlar tranquilamente mientras nos desplazábamos, como si fuera lo más natural que un alto golem de madera cargase con un tetrapléjico.

—Así que básicamente de eso se trata —le dije mientras recorríamos el anónimo pasillo en dirección a la armería de Knighthawk—. Los puntos débiles se asocian con miedos. Si un Épico se enfrenta a su miedo y lo derrota, entonces puede hacer retroceder la oscuridad.

—Casi —dijo Megan, que nos seguía.

Abraham había salido a buscar a Mizzy y a Cody, ya que habíamos decidido que de un modo u otro teníamos que confiar en Knighthawk. No nos quedaba otro remedio.

Knighthawk refunfuñó.

—Miedo. Parece sencillo.

—Sí y no —dije—. Me da la impresión de que a muchos Épicos, ya consumidos por sus poderes, no les apetece pensar en su punto débil. No se enfrentan a sus debilidades. En el fondo, ahí radica el problema.

—Me sigo preguntando por qué nadie más se ha dado cuenta —dijo Knighthawk con escepticismo.

—Nosotros nos hemos dado cuenta —dijo Megan en voz baja—. Es algo en lo que piensan todos los Épicos, eso te lo garantizo. Simplemente, lo enfocamos mal: relacionamos los miedos con las debilidades, pero establecemos esa relación a la inversa.

»Las pesadillas te enloquecen. Te sacan de la cama sin aliento, sudando y oliendo la sangre. Son pesadillas sobre tus flaquezas: la pérdida de poder, el regreso a la mortalidad, volver a ser estúpidamente normal de tal forma que cualquier accidente tonto podría acabar contigo. Es lógico temer aquello que podría matarte, por lo que tener pesadillas parece normal. De lo que nunca nos habíamos dado cuenta es de que las flaquezas se derivan de los temores. Los temores van primero y luego las flaquezas, no al revés.

Knighthawk y yo nos paramos en medio del pasillo para mirarla. Megan nos miró a los ojos, retadora como siempre, aunque yo veía bien las grietas. «Chispas.» Las cosas por las que había pasado esa mujer... Lo que habíamos descubierto la ayudaba, pero también agrandaba esas grietas, dejando al descubierto aspectos internos que se había esforzado por ocultar.

En el pasado, al servicio de Steelheart, había cometido actos terribles. No hablábamos de esa época. Había logrado escapar al verse obligada a no usar sus poderes para infiltrarse en los Exploradores.

—Podemos lograrlo, Knighthawk —dije—. Podemos dar con el talón de Aquiles del Profesor y emplearlo en su contra. En lugar de matarlo, sin embargo, le tenderemos una trampa para obligarlo a enfrentarse a sus miedos. Lo recuperaremos y demostraremos que el problema de los Épicos tiene otra solución.

—No saldrá bien —dijo Knighthawk—. Te conoce y conoce el protocolo de los Exploradores. Calamity redactó ese protocolo. Estará preparado.

—Verás, de eso se trata —dije—. Sí, nos conoce, pero nosotros también lo conocemos. Nos será más fácil dar con su punto débil que con el de cualquier otro Épico. Y, además, sabemos algo importante.

—¿Qué? —inquirió Knighthawk.

—En lo más profundo de su ser —dije—, el Profesor quiere que ganemos. Estará dispuesto a morir, por lo que se sorprenderá cuando realmente lo salvemos.

Knighthawk me miró atentamente.

—Eres extrañamente persuasivo, jovencito.

—No sabes hasta qué punto —murmuró Megan.

—Pero para derrotarlo nos hará falta tecnología —dije—. Me muero por ver qué tienes.

—Pues tengo un par de cosas que podría prestaros —dijo Knighthawk, echando de nuevo a andar—. Pero al contrario de lo que cree la gente, este lugar no es ningún enorme depósito de tecnología secreta. La verdad es que cada vez que logro que algo funcione lo vendo de inmediato. Todos esos drones no me salen baratos, ¿sabéis? Tengo que pedirlos a Alemania y es una verdadera lata desempaquetarlos. Por cierto, os pasaré la factura por los que habéis roto.

—Estamos mendigándote, Knighthawk —dije, poniéndome a su lado—. ¿Cómo esperas que te paguemos?

—Da toda la impresión de que eres un chico de recursos. Ya se te ocurrirá algo. Con una muestra de sangre congelada de Jonathan será suficiente, suponiendo que tu plan demencial fracase y tengas que acabar matándolo.

—No fracasará.

—¿Te parece? Dada la trayectoria de los Exploradores, jamás se me ocurriría apostar por un plan cuyo propósito no sea dejar algunos cadáveres. Pero ya veremos. —Su maniquí le hizo un gesto de asentimiento a Megan.

Aquel maniquí me fascinaba. Pensé un momento y de pronto algo chascó en mi mente como la mandíbula de un gigantesco escarabajo jugador de póquer.

—¡Wooden Soul! —dije—. ¿Conseguiste un poco de su ADN?

Sin detenerse, Knighthawk volvió la cabeza para mirarme.

—¿Cómo has...?

—Establecer la relación ha sido muy fácil en cuanto lo he pensado un poco. No hay muchas Épicas marionetistas rondando por ahí.

—¡Vivía en una aldea remota de Punjabi! —dijo Knighthawk—. Además, lleva muerta casi diez años.

—David se interesa por los Épicos —dijo Megan desde atrás—. Diría que son su obsesión, pero esa palabra no le hace justicia.

—No es eso —dije—. Soy como...

—No —dijo Knighthawk.

—Esto tiene lógica. Soy como...

—No, en serio —me interrumpió Knighthawk—, nadie quiere oírlo, chico.

Me desanimé. Un pequeño robot de limpieza corrió por el suelo y me dio en el pie. Pareció un gesto de rencor. Luego se alejó.

El maniquí de Knighthawk me señaló con el dedo, aunque tuvo que volverse un poco para hacerlo, porque tenía los brazos ocupados cargando a Knighthawk.

—No es sano obsesionarse con los Épicos. Tienes que controlarte.

—¡Y lo dice un hombre que se beneficia de los poderes de los Épicos y que ahora mismo se sirve de ellos para moverse! Menuda ironía.

—¿Y qué te hace pensar que yo no tengo la misma obsesión? Digamos que hablo por experiencia. Los Épicos son a la vez extraños, maravillosos y terribles. No te dejes arrastrar. Puedes acabar en... una situación difícil.

Lo dijo en un tono que me recordó el laboratorio con los pedazos de cadáveres flotando en las bañeras. Aquel hombre no estaba del todo cuerdo.

—Lo tendré en cuenta —dije.

Seguimos por el pasillo y pasamos por delante de una puerta abierta por la que no pude evitar mirar. La pequeña habitación estaba escrupulosamente limpia y contenía una enorme caja de metal justo en el centro. Era una especie de ataúd, impresión que se veía reforzada por la luz suave y el frío olor a antiséptico. Detrás del ataúd había un enorme casillero de madera. Cada casilla contenía un artículo pequeño, en su mayoría prendas de vestir. Gorras, camisas, cajitas.

Las casillas estaban rotuladas y apenas pude leer unos cuantos rótulos: «Demo», «The Abstract Man», «Blastweave»...

Nombres de Épicos. Knighthawk conservaba las muestras de ADN en los congeladores, pero era allí donde guardaba los trofeos. Curiosamente, una de las casillas más grandes no tenía placa. Contenía un chaleco y unos guantes, colocados para su exhibición y especialmente iluminados.

—Ahí no encontrarás motivadores —comentó Knighthawk—. Solo hay... recuerdos.

—¿Y cómo encontraré un motivador? —pregunté, mirándolo—. ¿Qué son en realidad, Knighthawk?

Sonrió.

—Chico, no tienes ni idea de lo difícil que ha sido evitar que la gente diese con la respuesta a esa pregunta. El problema es que necesito gente ahí fuera recogiendo material para mí, pero no quiero que cualquiera pueda fabricarse sus propios motivadores. Por tanto, recurro a la desinformación. A las verdades a medias.

—No eres el único que los fabrica, Knighthawk —dijo Megan poniéndose a nuestro lado—. Romerocorp los fabrica, y también ITC, en Londres. No es ningún secreto.

—¡Oh, sí que lo es! Verás, las otras empresas saben lo importante que es guardarlo. Creo que ni siquiera Jonathan sabe toda la verdad. —Sonrió, colgando fláccido de los brazos del maniquí. Aquella sonrisita empezaba a sacarme de mis casillas.

El maniquí me dio la espalda y siguió por el pasillo hasta la siguiente puerta.

—Espera —dije, corriendo tras él—. ¿No vamos a la sala de los recuerdos?

—No —dijo Knighthawk—. Allí no hay comida.

El maniquí abrió la puerta. Vi unos fogones y una nevera, aunque el suelo de linóleo y la mesa del centro eran más parecidos a los de la cafetería de la Factoría que apropiados para una cocina.

Miré a Megan cuando se me unió mirando desde la puerta. El maniquí entró y dejó a Knighthawk en un sillón demasiado mullido que había junto a la mesa. Luego fue hasta la nevera y se puso a buscar algo que yo no podía ver.

—Me vendría bien un bocado —comentó Megan.

—¿Todo esto no te parece un poco morboso? —le pregunté en voz baja—. Hablamos de máquinas fabricadas a partir de los cadáveres de los tuyos, Megan.

—No pertenezco a otra especie. Sigo siendo humana.

—Pero tienes un ADN diferente.

—Y sigo siendo humana. No intentes comprenderlo. Te volverás loco.

Solía pasar: intentar explicar los Épicos científicamente conducía, en el mejor de los casos, a la exasperación. Cuando Estados Unidos había aprobado la ley de capitulación, que eximía a los Épicos de atenerse al sistema legal, un senador la había explicado argumentando que no se podía esperar que las leyes humanas limitasen a seres que ni siquiera obedecían las leyes de la física.

Puede que yo fuese un tonto, pero todavía ansiaba comprender. Necesitaba que todo tuviese sentido.

Miré a Megan.

—No me importa lo que seas, siempre que seas tú, Megan. Pero no me gusta que usemos cadáveres sin comprender lo que les hacemos o cómo funciona todo esto.

—Entonces le sacaremos el secreto —me susurró, acercándose—. Tienes razón, los motivadores podrían ser importantes. ¿Y si su funcionamiento tiene alguna relación con los puntos débiles o los miedos?

Asentí.

Oímos más ruido en la cocina. ¿Palomitas? Me asomé dentro, asombrado. Knighthawk estaba relajado en el sillón mientras el maniquí permanecía junto al microondas preparando palomitas.

—¿Palomitas? —exclamé, extrañado—. ¿Para desayunar?

—¡El Apocalipsis llegó hace una década, chico! —exclamó a su vez—. Vivimos en la frontera, en un erial.

—¿Y eso qué tiene que ver?

—Las costumbres sociales están muertas y enterradas —dijo—. Les está bien empleado. Yo desayunaré lo que me venga en gana.

Iba a entrar pero Megan me retuvo por el hombro, acercándose más. Olía a humo... a explosivos, a pólvora de las balas disparadas y a madera quemada de un bosque en llamas. Era un olor maravilloso, embriagador. Mejor que cualquier perfume.

—¿Qué ibas a decir antes? —me preguntó—. Cuando hablabas de ti y Knighthawk te ha cortado y no has podido acabar.

—Nada. Era una tontería.

Megan me retuvo, mirándome a los ojos, esperando.

Suspiré.

—Tú comentabas lo obsesionado que estoy. Y no es eso. Soy como..., bueno, como un robot cortaúñas a vapor del tamaño de una habitación.

Arqueó una ceja.

—Básicamente, solo sé hacer una cosa —le expliqué—, pero, maldita sea, lo que sé hacer lo haré bien de veras.

Megan sonrió. Una imagen hermosa. Luego, por alguna razón, me besó.

—Te quiero, David Charleston.

Sonreí.

—¿Estás segura de poder amar a un cortaúñas gigantesco?

—Tú eres tú, seas lo que seas —dijo—. Eso es lo que importa —una pausa—, pero, por favor, no crezcas hasta tener el tamaño de una habitación. Sería muy incómodo.

Me soltó y entramos en la cocina para discutir el destino del mundo comiendo palomitas.

9

Nos sentamos a una mesa grande de vidrio a través del cual se veía una losa negra. Daba una sensación de majestuosidad que contrastaba tremendamente con el linóleo despegado y los desconchones de la pintura de la cocina. El maniquí de Knighthawk se sentó remilgadamente en una banqueta junto al enorme sillón y se puso a darle palomitas una a una.

Mis conocimientos sobre Wooden Soul, la Épica a la que había robado los poderes para crear a esa sirvienta, eran más bien vagos. Supuestamente había tenido la capacidad de controlar marionetas con la mente, lo que significaba que de hecho aquel maniquí no era autónomo; era más bien un conjunto extra de miembros para uso de Knighthawk, que seguramente llevaba encima algún dispositivo con un motivador que le permitía controlarlo.

Desde el pasillo, las voces anunciaron a los recién llegados. Llegó un robot que Knighthawk había enviado para guiar a Abraham y quizá para impedir que husmease donde no debía. Enseguida entró el alto canadiense y nos saludó. Después entraron los otros dos miembros de mi equipo. Primero Cody, un tipo larguirucho de treinta y muchos años. Vestía chaqueta y gorra de camuflaje, pero no por la misión: prácticamente siempre iba vestido de camuflaje. Llevaba días sin afeitarse. Según él era «una auténtica tradición de las Tierras Altas con el fin de prepararse para la batalla».

—¿Eso son palomitas? —preguntó con un marcado acento sureño. Se acercó y agarró un puñado directamente del cuenco que sujetaba el maniquí—. ¡Maravilloso! Abraham, chico, no exagerabas con lo del inquietante robot de madera.

Mizzy entró la última. De piel oscura y complexión ligera, llevaba el cabello muy rizado recogido de forma que explotaba en una nube hacia atrás, una especie de hongo atómico afro. Se sentó a la mesa tan lejos de Megan como pudo y me dirigió una sonrisa de ánimo.

Intenté no pensar en los miembros del equipo que faltaban. Val y Exel, a quienes el Profesor había matado. Tia, perdida en alguna parte, probablemente también muerta. Aunque no solíamos hablar de tales asuntos, Abraham me había confiado que se había enterado de que había otras dos células de Exploradores. Había intentado sin resultado ponerse en contacto con ellas durante la huida de Chicago Nova. Todo apuntaba a que el Profesor las había encontrado antes.

Cody devoró el puñado de palomitas.

—¿Dónde hay más? No sé si os dais cuenta de que ha sido un día agotador.

—Sí —convino Knighthawk—, una mañana agotadora atacando mi hogar para robarme.

—Venga, hombre —dijo Cody—. No estés resentido. En algunas zonas del viejo país se considera de buena educación presentarse dando un puñetazo a la cara. Vamos, que nadie te toma en serio si no llegas atizando.

—¿Puedo preguntar... a qué viejo país te refieres? —dijo Knighthawk.

—Se considera escocés —dijo Abraham.

—Soy escocés, monolito de duda y monotonía —dijo Cody, levantándose de la silla, aparentemente dispuesto a prepararse él mismo las palomitas en vista de que nadie se ofrecía a hacerlo por él.

—Dime una ciudad de Escocia aparte de Edimburgo —dijo Abraham.

—Ah, sí, el Burgo de Edin —dijo Cody—. Donde enterraron a Adán y Eva, quienes, por supuesto, eran escoceses.

—Por supuesto —dijo Abraham—. Por favor, un nombre de ciudad.

—Es fácil. Puedo decirte muchas. Londres. París. Dublín.

—Esas ciudades son...

—... escocesas —dijo Cody—. Verás, nosotros las fundamos y luego otros pueblos nos las robaron. Hay que aprender algo de historia. ¿Quieres palomitas?

—No. Gracias —dijo Abraham, sonriéndome divertido.

Me incliné hacia Knighthawk.

—Nos has prometido tecnología.

—Prometido es mucho decir, chico.

—Quiero ese dispositivo de curación —dijo Abraham.

—¿El reparador? Ni lo sueñes. No tengo otro.

—¿Tú también lo llamas así? —le preguntó Megan con el ceño fruncido.

—Una de las ocurrencias de Jonathan —repuso Knighthawk mientras el maniquí se encogía de hombros—. Acabó calando. De todos modos el mío no es ni de lejos tan eficaz como los poderes curativos de Jonathan, pero es todo lo que tengo, así que no os lo vais a llevar. Sin embargo, tengo otras dos cositas que podría prestaros. Una...

—Espera —dijo Mizzy—. Dispones de una máquina de curación, ¿y todavía andas por ahí con la marioneta sonriente? ¿Por qué no..., ya sabes, te curas las piernas?

Knighthawk la miró impasible y el maniquí negó con la cabeza, como si preguntar por su discapacidad fuese tabú.

—¿Qué sabes de los poderes de curación de los Épicos, jovencita? —le preguntó.

—Bueeeno —dijo Mizzy—, los Épicos que matamos

tienden a quedarse muertos, así que no tengo muchas oportunidades de ver curaciones.

—La curación de los Épicos no cambia el ADN ni el sistema inmunológico —explicó Knighthawk—, se limita a reparar el daño celular. Mi estado actual no se debe a un accidente; si hubiera tenido simplemente la médula espinal seccionada, me habría curado. El problema es más grave y, si bien el dispositivo de curación me devuelve algo de sensibilidad a los miembros, vuelvo a perderla enseguida, así que uso a Manny.

—¿Le has puesto nombre? —preguntó Abraham.

—Claro. ¿Por qué no? A ver, empiezo a pensar que después de todo no queréis la tecnología.

—La queremos —dije—. Por favor, sigue.

Puso los ojos en blanco y aceptó otra palomita de la mano del maniquí.

—Bien, hace unos meses murió una Épica en Siberia, en un enfrentamiento entre dos déspotas bastante dramático. Por la zona pasaba un comerciante con iniciativa y logró recoger a una de...

—¿A Rtich? —dije, poniéndome recto—. ¿Lograste copiar a Rtich?

—Chico, no te conviene saber tanto de estos asuntos.

Pasé del comentario. Rtich, pronunciado más o menos «r'tich», había sido una Épica poderosa. Yo había estado buscando algo que nos permitiese enfrentarnos al Profesor en igualdad de condiciones. Necesitábamos algo que no pudiera prever...

Megan me dio un codazo en el estómago.

—Bueno, ¿nos lo vas a contar?

—¡Oh! —dije al darme cuenta de que Knighthawk había dejado de hablar—. Bien, Rtich era una Épica rusa con un conjunto de habilidades bastante ecléctico. Técnicamente no era una gran Épica, pero sí muy poderosa. ¿Estamos hablando de todo el conjunto, Knighthawk?

—Cada motivador solo aporta una habilidad.

—Bien —dije, poniéndome en pie—, en ese caso doy por supuesto que emulaste el globo de mercurio. ¿Qué hacemos aquí sentados? ¡Vamos a buscarlo! Quiero probarlo.

—Oye, escocés —dijo Knighthawk—, ya que estás ahí, ¿me traes una cola de la nevera?

—Claro —respondió Cody, echando en un cuenco las palomitas recién hechas. Cogió una cola de la nevera, de la misma marca que le gustaba a Tia.

—Ah —añadió Knighthawk—, y esa fiambrera de ensalada de patatas.

—¿Ensalada de patatas y palomitas? —preguntó Cody—. Eres un tío raro, si no te importa que te lo diga. —Dejó la fiambrera transparente en la mesa, con la cola encima. Luego se dejó caer junto a Mizzy y apoyó los pies, calzados con las botas de trabajo, sobre la misma mesa, se recostó en la silla y atacó el cuenco como un hombre al que le hubiese incendiado la casa una mazorca de maíz particularmente violenta.

Yo me quedé de pie, con la esperanza de que los demás se me uniesen. No quería estar sentado hablando de poderes épicos. Quería usarlos. Y esa habilidad en concreto tenía que ser tan emocionante como el espiril, pero sin agua, cosa que me convenía. Aunque hubiese estado dispuesto a que las profundidades me tragasen para salvar a mis amigos, no por ello el agua y yo nos llevábamos bien. Lo nuestro era más bien una tregua.

—¿Bien? —le animé.

El maniquí de Knighthawk abrió la fiambrera de ensalada de patatas. Dentro, en el centro, había una cajita negra.

—Aquí está.

—¡Guardas dispositivos de superpoderes con un valor incalculable en la ensalada de patatas! —se sorprendió Megan, apabullada.

—¿Sabes cuánta gente ha venido aquí a robarme? —le preguntó Knighthawk.

—Siempre sin éxito —dije—. Todos saben que este lugar es inexpugnable.

Knighthawk bufó.

—Chico, vivimos en un mundo en que la gente puede literalmente atravesar las paredes. Ningún lugar es inexpugnable; simplemente se me da bien mentir. Es decir, incluso vosotros habéis logrado birlarme algunas cosas... aunque descubriréis que los dispositivos que se ha llevado Abraham sirven para poco. Uno imita los ladridos de un perro y otro hace crecer las uñas con más rapidez... pero no las fortalece. No todos los poderes de los Épicos son asombrosos, aunque me gustaría recuperar esos dos. Son una buena carnada.

—¿Carnada? —preguntó sorprendido Abraham.

—Por supuesto, por supuesto —dijo Knighthawk—. Siempre conviene dejar algunos por ahí para que la gente crea que se lleva algo valioso en compensación por tantos esfuerzos. Hago incluso un numerito: furioso porque me han robado, juro vengarme. Bla, bla, bla. Habitualmente así me dejan en paz, felices de haberse llevado algo. En cualquier caso, después de una docena de robos, ¿calculas a cuántas personas se les ocurrió mirar en la fiambrera de ensalada de patatas?

El maniquí sacó la cajita y la dejó sobre la mesa. Al menos la había metido en una bolsa hermética. Volví a sentarme, admirándola, imaginando sus posibilidades.

—¿Cómo has logrado meter a las hadas en una cosa tan pequeña? —le preguntó Cody, señalando el dispositivo—. ¿No se les aplastan las alitas?

Todos pasamos de él.

—Has mencionado otro producto tecnológico —dijo Abraham.

—Sí —respondió Knighthawk—. Por alguna parte tengo un viejo cristalizador. Lo fijas a una red cristalina pura y en segundos puedes hacer crecer nuevas formaciones. Podría ser útil.

—Eh... —dijo Mizzy, levantando la mano—, ¿alguien más no entiende para qué queremos algo así? Suena genial y eso, pero... ¿cristales?

—Bien, verás —dijo Knighthawk—, la sal es un cristal.

Todos lo miramos, desconcertados.

—Vais a perseguir a Jonathan, ¿no es así? —dijo Knighthawk—. ¿Sois conscientes de que está en Atlanta?

Atlanta. Me recosté en mi asiento. Atlanta estaría bajo la jurisdicción del Aquelarre, una asociación libre de Épicos que básicamente habían prometido no molestarse. En ocasiones uno ayudaba a otro a asesinar a un rival que había intentado robarle la ciudad... En el caso de los Épicos, eso equivalía a ser los mejores amigos del mundo.

Pero, a diferencia de lo mucho que sabía de los Épicos, mis conocimientos sobre el mundo tenían muchas lagunas. La naturaleza de Babilar, con sus frutos relucientes y sus pinturas surrealistas, había sido para mí toda una sorpresa. En el fondo, seguía siendo un chico recluido que hasta unos meses antes no había salido de su barrio natal.

—Atlanta —dijo Abraham en voz baja—. O Ildithia, como se llama ahora. ¿Dónde se encuentra en este momento?

—En algún punto del este de Kansas —dijo Knighthawk.

«¿Kansas? —pensé. El comentario había tenido un efecto discordante en mis recuerdos—. Exacto. Ildithia se mueve.» Pero ¿hasta tan lejos? Había leído sobre sus desplazamientos, pero había supuesto que permanecía más o menos en la misma región.

—Pero, ¿qué hace él allí? —preguntó Abraham—. ¿Qué podría buscar Jonathan Phaedrus en la ciudad de la sal?

—¿Cómo voy yo a saberlo? —dijo Knighthawk—. Hago todo lo posible para no llamar su atención. Seguí sus movimientos simplemente para protegerme, pero de ningún modo voy a ponerme a pincharlo con un palo.

El maniquí de Knighthawk dejó el cuenco.

—Me he quedado sin palomitas, lo que indica que es hora de poner algunas condiciones a mi regalito. Podéis llevaros el rtich y el cristalizador con la condición de que os vayáis ahora mismo y nunca más contactéis conmigo. No le digáis nada de mí a Jonathan; ni siquiera habléis de mí entre vosotros, por si lo oye. Le gusta hacer las cosas bien. Si viene por mí, no dejará más que un agujero humeante en el suelo.

Miré a Megan, quien a su vez miraba fijamente a Knighthawk, sin parpadear, con las comisuras de los labios hacia abajo.

—Sabes que conocemos el secreto —le dijo en voz baja—. Sabes que estamos cerca de la respuesta, de dar con una verdadera solución.

—Razón por la que os estoy ayudando.

—A medias —lo acusó Megan—. Estás dispuesto a lanzar una granada dentro de la habitación, pero no quieres echar un vistazo para comprobar si ha hecho su trabajo. Sabes que algo debe cambiar en este mundo, pero no quieres cambiar con él. Eres un vago.

—Soy realista —dijo Knighthawk mientras el maniquí se ponía en pie—. Acepto el mundo como es y hago lo que puedo para sobrevivir. Incluso daros esos dos dispositivos es un peligro para mí; Jonathan reconocerá mi trabajo. Con suerte creerá que los habéis conseguido de un traficante de armas.

El maniquí se acercó a la nevera, sacó unas cuantas cosas y las guardó en una mochila; todas menos una que dejó en la mesa; parecía un frasco de mayonesa, pero cuando lo destapó, vimos que dentro había otro pequeño dispositivo hundido en la salsa cremosa. El maniquí se echó la mochila al hombro y fue a levantar a Knighthawk.

—Tengo otra pregunta —dije, levantándome.

—Lástima —dijo Knighthawk.

—Tienes otras tecnologías que darnos —dijo Abraham, señalando la mochila—. Solo nos has entregado lo que crees que no te causará demasiados problemas con el Profesor.

—Una suposición acertada. Tienes razón —le respondió Knighthawk—. Idos. Ya os mandaré la factura por los drones. Si sobrevivís, espero que me paguéis hasta el último céntimo.

—Intentamos salvar el mundo, ¿sabes? —dijo Mizzy—. Eso te incluye a ti.

Knighthawk bufó.

—¿Eres consciente de que la mitad de la gente que viene a mí intenta salvar el mundo? Demonios, ya he trabajado con los Exploradores y siempre estáis intentando salvar el mundo. Por ahora no parece salvado; es más, ahora que Jonathan ha cambiado de bando, está bastante peor.

»Si siempre os hubiese regalado mi material, hace años que habría quebrado y no habríais tenido ocasión siquiera de venir a robarme. Así que menos humos y dejaos de tópicos.

El maniquí nos dio la espalda y salió. Me quedé en la silla, frustrado, y miré a los otros.

—¿Esa salida no os ha parecido un poco brusca?

—¿No has visto lo raro que es? —preguntó Cody, empujando con el pie la ensalada de patatas.

—Al menos tenemos algo —dijo Abraham, dando la vuelta a una de las cajitas—. Estamos en una situación mucho mejor que al principio... y, además, sabemos dónde tiene Jonathan su base de operaciones.

—Sí —dije, mirando a Megan, que parecía inquieta.

Así que ella también se daba cuenta. Sí, habíamos conseguido unas cuantas armas, pero habíamos dejado escapar la ocasión de obtener respuestas.

—Coged todo eso —dije—. Cody, registra la nevera por si acaso y salgamos de aquí.

El grupo siguió mis instrucciones y yo me quedé mirando la puerta y el pasillo. Todavía quedaban demasiadas preguntas.

—Entonces... —dijo Megan a mi lado—, ¿quieres que lleve fuera al resto del grupo?

—¿Eh? —le pregunté.

—¿Recuerdas cuando nos perseguiste a nosotros y al Profesor por las calles subterráneas de Chicago Nova a pesar de que te habíamos dicho que te dispararíamos si no te estabas quieto?

Sonreí.

—Sí. En aquel momento me parecía genial que me dispararan los Exploradores, enseñar la cicatriz del balazo a mis amigos y contar que el mismísimo Jonathan Phaedrus me había disparado.

—¡Qué rarito eres! Lo que quiero decir es si vas a ir tras Knighthawk.

—Claro que voy a ir tras él. Asegúrate de que todos salgan sanos y salvos. Y, luego, si las cosas se tuercen, intenta rescatarme de mi propia estupidez.

Le di un beso rápido, atrapé al vuelo el rifle que Abraham me lanzó y me puse a perseguir a Knighthawk.

10

No tuve que ir muy lejos.

El pasillo estaba desierto, pero me acerqué a la sala que habíamos visto antes, la de los trofeos en la pared del fondo, y eché un vistazo. No me sorprendió encontrar a Knighthawk sentado en un sillón, al otro lado de la habitación. A su lado ardía una chimenea de gas y el maniquí estaba tendido, con sus hilos invisibles cortados, en el suelo.

Al principio me preocupé. ¿Knighthawk estaba bien?

Luego vi sus ojos, que reflejaban las llamas, mirando la caja plateada del centro de la sala, la que parecía un ataúd. Las lágrimas le corrían por las mejillas. Comprendí que probablemente deseaba estar solo, sin tener que soportar siquiera la mirada silenciosa del maniquí.

—El Profesor la mató, ¿no es así? —susurré—. A tu esposa. Se volvió malvada y el Profesor tuvo que matarla.

Al fin había recordado los detalles de una conversación mantenida con el Profesor en las afueras de Babilar, en un pequeño búnker donde realizaba experimentos científicos. Me había hablado de su grupo de amigos, todos ellos Épicos. Él, Regalia, Murkwood y Amala. Con el tiempo, tres de ellos se habían vuelto malvados.

Chispas. Cuatro, incluido el Profesor.

«No funciona, David —me había dicho—. Me está destruyendo...»

—No se te da muy bien prestar atención a las instrucciones, ¿verdad, chico? —me dijo Knighthawk.

Entré en la habitación y me acerqué al ataúd. La tapa tenía una sección transparente por la que se veía un rostro hermoso tendido pacíficamente, con el pelo dorado extendido en abanico.

—Se esforzó todo lo posible por resistirse —dijo Knighthawk—. Luego, una mañana, me levanté y... había desaparecido. A juzgar por las seis tazas de café vacías, había estado despierta toda la noche. Le había dado miedo dormir.

—Pesadillas —susurré, tocando el cristal del ataúd.

—Creo que la tensión de estar despierta toda la noche fue lo que la hizo romperse. Mi querida Amala. Jonathan nos hizo un favor a los dos atrapándola. Debo entenderlo de esa forma. De la misma forma que tú deberías renunciar a esa tontería de salvarlo. Acaba con él, chico. Por su bien y por el de todos nosotros.

Aparté la vista del ataúd para mirar a Knighthawk. No se había limpiado las lágrimas. No podía.

—Tienes esperanzas —dijo—. En caso contrario no nos habrías invitado a entrar. Has visto lo que Megan hacía y tu primera idea ha sido que habíamos encontrado la forma de acabar con la oscuridad.

—Quizás os haya invitado a pasar porque me he apiadado —dijo Knighthawk—. Me he apiadado de alguien que evidentemente ama a una Épica. Como yo amé a una. Como Tia amaba a un Épico. Quizá te haya invitado para advertirte. Prepárate para lo que vendrá, chico. Una mañana te levantarás y ella se habrá ido.

Crucé la habitación con el cañón del rifle apoyado en el hombro y acerqué una mano a Knighthawk. La rapidez del maniquí me pilló desprevenido. Se levantó de un salto y me la agarró antes de que pudiese ponérsela en el hombro.

Knighthawk la miró, decidiendo aparentemente que no pretendía hacerle daño, y el maniquí me soltó. Chispas, agarraba fuerte.

Al soltármela le toqué el hombro y me agaché junto al sillón.

—Voy a derrotarlo, Knighthawk, pero me hacen falta respuestas que solo tú puedes darme sobre los motivadores y su funcionamiento.

—Tonterías —dijo.

—Mantienes a Amala en estado vegetativo. ¿Por qué?

—Porque yo también soy un tonto. Cuando la encontré tenía en el pecho un agujero del tamaño del puño de Jonathan. Estaba muerta. Es una estupidez pretender lo contrario.

—Pero, aun así, has reparado su cuerpo —dije—. Y la has conservado.

—¿Los ves? —dijo, señalando hacia el otro lado de la sala donde estaban los restos de los Épicos caídos—. Esos no la trajeron de vuelta. Cada uno de ellos proviene de un Épico con poderes de curación que convertí en motivadores. Ninguno sirvió. No hay respuesta. No hay secreto. Vivimos en el mundo tal y como es.

—Calamity es un Épico —susurré.

Knighthawk se sorprendió y apartó la vista de la pared para volver a mirarme.

—¿Qué?

—Calamity es un Épico —le repetí—. Es una... persona. Regalia descubrió la verdad, incluso habló con él o con ella. Eso que nos destrozó la vida no es una fuerza de la naturaleza. No es una estrella ni un cometa: es una persona. —Inspiré profundamente—. Y voy a matar a Calamity.

—Santo cielo, chico —dijo Knighthawk.

—Salvar al Profesor es el primer paso —dije—. Nos harán falta sus habilidades. Pero después subiré allí arriba y destruiré esa cosa. Conseguiremos que el mundo vuelva a ser como antes del ascenso de Calamity.

—Estás loco de remate.

—Bueno, después de matar a Steelheart estuve una temporada a la deriva —dije—. Me hacía falta una nueva meta en la vida. Me pareció que bien podía apuntar alto.

Knighthawk me miró fijamente, echó atrás la cabeza y soltó una carcajada.

—Nunca pensé que llegaría a conocer a alguien más ambicioso que Jonathan, chico. ¡Matar a Calamity! ¿Por qué no? ¡Parece fácil!

Miré al maniquí. Se había agarrado el vientre y se movía como si se riese.

—Bien —dije—. ¿Vas a ayudarme?

—¿Qué sabes de Épicos que naciesen siendo gemelos idénticos? —me preguntó Knighthawk mientras el maniquí se acercaba y le enjugaba las lágrimas. A las vertidas por su mujer se les habían unido las de la risa.

—Por lo que sé, solo hay un caso, el de los Creer, Hanjah y Mad Pen, del Aquelarre. Han actuado recientemente en... Charleston, ¿no?

—Bien, bien —respondió Knighthawk—. Conoces el tema. ¿Quieres sentarte? Pareces incómodo.

El maniquí me trajo un taburete y me senté.

—Esos dos son de alrededor de un año después de Calamity —me explicó Knighthawk—, más o menos la época en que el Profesor y los demás obtuvieron sus poderes. De la primera oleada, como la llamáis los eruditos. Y fue por esos dos que empezamos a preguntarnos cómo funcionaban los poderes. Los dos...

—... poseen los mismos poderes —dije—. Control de la presión del aire, manipulación del dolor, precognición.

—Sí —dijo Knighthawk—, ¿y sabes qué? No son los únicos gemelos idénticos Épicos. Pero solo en su caso uno de los dos no mató al otro.

—No es posible —dije—. Habría oído hablar de ellos.

—Sí, bueno. Mis socios y yo nos aseguramos de que nadie estuviera al corriente de los otros casos porque encerraban un secreto.

—Cada par de gemelos tiene las mismas habilidades

—supuse—. Los gemelos comparten el mismo conjunto de poderes.

Knighthawk asintió.

—Así que son genéticos.

—Sí y no —dijo Knighthawk—. No encontramos nada en la genética de los Épicos que aportara pistas sobre sus poderes. ¿Esa tontería de las mitocondrias? Nos la inventamos. Era plausible, porque el ADN Épico tiende a degradarse con rapidez. Todo lo demás que hayas oído sobre los motivadores no es más que jerga tecnológica que empleamos para confundir a los que intentan hacernos la competencia.

—Entonces...

—Comprende que al contártelo estaré violando el acuerdo que mantengo con otras compañías.

—Cosa que te agradezco.

Arqueó una ceja y el maniquí cruzó los brazos.

—Si existe una mínima posibilidad de que yo tenga razón y pueda acabar definitivamente con los Épicos —le dije—, ¿no vale la pena arriesgarse?

—Sí —dijo Knighthawk—. Pero, aun así, quiero que me prometas una cosa, chico. Que no revelarás el secreto.

—Te equivocas guardándolo —dije—. Quizá si los gobiernos del mundo lo hubiesen sabido habrían podido luchar contra los Épicos.

—Demasiado tarde —dijo—. Dame tu palabra.

Negué con la cabeza, reticente.

—Vale. Se lo contaré a mi equipo, pero les haré jurar que guarden el secreto. No se lo contarán a nadie más.

Se lo pensó un momento y luego suspiró.

—Cultivos de células.

—¿Qué?

—Cultivos celulares —dijo—. Ya sabes: coges una muestra de células y haces que se reproduzcan en el laboratorio. Esa es la respuesta. Pillas las células de un Épico, las metes en un tubo de ensayo con nutrientes y les aplicas corriente eléctrica. Listo. Puedes emular los poderes de ese Épico.

—No lo dirás en serio... —dije.

—Muy en serio.

—No puede ser tan fácil.

—No es fácil en absoluto —dijo Knighthawk—. El voltaje determina qué poder se manifiesta. Si no estás preparado para canalizarlo adecuadamente puedes volar por los aires... Demonios, puedes volar todo el estado hasta la Luna. La mayor parte de nuestros experimentos, todo este equipo, se basa en el control de las habilidades que surgen de las células.

—Vaya —dije—. ¿Me estás diciendo que Calamity no puede distinguir entre una persona de verdad y un montón de células? —Era muy raro que cometiera semejante error un ser inteligente.

—Oh —dijo Knighthawk—. Lo más probable es que no le importe. Es decir, si Calamity es verdaderamente un Épico. Además, puede que haya algún tipo de interacción con los motivadores que no comprendemos. La verdad es que son delicados, incluso en el mejor de los casos. De vez en cuando un poder se niega a funcionar para alguien. Los demás lo usan sin problemas, pero esa persona no puede usar el dispositivo.

»Les pasa más a los Épicos. Jonathan demostró que los Épicos podían usar motivadores, pero de vez en cuando dábamos con uno que no servía. Lo mismo pasa con dos motivadores diferentes usados por la misma persona. En ocasiones interfieren entre sí y uno deja de funcionar.

Me acomodé en el taburete, pensativo.

—Cultivos de células. Vaya. Tiene sentido, supongo, pero parece tan... sencillo.

—Los mejores secretos suelen serlo —dijo—. Pero es sencillo una vez que lo conoces. ¿Sabes el tiempo que tardaron los científicos de antes de Calamity en descubrir cómo cultivar células humanas normales? Fue un proceso tremendamente difícil. Bien, lo mismo pasó con los motivadores. Trabajamos como esclavos para crear los primeros. Lo que llamas motivador es en realidad una pequeña incubadora. El motivador alimenta las células, regula la temperatura, elimina los productos de desecho. Si se construye bien, un buen motivador puede durar décadas.

—Regalia conocía tu secreto —dije—. Cogió a Obliteration y empleó sus células para fabricar una bomba.

Knighthawk guardó silencio. Cuando lo miré, el maniquí se había apoyado en la pared con las manos a la espalda y la cabeza gacha, indeciso.

—¿Qué? —le pregunté.

—Es peligroso fabricar motivadores a partir de Épicos que siguen con vida.

—¿Peligroso para el Épico?

—Chispas, no, para ti. Notan que otros usan sus poderes. Es horriblemente doloroso y se hacen una idea de dónde está pasando. Naturalmente, buscan la fuente del dolor y la destruyen...

—De ahí lo de los gemelos —comenté—. Has dicho que...

—Casi siempre uno mata al otro —respondió—. Cuando uno usa los poderes el otro siente dolor. Por esa razón no fabrico motivadores a partir de Épicos vivos. Es una idea muy mala, nefasta.

—Sí, bien, por lo que sé de Obliteration, probablemente disfrutase del dolor. Es como un gato.

—¿Un... gato?

—Sí. Un gato muy raro, hecho polvo, que cita las escrituras y disfruta del dolor —incliné la cabeza—. ¿Qué? ¿Te parece más como un hurón? Puede que sí. Pero Regalia operó a Obliteration. ¿No le habría bastado con una muestra de sangre?

El maniquí de Knighthawk hizo un gesto con la mano para descartar la idea.

—Es un viejo truco. Yo mismo lo usé antes de decidir dejar de fabricar motivadores a partir de Épicos vivos. Evita que se den cuenta de la simplicidad del proceso. En cualquier caso, ya conoces el secreto. Quizá te sea de ayuda; no tengo ni idea. Ahora, ¿puedes dejarme con mi pena?

Me levanté. De pronto me sentía agotado. Quizá fuese una secuela del proceso de curación.

—¿Conoces el punto débil del Profesor?

Knighthawk negó con la cabeza.

—No tengo ni idea.

—¿Me mientes?

Knighthawk bufó.

—No, no te miento. Nunca me lo reveló y todas mis suposiciones resultaron erróneas. Pregúntaselo a Tia. Es posible que se lo contara.

—Creo que Tia ha muerto.

—Maldita sea. —Knighthawk guardó silencio, con la mirada perdida. Mi esperanza había sido que el secreto de los motivadores arrojase luz sobre el Profesor y lo que hacía para ceder sus poderes a otros. Seguía sin saber por qué algunos Épicos podían evitar la oscuridad recurriendo a ese método.

«A menos que realmente no puedan», pensé. Tenía que hablar con Edmund, a quien llamaban Conflux.

Me acerqué a la puerta, alejándome de la Épica muerta en su ataúd. En silencio deseé que Knighthawk nunca diese con la forma de traerla de vuelta; dudaba que el reencuentro se desarrollase como él deseaba.

—¡Steelslayer! —me gritó.

Me volví y el maniquí se me acercó con un pequeño dispositivo en la palma. Era como una batería cilíndrica, de esas gordas que había visto en los anuncios de juguetes de las grabaciones que nos pasaban en la Factoría después de cenar. Esos anuncios nos encantaban. En cierto modo nos parecían más reales, más una imagen de la vida del mundo anterior a los Épicos que los programas que interrumpían.

¡Oh, vivir en un mundo donde los niños desayunaban cereales de colores y pedían juguetes a sus padres!

—¿Qué es? —pregunté, cogiéndolo.

—Una incubadora de muestras de tejido —dijo—. Conservará las células vivas el tiempo suficiente para que me las puedas enviar. Cuando falles y tengas que matar a Jonathan, consígueme una muestra de su ADN.

—¿Para fabricar un dispositivo y esclavizar sus células para enriquecerte?

—Jonathan Phaedrus posee una capacidad de curación más poderosa que la de ningún Épico que yo conozca —dijo Knighthawk mientras el maniquí me hacía un gesto grosero—. Crearé con él un reparador más eficaz que todos los que he probado. Podría... podría funcionar con Amala. Hace más de un año que no pruebo nada. Pero quizá... no sé. En cualquier caso, deberías permitir que Jonathan siga curando gente tras su muerte. Sabes que es lo que él querría.

No le prometí nada, pero me llevé la incubadora.

Nunca sabe uno lo que puede serle útil.

SEGUNDA PARTE

11

Me encontraba en un lugar frío y oscuro.

Mi mundo estaba compuesto exclusivamente de sonidos. Cada uno de ellos era horrible, una agresión, un grito. Enfrentado a esa descarga, me coloqué en posición fetal, pero empezó el ataque de las luces. Luces intensas, horribles, violentas. Las odié, pero no sirvió de nada. Lloré, pero eso también me aterrorizó; mi propio cuerpo me traicionaba con un asalto interior, aliándose con los del exterior.

La situación alcanzó un clímax de estampidos, destellos, ardor, golpes, chillidos y tremendas explosiones hasta que...

Desperté.

Me había acurrucado de una forma muy incómoda en el asiento trasero de uno de los jeeps. Era de noche y recorríamos una autopista ruinosa. Mientras avanzábamos hacia Atlanta el vehículo se sacudía.

Parpadeé adormilado intentando encontrarle sentido al sueño. ¿Una pesadilla? Desde luego el corazón me latía aceleradamente. Recordaba el terror absoluto por el ruido y la confusión, pero no había sido como cualquier otra pesadilla de las que había tenido.

No había agua en ella. Recordaba vagamente algunas pesadillas de mi época en Babilar y siempre incluían el ahogamiento. Me senté a reflexionar. No podía ignorar ningún mal sueño ahora que habíamos descubierto lo de los Épicos. ¿Pero en qué situación me dejaba eso? La gente seguiría teniendo pesadillas. ¿Cómo distinguir un sueño importante de uno puramente casual?

Bueno, como yo no era un Épico, probablemente daba igual.

Me desperecé y bostecé.

—¿Cómo vamos?

—Esta noche hemos avanzado bastante —dijo Abraham desde el asiento del copiloto—. Aquí hay menos escombros en las carreteras.

Viajábamos de noche si era posible, en dos jeeps con los faros apagados, usando las gafas de visión nocturna. Siguiendo la sugerencia de Abraham, cada pocas horas nos cambiábamos de vehículo: según él, así la conversación cambiaba y el conductor se mantenía despierto. Menos yo, todos se turnaban para conducir. Era completamente injusto. Solo por una vez que... Vale, y por aquella otra. Y por lo del buzón, pero, de verdad, ¿quién se acordaba ya de lo del buzón?

Mizzy y Abraham estaban en mi jeep; Megan y Cody iban en el otro. Recogí el rifle que había dejado a mis pies. Con un toque plegué la culata y pude usar la mira telescópica de visión nocturna y térmica para observar el exterior.

Abraham tenía razón. Esa autopista, aunque destrozada en varios puntos, en general estaba en mejor estado que la que de Chicago Nova a Babilar, y en mucho mejor estado que la que habíamos tomado para llegar hasta Knighthawk. En la cuneta había coches destartalados y ninguno de los pueblos de la zona estaba iluminado. Una de dos: o eran pueblos abandonados o sus habitantes no tenían ganas de llamar la atención de los Épicos. Estimé que la primera opción era la más probable. La gente se sentía atraída por las grandes ciudades, donde estaría sometida al gobierno de un Épico pero tendría acceso a los productos de primera necesidad.

Por horrible que fuese Chicago Nova, seguía ofreciendo una vida relativamente estable. Salía comida empaquetada de una de las fábricas en funcionamiento, había agua limpia, electricidad. Cereales con frutas de colores, no, pero seguía siendo mejor que vivir en un erial. Además, por lo que a Épicos respectaba, vivir en una ciudad era como formar parte de un banco de peces: eras demasiado insignificante para que se fijaran en ti. Bastaba con que no te mataran en un acto aleatorio de furia.

Por fin vi el viejo cartel verde de carretera que proclamaba que no estábamos muy lejos de Kansas City. Habíamos rodeado la ciudad porque reinaban en ella los Épicos, sobre todo Hardcore. Por suerte, la posición actual de Atlanta no estaba mucho más lejos. No era muy cómodo ir en la parte trasera de uno de estos vehículos. Chispas, antes de desmoronarse el país había sido grande.

Saqué el móvil. La verdad es que resultaba agradable poder usarlo otra vez, aunque tuve que reducir mucho el brillo de la pantalla para no iluminar el jeep. Le mandé un mensaje a Megan.

«Besos.»

Un segundo después el móvil parpadeó y vi la respuesta.

«Qué asco.»

Fruncí el ceño hasta que comprobé que el mensaje no era de Megan, sino de un número desconocido.

«¿Knighthawk?», tecleé, suponiendo que era él.

«Bueno, técnicamente Manny, mi maniquí —fue la respuesta—. Pero sí... y sí, vigilo vuestras comunicaciones. Te aguantas.»

«Sabrás que todos afirman que tus móviles son totalmente seguros», le escribí.

«Entonces todos son idiotas —respondió—. Por supuesto que puedo leer lo que enviáis.»

«¿Y si el Profesor me mata y coge el teléfono? ¿No te preocupa que vea que te comunicabas conmigo?»

Como respuesta sus mensajes desaparecieron, junto con

mis respuestas. ¿Podía modificar la memoria del teléfono?

«Recuerda nuestro acuerdo —dijo en un nuevo mensaje—. Quiero sus células.»

Yo no había llegado a semejante acuerdo con él, pero en este momento no tenía sentido mencionarlo. Apunté el número en un papel y vi que, evidentemente, como su último mensaje desaparecía. Momentos después me llegó uno de Megan.

«Besitos de mi parte, Knees.»

«¿Todo bien por ahí?», pregunté.

«Si por "todo bien" te refieres a que me estoy volviendo tarumba de escuchar a Cody inventarse una historia tras otra, pues sí.»

Le envié una sonrisa.

«Que sepas que afirma haber participado en las Olimpiadas —me escribió—, pero que un duende malvado le robó la medalla.»

«Espera al desenlace —le envié—. Suele acabar con un chiste bastante malo.»

«El próximo tramo me voy con Abraham. En serio. Creía haber superado el deseo de estrangular a los miembros del equipo. Resulta que mi deseo de asesinar a Cody de un modo violento e inhumano no tenía nada que ver con la oscuridad. Era completamente natural.»

«Vaya —le respondí—. A lo mejor deberías comprobar si algo de lo que Cody hace tiene relación con tu psique. Cabe la posibilidad, aunque remota, de que si enfrentarte a tus miedos disminuye la oscuridad, otros estímulos ambientales la activen.»

Pasaron unos momentos.

«Empollón», me llegó por fin la respuesta.

«Intento tener en cuenta todas las posibilidades.»

«La verdad —me respondió—, ¿por qué no salgo con un chico que tenga una obsesión "útil"?»

Sonreí. «¿Como cuál?»

«¿Por las novelas románticas? ¿Por los modos de darse

el lote? Cosas de novios. Quizás así me elogiarías por algo más que por mis gustos en cuestión de pistolas.»

«Lo siento —le envié—. En eso no tengo demasiada experiencia.»

«Ni que lo digas —me respondió—. En serio, David, menos mal que tienes un trasero muy bonito.»

«¿Te das cuenta de que probablemente Knighthawk está leyendo esta conversación?»

«Bien, el suyo es bastante feo —respondió—, así que, ¿por qué iba a importarme?»

Llegamos a una zona de baches. Saltos y meneos. Mizzy redujo la velocidad, esquivándola.

«¿Echas de menos Chicago Nova? —le pregunté de repente a Megan—. A mí me pasa a veces. Extraño, ¿no te parece?»

«En absoluto —respondió—. Creciste allí. De allí era tu familia. En ocasiones echo de menos Portland, el último lugar donde llevé una vida normal. Incluso tenía una muñeca, Esmeralda. Tuve que abandonarla.»

Incliné la cabeza. Era una época de la que Megan no hablaba mucho.

«Si me curo de verdad —me escribió—, podría ir a buscarlos. Cuando pueda fiarme de mí.»

«¿A tu familia? —tecleé—. ¿Tienes alguna idea de en qué ciudad está?»

«Si es como recuerdo, no están en ninguna ciudad —escribió Megan—. Hay más gente de la que crees viviendo ahí fuera, en las tinieblas. Sobreviviendo. Apuesto a que más de la que vive en las ciudades; simplemente no los vemos.»

Dudaba de que fuera así. Es decir, ¿tal cantidad de gente podía ser invisible? ¿Qué sucedería cuando uno de ellos se convirtiese en Épico? Los Épicos nuevos tendían a perder el control en cuanto adquirían sus poderes. El resultado solía ser... antiestético.

«¿Sabes lo que me fastidia más de todo esto? —tecleó Megan—. Que el tonto de mi padre tuviera razón con todas esas locuras sobre un apocalipsis y lo de enseñar a sus hijas a disparar y prepararlas para lo peor... Tenía razón. Lo atribuía a una catástrofe nuclear, pero acertó más o menos.»

No me llegaron más mensajes y la dejé a solas con sus pensamientos. Poco después, Mizzy frenó.

—Necesito descansar —dijo—. ¿Lo coges tú, Abe?

—Si quieres... —dijo.

—Quiero. Lo estoy deseando.

«Parece que paramos para cambiar de conductor —le envié a Megan—. Estamos en el kilómetro... 51.»

«Vamos unos kilómetros por delante de vosotros —me escribió—. Le diré a Cody que reduzca la velocidad hasta que nos alcancéis. De todas formas ya casi hemos llegado a la ciudad.»

Paramos detrás de un semirremolque cuya cabina había desaparecido. Lo examiné con la mira y vi dentro los restos de un fuego extinguido hacía tiempo.

—Tengo que estirar las piernas —dijo Abraham—. David, ¿me cubres, por favor?

—Por supuesto —dije, cargando el rifle.

Salió a dar un breve paseo y yo me asomé por el techo abierto del jeep para vigilar, por si algo o alguien se ocultaba entre la hierba alta, junto al camino. Mizzy pasó al asiento del copiloto, lo reclinó y suspiró de satisfacción.

—¿Estás seguro de este plan, David? —me preguntó.

—No, pero es el mejor que tenemos.

—Aparte de matar al Profesor —dijo en voz baja.

—¿Tú también? —dije—. Knighthawk también dice que deberíamos matarlo.

—Sabes que es lo que él querría, David. Es decir, se pondría muy serio y diría eso de «ahora no intentes salvarme, haz lo que debes hacer»... —Guardó silencio—. Mató a Val, David. Asesinó a Val y a Exel.

—No fue culpa suya —me apresuré a decir—. Ya lo hemos hablado.

—Sí, lo sé, pero a Steelheart no le diste una segunda

oportunidad, ¿verdad? Era demasiado peligroso. Tenías que salvar la ciudad. Tenías que vengarte. ¿Cuál es la diferencia en este caso?

Enfoqué con la mira telescópica unas hierbas que se movían hasta que un gato asilvestrado salió de un salto y se alejó.

—Esta conversación realmente no es sobre el Profesor, ¿cierto? —le pregunté a Mizzy.

—Quizá no —admitió—. Sé que ahora las cosas son diferentes. Conocemos el secreto de los puntos débiles y todo eso. Pero no dejo de pensar... ¿Por qué tú puedes vengarte y yo no? ¿Qué hay de mis sentimientos, de mi furia? —Golpeó un par de veces la cabeza contra el reposacabezas del asiento—. Palabrería. Soy una quejica: «Mierda, David, querría matar a tu novia. ¿Por qué no me dejas?» Lo siento.

—Sé cómo te sientes, Mizzy —le dije—. De verdad. Y no creas que no me siento en buena parte culpable de haber pasado tanto tiempo intentando matar Épicos para acabar liado con Megan. ¿Quién iba a pensar que el amor y el odio fuesen tan similares?

—¿Quién? —dijo Mizzy—. Pues más o menos todos los filósofos de la historia.

—¿En serio?

—Pues sí. Y también es el tema de un montón de canciones rock.

—Caramba.

—¿Sabes, David?, a veces queda muy claro que te educaron en una fábrica de armas.

Abraham acabó con lo suyo y volvió al jeep. Me parecía que mi respuesta a Mizzy debía ser más completa, pero ¿qué podría decirle?

—No lo hacemos simplemente porque el Profesor nos caiga bien o por lo que siento por Megan —dije en voz baja, volviendo a sentarme—. Lo de ir a Ildithia para rescatar al Profesor lo hacemos porque estamos perdiendo, Mizzy. Los Exploradores eran los únicos que resistían y ya prácticamente no existen.

»Si no encontramos una forma de cambiar las cosas de una vez por todas y detener a los Épicos, la humanidad está perdida. No es posible seguir matándolos, Mizzy. Es un proceso demasiado lento, y somos demasiado frágiles. Tenemos que ser capaces de empezar a convertirlos.

»No rescatamos al Profesor simplemente por ser él. ¡Chispas! Cuando lo logremos probablemente nos odiará porque tendrá que vivir con lo que hizo. Seguramente quisiera estar muerto. Pero lo haremos de todas formas, porque nos hace falta su ayuda. Y debemos demostrar que se puede hacer.

Mizzy asintió despacio mientras Abraham subía al coche. Dejé el arma.

—Supongo que tendré que reprimir mi sed de venganza —dijo Mizzy—. Tendré que apagarla totalmente.

—No —dije.

Se volvió a mirarme.

—No dejes que ese fuego se apague, Mizzy —dije, y señalé al techo—. Pero apunta al blanco real, al que realmente mató a tus amigos.

Calamity estaba allá arriba, en el cielo, un punto rojo brillante, como el de una mira láser, visible todas las noches.

Mizzy asintió.

Abraham arrancó sin pedirnos que lo pusiéramos al tanto de la conversación. Nos movimos y el teléfono parpadeo. Me acomodé en el asiento, dispuesto a mantener otro cruce de mensajes con Megan.

Su mensaje era breve pero aterrador.

«Daos prisa. Hemos decidido explorar por los alrededores de la ciudad para hacernos una idea. Ha pasado algo.»

«¿Qué?», tecleé rápidamente.

«Kansas City ha desaparecido.»

12

Hice lo posible por dar con el símil adecuado para describir la forma en que la escoria se aplastaba bajo mis pies. Como..., como hielo sobre... No.

Recorrí el extenso paisaje de roca fundida que había sido Kansas City. Por una vez me había quedado sin palabras. El único adjetivo adecuado que se me ocurría era «desolado».

El día anterior, aquel lugar era un punto de civilización en un mapa por lo demás oscuro. Sí, había sido un lugar dominado por Épicos, pero también un lugar de vida, de cultura, con una sociedad, con gente. Con decenas, quizá cientos de miles de personas.

Todas habían desaparecido.

Me agaché, rozando con los dedos la superficie lisa. Todavía estaba tibia y probablemente así seguiría durante días. El estallido había deformado la piedra y en un instante había convertido los edificios en montañas de acero fundido. El suelo estaba cubierto de pequeñas crestas de vidrio, como olas congeladas, ninguna de más de tres centímetros de altura. Daba la impresión de que un viento increíble soplaba desde el punto central de la destrucción.

Toda esa gente... desaparecida. Le recé a Dios, o a quien fuese que me estuviese escuchando, rogando que alguien hubiese podido huir antes del estallido. El sonido de pisadas anunció la llegada de Megan. La iluminaba el sol del amanecer.

—Nos morimos, Megan —dije, con la voz entrecortada—. Capitulamos ante los Épicos y aun así nos siguen exterminando. Sus guerras acabarán con toda la vida de este planeta.

Seguía agachado, palpando el vidrio que había sido gente. Me puso una mano en el hombro.

—¿Ha sido Obliteration? —me preguntó.

—Esto es similar a lo que ha hecho en otras ciudades —dije—. Y no conozco a ningún otro con el poder de hacer algo así.

—Ese maníaco...

—A ese hombre le falta un tornillo, Megan. Cuando destruye una ciudad lo considera un acto de misericordia. Al parecer cree... Al parecer cree que la única forma de librar al mundo definitivamente de los Épicos es destruir hasta la última persona que pueda convertirse en uno de ellos.

La oscuridad había desatado en Obliteration una clase especial de locura, una versión deformada del objetivo de los Exploradores: liberar al mundo de los Épicos.

Costara lo que costase.

Mi móvil parpadeó y me lo arranqué de donde solía llevarlo, sujeto al hombro de la chaqueta.

«¿Lo ves?» Era un mensaje de Knighthawk con archivo adjunto. Lo abrí. Era la imagen de una enorme explosión surgiendo de lo que supuse que era Kansas City. Habían tomado la foto desde mucha distancia.

«La gente no deja de compartirla —escribió Knighthawk—. ¿No ibais hacia allí?»

«Sabes exactamente dónde estamos —le escribí. Rastreas mi móvil.»

«Solo pretendía ser amable. Consígueme fotos del centro de la ciudad. Obliteration va a ser un problema.»

«¿Va a ser?»

«Sí, bueno, mira esto.»

La siguiente imagen que recibí era de un hombre larguirucho con perilla, gabardina ondeando a su espalda y espada al cinto, que paseaba por una calle llena de gente. De inmediato reconocí a Obliteration.

«¿Kansas City antes de la explosión?», pregunté.

«Sí», respondió Knighthawk.

Comprendí lo que eso implicaba. Marqué el número de Knighthawk y me llevé el teléfono a la oreja. Descolgó un segundo después.

—No resplandece —dije, ansioso—. Eso significa...

—¿Qué haces? —me preguntó Knighthawk—. ¡Idiota!

Colgó.

Confundido, me quedé mirando el teléfono hasta que apareció otro mensaje en la pantalla.

«¿Te he dicho que podías llamarme, chico?»

«Pero ¡si llevas todo el día mandándome mensajes!»

«Eso es completamente diferente —escribió—. Llamar a una persona sin su permiso es una *flauta* invasión de su intimidad.»

—¿«Flauta»? —me preguntó Megan asomada por encima de mi hombro.

—El filtro de palabrotas de mi móvil —dije.

—¿Usas un filtro de palabrotas? ¿Estamos en una guardería?

—No —dije—. Tiene mucha gracia. Consigue que la gente parezca completamente estúpida.

Me llegó otro texto de Knighthawk.

«Dijiste que Regalia había creado un motivador a partir de Obliteration. ¿Qué te apuestas a que fabricó más de uno? Mira estas imágenes.»

Me pasó otra secuencia de Obliteration en Kansas City, manipulando un objeto resplandeciente. Había mucho brillo, pero estaba claro que era el objeto lo que relucía, no Obliteration.

«La marca temporal de esa fotografía indica que es de justo antes de que la ciudad se evaporara —escribió Knighthawk—. Usó un dispositivo para destruir Kansas City. Pero ¿por qué, en lugar de hacerlo por sí mismo?»

«Es un modo más discreto de hacerlo —escribí—. Sentarse en el centro de la ciudad como hizo en Texas, reluciendo hasta volarlo todo por los aires, es lo mismo que decirle a la gente que eche a correr.»

«Es lo más repugnante que he oído en mi vida», respondió Knighthawk.

«¿Puedes localizarlo mediante otros móviles?»

«Eso implicaría un montón de datos entre los que buscar, chico», respondió Knighthawk.

«¿Tienes algo mejor que hacer?»

«Sí, es posible. No soy uno de tus Exploradores.»

«Ya, pero *eres* un ser humano. Por favor. Haz lo que puedas. Si lo localizas en otra ciudad, esté resplandeciendo o no, avísame. Quizá podamos alertar a la población.»

«Ya veremos», escribió.

Megan se quedó mirando el teléfono.

—El grado de control que tiene sobre los móviles debería inquietarme, ¿no?

Ella y yo hicimos algunas fotos del centro. Después de enviárselas a Knighthawk, la conversación completa desapareció de mi móvil. Se lo mostré a Megan, aunque estaba distraída mirando la aparentemente interminable extensión vidriosa de montículos de roca y acero que había sido una ciudad.

—Me habría matado —dijo en voz baja—. Fuego. Un final definitivo.

—Habría matado a la mayoría de los Épicos —dije—. Incluso a algunos Grandes Épicos.

Era una forma de vencer su invulnerabilidad: destruirlos con un arma nuclear y condenarlos al olvido. Una solución horrible, como habían descubierto en algunos países. Había un número limitado de ciudades propias que podías bombardear con armas atómicas antes de que no quedase nada que proteger.

Megan se apoyó en mí cuando le puse la mano en el hombro. Para salvarme la vida había entrado en un edificio en llamas, enfrentándose a lo que podría haberla matado, pero eso no implicaba que hubiese perdido el miedo. Simplemente lo controlaba. Lo manejaba.

Juntos nos reunimos con los demás, que se habían situado en el epicentro de la explosión. Abraham había comprobado los niveles de radiación para garantizar que fuese seguro.

—Vamos a tener que ocuparnos de Obliteration, David —nos dijo.

—Estoy de acuerdo. Pero lo primero es salvar al Profesor. ¿En eso estamos de acuerdo?

Todos asintieron. Abraham y Cody habían estado con Megan y conmigo desde el principio dispuestos a intentar recuperar al Profesor en lugar de matarlo. Parecía que con la conversación del jeep había convencido a Mizzy, porque asintió sin dudarlo.

—¿A alguno de los presentes le preocupa como a mí la razón por la que el Profesor se fue a Atlanta? —preguntó Cody—. Es decir, podría haberse quedado en Babilar, disfrutando de la obediencia de toda clase de Épicos, pero se marchó allí.

—Debe de tener un plan —dije.

—Posee toda la información de Regalia —dijo Abraham—. Ella sabía cosas de los Épicos, de sus poderes, y sobre Calamity... Sospecho que más de lo que sabe nadie. Me pregunto qué habrá descubierto el Profesor en sus datos.

Asentí pensativo.

—Regalia decía querer un sucesor. Sabemos que estaba implicada en algo mucho mayor que una única ciudad. Había estado comunicándose con Calamity, intentando descubrir el funcionamiento de sus poderes. Quizás el Profesor continúa con lo que sea que estuviese tramando ella antes de que el cáncer se extendiera demasiado.

—Es posible —dijo Mizzy—. Pero ¿qué planeaba? O, dicho de otro modo, ¿qué planea el Profesor?

—No lo sé —reconocí—. Pero me preocupa. El Profesor es una de las personas más inteligentes y eficientes que he conocido. Evidentemente no se va a conformar con ser un Épico y gobernar una sola ciudad. Tendrá planes más ambiciosos; sea lo que sea lo que trama, va a ser monumental.

Cuando nos marchamos de Kansas City éramos un grupo mucho más solemne que al llegar. En esa ocasión viajamos bastante juntos, un jeep detrás del otro. Nos llevó una eternidad llegar a un punto donde no estuviéramos rodeados de edificios fundidos y suelo arrasado. Seguimos avanzando a pesar de que ya había salido el sol. Abraham estimó que estábamos cerca del objetivo, a unas pocas horas de distancia como mucho.

Decidí que la mejor forma de distraerme del horror de Kansas City era hacer algo productivo, así que cogí una de las cajitas que nos había dado Knighthawk. Mizzy se volvió en el asiento, mirando con curiosidad por encima del reposacabezas. Abraham echó un vistazo por el retrovisor pero no hizo ningún comentario y no supe leer su expresión. Había conocido cajas de munición más expresivas que Abraham. En ocasiones el tipo parecía una especie de monje zen, pero con pistola.

Abrí la tapa, inclinando la caja hacia Mizzy para que viese lo que había dentro. Contenía un par de guantes y un frasco de un líquido plateado.

—¿Mercurio? —me preguntó ella.

—Sí —dije. Cogí un guante y le di la vuelta.

—¿Esa sustancia no es malísima para las personas?

—No estoy seguro —admití.

—Produce locura —dijo Abraham. Luego, tras una pausa, añadió—: Pero no será un gran cambio para los que vamos en este jeep.

—Qué gracioso —se burló Mizzy.

—El mercurio es muy tóxico —dijo Abraham—. La piel lo absorbe rápidamente y emite vapores peligrosos. Ten cuidado, David.

—Lo dejaré tapado hasta que sepa lo que me hago. Solo quiero comprobar si puedo hacer que el mercurio se mueva dentro del frasco.

Ansioso, me puse el guante. De inmediato, unas rayas de luz violeta me recorrieron los dedos hasta el centro de la palma. La débil luz púrpura y palpitante me recordó los tensores, supongo que con razón. El Profesor los había creado para imitar la tecnología Épica. Probablemente hubiese empleado uno de los diseños de Knighthawk.

—Esto nos va a dejar sin aliento —dije, recordando todo lo que había leído sobre los poderes de Rtich. Mantuve la mano sobre el frasco de mercurio, pero luego la aparté. ¿Cómo se activaban en concreto sus habilidades? El espiril había sido difícil de controlar pero fácil de activar. Sin embargo, había tardado bastante en conseguir que los tensores hiciesen algo.

Probé a dar órdenes mentales y usé los trucos que había empleado con los tensores, pero no pasó nada.

—¿Me va a dejar sin aliento ahora o dentro de un rato? —me preguntó Mizzy—. Me gustaría estar preparada.

—No tengo ni idea de cómo hacerlo funcionar —dije, agitando la mano y probando otra vez.

—¿No trae instrucciones? —preguntó Abraham.

—¿Qué tipo de dispositivo Épico superasombroso viene con manual de instrucciones? —dije. Habría sido algo demasiado mundano. Aun así, repasé toda la caja. Nada.

—Es mejor así —dijo Abraham—. Deberíamos esperar a probarlo en un entorno más controlado, o al menos no hacerlo mientras estemos conduciendo por una carretera medio en ruinas.

Me quité el guante con un suspiro. Luego cogí el frasco de mercurio y me quedé mirándolo. Era un material raro. Me había imaginado cómo sería un metal líquido, pero aquello desafiaba mis expectativas. Fluía con rapidez, con ligereza, y era increíblemente reflectante, como un espejo fundido.

Guardé el frasco tras otra insinuación de Abraham y dejé la caja a mis pies, aunque le envié un mensaje a Knighthawk pidiéndole instrucciones. Sin embargo, poco después, el jeep de Megan, que iba delante, redujo la velocidad. Sonó el móvil de Abraham.

—¿Sí? —dijo tras tocar la pantalla y colocarse mejor el auricular—. Vaya. Curioso. Paramos. —Aminoró y me miró—. Cody ha visto algo más adelante.

—¿La ciudad? —pregunté.

—Casi. Su rastro. Mira a las dos en punto.

Cogí el rifle y abrí la cremallera del techo del jeep. Me levanté. Desde mi punto de observación veía algo muy interesante a un lado del camino: una enorme llanura de hierba aplastada y seca que se perdía en la distancia.

—Está claro que la ciudad pasó por aquí —dijo Abraham desde abajo—. Desde aquí no se aprecia, pero esto forma parte de una franja muy ancha, tan ancha como una ciudad, de hierba seca. Ildithia deja este rastro a su paso, como una babosa gigantesca.

—Genial —dije, bostezando—. Vamos a seguirla.

—Estoy de acuerdo —convino Abraham—, pero mira con más atención. Cody dice que ha visto gente siguiendo el rastro.

Volví a mirar y, efectivamente, había varios grupos de personas caminando por la ancha franja de terreno.

—Vaya —dije—. Se alejan de la ciudad. Creemos que se mueve hacia el norte, ¿no?

—Sí —dijo Abraham—. Esto también ha desconcertado a Cody y a Megan. ¿Quieres investigarlo?

—Sí —dije, acomodándome en el interior del jeep—. Mandaré a esos dos.

Salimos de la carretera y nos movimos hacia la franja de hierba muerta mientras le enviaba un mensaje a Megan.

«Id los dos a ver qué descubrís sobre esos refugiados, pero no corráis riesgos.»

«Son refugiados —tecleó—. ¿Qué riesgo puedo correr? ¿El de pillar el escorbuto?»

Cody y Megan se adelantaron y nosotros nos quedamos atrás. Intenté dormir, pero el asiento del jeep era excesivamente incómodo y, aunque realmente no había razón para ello, me preocupaba por Megan.

Finalmente, me llegó un mensaje.

«Efectivamente son refugiados. Saben del Profesor, aunque lo llaman Limelight. Lleva aquí dos o tres semanas, y algunos otros Épicos le han hecho frente, incluido el que manda, un tal Larcener. La gente ha huido de la ciudad porque cree que el enfrentamiento entre el Profesor y Larcener es inminente y ha considerado mejor alejarse una o dos semanas, viviendo de la tierra, antes de regresar y ver quién ha acabado al mando.»

«¿Te han dicho a qué distancia está la ciudad?», pregunté.

«Llevan horas caminando. Por tanto... ¿a una o dos horas en jeep? Dicen que nos cruzaremos con otros refugiados que se dirigen a Ildithia. Gente de Kansas City.»

Así que algunos habitantes habían logrado escapar de la ciudad. Me alivió oírlo.

Les mostré los mensajes a Mizzy y Abraham.

—Esa noticia sobre la política de Ildithia es buena —comentó Abraham—. Significa que el Profesor no ha afianzado su poder en la ciudad. No dispondrá de los recursos necesarios para vigilarnos.

—¿Podremos entrar sin levantar sospechas? —preguntó Mizzy.

—Podríamos ocultarnos entre los refugiados de Kansas City —dije.

—Ni siquiera nos hará falta —dijo Abraham—. Larcener permite que la gente entre y salga de Ildithia sin ninguna traba, por lo que siempre hay un reguero entrando y saliendo. Podríamos presentarnos como trabajadores dispuestos y nos aceptarán de inmediato.

Asentí despacio. Luego di la orden de seguir a campo través, pero a una distancia prudente de la zona de tierra muerta. Había que modificar los vehículos para que funcionaran con células de energía y eran una novedad en buena parte del mundo. No sabíamos con qué clase de valiente estúpido podíamos toparnos si nos acercábamos demasiado a gente lo suficientemente desesperada.

Megan y Cody volvieron con nosotros y juntos recorrimos durante horas el terreno desigual. Usando la mira, di con las primeras señales de Ildithia: campos de cultivo en la periferia de la ciudad, no en el rastro de terreno yermo que dejaba a su paso, sino a los lados. Ya me lo esperaba; Atlanta era famosa por sus cultivos.

Poco después percibí algo más surgiendo del horizonte: la silueta de una ciudad que se alzaba incongruentemente en el centro de un extenso paisaje anodino.

Habíamos encontrado Atlanta, o Ildithia, como la llamaban ahora.

La ciudad de sal.

13

Me senté en el capó del jeep que habíamos aparcado en una pequeña arboleda a dos o tres kilómetros de Ildithia y usé la mira para examinar la ciudad. Ildithia estaba formada por un buen trozo de la vieja Atlanta: el centro, los barrios contiguos y algunos de los circundantes. Medía unos once kilómetros de ancho, según Abraham.

Los rascacielos me recordaban Chicago Nova, aunque reconozco que viviendo en las entrañas de la ciudad no me había hecho una idea demasiado exacta del perfil de los edificios de la mía. Los de Ildithia estaban más separados entre sí y eran más puntiagudos. Además, estaban hechos de sal.

Cuando oí hablar por primera vez de una ciudad de sal imaginé un lugar de cristal traslúcido. Estaba equivocado de medio a medio. La mayoría de los edificios eran opacos, solo traslúcidos en las esquinas por donde penetraba el sol. Parecían más bien de piedra, no gigantescas excrecencias del mineral usado para condimentar.

Los rascacielos exhibían una maravillosa variedad de colores. Dominaban los rosas y los grises, y el aumento de la mira me permitió apreciar vetas blancas, negras e incluso verdes en las paredes. Era realmente bonito.

También cambiaba. Nos habíamos acercado por detrás, porque, no cabía duda, la ciudad tenía una parte delantera y otra trasera. Los barrios de la parte posterior se iban desmoronando como un talud de tierra bajo la lluvia, fundiéndose, mutando. Mientras miraba aquello vi caer el lateral de un rascacielos; después vi que todo el edificio se derrumbaba con un estrépito audible a pesar de la distancia.

Al caer, la sal formaba montículos, más pequeños cuanto más alejados. Tenía sentido; la mayoría de los poderes épicos no creaban objetos permanentes. Los edificios de sal caídos acabarían desapareciendo, desvaneciéndose y dejando atrás el terreno llano yermo por el que nos habíamos estado moviendo.

Deduje que al otro lado de la ciudad crecerían nuevos edificios a modo de formaciones cristalinas. Abraham me había explicado que Ildithia se movía, pero sin usar patas ni ruedas. Se desplazaba como el moho invade una tostada en la basura.

—Caramba —dije, bajando el rifle—. Es increíble.

—Sí —dijo Abraham junto al jeep—. Es un incordio vivir ahí. La ciudad entera recorre el ciclo completo cada semana. Los edificios que caen por detrás vuelven a crecer por delante.

—Es genial.

—Es un incordio —repitió Abraham—. Imagínate que cada siete días tu casa se desmoronara y tuvieras que mudarte al otro lado de la ciudad. Sin embargo, los Épicos locales no son más crueles que los de cualquier otro lugar y la ciudad tiene algunas ventajas.

—¿Agua? —pregunté—. ¿Electricidad?

—El suministro de agua proviene de la lluvia, que es abundante gracias a una Épica local.

—Stormwind —dije, asintiendo—. Y la lluvia...

—¿No deshace la sal? —terminó por mí la frase Abraham—. Sí, pero no importa demasiado. Los edificios de la parte posterior están deteriorados cuando se derrumban y quizá tienen goteras, pero es llevadero. El mayor problema es encontrar el modo de recoger agua no demasiado salada para beber.

—Entonces no hay cañerías —dije. El escondrijo de los Exploradores en Babilar disponía de fosa séptica, un verdadero lujo.

—Los ricos tienen electricidad —dijo Abraham—. La ciudad canjea comida por células de energía.

Megan se acercó, protegiéndose los ojos del sol con una mano mientras miraba a la ciudad.

—¿Estás seguro de que podremos entrar siguiendo ese plan tuyo, Abraham?

—Segurísimo —dijo Abraham—. Entrar en Ildithia nunca es ningún problema.

Volvimos a subir a los jeeps. Luego dimos una vuelta cautelosa alrededor de la ciudad, manteniéndonos a una distancia prudencial. Finalmente dejamos los jeeps en una vieja granja, más que conscientes de que a nuestro regreso bien podrían no estar allí, por buenas que fuesen las cerraduras de los Exploradores. Nos cambiamos de ropa y nos pusimos vaqueros viejos, abrigos sucios y mochilas con botellas de agua en los bolsillos laterales. Nos pusimos en marcha con la esperanza de parecer un grupo de solitarios que hacían lo posible por sobrevivir por su cuenta.

Durante la caminata eché de menos el trayecto lleno de baches en el jeep. Nos acercamos al frente de Ildithia atravesando los sembrados. Había leído sobre cultivos y oído hablar de ellos, pero no los había visto hasta ese día.

Había más contacto entre las ciudades-estado de los Estados Fracturados de lo que había creído hasta hacía poco. Los Épicos habrían podido sobrevivir sin infraestructura de ningún tipo, seguramente, pero querían tener súbditos. ¿De qué servía ser una fuerza destructiva omnipotente sin tener algunos campesinos a los que asesinar de vez en cuando? Por desgracia, los campesinos tenían que comer o se morían antes de que los asesinaran.

Eso implicaba levantar algún tipo de estructura y encontrar algo con lo que comerciar. Las ciudades que producían exceso de comida podían canjearla por células de energía, armas o artículos de lujo. Eso me satisfacía. Cuando aparecieron por primera vez, los Épicos destruían alegremente todo lo que encontraban y habían destrozado las infraestructuras del país. Ahora se veían obligados a reconstruirlas y a convertirse en administradores.

La vida es muy injusta. No puedes destruir cuanto te rodea y vivir a cuerpo de rey.

De ahí los campos de cultivo. Los que había visto en los bordes del rastro de la ciudad estaban segados, pero en los que cruzábamos la cosecha estaba madura. Trabajaba en ellos mucha gente y, a pesar de que la primavera acababa de empezar, ya los cosechaban.

—¿Stormwind? —le susurré a Abraham, que caminaba a mi lado.

—Sí —dijo—. Sus lluvias aceleran mucho el crecimiento de los cultivos que rodean la ciudad; recogen una cosecha cada diez días. Periódicamente, la gente se adelanta varios días con Stormwind, por el camino de la ciudad para la siembra. Luego ella riega. Los peones se adelantan a su vez, se ocupan de los sembrados y se reincorporan a la ciudad cuando los alcanza. ¡Baja la cabeza!

Miré al suelo, inexpresivo, adoptando la familiar actitud de quienes vivían bajo el control Épico. Abraham le dio un codazo a Megan, que miró retadora a los ojos a una guardiana, una mujer armada con un rifle y con una boca desdeñosa.

—Seguid hacia la ciudad —nos ordenó, señalando con el arma hacia Ildithia—. Si tocáis una sola mazorca de maíz sin permiso os dispararé. Si queréis comida, hablad con un supervisor.

Ya más cerca de la ciudad vimos unos hombres con porra en el cinturón. Me miraron y me sentí incómodo, pero no alcé la vista, por lo que pude fijarme en la transición a los edificios. La costra del suelo, que se quebraba bajo nuestros pies, fue engrosándose a medida que nos acercábamos, hasta que finalmente pisamos halita.

Más cerca aún fuimos dejando atrás montículos que indicaban dónde empezaban a crecer los edificios. El blanco grisáceo de la sal se mezclaba con docenas de estratos y bandas de colores, como de humo congelado. Veía la textura de la roca y tuve ganas de acariciarla con los dedos y palparla.

El lugar olía de un modo raro. Tenía un olor salado, supongo, y seco. En los campos de cultivo había humedad, por lo que resultaba más evidente lo seco que era el aire en la ciudad. Nos pusimos al final de una cola corta de gente que esperaba para entrar en la ciudad en sí, donde los edificios tenían el tamaño correcto.

El lugar me resultaba familiar: la textura y el tono uniformes a pesar de la gama de colores me recordaban los del acero de Chicago Nova. Probablemente para todos los demás aquel sitio fuese de lo más extraño, porque todo estaba hecho de sal, pero para mí era normal. Tenía la sensación de haber vuelto a casa. Tenía gracia: para mí la comodidad estaba intrínsecamente ligada a algo que los Épicos hubieran creado.

Nos dieron una breve charla de orientación; a la persona con la que hablamos le sorprendió que no fuésemos refugiados de Kansas City, pero fue breve y clara. La comida era de Larcener. Si queríamos comer, teníamos que trabajar para conseguirla. No había policía en la ciudad, por lo que era posible que quisiéramos unirnos a una de las comunidades ya establecidas, eso si encontrábamos una que aceptase nuevos miembros. Los Épicos podían hacer lo que les viniese en gana, así que era mejor no interponerse en su camino.

Daba la impresión de no haber allí una estructura social como la de Chicago Nova, donde Steelheart había establecido una capa superior de no-Épicos y se había servido de una poderosa fuerza policial para mantener a todo el mundo a raya. Por otra parte, en Chicago Nova teníamos electricidad, móviles e incluso cine.

Eso me incomodaba. No me apetecía descubrir que Steelheart había sido un líder más capaz que otros, aunque en el fondo lo sabía desde hacía tiempo. Vamos, que Megan me lo había dicho y repetido cuando me había unido al equipo.

Terminada la charla de orientación, dejamos que nos registrasen. Abraham ya nos lo había advertido, por lo que Megan estaba preparada para usar sus poderes creando una ilusión y ocultando algunas cosas que llevábamos en la mochila, como las células de combustible y las armas avanzadas. Parecían artículos más normales. Como señuelo había dejado una pistola, para que los guardias la «confiscasen» para su uso personal, como pago por permitirnos la entrada en la ciudad. Dejaron que nos quedáramos con las armas más corrientes, tal como nos había dicho Abraham. En la ciudad no era ilegal llevarlas.

Una vez acabado el registro, nos permitieron entrar.

—Podéis coger cualquier edificio que no esté ocupado —nos dijo el mismo tipo de antes, el de la charla de orientación—, pero yo en vuestro caso mantendría la cabeza gacha durante las próximas semanas.

—¿Por qué? —le pregunté, echándome la mochila al hombro.

Me miró.

—Problemas entre Épicos. De lo único que debemos preocuparnos es de no llamar la atención. Es posible que durante los próximos días tengamos menos comida. —Negó con la cabeza e indicó un montón de cajones que había más allá de donde empezaba la ciudad propiamente dicha—. A ver —nos dijo a nosotros y a otros recién llegados—, esta mañana me he quedado sin cuadrilla de trabajadores. Los muy estúpidos han huido. Si me ayudáis a traer esos cajones os daré la ración de cereal de una jornada completa, como si hubieseis trabajado desde por la mañana.

Miré a los otros, que se encogieron de hombros. Si realmente hubiéramos sido solitarios, como fingíamos ser, no hubiésemos dejado escapar semejante oportunidad. A los pocos minutos estábamos cargando cajas de madera con el logotipo UTC pirograbado. UTC eran las siglas de un grupo de vendedores ambulantes cuyo jefe era Terms, una Épica con poder para manipular el tiempo. Desafortunadamente, por lo visto no me había cruzado con ella por los pelos. Siempre había querido verla.

El trabajo fue duro, pero me permitió ver parte de la ciudad. Ildithia estaba bastante poblada; las calles estaban atestadas a pesar de la enorme cantidad de gente que trabajaba en el campo. No había otros coches que los de las cunetas, hechos de sal, un resto de la transformación inicial de la ciudad. Aparentemente, cuando la ciudad se regeneraba cada semana también reproducía cosas como esos coches. Por supuesto, no funcionaban, así que el número de ciclistas era impresionante.

En las ventanas había ropa tendida. En una carretera los niños jugaban con coches de plástico, con las rodillas sucias de sal desprendida del suelo. La gente iba cargada de artículos comprados en un mercado que, tras unos cuantos viajes, logré ubicar en una calle paralela a la que recorríamos a lo largo de nuestra ruta desde fuera de la ciudad hasta un almacén al que tardábamos en llegar una media hora.

Mientras iba y venía cargando cajas, llegué a entender bastante bien cómo crecían los edificios. Justo en el límite de la ciudad, en las protuberancias, empezaban a formarse los cimientos erosionados, como piedras que llevasen siglos al viento. Después, los edificios empezaban a adquirir forma. Las paredes crecían a medida que los ladrillos iban apareciendo. Era como el proceso de erosión a la inversa.

Y no era perfecto. A veces pasábamos junto a bultos amorfos en el suelo o entre edificios, como tumores cancerígenos de sal. Le pregunté a uno de los que nos ayudaban con las cajas qué eran y se encogió de hombros. Me dijo que cada semana había algunas irregularidades. Habrían desaparecido en el siguiente ciclo de la ciudad, pero aparecerían otras.

Yo encontraba todo aquello fascinante. Me quedé un buen rato delante de lo que parecía que acabaría convertido en un bloque de apartamentos. Se formaba a partir de sal de un color negro azulado con remolinos. Casi podía ver cómo se alzaba el edificio, con mucha lentitud, como un polo que alguien estuviera «deslamiendo».

También había árboles, pero no como los de Chicago Nova, donde nada orgánico había sufrido la transformación. Crecían del mismo modo que los edificios, formándose delicadamente a partir de la sal. En esa zona no eran más que tocones, pero más adelante eran árboles completos.

—No te quedes ahí mirando, novato —me dijo una mujer alta que pasó a mi lado sacudiéndose el polvo de las manos enguantadas—. Esto es territorio de Inkom. —Era una de las trabajadoras de los campos de cultivo a la que habían reclutado para cargar cajas.

—¿Inkom? —pregunté, echando a andar y saludando con un gesto a Abraham que pasaba cargado con otra caja.

—Ese vecindario de ahí —me dijo la mujer—. Puertas cerradas... No aceptan gente nueva. Les toca degradación en el lado de cola y se mudan a estos apartamentos hasta que se reconstituyen sus hogares. Cuando se va Inkom, Barchin llega, y no querrás tratar con los de Barchin. Son mala gente. Dejan que se les una cualquiera, pero se llevan la mitad de tus raciones y durante el primer año solo te permiten dormir en una alcantarilla entre dos edificios.

—Gracias por el consejo —dije, volviendo la cabeza para ver el edificio—. Pero esto es enorme. Da la impresión de que hay mucho espacio vacío. ¿Por qué íbamos a querer unirnos a una familia?

—Para tener protección —dijo la mujer—. Sí, os podéis instalar en un hogar vacío, los hay a montones, pero sin la protección de una buena familia lo más probable es que os roben o algo peor.

—Eso es duro. —Me estremecí—. ¿Algo más que deba saber? ¿No hay un Épico nuevo que preocupa?

—¿Limelight? —dijo—. Sí. Yo evitaría cruzarme con él o con cualquier Épico. Tendría más cuidado del habitual. Ahora Limelight tiene casi todo el poder, pero quedan unos cuantos que se oponen a él: Stormwind, Larcener. Se está fraguando una guerra. En cualquier caso, a los Épicos les gustan los rascacielos, así que manteneos alejados del centro de la ciudad. Ahora el centro tiene unos cinco.

—¿Cinco?

—Hace cinco días que se formó —dijo—. Faltan dos más para que se degraden los rascacielos. Suele ser el momento más duro de la semana. Cuando los edificios altos del centro empiezan a ceder, los Épicos, molestos, salen en busca de diversión. Algunos se desplazan a los barrios adyacentes. Otros vagan por ahí. Uno o dos días después sus suites han vuelto a crecer y sus criados han trasladado sus pertenencias. Por norma general, vuelve a ser seguro salir. Sin embargo, no tengo ni idea de si eso cambiará debido a esta lucha de poder.

Llegamos al montón de cajas y cogí una. Seguí llevando la mochila a la espalda. No iba a separarme de ella aunque representara una carga adicional. ¿Qué más podía preguntarle a esa mujer?

—Tus amigos y tú sois buenos trabajadores —me comentó, levantando un cajón—. Tal vez podamos alojaros en mi vecindario. No puedo asegurártelo, porque quien decide es Doug. Pero somos justos. Solo nos quedamos con una cuarta parte de vuestras raciones. Es para dar de comer a los ancianos y los enfermos.

—Es una oferta tentadora —dije, aunque no lo era en absoluto. Nos montaríamos nuestro propio refugio en algún punto de la ciudad—. ¿Cómo presento la solicitud?

—No la presentas. Simplemente presentaos aquí por la mañana y trabajad duro. Os estaremos observando. No vengáis a buscarnos o las cosas os irán mal.

Sujetó bien la caja y se fue. Yo cogí mejor la mía y la miré, fijándome en el bulto de lo que probablemente era una pistola que llevaba oculta a la espalda, debajo de la chaqueta.

—Una ciudad dura —comentó Mizzy, agarrando una caja y dejándome atrás.

—Sí —dije. Pero en realidad no lo era.

Me cargué la caja al hombro y recorrí la carretera. Cuando empezó todo esto yo tenía solo ocho años, era un huérfano sin hogar. Viví un año solo en la calle antes de que me recogiesen. Recordaba las conversaciones en voz baja de los adultos sobre el deterioro de la sociedad. Pronosticaban cosas horribles como el canibalismo y bandas que quemarían todo cuanto pudiesen encontrar, familias separadas, cada cual viviendo para sí.

No había sucedido nada de eso. La gente era gente. Sucediese lo que sucediese, las personas formaban comunidades, aspiraban a la normalidad. Incluso con los Épicos, la mayoría de nosotros simplemente queríamos vivir nuestra vida. Las palabras de la mujer habían sido duras, pero también había en ellas esperanza. Si estabas dispuesto a trabajar, podías encontrar tu lugar en el mundo a pesar de toda esa locura. Era alentador.

Sonreí. Justo en ese momento me di cuenta de que la calle estaba desierta. Me detuve frunciendo el ceño. Los niños habían desaparecido. No había bicicletas. Habían echado las cortinas. Me volví y vi a otros trabajadores corriendo hacia los edificios cercanos para ocultarse. La mujer con la que había hablado pasó a mi lado corriendo; había tirado la caja en alguna parte.

—Un Épico —siseó. Corrió hacia la puerta abierta de lo que antaño era una tienda y entró detrás de un par más de personas.

Apresuradamente tiré la caja y la seguí. Aparté la tela que cubría la entrada y me reuní con ella y una familia acurrucada en la penumbra. El hombre que había entrado antes que nosotros sacó una pistola y nos miró receloso, pero no nos apuntó. Estaba claro el mensaje: podíamos quedarnos hasta que hubiese pasado el Épico.

La tela de la puerta se hinchó ligeramente. Probablemente tenían el mismo problema con las puertas que en Chicago Nova. Seguro que costaba abrir y cerrar las puertas de sal, así que las derribaban y usaban telas para cubrir la entrada. No era lo más seguro, pero, claro, para eso estaban las armas.

El escaparate de la tienda era de sal: una placa delgada, casi tanto como un cristal, pero demasiado turbia para ver los detalles a través de ella. Dejaba entrar un poco de luz en el local y vi pasar una sombra al otro lado. Una figura solitaria seguida por algo que relucía en forma de esfera.

Luz verde. De un tono que reconocí.

«Oh, no», pensé.

Tenía que echar un vistazo. No podía aguantarme. Los otros me sisearon cuando me acerqué a la entrada y me asomé a la calle apartando un poco la tela.

Era el Profesor.

14

Antes creía que podía identificar a un Épico nada más verlo. Después de pasar semanas con los Exploradores en compañía no de uno sino de dos Épicos infiltrados me había convencido de que me equivocaba.

Dicho lo cual, un Épico dominado por sus poderes tiene ciertas características. Por su modo de mantenerse erguidos y la sonrisa de suficiencia destacan como un eructo durante una oración.

El Profesor tenía más o menos el mismo aspecto que la última vez que lo había visto, con la bata negra de laboratorio y un tenue resplandor verde en las manos. El pelo canoso desentonaba con una constitución física tan impresionante. Era robusto como un muro de piedra o un buldócer. No podías considerarlo elegante, pero desde luego no se te habría pasado por la cabeza colarte delante de él en una cola.

Recorría la calle blanca y gris seguido de un campo de fuerza esférico con una persona atrapada en su interior. El pelo largo y oscuro le cubría la cara, pero vestía un traje tradicional chino. Era Stormwind, la Épica que hacía llover y provocaba el crecimiento acelerado de las cosechas. La mujer con la que había hablado me había dicho que se oponía al gobierno del Profesor.

Daba la impresión de que la situación había cambiado.

El Profesor se paró delante de la tienda. Luego se volvió de lado para mirar las ventanas de los edificios de la calle. Volví dentro con el corazón desbocado. Por lo visto buscaba algo. ¡Chispas! ¿Qué iba a hacer? ¿Salir corriendo? Llevaba el rifle desmontado en la mochila, pero también una pistola al cinto, bajo la camisa. Los guardias me habían permitido pasarla, tal como había dicho Abraham que harían. Aparentemente no les importaba que la gente anduviese por ahí armada. Más bien esperaban que así lo hiciera.

Bien, las armas no harían mucho daño al Profesor. Era un Gran Épico con dos invencibilidades supremas. No solo lo protegería el campo de fuerza sino que se curaría de inmediato en caso de sufrir algún daño.

De todas formas, empuñé la pistola. Los otros se apretujaron, sin hacer ningún ruido. Si hubiera habido otra salida probablemente ya se habrían largado, aunque no estaba seguro del todo. Mucha gente se ocultaba de los Épicos en lugar de huir de ellos. Creían que la única forma de sobrevivir era esconderse y esperar.

Volví a asomarme a la puerta con el corazón acelerado. El Profesor no se había movido, pero había dado la espalda a nuestro edificio para mirar el de la acera de enfrente. Me limpié rápidamente el sudor de la frente antes de que me llegase a los ojos, saqué el auricular del bolsillo y me lo puse.

—¿Alguien ha visto a David? —estaba preguntando Cody.

—En el último trayecto me he cruzado con él —dijo Abraham—. Creo que debe de estar cerca del almacén. Muy lejos del Profesor.

—Sí, eso —susurré.

—¡David! —Era la voz de Megan—. ¿Dónde estás? Escóndete. El Profesor va por la calle.

—Ya lo he visto —dije—. Parece buscar algo. ¿Dónde estáis vosotros?

—Yo en un punto de observación estupendo —me contestó Cody—. A unos cincuenta metros del blanco, en el segundo piso de un edificio con una ventana abierta. Ahora mismo lo estoy siguiendo por la mira.

—Megan me ha agarrado y me ha ocultado detrás de una esquina —dijo Abraham—. Estamos en la calle paralela, al este, viendo en el móvil la imagen que nos envía Cody.

—Quedaos en vuestras posiciones —susurré—. ¿Mizzy?

—No sabemos nada de ella —respondió Abraham.

—Aquí estoy —dijo ella, sin aliento—. ¡Tío! Casi me topo con él, chicos.

—¿Dónde estás? —pregunté.

—He salido corriendo por una calle perpendicular a la nuestra. Estoy en un mercado o algo así. Todos se esconden, pero esto está a rebosar.

—Quédate ahí y conéctate con la imagen de Cody —le ordené—. Puede que esto no tenga nada que ver con nosotros. Es evidente que está fardando de haber capturado a Stormwind y... ¡Chispas!

—¿Qué? —me preguntó Mizzy.

El Profesor resplandecía. Su cuerpo emitió una tenue luz verde cuando se volvió.

—¿Vais a salir? —gritó—. ¡Sé que estáis aquí! ¡Salid!

Odiaba oír la voz del Profesor sonando tan... tan Épica. Siempre había sido huraño, pero aquello era diferente. Era imperioso, exigente, estaba cabreado. Sostuve el arma con la mano sudorosa. Detrás de mí, uno de los niños se puso a lloriquear.

—Voy a alejarlo de aquí —susurré.

—¿Qué? —dijo Megan.

—No hay tiempo. —Me incorporé—. Matará gente si destroza esta zona para dar conmigo. Tengo que distraer su atención.

—David, no —me rogó Megan—. Voy hacia ahí. Limítate a...

El Profesor extendió los brazos hacia el edificio que tenía enfrente... no el mío, sino uno de apartamentos de la acera de enfrente. De unos ocho pisos de altura, estaba construido enteramente de sal rosa y gris.

Se evaporó tras el gesto del Profesor.

En Chicago Nova le había visto hacer cosas increíbles usando sus poderes. Se había enfrentado a un escuadrón de Control, destruyendo sus armas, balas y protecciones en medio de la pelea. Pero eso no había sido nada en comparación con lo que acababa de hacer. En un parpadeo había dejado reducido a polvo un edificio entero.

Con sus poderes, el Profesor no se limitó a destruir la estructura de sal, sino también el mobiliario interior, de modo que la gente y sus pertenencias cayeron al vacío. Las personas se estrellaron contra el suelo con horribles golpes y gritos de dolor. Excepto un hombre, que se quedó volando en el aire a unos siete metros de altura. Apuntó al Profesor con un par de subfusiles Uzi y disparó.

Por supuesto, las balas no le hicieron nada. Al instante, una reluciente esfera verde rodeó al hombre flotante, que dejó caer las armas y tanteó con pánico las paredes de su nueva prisión.

El Profesor cerró el puño. La esfera se contrajo hasta el tamaño de una pelota de baloncesto, convirtiendo en pulpa al Épico que había dentro.

Aparté la vista, asqueado. Eso era... Eso era lo que les había hecho a Exel y Val.

—Falsa alarma —dijo Cody, aliviado—. No nos busca a nosotros. Caza Épicos todavía leales a Larcener.

El Profesor soltó la esfera y dejó caer al suelo los restos del Épico muerto, que produjeron un ruido líquido repugnante. Alguien salió a la calle de la tienda contigua a la mía. Era un joven, un adolescente con la corbata un poco suelta y sombrero. Miró un momento al Profesor antes de hincarse de rodillas y agachar la cabeza ante él.

A su alrededor apareció una esfera de luz. El joven se asustó. El Profesor puso la palma hacia arriba, como si sopesara al nuevo. Luego apartó la mano y la esfera desapareció.

—Recuerda esta sensación, pequeño Épico —dijo el Profesor—. Creo que eres ese al que llaman Dynamo. Acepto tu lealtad, por tarde que llegue. ¿Dónde está tu amo?

El muchacho tragó saliva.

—¿Mi antiguo amo? —dijo con la voz entrecortada—. Es un cobarde, mi señor. Huye de ti.

—Hace unas horas estaba contigo —dijo el Profesor—. ¿Adónde ha ido?

El joven indicó calle abajo. Le temblaba la mano.

—Tiene un refugio a una calle de aquí. Nos ha prohibido ir con él. Te puedo llevar.

El Profesor hizo un gesto y el joven lo adelantó con las piernas temblorosas. El Profesor unió las manos a la espalda y lo siguió tranquilamente, como si diera un paseo, pero de pronto se detuvo.

Contuve el aliento. ¿Qué pasaba?

El Profesor dio unos pasos hacia mí. Se arrodilló mirando la caja que yo había dejado caer. Se había roto por un lado. La movió con un pie, pensativo.

—¿Mi señor? —preguntó el joven.

El Profesor dio la espalda a la caja y siguió al muchacho. La bata de laboratorio aleteaba al ritmo de sus pasos. El campo de fuerza en el que llevaba a Stormwind lo siguió como un cachorrillo obediente. En su interior, la mujer no alzó la vista.

Me relajé, dejándome caer contra la pared, y bajé el arma.

—Mizzy —susurré—, va hacia ti.

—Da la impresión de que busca a Larcener —dijo Megan—. Hemos logrado meternos de lleno en su enfrentamiento final con el antiguo líder de la ciudad. ¡Menuda suerte la nuestra!

—Lo sigo con la mira telescópica —dijo Cody—. Pero no podré ver nada en cuanto llegue a la otra calle. ¿Quieres que continúe con la vigilancia, chico, o lo dejo?

—Es peligroso estar tan cerca de él —dijo Abraham—. Si nos ve, aunque sea de refilón...

—Sí —convino Cody—, pero la verdad es que me gustaría saber de qué es capaz antes de intentar acabar con él. En comparación con lo que ha hecho con el edificio los tensores son juguetes para críos.

—Buena comparación —dije distraído—. Tenemos que conocer el resultado de su enfrentamiento con Larcener, si es que llega a producirse. Cody, a ver si te puedes situar. Mizzy, quiero que salgas de ahí.

—Eso intento —refunfuñó—. Estoy metida en una habitación con un montón de gente y... Bah, ni idea de cuándo podré reunirme con vosotros, chicos.

Bien, no íbamos a retirarnos mientras uno de nosotros estuviese en peligro.

—Megan, estate lista para una distracción. Abraham, quédate con Megan. —Respiré hondo—. Voy a seguir al Profesor.

Ninguna objeción. Confiaban en mí. Cargué con la mochila, porque no tenía tiempo para montar el Gottschalk y me acerqué a la puerta para echar un vistazo, apartando un poco la cortina. Antes de salir miré a los otros.

Todos, tanto el hombre con los niños como la mujer con la que había hablado, me miraban boquiabiertos.

—¿Has dicho que vas a seguir a ese Épico? —me dijo el hombre, atónito—. ¿Estás loco?

—No —dijo la mujer en voz baja—. Eres uno de ellos, ¿no es así? Uno de los que luchan. Oí decir que os habían matado a todos en Nueva York.

—Por favor, no contéis a nadie que me habéis visto —dije. Los saludé con la pistola y salí a la calle desierta.

Me detuve para mover la caja junto a la que se había parado el Profesor..., la que yo había dejado caer. Estaba llena de comida, comida empaquetada que solo conseguías comerciando, que llegaba de ciudades donde todavía había fábricas: judías, pollo enlatado, refrescos. Asentí y salí corriendo tras el Profesor.

15

—Muy bien —dije, situándome junto a la pared de un callejón y sosteniendo frente a mí la pistola agarrada con ambas manos—. Vamos a hacerlo con mucho, pero que mucho cuidado. Lo fundamental es garantizar que Mizzy salga sin problemas. Conseguir información es secundario.

Recibí una secuencia de «recibidos». Toqué la pantalla del móvil para ver el vídeo de Cody. En nuestros auriculares, que tenían un visor frontal, veíamos lo que hacían los otros desde su punto de vista.

Cody avanzaba por un pasillo oscuro. Una luz diáfana atravesaba la pared de la derecha, como una linterna iluminando el interior de la boca de una persona. Llegó a una habitación que todavía tenía la puerta de sal. Me sorprendió que se moviera cuando la empujó. Entró y se acercó con sigilo a una ventana. Tuvo que romper la sal con la culata del rifle, y resultó más difícil de lo que yo creía, para sacar el cañón del arma. Cuando pasó la imagen del auricular a la mira del rifle tuvimos un punto de observación situado a varios pisos de altura.

Era fácil reconocer el mercado: no era más que un viejo aparcamiento rodeado de telas de colores y toldos que invadían las calles de alrededor.

—Sí —dijo Mizzy cuando Cody se centró en el mercado—, estoy ahí dentro. La multitud me ha empujado hasta el piso de abajo. Ahora estoy en una escalera. Aquí todavía queda mucha gente escondida.

El Profesor iba directo hacia el mercado. El resplandor verde de sus campos de fuerza iluminaba la calle. Seguí una ruta paralela por una calle más estrecha y me oculté detrás de unos arbustos de sal rosada.

De hecho, el arbusto seguía creciendo. Me quedé observándolo, momentáneamente hipnotizado por las hojitas de sal que brotaban de las diminutas ramas. Me había parecido que todo crecía en el límite delantero de la ciudad y dejaba de hacerlo en cuanto volvía a tener el mismo aspecto que había tenido en Atlanta, pero por lo visto algunas cosas de la ciudad continuaban desarrollándose.

—¿David? —susurró una voz. Me volví. Megan y Abraham se me acercaban con sigilo.

Bueno, bueno. Mi amigo y mentor estaba en plena vorágine destructora. Más valía que me concentrara.

—Megan —dije—, me vendría bien un poco más de protección.

Asintió y se concentró un momento. En un parpadeo los arbustos que teníamos delante se volvieron más tupidos. Era una ilusión, una sombra traída de otro mundo donde esa misma vegetación era más densa, pero resultaba perfecto.

—Gracias —le dije. Me quité la mochila y me puse a montar el rifle.

El Profesor apareció a poca distancia de nosotros. Lo guiaba el Épico adolescente de antes, haciendo gestos mientras caminaba. Había dejado la burbuja de Stormwind en la entrada de un callejón, flotando.

El joven Épico que iba con el Profesor... ¿Dynamo? Yo no estaba seguro de cuáles eran sus poderes. En una ciudad como aquella había docenas de Épicos menores y no los había memorizado todos.

Dynamo señaló hacia el suelo y luego al mercado. El

Profesor asintió, pero yo estaba demasiado lejos para oír lo que decían.

—Una habitación subterránea —susurró Abraham—. Eso tiene que ser el refugio... ¿Quizás una oficina conectada con el aparcamiento?

—¿En esta ciudad puede haber sótanos? —pregunté.

—Poco profundos, sí —dijo Abraham, golpeando el suelo con un pie—. Dependiendo de la zona, Ildithia crece sobre una masa de roca salina de varios pisos de altura en algunos puntos; reproduce el paisaje de la Atlanta original, tapando agujeros y formando colinas. En otros puntos solo mide un par de metros, pero estamos sobre la capa. ¿No has notado la cuesta cuando ibas hacia el almacén?

No la había notado.

—Mizzy —dije—, es posible que el Profesor entre ahí. ¿Situación?

—Estoy atrapada —susurró—. La escalera está atestada; a todos se les ha ocurrido la misma idea: esconderse aquí, y con el perro además. En serio, hay cuatro perros. No puedo salir.

El Profesor no siguió al joven Épico hasta el aparcamiento. Avanzó un poco más y agitó ambas manos.

La calle se deshizo. La sal se transformó en polvo, que salió volando por el chorro de aire que el Profesor creó empujando dos campos de fuerza cóncavos. El resto desapareció en el agujero, que dejó al descubierto unas escaleras por las que el Profesor bajó sin inmutarse.

Resultaba asombroso. Había estudiado a los Épicos, me había inventado mi propia clasificación. Me obsesionaban un poco, lo reconozco. De la misma forma que un millón de niños de preescolar que no paran de hacer preguntas todos a la vez llegan a ser odiosos.

El poder del Profesor era único: no se limitaba a destruir la materia, la esculpía. Era una hermosa forma de destrucción y descubrí que lo envidiaba. En su momento yo había tenido ese poder, que el Profesor me cedía. Tras la muerte de Steelheart me lo había cedido menos. Me había entretenido con el espiril, pero me daba cuenta de que ya entonces se estaba apartando de nosotros.

«Fue cuando me salvó de Control —comprendí—. Ahí empezaron los problemas.»

Yo le había hecho dar el primer paso por ese camino. No toda la culpa era mía, porque seguramente Regalia habría llevado a cabo su plan para convertirlo aunque no me hubiese unido a los Exploradores, pero tampoco podía negar mi responsabilidad.

—Mizzy —dije—, quédate donde estás. Es posible que estés más segura ahí.

El Profesor bajó a la cámara que había destapado, pero la posición de Cody nos permitía seguirlo por el móvil. No bajó mucho antes de volver a subir arrastrando a una persona del cuello de la camisa. Ya en la calle se desembarazó de ella. La figura quedó tirada en el suelo, fláccida, con el cuello doblado en un ángulo poco natural.

—¡Era un señuelo! —aulló el Profesor. La voz resonó en toda la plaza—. Ya veo que Larcener es efectivamente un cobarde.

—¿Un señuelo? —dijo Megan, quitándome el rifle y enfocando el cuerpo con el *zoom* de la mira.

—Oh —susurré, emocionado—. Larcener había absorbido a Dead Drop. Me preguntaba si al final lo haría.

—Habla como una persona normal, Knees —me dijo Megan—. ¿Dead Drop?

—Un Épico que antes vivía aquí. Podía copiarse, un poco como Mitosis, pero Dead Drop solo podía crear unas pocas réplicas de sí mismo cada vez. Creo que tres. Sin embargo, las copias conservaban sus demás poderes. Y, bien, ya sabéis de lo que Larcener es...

Los otros me miraban con cara de póquer.

—Es un asumidor... ¿Sabéis de lo que es capaz un asumidor?

—Claro —dijo Cody por el móvil—. Te sume en la desesperación. Los odio.

Suspiré.

—La verdad es que sabéis muy poco de los Épicos para ser un equipo especializado en cazarlos.

—Mantener actualizada la lista de Épicos y sus poderes era cosa de Tia —dijo Abraham—. Ahora es cosa tuya. Y no nos has informado antes de la misión.

Mi plan había sido pasar unos días en la ciudad investigando quién estaba allí y quién no antes de sentarme con ellos y explicarles con qué Épicos debían tener cuidado. Quizá tendría que haberles hablado antes de Larcener. Nos habíamos concentrado demasiado en el Profesor.

—Un asumidor es lo opuesto a un Épico capaz de ceder sus poderes —dije—. Larcener les roba los poderes a otros Épicos... Es su habilidad natural, pero él es extremadamente poderoso. La mayoría de los asumidores digamos que se sirven provisionalmente del poder de otro. Larcener se queda permanentemente con las habilidades de otros Épicos y es capaz de conservar tantas como desee. Tiene una buena colección. Si el Profesor ha encontrado un clon, eso implica que Larcener se quedó con el poder de Dead Drop, el Épico capaz de crear un doble de sí mismo, imbuirlo de su conciencia y sus poderes, y regresar a su propio cuerpo en caso de que el señuelo se viera amenazado.

Recuperé el arma de manos de Megan y examiné el señuelo. Una vez muerto se descomponía con rapidez, la piel se le fundía sobre los huesos como un malvavisco en la punta de un espetón sobre las llamas. Sin duda por eso el Profesor se había dado cuenta de que no era el verdadero Larcener.

—Larcener inquieta mucho a los demás Épicos —les expliqué—. No les gusta nada la idea de que alguien pueda quitarles sus poderes. Por suerte para ellos, no es muy ambicioso y siempre se ha contentado con quedarse en Ildithia. El Aquelarre depende de él para evitar que otros Épicos se muden a su territorio.

Megan y Abraham pusieron los ojos en blanco.

—¿Qué? —les pregunté.

—Parece que hubieras encontrado un viejo disco duro repleto de canciones perdidas de tu grupo favorito anterior a Calamity —dijo Megan.

—Muy graciosa —refunfuñé mirando al Profesor. Parecía descontento por lo que había encontrado en el agujero. Contemplaba el mercado que, como había dicho Mizzy, estaba atestado.

—No me gusta esa expresión suya —comentó Abraham.

—Chicos —dijo Mizzy—, creo que estoy junto a una pared que da al exterior. Si entorno los ojos veo la luz del sol atravesándola. Quizá podáis sacarme por aquí.

Abraham miró a Megan.

—¿Puedes abrir un portal a otra dimensión donde esa pared no esté?

Megan no parecía demasiado convencida de poder hacerlo.

—No lo sé. La mayoría de lo que hago es efímero, a menos que me haya reencarnado recientemente. Durante un tiempo puedo atrapar a una persona en otro mundo, siempre que sea muy similar al nuestro... o traer ese mundo al nuestro. Pero no son más que sombras, y en ocasiones las cosas vuelven a su estado previo cuando esas sombras se desvanecen.

El Profesor había echado a andar hacia el mercado. Chasqueó los dedos y Dynamo corrió tras él. Al cabo de un momento la voz del Profesor resonó como si emplease un altavoz.

—Voy a destruir este edificio —dijo, indicando el mercado—. Y todos los cercanos.

«Ah, vale. Dynamo manipula el sonido», pensé, a pesar de la situación.

Por lo demás estaba horrorizado.

—Todos los que quieran vivir que salgan a la plaza —añadió—. Los que huyan morirán. Los que se queden dentro morirán. Tenéis cinco minutos.

—¡Maldita sea! —dijo Cody—. ¿Quieres que le dispare para distraerlo?

—No —dije—. Iría por ti y en lugar de un problema tendríamos otro. —Miré a Megan.

Asintió. Si creaba una distracción y el Profesor la mataba, se reencarnaría. Chispas. Odiaba considerar su capacidad de morir como un recurso de usar y tirar.

Con suerte no nos haría falta.

—Abraham, retírate y apoya a Cody —dije—. Si algo sale mal, seguid los dos con el plan de crear un refugio en la ciudad. Aseguraos de que el Profesor no os vea.

—Recibido —dijo Abraham—. ¿Y vosotros dos?

—Vamos a buscar a Mizzy —dije—. Megan, ¿puedes cambiarnos temporalmente la cara?

—Eso es fácil. —Se concentró y cambió en una fracción de segundo: ojos de otro color, una cara demasiado redonda y el pelo moreno en lugar de rubio. Supuse que yo había sufrido una transformación similar. Respiré hondo y le pasé el rifle a Abraham. Aunque había visto gente armada en Ildithia, era demasiado moderno. Habría llamado la atención.

—Vamos —dije, saliendo de detrás de la protección para unirme a los grupos de personas que, tímidamente, salían de los edificios y del mercado para acercarse al Profesor.

16

Mizzy estaba en el aparcamiento del otro lado de la calle, lo que para nosotros era un problema.

—¿A qué distancia debes estar de ella para darle un rostro ilusorio? —le susurré a Megan.

—Cuanto más cerca mejor —me respondió en susurros mientras nos movíamos entre el gentío—. En caso contrario, me arriesgo a que quede más gente atrapada en el eco entre mundos.

Por tanto, teníamos que cruzar la calle por delante del Profesor sin llamar la atención. Estaba completamente dominado por sus poderes y sería egoísta hasta un extremo inusitado porque había perdido toda su capacidad de empatía. No le importaría nada quiénes éramos ni nuestro aspecto; si alguien lo incordiaba lo mataría tan alegremente como se aplasta un mosquito.

Hundí los hombros y fijé la vista en el suelo. Esa actitud seguía siendo casi mi segunda naturaleza; me la habían inculcado en la Factoría. En ese momento la aproveché para pasar desapercibido cuando me aparté de la masa de gente y recorrí la calle, con decisión pero tratando de no erguirme y de parecer servil.

Eché un vistazo furtivo por encima del hombro para comprobar si Megan me seguía, y así era. Pero destacaba como un martillo en una tarta de cumpleaños. Era evidente que intentaba parecer inofensiva, con las manos en los bolsillos, pero iba demasiado rígida, no manifestaba el suficiente miedo. Chispas. Seguro que el Profesor se fijaría en ella. Le cogí la mano y le susurré:

—Tienes que parecer más derrotada, Megan. Haz como si cargases con una estatua de plomo de Buda a la espalda.

—¿Una... qué?

—Con algo pesado —dije—. Es el truco que aprendíamos en la Factoría.

Inclinó la cabeza hacia mí, pero hundió los hombros. Estaba mejor, y aumenté el efecto colgándome de ella como si estuviese aterrado, empujándole la nuca para que se inclinase todavía más mientras caminábamos agarrados. A mi paso, arrastrando los pies, fingiéndome a la vez extremadamente nervioso y apartándome de los demás cuando se acercaban demasiado, fuimos más o menos hasta la mitad de la calle. En ese punto la cantidad de gente se volvió excesiva.

—¡Inclinaos! —nos aulló el Profesor—. Arrodillaos frente a vuestro nuevo amo.

La gente se hincó de rodillas como una ola y tuve que tirar de Megan para que me siguiese. En ningún otro momento de nuestra relación había sido tan evidente lo diferentes que éramos. Sí, ella tenía poderes épicos y yo no... pero en ese momento eso era lo de menos en comparación con el hecho de que, evidentemente, Megan no tenía ni idea de lo que era estar acobardada.

Yo era fuerte. Luchaba y no aceptaba el gobierno de los Épicos, pero para Calamity seguía siendo humano. Cuando un Épico hablaba, yo daba un respingo de miedo. Y por mucho que me enfureciese, si me decía que me arrodillase, obedecía.

La multitud guardó silencio mientras más gente salía del aparcamiento, llenando la calle, arrodillándose. Con la cabeza gacha no veía casi nada.

—¿Mizzy? —siseé—. ¿Has salido?

—Estoy al fondo —susurró—, cerca de un poste de la luz con cintas azules. ¿Echo a correr?

—No —dije—. Está prestando especial atención por si alguien sale corriendo.

Miré al Profesor, que se erguía imperiosamente frente a nosotros, con el nuevo lacayo Épico a su lado y Stormwind flotando en su prisión. Estudió la multitud y vio rápidamente que una mujer salía de un edificio cercano y echaba a correr.

No la atrapó en un globo de fuerza sino que alzó las manos a los lados. Aparecieron dos largas lanzas de luz, de formas casi cristalinas, que lanzó hacia la fugitiva. La atravesaron, haciéndola caer hecha un ovillo en la calle.

Tragué saliva. Tenía la frente húmeda de sudor. El Profesor avanzó un paso y algo reluciente apareció a sus pies: un campo de fuerza verde claro creaba un camino. Su carretera personal elevada algo más de un metro por encima de nosotros, de forma que al caminar no corriese el riesgo de tocar alguna de las figuras apiñadas.

No agachamos todavía más y me quité el auricular de la oreja, no fuese a recordarle a los Exploradores, aunque nosotros no éramos los únicos que los usábamos. Megan hizo lo mismo.

—La batalla por Ildithia ha terminado —dijo el Profesor. La voz seguía amplificada—. Podéis comprobar que vuestra ama Épica más poderosa, Stormwind, es mía. El que era vuestro líder se oculta de mí como un cobarde. Ahora yo soy vuestro dios, y con mi llegada impongo un orden nuevo. Lo hago por vuestro bien; la historia ha demostrado que los hombres no saben cuidar de sí mismos.

Se me acercó un poco más siguiendo su sendero radiante. Mantuve la cabeza gacha, sudando profusamente. Chispas. Lo oía coger aire antes de cada frase. Si hubiera alargado la mano le habría tocado los pies.

Un hombre al que quería y admiraba, un hombre al que había estudiado durante media vida y al que esperaba emular era un hombre que me habría matado sin dudarlo de saber que estaba junto a él.

—Cuidaré de vosotros —dijo el Profesor—, siempre que no me incordiéis. Sois mis hijos y yo soy vuestro padre.

«Sigue siendo él —pensé—, ¿no?» Por retorcidas que fuesen, esas palabras me recordaban al Profesor que conocía.

—Te reconozco —susurró una voz a mi lado.

Sorprendido, me volví. Firefight estaba arrodillado junto a mí. No ardía como en la Fundición; en aquel momento parecía un hombre normal, vestido con traje y corbata fina. Estaba arrodillado, pero no inclinaba la cabeza.

—Eres David Charleston, ¿no es así? —me preguntó.

—Yo... —Me estremecí—. Sí. ¿Cómo has llegado hasta aquí? ¿Estás en tu mundo o en el mío?

—No lo sé —respondió Firefight—. Aparentemente en el tuyo. Así que en este mundo sigues con vida. ¿Lo sabe *él*?

—¿Él?

Firefight se desvaneció antes de responder y me quedé mirando a un joven asustado de pelo tieso. Parecía sorprendido de que le hubiese estado hablando.

¿Qué había sido *eso*? Miré a Megan, arrodillada al otro lado, y le di un codazo. Se volvió hacia mí.

«¿Qué?», subvocalizó.

«¿Qué ha sido eso?», respondí de la misma forma.

«¿De qué hablas?»

El Profesor seguía caminando por encima de la multitud, con el campo reluciente de fuerza formándose a sus pies a cada paso que daba. El camino describió una curva y descendió.

—Me hacen falta soldados leales —declaró—. ¿Quién de vosotros desea servirme y ser un superior sobre sus inferiores?

Unas dos docenas de oportunistas se pusieron en pie. Era peligroso servir tan directamente a un Épico, el simple hecho de estar en su presencia podía significar la muerte, pero también era la forma de progresar en el mundo. Me dieron náuseas las prisas de algunos por levantarse, aunque la mayoría siguió de rodillas, demasiado asustada, o quizá con demasiado sentido común para unir su suerte a la de un nuevo Épico que todavía no había establecido su dominio absoluto.

Tendría que preguntarle a Megan por Firefight más tarde. De momento tenía un plan. Bueno, algo parecido a un plan.

Respiré hondo y me levanté. Megan me miró y luego me imitó.

«¿Qué haces?», subvocalizó.

«Así podremos movernos entre la multitud —articulé—. Es la única forma de llegar hasta Mizzy.»

El Profesor, con las manos a la espalda, estaba erguido en su pasarela reluciente. Examinaba la multitud, valorándola. Se volvió y nos miró directamente a nosotros dos. Tragué saliva. Esa podía ser su estrategia para eliminar a los demasiado volubles en sus lealtades. Su siguiente paso tal vez fuese matar a los que nos habíamos puesto en pie.

No. Conocía al Profesor. Se daría cuenta de que, si mataba a los que más deseosos estaban de servirlo, tendría problemas en el futuro para encontrar sirvientes. Era un líder, un constructor. Incluso como Épico no desestimaría recursos útiles a menos que los considerase una amenaza.

¿No?

—Bien —dijo el Profesor—. Bien. Tengo una tarea para vosotros. —Estiró los brazos y me pareció notar una vibración, una sensación familiar de los días en que, meses antes, me había enfundado los guantes para usar los poderes del Profesor.

Tiré de Megan hacia un lado mientras el Profesor liberaba una oleada de poder por encima de la multitud. El aire se arremolinó y todo el aparcamiento que teníamos detrás explotó. Quedó convertido en polvo. La gente gritaba y tropezaba bajo la lluvia de sal.

—Id —dijo el Profesor, señalando hacia el aparcamiento destruido—. Ejecutad a los que sigan con vida por desobedecer mis órdenes y ocultarse como cobardes.

Los veintitantos que éramos nos pusimos en marcha todos a la vez. Aunque el derrumbe ya habría herido o matado a los que estaban en los dos primeros pisos del estacionamiento, otros no habrían sufrido una caída demasiado importante o estarían escondidos en las zonas subterráneas.

El Profesor volvió a estudiar a la multitud. Megan y yo aprovechamos para orientarnos usando como referencia el poste que Mizzy nos había indicado. Allí estaba, acurrucada, con una capucha que no tenía ni idea de dónde habría sacado. Nos miró de reojo y levanté el pulgar.

No vaciló. Se puso en pie de un salto y se unió a nosotros. Inmediatamente Megan le cambió los rasgos por unos similares pero irreconocibles.

—¿Megan? —inquirí.

—¿Ves esa pared de ahí? —repuso—. La que está junto a la rampa que lleva a donde estaba el aparcamiento. Cuando lleguemos a ella crearé duplicados de nosotros. En cuanto aparezcan os agacháis.

—Entendido —dije, y Mizzy asintió.

Llegamos al punto indicado. Era una rampa de sal que terminaba abruptamente a nuestra izquierda. Una versión de los tres se separó de nosotros y subió por la rampa. Los duplicados llevaban nuestra ropa y tenían la misma cara falsa que nosotros. Eran tres personas de otra realidad que vivían en Ildithia. A veces pensar en cómo funcionaba ese poder me daba dolor de cabeza. Esos rostros que Megan había superpuesto a los nuestros... ¿Significaba eso que aquellos tres estaban haciendo lo mismo que nosotros? ¿Eran versiones de nosotros mismos o personas completamente diferentes que de alguna forma habían acabado viviendo una vida muy similar a la nuestra?

Los tres, nosotros tres, los auténticos, nos agachamos y nos ocultamos detrás de la pared mientras los dobles llegaban al final de la rampa y saltaban. El parapeto nos ocultaba del Profesor y de la multitud, a pesar de lo cual me sentí horriblemente expuesto mientras reptábamos como soldados hacia un callejón.

Una ráfaga de viento trajo polvo que me dio en la cara. Era tremendamente salado. Todavía no me había acostumbrado a la sequedad de la ciudad; el simple hecho de respirar me resecaba la garganta.

Llegamos al callejón sin incidentes y nuestros dobles desaparecieron en el pozo del aparcamiento destruido. Me limpié la piel de polvo mientras Mizzy sacaba la lengua.

—¡Qué asco! —dijo.

Megan se acomodó en el suelo, junto a la pared. Parecía agotada. Me arrodillé a su lado. Me agarró el brazo y cerró los ojos.

—Estoy bien —susurró.

En cualquier caso le hacía falta tiempo para descansar y se lo di. No se me pasó por alto que se frotaba las sienes para controlar el dolor de cabeza. Me arrodillé en la boca del callejón para asegurarme de que estuviéramos a salvo. El Profesor, que seguía moviéndose entre la multitud, pasó por el lugar donde se había estado escondiendo Mizzy. De vez en cuando obligaba a alguien a alzar la cabeza y mirarlo a los ojos.

«Debe tener una lista de descripciones de Épicos y de otros elementos descontentos de la ciudad», pensé.

Tenía alguna razón para estar allí. No creía que el Profesor hubiera elegido Ildithia al azar como ciudad para gobernar. Y empezaba a sospechar insistentemente que el secreto de por qué hacía lo que hacía tenía que ver con lo que había encontrado al tomar el poder de manos de Regalia. Volví a oír mentalmente lo que me había dicho.

«No atraje a Jonathan para matarlo, chico. Lo hice porque necesito un heredero.»

¿Qué ocultaba Ildithia para atraer el interés del Profesor?

A mi espalda, Mizzy informó a Abraham y Cody. Yo seguí prestando atención al Profesor. Se parecía a Steelheart, quien, aunque más alto y más musculoso, con frecuencia había adoptado la misma pose de dominación.

Allí en la plaza, un niño se echó a llorar.

Contuve el aliento. Vi a la mujer sosteniendo al bebé, no lejos del Profesor. Intentaba tranquilizarlo, frenética.

El Profesor alzó una mano hacia ella con una mirada de enojo. El llanto lo había sacado bruscamente de sus cavilaciones y miró con desprecio la alteración.

«No...»

Era algo que aprendías pronto: no molestes a los Épicos. No llames la atención. No los incordies. Mataban a la gente por la razón más tonta.

«Por favor...»

No me atrevía ni a respirar. Momentáneamente me vi en otro lugar. Otro niño lloraba en una habitación en silencio.

Miré al Profesor a la cara y, a pesar de la distancia, me pareció ver algo en ella. Agonía.

Se volvió de golpe y se alejó, dejando en paz a la mujer y a su hijo, ladrando órdenes a su nuevo lacayo Épico. Lo siguió la esfera del campo de fuerza que contenía a Stormwind. Dejó a la multitud desconcertada.

—¿Listos para irnos? —preguntó Megan, poniéndose en pie.

Asentí, con una larga exhalación de alivio.

A Jonathan Phaedrus todavía le quedaba algo de humanidad.

17

—Lo he visto, Megan —dije abriendo la cremallera de la mochila—. Te lo digo en serio, Firefight estaba entre la multitud.

—No lo dudo. —Se apoyó en la pared de sal rosa de nuestro nuevo escondite.

—La verdad, creo que eso es precisamente lo que estás haciendo.

—Lo que digo es que no ha sido cosa mía.

—Entonces, ¿de quién?

Se encogió de hombros.

—¿Estás completamente segura de que no se te ha escurrido hasta aquí? —dije, sacando de la mochila varias mudas de ropa. Me agaché junto al arcón que sería mi único mueble. Metí la ropa dentro y la miré.

—A veces, cuando hago venir una sombra de otro mundo, los bordes se difuminan —admitió Megan—. Habitualmente solo sucede después de reencarnarme, cuando mis poderes están al máximo.

—¿Y cuando estás cansada o estresada?

—Hasta ahora no. Pero..., bueno, hay muchas cosas que no he probado.

La miré.

—¿Por qué no?

—Porque sí.

—¿Porque sí? ¡Posees un asombroso poder de deformar la realidad, Megan! ¿Por qué no experimentas con él?

—¿Sabes, David? A veces eres muy estúpido. Tienes tus listas de poderes, pero ni idea de lo que es ser un Épico.

—¿A qué te refieres?

Suspiró antes de sentarse en el suelo a mi lado. Todavía no teníamos cama ni sofá. Nuestro nuevo escondite no sería tan lujoso como el que habíamos tenido en Babilar, pero era todo lo seguro que podíamos conseguir que fuera. Lo habíamos fabricado nosotros mismos durante varios días, ocultándolo como uno de los grandes bultos «cancerosos» de sal que crecían por toda Ildithia.

Al principio le había dado tiempo a Megan porque no quería insistirle con lo de Firefight. Después de usar intensamente sus poderes era normal que durante unos días se mostrase esquiva, como si el simple hecho de pensar en sus poderes le provocase dolor de cabeza.

—La mayoría de los Épicos no son como Steelheart o Regalia —me explicó—. La mayoría son matones de poca monta, hombres y mujeres con el poder justo para ser peligrosos y que han probado lo suficiente la oscuridad para que no les importe a quién hacen daño.

»Yo no les caía bien. Vale, los Épicos rechazan a casi todo el mundo, pero a mí especialmente. Mis poderes les daban miedo. ¿Otras realidades? ¿Otras versiones de sí mismos? Detestaban no poder poner límites a mis capacidades, pero al mismo tiempo mi poder no era suficiente para protegerme, no activamente al menos. Por tanto...

—¿Por tanto? —pregunté, acercándome y pasándole un brazo por los hombros.

—Así que me mataban —dijo, encogiéndose de hombros—. Hice lo que pude, aprendí a ser más sutil con mis poderes. Solo cuando Steelheart me aceptó pude disfrutar de algo parecido a la seguridad. Él siempre apreció el aspecto prometedor de mi poder en lugar de centrarse en la amenaza.

»En cualquier caso, es como te he contado. Hice uso de lo que mi padre nos había enseñado sobre armas a mis hermanas y a mí para ocultar el hecho de que mis poderes no podían hacer daño a nadie. Oculté lo que podía hacer realmente, me convertí en la espía de Steelheart. Pero no, no experimenté. No quería que la gente supiese de lo que era capaz, ni siquiera quería que él supiera la magnitud de mi poder. La vida me ha enseñado que si la gente descubre demasiado sobre mí acabo muerta.

—Y reencarnada —dije, intentando animarla.

—Sí. A menos que no sea yo la que regresa, sino una copia de otra dimensión: similar pero diferente. David, ¿y si la persona de la que te enamoraste en realidad murió en Chicago Nova? ¿Y si yo fuese una impostora?

La atraje hacia mí sin saber qué decir.

—No dejo de preguntarme si la próxima vez será la definitiva —susurró—. Cuando vuelva y la diferencia sea evidente, ¿renaceré con el pelo de otro color? ¿Renaceré con un acento diferente u odiando esta o aquella comida? ¿Sabrás entonces que tu amada ha muerto definitivamente?

—Tú —dije, levantándole la barbilla para mirarla a los ojos—, eres un amanecer.

Inclinó la cabeza.

—¿Un... amanecer?

—Sí.

—¿No soy una patata?

—Ahora mismo no.

—¿Ni un hipopótamo?

—No, y... Un momento, ¿cuándo te he llamado yo hipopótamo?

—La semana pasada. Estabas adormilado.

Chispas. De eso no me acordaba.

—No —dije con convicción—, eres un amanecer. Me pasé diez años sin ver la salida del sol, pero no se me había olvidado cómo era. Antes de perder nuestro hogar, cuando papá todavía tenía trabajo, un amigo nos dejaba ir por la mañana a la zona de observación de un rascacielos. Había desde allí una vista espectacular de la ciudad y el lago. Contemplábamos la salida del sol.

Sonreí. Era un buen recuerdo. Mi padre y yo comiendo bollos y disfrutando del frío matutino. Algunos días, el único momento que me podía dedicar era el amanecer, pero nunca me había fallado. Se levantaba una hora antes de lo necesario para ir a trabajar, y eso después de haber trabajado hasta muy entrada la noche. Todo por mí.

—Bien, ¿entonces voy a oír esa gloriosa comparación? —dijo Megan—. Estoy que tiemblo de emoción.

—Bien, verás —dije—. Veía salir el sol y deseaba capturar ese momento. Nunca pude. Las fotografías no le hacían justicia, nunca eran espectaculares. Con el tiempo comprendí que la salida del sol no es un momento: es un proceso. No puedes captar un amanecer porque cambia constantemente. El sol no deja de moverse, las nubes se transforman. Continuamente es algo nuevo.

»No somos momentos, Megan, ni tú ni yo. Somos acontecimientos. ¿Dices que quizá no eres la misma persona que hace un año? Bien, ¿quién lo es? Yo no, por supuesto. Cambiamos, como las nubes en el cielo y el sol del amanecer. Las células de mi cuerpo han muerto y han nacido células nuevas. Mi mente ha cambiado, y ya no siento la emoción de antaño por matar Épicos. No soy el mismo David, y a la vez lo soy.

La miré a los ojos y me encogí de hombros.

—Me alegro de que no seas la misma Megan. No quiero que seas la misma. Mi Megan es un amanecer, siempre cambiante, pero siempre hermoso.

Los ojos se le llenaron de lágrimas.

—Eso... —respiró hondo—. Caramba. ¿No se supone que esto se te da mal?

—Bien, ya sabes lo que dicen —le respondí sonriendo—: Incluso un reloj que adelanta da bien la hora dos veces al día.

—En realidad... Vale, no importa. Gracias.

Me besó. Maravilloso.

Más tarde salí del cuarto, me pasé la mano por el pelo revuelto y fui a buscar algo de beber. Cody estaba al otro lado del pasillo, terminando el techo del escondite con el cristalizador que nos había dado Knighthawk. Parecía una paleta de albañil o de yesero. Al pasarla sobre la sal, la estructura cristalina crecía y se creaba una lámina nueva. El guante del dispositivo permitía moldear un rato la sal antes de que se endureciera.

Lo llamábamos *Herman*. Bueno, yo lo llamaba *Herman*, y a nadie se le había ocurrido nada mejor. Habíamos tardado dos noches para construir todo aquel edificio con él en un callejón, expandiendo un enorme montículo de sal que ya había aparecido allí. Se encontraba en el extremo norte de la ciudad, el que seguía creciendo, de forma que la estructura a medio acabar no resultaba extraña.

El refugio ya casi terminado era alto y estrecho, de tres pisos. En algunos puntos, si abría mucho los brazos, tocaba ambas paredes a la vez. Habíamos hecho que el exterior pareciese cubierto de bultos rocosos para que fuese como otras excrecencias similares de la ciudad. Al final, habíamos decidido que un lugar más seguro, construido por nosotros mismos, era preferible a mudarnos a una casa.

Bajé los empinados escalones de color rosa hasta el piso de abajo, hasta la cocina o el lugar donde habíamos instalado unos simples fogones y un depósito de agua, así como algunos pequeños electrodomésticos alimentados por una de las células de energía del jeep.

—¿Ya has terminado de deshacer el equipaje? —me preguntó Mizzy, paseándose con la cafetera.

Me paré en el último escalón.

—Eh... —La verdad era que no.

—Demasiado ocupados haciéndoos carantoñas, ¿eh? —dijo Mizzy—. Supongo que sabes que sin puertas lo oímos prácticamente todo.

—Eh...

—Sí. Me gustaría que hubiera una norma que prohibiera enrollarse a los miembros del equipo, pero teniendo en cuenta que el Profesor y Tia eran la polla, él jamás habría impuesto semejante norma.

—¿La polla?

—Es una palabra que probablemente no deberías volver a repetir —me dijo, pasándome un café—. Abraham quiere verte.

Dejé la taza de café y me tomé un vaso de agua. No entendía cómo la gente podía tomar aquella porquería. Sabía a tierra hervida con un toque de guijarros.

Mizzy ya subía la escalera.

—¿Todavía tienes mi antiguo móvil? —le pregunté—. El que me rompió Obliteration.

—Sí, aunque está bastante hecho polvo. Lo guardé por las piezas.

—¿Me lo das, por favor?

Asintió. Bajé a la planta baja, donde habíamos almacenado la mayor parte de los suministros. Abraham estaba arrodillado en una de las dos habitaciones, iluminada únicamente por la luz de su móvil. En los dos pisos superiores había ventanas y tragaluces camuflados, pero no se filtraba demasiada luz hasta allí abajo. Le habíamos construido una mesa de trabajo de sal y en ella repasaba las armas del equipo una a una, limpiándolas y comprobándolas.

Casi todos estábamos más que dispuestos a hacerlo personalmente, pero la verdad era que nos tranquilizaba saber que Abraham les había dado el visto bueno. Además, mi Gottschalk no era un simple rifle de caza. Con tambor de electrones comprimidos, mira telescópica de última generación y sistema electrónico de conexión al móvil, yo solo habría podido ocuparme de lo básico de aquella maravilla. Equivalía a la diferencia entre ponerle kétchup al perrito caliente y decorar un pastel. Era mejor dejárselo a un experto.

Abraham me saludó y me indicó su mochila que estaba cerca de él en el suelo. No la había vaciado del todo.

—Te he traído una cosa de los jeeps.

Aquello me picó la curiosidad y rebusqué en ella. Saqué un cráneo.

Era de acero puro y sus contornos lisos reflejaban la luz del móvil. Le faltaba la mandíbula. Se había separado del cráneo con la explosión que había matado a aquel hombre, un hombre que se había bautizado a sí mismo como Steelheart.

Miré fijamente las cuencas vacías. Si entonces hubiese sabido que cabía la posibilidad de redimir a los Épicos, ¿habría insistido tanto en matarlo? Incluso ahora, el hecho de sostenerlo me hacía pensar en mi padre, tan esperanzado, que confiaba tanto en que los Épicos serían los salvadores de la humanidad, no sus destructores. Steelheart, al asesinar a mi padre, había traicionado definitivamente esa esperanza.

—Me había olvidado de él —dijo Abraham—. Lo metí en el último momento porque me quedaba espacio.

Fruncí el ceño y lo dejé en un estante de sal. Rebusqué más y di con una pesada caja metálica.

—Chispas, Abraham. ¿Has ido cargado con esto?

—He hecho trampa —dijo, encajando el guardamonte en mi rifle—. Hay gravitónica al fondo de la mochila.

Saqué con esfuerzo la caja. Creía saber qué era.

—Es un creador de imágenes.

—Me pareció que podrías quererlo —dijo Abraham—. Para montar el plan, como hacíamos antes.

El Profesor solía reunir al equipo en una sala para repasar los planes y empleaba este dispositivo para proyectar ideas e imágenes en las paredes.

Yo no era ni de lejos tan organizado. De todas formas lo activé conectándolo a la célula de energía que usaba Abraham. El creador de imágenes iluminó la estancia. No estaba calibrado, por lo que algunas imágenes eran difusas y estaban deformadas.

Eran notas del Profesor. Líneas de texto garabateadas, como escritas con tiza sobre una pizarra negra. Me acerqué a la pared y pasé la mano por ellas. Se emborronaron como si fuesen reales y mi mano no proyectaba sombra en la pared. El creador de imágenes no era un proyector normal y corriente.

Leí algunas de las notas, pero allí había poca cosa relevante. Eran de cuando nos enfrentábamos a Steelheart. Solo me llamó la atención una frase: «¿Es correcto?» Dos palabras aisladas en una esquina. El resto del texto era apretado. Las palabras se peleaban por el espacio como peces en un diminuto acuario, pero aquellas dos palabras estaban aparte.

Volví a mirar el cráneo de Steelheart. El creador de imágenes lo había interpretado como parte de la habitación y le proyectaba palabras encima.

—¿Cómo va el plan? —me preguntó Abraham—. Estás tramando algo, supongo.

—Unas cuantas cosas —dije—. Por ahora cosas sueltas.

—No esperaba menos —dijo Abraham con una leve sonrisa, montando la culata del Gottschalk—. ¿Pido a los otros dos que vengan para hablar?

—Claro. Reúnelos, pero no en una habitación.

Me miró inquisitivo.

Me agaché y apagué el creador de imágenes.

—Quizás otro día lo usaremos. Por ahora, prefiero dar un paseo.

18

Al unirse al resto del grupo fuera del refugio, Mizzy me lanzó el móvil roto. Manteníamos el secreto del refugio saliendo por una puerta oculta del edificio de apartamentos contiguo, en gran parte vacío. No vivía ninguna familia en él, únicamente solitarios que no encontraban un grupo al que unirse, por lo que esperábamos que prestasen menos atención a extraños como nosotros.

—¿Está activada la seguridad? —preguntó Mizzy.

—Sí. Si alguien intenta entrar nos enteraremos.

—¿Abraham? —dije.

Sacudió la mochila, que contenía nuestras tabletas de datos, las baterías suplementarias y los dos artilugios de tecnología Épica que Knighthawk nos había dado. Si alguien entraba a robar solo se llevaría unas cuantas pistolas que podíamos reemplazar.

—Hemos tardado menos de cinco minutos —dijo Cody—. No está mal.

Abraham se encogió de hombros, pero parecía satisfecho. El escondite era mucho menos seguro que otros anteriores, así que había que dejar a dos personas de guardia constantemente o crear un protocolo de salida para las operaciones. La segunda idea me gustaba mucho más. Nos permitiría tener un equipo mayor operando por la ciudad sin preocupaciones. En cualquier caso, habíamos hecho que

Mizzy montase sensores en la puerta. Si alguien la abría, recibiríamos un aviso en el móvil.

Me eché el rifle al hombro. Abraham lo había rayado y le había pintado algunas zonas para que pareciese más usado y más anticuado. Así no llamaría tanto la atención. Cada uno llevaba una cara nueva, cortesía de Megan. Era primera hora de la tarde y me extrañó la cantidad de gente que había en la calle. Algunos tendían la colada, otros iban al mercado o venían de él. Una gran cantidad cargaba con posesiones metidas en sacos: habían tenido que abandonar los edificios erosionados y buscar otro sitio para vivir. Era la constante de Ildithia; siempre había alguien mudándose.

No vi a nadie solo. Los niños que jugaban a la pelota en un aparcamiento vacío lo hacían bajo la vigilancia de al menos cuatro ancianos y ancianas. Los que se dirigían al mercado iban por parejas o en grupo. La gente se congregaba en los escalones de entrada a las casas y bastantes personas tenían un rifle a mano, a pesar de que sonreían e incluso reían.

Era una paz bastante extraña. Se respiraba en la atmósfera que mientras cada uno se ocupase de sus propios asuntos todos se llevarían bien. Me inquietó comprobar la cantidad de grupos que parecían separados por razas. Nuestro grupo, de varias etnias, era poco habitual.

—Bien, chico —dijo Cody, caminando a mi lado con las manos en los bolsillos de los pantalones de camuflaje—. ¿Qué hacemos otra vez en la calle? Esta tarde quería echarme una siesta.

—No me gusta la idea de quedarnos encerrados —dije—. Hemos venido a salvar la ciudad. No quiero estar sentado haciendo planes en una habitación estéril, lejos del pueblo.

—Las habitaciones estériles son muy seguras —dijo Megan desde atrás. Caminaba al lado de Abraham con Mizzy a la derecha, canturreando para sí.

Me encogí de hombros. Podíamos hablar sin que nadie nos escuchase. La gente de la calle se ocupaba de sus propios asuntos y se apartaba si alguien se aproximaba. De hecho, cuanto más pequeño era un grupo, más respeto inspiraba. Si pasaba una persona sola, todos se apartaban sutilmente hacia el borde de la calle. Un hombre o una mujer sin compañía bien podía ser un Épico.

—Esto es lo que se considera hoy en día una sociedad funcional —dije sin dejar de andar—. Cada grupo con su territorio, siendo una amenaza implícita de violencia para el resto. Esto no es una ciudad. Son mil comunidades, cada una a un paso de la guerra contra las demás. Es lo mejor que el mundo puede ofrecer y algo que vamos a cambiar de una vez por todas. Empezaremos con el Profesor. ¿Cómo vamos a salvarlo?

—Lo obligaremos a enfrentarse a su punto débil de alguna forma —propuso Mizzy.

—Primero hay que dar con ese punto débil —señaló Megan.

—Eso lo tengo planeado —dije.

—¿Sí, en serio? —Megan, avanzó rápido para situarse junto a Cody—. ¿Cómo?

Le enseñé el teléfono roto.

—Amigos —dijo Cody—, parece que el chico se ha vuelto loco como una cabra. El mérito es todo mío.

Saqué el teléfono que funcionaba y le envié un mensaje a Knighthawk.

«Oye. Aquí tengo un móvil con la pantalla rota, pero tiene batería. ¿Puedes localizarlo?»

No respondió de inmediato.

—Supongamos que puedo descubrir el punto flaco del Profesor —dije—. ¿Qué hacemos luego?

—Es complicado —respondió Abraham. Se aseguraba de prestar mucha atención a todos los que pasaban por la calle mientras nos movíamos—. La naturaleza del punto débil a menudo define la del plan. Podría llevarnos meses perfeccionar el enfoque correcto.

—Dudo mucho que dispongamos de meses —dije.

—Estoy de acuerdo —convino Abraham—. El Profesor tiene planes propios y ya lleva semanas en este lugar. No sabemos qué hace aquí, pero está claro que no nos conviene esperar a ver. Hay que detenerlo ya.

—Además —añadí—, cuanto más esperemos, más probable será que nos localice.

—Creo que estás empezando la casa por el tejado, chico —dijo Cody, negando con la cabeza—. No podemos hacer planes sin conocer el punto débil.

—Pero a lo mejor... —empezó Abraham.

Lo miré.

—Tenemos algo parecido a un triunfo —dije, indicando a Megan—. Un miembro del equipo puede hacer realidad lo que sea. Podríamos ir planeando la trampa dando por supuesto que, sea cual sea su miedo, Megan será capaz de recrearlo.

—Eso es mucho suponer —dijo Mizzy—. ¿Y si teme... no sé, una salchicha parlante?

—Seguramente podría conjurarla —dijo Megan.

—Vale, bien. ¿Y si teme tener miedo o que le demuestren que se equivoca? O alguna otra abstracción. ¿No son habituales los puntos débiles de ese tipo?

Mizzy tenía razón. Los demás callamos. Pasamos por delante de un antiguo restaurante de comida rápida construido de sal azul de un tono muy bonito. Parte de la zona fue adquiriendo el mismo color mientras paseábamos. Todavía no íbamos a ningún lugar en particular. Más tarde querríamos recabar información; era el protocolo estándar de los Exploradores tras haber asegurado la base. De momento me conformaba con estar fuera, con moverme. Caminar, hablar, pensar.

El móvil vibró.

«Lo siento. —Era Knighthawk—. Estaba echando un "koala". ¿Qué es eso de otro móvil?»

«Dijiste que podías rastrear los móviles —le escribí—. Bien, aquí tengo uno roto. ¿Puedes localizarlo?»

«Déjalo en algún lugar y aléjate. Vuestras señales están demasiado juntas.»

Hice lo que me pedía. Dejé el móvil en una vieja papelera y alejé a los otros.

«Sí, funciona lo suficiente para enviar señal —escribió—. ¿Por qué?»

«Luego te lo cuento», le envié, y corrí a recuperar el móvil roto. Desde la papelera guie al equipo hacia la izquierda, hacia una calle más ancha. Algunos de los carteles ya estaban rotos y se habían caído, a pesar de que estábamos en una zona recién crecida.

—Vale —dije, respirando hondo—. No podemos decidir los detalles de la batalla contra el Profesor hasta no conocer su punto débil, pero aun así tenemos cosas que planear. Por ejemplo, tenemos que encontrar la forma de que se enfrente a sus miedos en lugar de salir corriendo.

—Yo tuve que entrar en un edificio en llamas para intentar rescatarte, David —dijo Megan con las manos en los bolsillos—. Eso implica que estaba lo suficientemente cuerda, que llevaba apartada de mis poderes el tiempo suficiente para querer salvarte.

—No es mucho para empezar —dijo Mizzy—. No pretendo ser negativa, pero, la verdad, ¿no os parece que dependemos demasiado de la experiencia de una única persona?

Guardé silencio. Solo se lo había contado a Megan, pero algo similar me había sucedido a mí. Regalia me había... asegurado que tendría poderes épicos. Tenía algo que ver con Calamity; su relación con él le permitía afirmar que yo me convertiría en Épico.

Esos poderes ni siquiera habían llegado a manifestarse. Justo antes de ese momento me había enfrentado a las profundidades del agua intentando escapar para salvar a Megan y al equipo. Esa era la relación. Enfréntate a tus miedos. ¿Y luego qué? Para Megan, el resultado había sido el control de la oscuridad. En mi caso los poderes ni siquiera se habían manifestado.

—Tenemos que conseguir más datos —admití—. Cody, todavía quiero hablar con Edmund.

—¿Crees que a él le pasó lo mismo?

—Vale la pena preguntárselo.

—Lo tenemos protegido en una casa segura, en las afueras de Chicago Nova —dijo Cody—. La habilitamos después de que el Profesor y tú os fueseis. Te pondré en contacto con él.

Asentí y seguimos caminando en silencio. Por lo menos aquella reunión me había ayudado a definir mis metas para Ildithia. «Primer paso, dar con el punto débil del Profesor. Segundo paso, emplearlo para anular sus poderes el tiempo suficiente para que recupere la cordura. Tercer paso, conseguir un modo de que se enfrente a su miedo y lo supere.»

Doblamos otra esquina y nos detuvimos. Mi intención había sido dirigirnos hacia las secciones periféricas de la ciudad, pero el camino estaba bloqueado. Debía requerir mucho esfuerzo trasladar cada semana la barricada de cadenas y postes metálicos, pero a juzgar por los hombres que había en la parte superior del edificio situado más allá de ella, armados con rifles de aspecto tremendo, el grupo tenía mano de obra disponible de sobra.

Todos a una, sin que nadie dijese nada, nos volvimos y caminamos en sentido contrario.

—La fortaleza de un Épico —supuso Cody—. ¿De alguien a quien el Profesor ya ha sometido o de un neutral?

—Probablemente sea la casa de Loophole —dijo Abraham, pensativo—. Siempre ha sido una de las Épicas más poderosas de la ciudad.

—Tiene el poder de manipular el tamaño de las cosas, ¿no es así? —pregunté.

Abraham asintió.

—No sé cómo se ha metido en el conflicto entre el Profesor y Larcener.

—Entérate —le dije. Pero eso planteaba otra cuestión—. Quizá deberíamos tener un plan para lidiar con Larcener.

No quiero que nos centremos tanto en el Profesor que nos olvidemos de las luchas intestinas en Ildithia.

—Si al menos tuviéramos a alguien con conocimientos extraordinariamente amplios sobre los Épicos y que no pueda remediar compartirlos continuamente con nosotros... —dijo Mizzy.

—La polla. Bien, eso es cosa mía.

—¿Qué te dije con respecto a esa palabra, David?

Sonreí.

—Larcener, por lo que sé, era un adolescente cuando Calamity ascendió. Incluso puede que fuese un niño, uno de los Grandes Épicos más jóvenes. Probablemente ahora tenga veintitantos años. Es alto, de pelo oscuro y piel muy blanca; cuando volvamos mandaré una foto a vuestros móviles. En las notas tengo un par de imágenes muy buenas.

»Roba poderes y los conserva. Le basta con tocar a una persona para quedarse con sus poderes. Una de las razones por las que resulta tan peligroso es que es imposible saber de qué habilidades dispone, ya que probablemente jamás las haya manifestado todas. Sus principales invulnerabilidades son el sentido del peligro, la piel impenetrable, la capacidad de regeneración y ahora la de proyectar su conciencia y sus poderes en un cuerpo falso.

Cody silbó bajito.

—Menuda lista.

—También puede volar, transformar objetos en sal, manipular el calor y el frío, hacer aparecer objetos a voluntad y dormirte con solo tocarte —añadí—. Por lo que dicen, también es increíblemente vago. Podría ser el Épico vivo más peligroso, pero le da igual, por lo visto. Permanece aquí, gobierna Ildithia y no molesta a los demás a menos que le molesten.

—¿Su punto débil? —me preguntó Megan.

—No tengo ni idea —respondí mientras llegábamos al final de la ciudad—. Todo lo que sé sobre él lo he sacado de unos cuantos informes muy de fiar pero excesivamente generales. Es un vago, cosa de la que probablemente podamos aprovecharnos. También dicen que no está ávido de robar nuevos poderes; le resulta más sencillo permitir que los Épicos que le sirven conserven los que tienen; así pueden hacer el trabajo duro. Cuentan que hace años que no se hace con un nuevo poder, razón por la que me sorprendió que hubiese absorbido las capacidades de Dead Drop.

Abraham resopló.

—Aun así preferiría tener alguna idea sobre su punto débil.

—Estoy de acuerdo —dije—. Deberíamos recabar información. Hoy mismo, si es posible. Preferiría no enfrentarme a Larcener si podemos evitarlo, pero de todos modos me gustaría tener un plan.

Seguimos avanzando, dejando atrás edificios que todavía eran tocones en crecimiento. Parecían dientes. Dientes gigantescos. A lo lejos la gente trabajaba en los campos. Los conflictos entre Épicos de la ciudad no cambiaban la rutina de los peones: cosechar el cereal, dárselo al que estuviese al mando. Evitar la hambruna.

Los otros me miraron confusos cuando me senté a esperar comprobando el móvil.

«¿Estás seguro de que es hoy?», tecleé.

«¿La entrega? —preguntó Knighthawk—. Eso dicen los móviles. No se me ocurre ninguna razón para que mientan.»

Y, efectivamente, no tardó en llegar un convoy de camiones cargados de artículos pedidos a la red de comercio UTC. No estaba seguro de que Terms en persona apareciera y, aunque lo lamentaba porque deseaba ser testigo de sus poderes, sabía que probablemente lo mejor era no intentar echarles un vistazo. Eso sí, vi al mismo supervisor que unos días antes, a nuestra llegada.

—Vale —le dije al equipo—. Me parece que este lugar es tan bueno como cualquier otro para conseguir información. Necesitamos saber cosas sobre Larcener si queremos tener alguna posibilidad de descubrir su punto débil. Id a hacer lo que sabéis hacer mejor.

—¿Mentir? —preguntó Cody, frotándose la barbilla.

—¡Así que lo admites! —dijo Mizzy, señalándolo.

—Claro que lo admito, nena. Tengo siete doctorados. Si pasas tanto tiempo estudiando acabas conociéndote muy bien —presumió—. Claro está que son siete doctorados en literatura y cultura escocesa obtenidos en universidades diferentes. Tienes que ser metódico si quieres convertirte en un experto, ¿sabes?

Negué con la cabeza mientras me acercaba al supervisor. Ahora teníamos otra cara, pero al tipo no le importó. Nos dio trabajo con la misma facilidad que la primera vez, cargando cajas del envío de UTC. El equipo se dispersó para mezclarse con los otros peones y escuchar los rumores. Logré que me asignaran a la descarga de cajas de uno de los camiones.

—Este es un buen lugar para conseguir información —me dijo Abraham en voz baja al acercarse para coger una caja—, pero no puedo evitar pensar que tienes algún otro motivo, David. ¿Qué te propones?

Sonreí, saqué del bolsillo el móvil roto y lo envolví en un trapo oscuro. Escogí una caja concreta y encajé el delgado aparato entre los tablones de madera, cerca de una esquina. Como esperaba, prácticamente no se veía.

Le pasé la caja a Abraham y le guiñé el ojo.

—Ponla con las otras.

Pasamos el resto de la tarde trabajando, cargando cajas y charlando con los demás trabajadores. Yo no descubrí demasiado porque estaba distraído con mis planes, pero vi a Abraham y a Cody manteniendo relajadas conversaciones con otros peones. Mizzy parecía la que tenía más talento para esa labor.

Habría estado bien contar con Exel. El tipo había sido tan ancho como un barco y tan macabro como un... eh...

como un barco hundido, pero se le daba muy bien la gente. Y muy bien la información.

Me entristeció pensar en él. Había logrado convencerme de que el Profesor no tenía la culpa, pero, chispas... Exel me caía realmente bien.

Hice el esfuerzo de charlar con un trabajador, un hombre mayor con un acento que me recordaba el de mi abuela. De camino al almacén, que no era el mismo de la última vez, demostró conocer bien la ciudad. No sabía mucho sobre Larcener, aunque se quejó de que el gobierno del Épico no era lo suficientemente fuerte.

—En el antiguo país ya se habrían ocupado de alguien como Larcener —me explicó—. Deja que los Épicos de la ciudad campen a sus anchas. Es como un abuelo que no sabe imponer disciplina a sus nietos. Lo que nos hace falta aquí es mano dura. Policías, reglas, toques de queda. La gente se queja de esa clase de cosas, pero así es como se logra mantener el orden. Así se mantiene la sociedad.

Pasamos junto a Cody, que compartía un cigarrillo con otro trabajador. Parecía que estuviera holgazaneando, pero si te fijabas te dabas cuenta de que se cuidaba mucho de estar al tanto de la posición de los otros Exploradores. Si necesitabas saber dónde estaba alguien, Cody era tu hombre.

Acabé trabando conversación con otros peones. Al cabo de un rato me di cuenta de que me sentía más cómodo allí que en Babilar, donde la gente era más abierta y la sociedad menos opresiva. No me gustaba lo que pasaba en Ildithia; no me gustaba lo asustada que estaba la gente, lo dividida y brutal que estaba resultando ser la vida. Sin embargo, estaba acostumbrado a eso.

Cuando hubimos terminado el trabajo, aceptamos nuestras raciones de cereal y regresamos al refugio compartiendo lo descubierto. Nadie conocía el punto débil de Larcener, aunque no esperábamos que fuese algo de dominio público. El problema era que aparentemente tampoco nadie había visto a Larcener. Se mantenía apartado y corrían poquísimos rumores sobre él, en su mayoría acerca de Épicos a los que había robado sus poderes, convirtiéndolos de nuevo en personas comunes y corrientes.

Presté atención a lo que decían, cada vez más decepcionado. Ya era de noche cuando llegamos a casa, y Mizzy usó su móvil para comprobar los sensores de seguridad de la puerta. Entramos en el estrecho estuche que era el refugio y nos separamos. Cody le pidió el rtich a Abraham, porque quería practicar. Yo todavía no había logrado que hiciese mucho; quizás él tuviese más suerte. Megan se metió en su cuarto, Abraham se fue a jugar con algunas armas, y Mizzy, a prepararse un bocadillo.

Yo me acomodé en el suelo de la sala principal de la planta baja, con la espalda contra la pared. La única luz era la de mi móvil, que con el tiempo se redujo. Siempre reprendía al Profesor por hacer las cosas demasiado despacio, por tener demasiado cuidado. Pero allí estaba yo, en Ildithia, y mi reunión de planificación podía resumirse con estas palabras: «Sí, está claro que hay que detener al Profesor y dar con el punto débil de Larcener. ¿A alguien se le ocurre algo? ¿No? Vale, buen trabajo de todas formas.»

A toro pasado, lidiar con Steelheart parecía fácil en comparación. Había tenido diez años para prepararme. Había tenido al Profesor y a Tia para perfilar los detalles del plan.

¿Qué estaba haciendo allí?

Cayó una sombra sobre los escalones y apareció Megan, iluminada desde arriba por la luz de la cocina.

—Eh —dijo—. ¿David? ¿Por qué estás sentado a oscuras?

—Pensaba —dije.

Siguió bajando y se sentó a mi lado. Encendió el móvil y lo dejó delante de nosotros para tener luz.

—Hemos traído cuarenta armas diferentes a la ciudad —murmuró—, pero a nadie se le ha ocurrido traer un simple cojín.

—¿Te sorprende?

—En absoluto. Buen trabajo el de hoy.

—¿Buen trabajo? —dije—. No se nos ha ocurrido nada.

—Nunca se decide nada en las primeras reuniones, David. Has conseguido que todos apunten en la buena dirección, los has hecho pensar. Eso es importante.

Me encogí de hombros.

—Lo del móvil oculto también ha sido un acierto —comentó.

—¿Te has dado cuenta?

—Me tenías despistada hasta que he revisado la caja. ¿Crees que saldrá bien?

—Vale la pena probar —dije—. Es decir, sí... —Dejé de hablar al ver parpadear una luz indicadora de la pared.

Significaba que alguien había cruzado la entrada principal del edificio de apartamentos que teníamos al lado. Nuestra puerta falsa daba a esa entrada, y era una de las amenazas a nuestra seguridad. Cody la había ocultado tapándola con tablas viejas de cajones que había robado, con una delgada capa de sal por un lado y tela negra por el otro. Por fuera era como cualquier otra sección de la pared, pero si la empujabas y la abrías tenías una entrada. Nos había advertido de que si había alguien en la entrada del edificio nos oiría salir por la puerta falsa. De ahí lo de la ausencia de luz y las instrucciones para que todos los que estuviesen en la planta baja evitaran hacer ruido si había alguien fuera.

Megan me pasó el brazo por los hombros, bostezando, mientras esperábamos a que pasase la gente. Nos hacía falta una placa de presión ahí fuera para saber cuándo se iban o quizás una cámara o algo similar.

Nuestros teléfonos destellaron y la puerta falsa vibró.

Parpadeé y me levanté imitando a Megan, que se había movido más rápido que yo. Un segundo más tarde los dos habíamos sacado las armas y apuntábamos hacia la puerta, mientras Abraham maldecía desde una sala contigua. Entró al cabo de un momento con el arma lista.

La puerta se sacudió y se abrió un poco.

—Vaya —dijo una voz desde fuera. Me imaginé al Profesor entrando tras habernos localizado. De pronto, nuestros preparativos resultaban simplistas y sin sentido.

Había guiado a mi equipo a la destrucción.

La puerta se abrió del todo y vimos una figura a contraluz. No era el Profesor sino un hombre mucho más joven, alto y delgado, de piel muy blanca y pelo negro y corto. Nos miró sin la más mínima preocupación, a pesar de que éramos tres personas armadas.

—Esta puerta no va a serviros de nada —dijo—. Es demasiado fácil entrar. ¡Pensaba que erais más capaces!

—¿Quién eres? —le preguntó Abraham, mirándome de reojo, esperando por si le daba la orden de disparar.

No lo hice, aunque conocía a aquel hombre. En mis archivos tenía varias fotos suyas.

Larcener, emperador de Atlanta, nos había visitado.

19

—¡Oh, bajad las armas! —dijo Larcener, entrando en el refugio. Cerró la puerta—. Las balas no me hacen daño. Solo llamaríais la atención.

Por desgracia, tenía razón. Era invulnerable a varias cosas. Nuestras armas eran para él tan peligrosas como fideos, pero nadie bajó la suya.

—¿Qué está pasando? —inquirí—. ¿Qué haces aquí?

—¿No has prestado atención? —La voz de Larcener era inesperadamente nasal—. Tu amigo quiere matarme. ¡Está destrozando la ciudad buscándome! Mis sirvientes son unos inútiles y mis Épicos, demasiado cobardes. Cambian de bando en menos que canta un gallo.

Avanzó y los tres dimos un respingo. Siguió hablando.

—Supuse que si alguien sabía ocultarse de él seríais vosotros. Este lugar parece tremendamente incómodo. No hay ni un cojín a la vista y huele a calcetines mojados. —Se estremeció visiblemente antes de echar un vistazo al taller de Abraham.

Nos apelotonamos en la puerta mientras, dentro, él nos daba la espalda y se dejaba caer hacia atrás. Surgido de la nada se materializó un sillón mullido que detuvo su caída y allí se quedó, sentado cómodamente.

—Que alguien me traiga algo de beber. Y tratad de no hacer demasiado ruido. Estoy agotado. No tenéis ni idea de lo estresante que resulta que te persigan como a una rata.

Los tres bajamos las armas, confundidos por el delgado Épico que se había puesto a murmurar sentado con los ojos cerrados en su nuevo sillón.

—Eh... —me aventuré a decir por fin—. ¿Y si no te obedecemos?

Abraham y Megan me miraron como si estuviese loco, pero a mí me parecía una pregunta pertinente.

Larcener entreabrió un ojo.

—¿Eh?

—¿Qué harás —dije— si no te obedecemos?

—Tenéis que obedecerme. Soy un Épico.

—¿Eres consciente de que somos Exploradores? —le dije despacio.

—Sí.

—¿Y de que, por tanto, continuamente desobedecemos a los Épicos? Es decir, si hiciéramos caso de lo que dice un Épico, nuestro trabajo se nos daría muy mal.

—¡Ah! —dijo Larcener—. ¿Y no os habéis pasado toda vuestra carrera haciendo precisamente lo que os decía un Épico?

Chispas. ¿Lo sabía todo el mundo? Supuse que no era complicado deducirlo, ahora que el Profesor se había mudado a la ciudad. Aun así, abrí la boca para plantear una objeción, pero Megan me sacó de la habitación tirándome del brazo. Abraham se marchó con nosotros, sosteniendo torpemente el arma. Cody y Mizzy estaban en los escalones con cara de preocupación.

Acabamos en la cocina del primer piso, alrededor de una estrecha mesa de halita, hablando en voz baja.

—¿De veras es él? —preguntó Mizzy—. Es decir, el gran tipo, el rey de la ciudad, el mandamás supremo.

—Ha materializado un sillón —dije—. Es un poder muy poco habitual. Es él.

—Chispaaas —dijo Mizzy—. ¿Quieres que nos escabullamos y volemos este sitio por los aires? Tengo los explosivos preparados.

—No le harían daño —dijo Megan—. A menos que podamos usar su punto débil...

—Por otra parte, podría tratarse de un señuelo —dije—. No sé qué probabilidades hay, pero el verdadero Larcener podría estar en otro lugar, inconsciente, en una especie de trance. Respirando y con el corazón latiéndole pero sin estar realmente despierto.

—Parece un truco peligroso —dijo Megan—, teniendo en cuenta que se está comportando como si estuviese muy asustado. ¿Iba a dejar su verdadero cuerpo desprotegido?

—Quién sabe —dije.

—En cualquier caso —dijo Abraham—, mi pregunta es qué hace aquí. Eso de buscar refugio es una trola, ¿no? Es un Épico muy poderoso. No le haría falta...

Pisadas en la escalera. Nos volvimos y vimos aparecer a Larcener.

—¿Dónde está la bebida? —preguntó—. ¿De verdad no podéis recordar ni siquiera una orden sencilla? Ya veo que me he quedado corto acerca de vuestras limitadas capacidades.

El equipo sostuvo las armas con nerviosismo, girándose sutilmente para oponer un frente unido a la criatura. Un Gran Épico. Campando a sus anchas por nuestra base de operaciones. Nosotros éramos manchas de lodo en la ventana; él era un gigantesco envase vengativo de limpiacristales.

Con perfume a limón. Extrafuerte.

Me levanté con cuidado. Los demás eran Exploradores desde mucho antes que yo. El Profesor los había entrenado para que tuvieran cuidado, para que fueran sigilosos. Querrían escapar, distraer a Larcener para huir y establecer otra base.

Yo, sin embargo, veía aquello como una oportunidad.

—Quieres que colaboremos —le dije a Larcener—. Dado

que compartimos el mismo enemigo, estoy dispuesto a escuchar tu oferta.

Larcener resolló.

—Simplemente quiero evitar que me asesinen. La ciudad entera se ha vuelto en mi contra. La ciudad entera. ¡Contra mí, que los protegía, que les daba comida y cobijo en este mundo horrible! Los humanos son criaturas desagradecidas.

Megan se puso rígida. No le gustaba nada la filosofía que consideraba a los Épicos y a los humanos dos especies diferentes.

—Larcener —dije—, los miembros de mi equipo no van a convertirse en tus siervos. Te dejaré quedarte con nosotros con ciertas condiciones... pero somos nosotros los que te estamos haciendo un favor a ti.

Casi podía oír a los demás conteniendo el aliento. Exigirle algo a un Gran Épico era una forma segura de lograr que te hiciera estallar. De momento no nos había hecho daño, sin embargo, y en ocasiones, no quedaba más remedio. O hacías malabarismos con el fuego o dejabas que lo quemase todo.

—Veo que te convirtió en un insolente —dijo Larcener—. Te concedió demasiada libertad, te permitió participar. Si acabáis con él, será exclusivamente culpa suya.

Me mantuve en mis trece. Al final Larcener dobló las rodillas y se formó un taburete acolchado para que pudiera sentarse. Se dejó caer en él.

—Podría mataros a todos.

—Podrías intentarlo, nene —murmuró Megan.

Avancé y Larcener me lanzó una mirada penetrante. Luego se encogió de miedo. Jamás había visto comportarse así a un Épico de su talla. La mayoría se mostraban retadores incluso en una trampa, porque confiaban en su capacidad para escapar. Lo único que parecía incomodarlos era el momento en que sus puntos débiles los exponían al peligro.

Me incliné para mirar a Larcener a los ojos. Parecía más que nada un niño asustado, a pesar de ser unos años mayor que yo. Se abrazó el cuerpo y se volvió de lado.

—Supongo que no tengo elección —dijo—. En caso contrario, él acabará conmigo. ¿Cuáles son vuestras condiciones?

Parpadeé. Sinceramente... no había llegado a tanto. Miré a los otros, que se encogieron de hombros.

—Eh, ¿no matar a ninguno de nosotros? —dijo Mizzy.

—¿Qué hay del que va vestido tan estúpidamente? —preguntó Larcener señalando a Cody, con el equipo de camuflaje y la camiseta de un antiguo equipo deportivo.

—Ni siquiera a él —dije.

Probablemente Mizzy acertaba al querer que lo dijera explícitamente. Los Épicos tenían unas ideas muy raras sobre las costumbres sociales.

—La primera regla es que no le harás daño a nadie que entre aquí —proseguí—. Te quedarás en la base y no emplearás tus poderes para complicarnos las cosas.

—Vale —respondió Larcener con brusquedad, abrazándose todavía con más fuerza—. Pero, cuando acabéis, recuperaré mi ciudad, ¿no?

—Ya hablaremos de eso —dije—. Por ahora, quiero saber cómo has dado con nosotros. Si el Profesor puede repetir lo que has hecho tú, tendremos que escapar de inmediato.

—No estáis en ningún apuro. Yo puedo oler a los Épicos; él no.

—¿Olerlos? —pregunté.

—Claro. Como la comida mientras se cocina, ¿vale? Me permite dar con los Épicos... Ya sabes: para robarles sus poderes.

Así que aparte de todo lo demás era zahorí. Megan y yo nos miramos. Parecía inquieta. No habíamos pensado en la posibilidad de que alguien nos encontrase rastreando sus poderes. Por suerte, la de zahorí era una habilidad muy poco habitual, aunque ciertamente tenía sentido que formara parte del conjunto inicial de poderes de Larcener.

—Zahoríes —dije, volviendo a mirarlo—. ¿Hay alguno más en la ciudad?

—No, aunque el monstruo que os dirigía dispone de algunos dispositivos en forma de disco que sirven de vara de zahorí.

En tal caso estábamos a salvo. Los discos eran como uno que habíamos empleado en Chicago Nova; requerían el contacto directo y Megan podía engañarlos con una ilusión. El Profesor no nos olfatearía.

—¿Veis? —dijo Larcener—. Estoy cooperando. ¿Alguien me va a dar por fin algo de beber?

—¿No puedes crearlo tú? —preguntó Abraham.

—No —respondió Larcener con brusquedad, sin dar más explicaciones, aunque yo las conocía. Solo podía crear una cantidad limitada de artículos que se desvanecían si no se concentraba en ellos. La comida o la bebida que crease no lo saciaría y acabaría desapareciendo.

—Muy bien —dije—. Puedes quedarte, pero sin hacernos daño como te hemos dicho, lo que incluye no robarle el poder a nadie.

—Ya lo he prometido, idiota.

Asentí en dirección a Cody y señalé a Larcener.

Cody manifestó su acuerdo tocándose la visera de la gorra.

—Bien, ¿qué te apetece beber? —le dijo a Larcener—. Tenemos agua templada y agua tibia, con sabor a sal en ambos casos. El aspecto positivo es que la he probado con el amigo Abraham aquí presente y estoy razonablemente seguro de que no te provocará diarrea.

Le traería agua a Larcener, le haría compañía y vería qué descubría sobre él. Reuní a los otros tres en la escalera mientras Cody distraía al Épico. Cuando llegamos al piso de abajo Megan me agarró del brazo.

—No me gusta la situación —siseó.

—Soy de la misma opinión —dijo Abraham—. Los Grandes Épicos son volubles y nada de fiar. Exceptuando la compañera aquí presente.

—Emite una vibración extraña —dije, negando con la cabeza. Miré escaleras arriba.

Oíamos a Cody empezando a contarle a Larcener historias sobre su abuela de Escocia. ¿La mujer había ido a nado hasta Dinamarca?

—He percibido esa oscuridad, David —dijo Megan—. Tenerle aquí es como acurrucarse junto a una bomba, pensando que no va a explotar simplemente porque todavía oyes el tictac.

—Buen símil —comenté, distraído.

—Gracias.

—Pero inapropiado —proseguí—. Él no es así, Megan. Tiene miedo y lo suyo no es tanto rebeldía como arrogancia. No creo que sea peligroso. Al menos no para nosotros, de momento.

—¿Estás dispuesto a apostar nuestra vida por esa creencia, David? —me preguntó Mizzy.

—Ya he arriesgado vuestra vida al traeros aquí. —No me gustaba decirlo claramente, pero era cierto—. Ya lo he dicho antes: la única forma de ganar la guerra contra los Épicos es empleando a otros Épicos. ¿Vamos a rechazar a uno de los más poderosos cuando parece dispuesto a colaborar con nosotros?

Guardaron silencio. En ese momento vibró el móvil. Le eché un vistazo, esperando en parte que fuese Cody con algún detalle de la historia que deseaba que yo supiese. Sin embargo era Knighthawk.

«El cajón se mueve», me había escrito.

«¿Ya?», tecleé.

«Sí. Ha salido del almacén y va camino de algún lugar. ¿Qué está pasando? ¿Quién ha pedido ese cajón?»

—Tengo que seguir esta pista —dije, mirando a los otros—. Megan, quédate aquí. Si pasa algo, lo que sea, con

Larcener, tú tienes más posibilidades de salvar a los demás. Por si acaso, evita tocarlo. No te puede robar los poderes sin tocarte y retenerte treinta segundos por lo menos, o eso tengo entendido. Tengamos cuidado y no le permitamos establecer contacto físico.

—Vale —dijo—. Pero no llegaremos a ese punto. Al primer síntoma de que se está enfureciendo, cojo a los demás y huimos.

—Perfecto —dije—. Abraham, me vendría bien un poco de ayuda en esta misión. Tendremos que ir sin el disfraz de Megan, así que puede ser peligroso.

—¿Más peligroso que quedarse aquí? —preguntó, alzando la vista.

—No lo sé, la verdad. Depende del grado de mal humor de nuestro objetivo.

20

Cuando salimos del escondite le enseñé el móvil a Abraham. En un mapa de la ciudad, un punto rojo, cortesía de Knighthawk, indicaba la posición del objetivo.

—Si sigue moviéndose así, tardaremos horas en dar con ese cajón —refunfuñó Abraham.

—En ese caso, será mejor que empecemos —dije, guardándome el móvil.

—David, con toda mi paz y todo mi amor —dijo Abraham—, hoy tus planes ya me han agotado y ahora quieres que vuelva a cruzar la ciudad. *Ç'a pas d'allure!* ¿Te parece que estoy engordando demasiado? Espera. —Me puso la enorme mochila en las manos. Contenía su arma, mucho más pesada de lo que yo esperaba. Me tambaleé. Él cruzó la calle hacia un vendedor que había montado su puesto bajo un toldo.

«¿Me vas a contar de qué va todo esto?», me escribió Knighthawk mientras esperaba.

«Eres muy listo —le respondí—. Adivínalo.»

«Soy muy vago. Y detesto las adivinanzas.» A pesar de eso, al cabo de un momento recibí otro mensaje: «¿De alguna forma está relacionado con las cuevas? Es decir, ¿crees que Larcener se esconde en ellas e intentas localizarlo?»

Una suposición ingeniosa.

«¿Cuevas? —escribí—. ¿Qué cuevas?»

«Ya sabes, las de San José.»

«¿El santo?»

«La ciudad, idiota —me envió Knighthawk—. La que antes ocupaba esta zona. ¿De verdad que no lo sabes?»

«¿Saber qué?»

«Caramba. Empezaba a creer que eras una especie de superempollón omnisciente en lo referente a los Épicos. ¿Yo sé algo acerca de ellos que tú no sabes?» La pantalla rezumaba orgullo.

«Había un Épico en San José —escribí—, a quien, según tú, debería conocer.»

«Jacob Pham.»

«No me suena de nada.»

«Un segundo, por favor. Estoy saboreando el momento.»

Miré a Abraham, deseoso de empezar la misión, pero el canadiense todavía no había terminado de regatear.

«Lo conoces como Digzone.»

Aquel nombre me sobresaltó.

«El fundador de los Zapadores en Chicago Nova», escribí.

«Exacto —escribió Knighthawk—. Antes de dedicarse a enloquecer a la gente al servicio de Steelheart, vivía en una ciudad tranquila de por aquí. Los túneles y las cavernas demenciales que creó recorren la mitad de ese lado del estado. Pero, por si no lo sabías, tu plan no tiene nada que ver con localizar a Larcener ahí.»

Digzone. Era el responsable de los extraños laberintos subterráneos de Chicago Nova. Me resultaba muy extraña la idea de que hubiera túneles similares ahí fuera, excavados en la tierra.

«No, lo que estamos haciendo no tiene nada que ver con encontrar a Larcener —le escribí a Knighthawk—. No nos hace falta dar con él. Se presentó en casa.»

«¿QUÉ?»

«Lo siento. Abraham ha vuelto con las bicicletas. Te hablo luego.»

Que royese ese hueso un rato. Me guardé el móvil mientras Abraham se acercaba con dos bicicletas oxidadas. Las examiné con bastante escepticismo.

—Parecen más viejas que dos sesentones.

Abraham inclinó la cabeza.

—¿Qué? —pregunté.

—En ocasiones, todavía me sorprenden las cosas que dices. —Recuperó la mochila—. Son viejas porque me ha parecido que podía pagarlas sin levantar sospechas. Tendrán que valernos para llegar a nuestro destino. Sabes montar en bicicleta, ¿no?

—Claro que sí —dije, subiéndome a uno de aquellos objetos chirriantes—. Al menos, antes sabía. Hace años que no monto, pero «es como montar en bicicleta», ¿no?

—Técnicamente, así es.

Me observó escéptico, lo que no era necesario. No había vacilado por falta de capacidad, cosa que demostré dando unas vueltas para acostumbrarme.

Las bicicletas me recordaban a mi padre.

Comprobé el mapa del móvil y aproveché para enviarle a Knighthawk una explicación rápida, para que se subiera por las paredes por lo de Larcener. Luego nos unimos a otros ciclistas. No era frecuente verlos en Chicago Nova. En las calles de arriba, los ricos se enorgullecían de ir en automóviles todavía operativos. En las calles subterráneas, todo era demasiado sinuoso y desigual para que ir en bicicleta fuese práctico.

En Ildithia era lógico ir en bici. Las calles estaban flanqueadas por coches de sal, pero el centro estaba despejado. Habían apartado muchos vehículos, porque no se fusionaban con la carretera, como pasaba en Chicago Nova, así que quedaba bastante espacio. Resultaba cómodo incluso cuando había que esquivar un atasco de tráfico que nadie se había molestado en retirar porque volvía a crecer cada semana.

Durante un rato disfruté del paseo en bici, aunque sin poder evitar recordar los días de antaño. Mi padre me había enseñado a montar a los siete años. Era muy tarde para aprender; todos mis amigos ya sabían y empezaban a reírse de mí. En ocasiones me habría gustado viajar al pasado y darme una buena bofetada. ¡Había sido tan tímido, tan incapaz de actuar!

Al cumplir los siete, mi padre había decidido que ya estaba preparado. Aunque me quejé durante todo el proceso de aprendizaje, nunca manifestó frustración. Quizás enseñarme a montar en bici había sido una distracción para él, una forma de olvidar las órdenes de desahucio y un apartamento demasiado vacío porque solo lo usábamos dos personas.

Durante un momento me sentí con él, en la calle, delante de nuestro edificio. En aquella época la vida nos iba mal. Estábamos en plena crisis, pero lo tenía a él. Recordé su mano en la espalda caminando junto a mí, luego corriendo, para al final soltarme y permitirme pedalear solo por primera vez.

Y recordé haber sentido de pronto que era capaz de hacerlo. Me había embargado una emoción que casi no tenía nada que ver con ir en bicicleta. Había mirado atrás, visto la mueca de cansancio de mi padre y empezado a creer, por primera vez en meses, que todo saldría bien.

Ese día había recuperado algo. Con la muerte de mamá había perdido mucho, pero seguía teniendo a mi padre. En ese momento me había dado cuenta de que podría hacer cualquier cosa siempre que lo tuviese a él.

Abraham llegó a una esquina y se detuvo, cediendo el paso a un par de carros de caballos cargados de cereales de la cosecha, protegidos por hombres armados con rifles. Me detuve a su lado con la cabeza gacha.

—¿David? —me preguntó—. David, ¿estás... llorando?

—Estoy bien —dije con la voz ronca, consultando el móvil—. Ahora giramos a la izquierda. El cajón ha dejado de moverse. Pronto daremos con él.

Abraham no insistió y arranqué. No había sido consciente de que el dolor siguiera tan en la superficie, como un pez al que le gusta tomar el sol. Probablemente era mejor no regodearse en los recuerdos. Hice todo lo contrario: intenté disfrutar de la brisa y el placer del movimiento. Efectivamente, ir en bicicleta era mejor que caminar.

Doblamos otra esquina a buena velocidad y tuvimos que frenar porque un grupo de ciclistas que iba delante paró. También paramos. Sentí que se me erizaba el vello. No había nadie en las aceras. Nadie acarreaba sus pertenencias a un nuevo hogar, como en las otras calles. Nadie se asomaba a ventanas que hubieran abierto rompiéndolas.

Excepto por el sonido de los pedales de las bicicletas y una voz que sonaba más adelante, la calle estaba en silencio.

—Solo tardaremos un minuto. —Un acento británico que no reconocí. Sentí un escalofrío al entrever a un hombre de cabeza afeitada vestido de cuero negro con tachuelas. A su lado flotaba una pequeña esfera de neón que cambiaba de color: del rojo al verde. Una etiqueta, lo llamaban. Los Épicos que podían manifestar visualmente sus poderes en ocasiones iban por ahí demostrándolos abiertamente, rodeados de un resplandor o de unas cuantas hojas giratorias; de algo que comunicase: «Sí, soy uno de ellos, así que no me fastidiéis.»

—David —me dijo Abraham en voz baja.

—Es Neon —le susurré—. Un Épico menor. Posee el poder de manipular la luz, no el de la invisibilidad, pero puede dar un buen espectáculo y matarte con un láser. Punto débil... ¿Mis notas contenían el punto débil de Neon?

Habló un poco más con el grupo de delante mientras se aproximaban unos hombres vestidos con largos gabanes y un dispositivo que parecía un plato con una pantalla en una cara: un escáner de zahorí como el que había mencionado Larcener. Efectivamente, era idéntico al que había visto usar en Chicago Nova.

El personal de Neon examinó a todas las personas del grupo que teníamos delante. A continuación, les indicó que siguiesen. «El Profesor está buscando a Larcener —pensé—.

No lo usaría para dar con nosotros. Sabe que Megan puede engañarlo.»

El equipo de Neon nos indicó que nos aproximásemos.

—Los ruidos fuertes —susurré al recordar—. Si esto se complica, ponte a gritar. Contrarrestarás sus poderes.

Abraham asintió, mostrándose mucho más confiado que yo mientras hacíamos avanzar las bicicletas. Cabía la posibilidad de que aquel grupo tuviese nuestra descripción. Dependía de hasta qué punto los Exploradores preocupaban al Profesor. Me tranquilicé al ver bostezar a Neon, quien permitió que su equipo escanease a Abraham sin mostrar el más mínimo signo de reconocerlo.

El zahorí dio su aprobación y el equipo lo hizo avanzar. Luego me pusieron la cinta del escáner alrededor del brazo.

Y aguardamos silenciosamente en la calle. Pasó una eternidad, tanto tiempo que Neon se acercó con cara de enfado. Me puse a sudar mientras me preparaba para gritar. ¿Decidiría hacerme arder, frustrado porque lo estaba retrasando? No era un Épico tan importante; los menores tenían que tener mucho más cuidado con el asesinato indiscriminado. Si acababan con la población trabajadora de la ciudad, los Grandes Épicos no tendrían a nadie que los sirviese.

Finalmente, apática, la máquina ofreció su veredicto.

—Vaya —dijo Neon—. Nunca había tardado tanto. Registrad los edificios cercanos. Es posible que haya alguien que altera el funcionamiento de la máquina. —Me quitó el dispositivo y me hizo un gesto para que avanzase—. Fuera de aquí.

Me moví. El resultado de la prueba del zahorí había sido negativa, como debía ser, así que yo no era un Épico.

No importaba lo que dijese Regalia.

Sentí náuseas durante el resto del camino al recordar esos momentos enfrentándome a mi reflejo en el agua, escuchando la horrible premonición de Regalia.

«Estabas furioso con el Profesor porque ocultaba cosas

al equipo —me susurró una voz interior—. ¿No haces tú exactamente lo mismo?»

Qué tontería. No había nada que ocultar.

Llegamos al punto donde se había parado el cajón: una calle de edificios de apartamentos de tres y cuatro plantas. Tras dos días en la ciudad, era más que consciente de que los clanes con más poder escogían lugares como ese, mientras que los antiguos hogares suburbanos de gente pudiente ya no interesaban a nadie. En un mundo de Épicos y bandas rivales, el espacio vital era mucho menos valioso que la seguridad.

Nos detuvimos al comienzo de la calle. Unos chicos de mi edad holgazaneaban con un surtido de armas muy completo. Un adolescente tenía nada más y nada menos que una ballesta. En el tejado de un edificio ondeaba una enorme bandera con el emblema de una manta raya.

—No estamos reclutando —me dijo uno de los chicos—. Marchaos.

—Con vosotros hay una recién llegada —les dije, deseando haber acertado en mi suposición—. Alguien de fuera. Dadle nuestra descripción.

Los jóvenes se miraron y uno se marchó corriendo a hacer lo que les había pedido. Al cabo de un momento supe que en algo había acertado, porque bastantes hombres y mujeres de más edad, con armas realmente buenas, se acercaron por la calle.

—Eh... ¿David? —dijo Abraham—. ¿Podrías decir algo más? Que nosotros...

Se calló porque vio a una mujer con capucha en medio del grupo. Llevaba un rifle apoyado en el brazo. La capucha le tapaba la cara, pero varios bucles pelirrojos asomaban junto a su mentón.

Era Tia.

21

Abraham no dijo nada mientras personas armadas nos rodeaban y nos llevaban rápidamente hacia un edificio. Se limitó a saludar a Tia amistosamente, tocándose la frente con un dedo. Era evidente que hacía rato que había deducido la naturaleza de la misión.

La gente de Tia nos llevó a una estancia sin ventanas, iluminada exclusivamente por una línea de velas que se fundían lentamente sobre la encimera de una vieja cocina. ¿Por qué molestarse en usar candelabros si tu hogar acabaría disuelto de todas formas? La habitación, sin embargo, tenía la puerta de madera, lo que era muy poco habitual en la ciudad. Cada semana habría que cargar con ella hasta otro lugar para volver a colocarla.

Uno de los ildithianos armados nos quitó las armas y otro nos obligó a sentarnos. Tia se encontraba al fondo del grupo, con los brazos cruzados y la cara oculta por la capucha. Era esbelta y bajita, tenía los labios, que yo veía a pesar de la capucha, apretados con desaprobación. Era la segunda al mando de los Exploradores y una de las personas más inteligentes que conocía.

—David —dijo con tranquilidad—, en Babilar, tú y yo hablamos en nuestro refugio, cuando volviste de entregar suministros. Dime de qué hablamos.

—¿Qué importa eso? ¡Tia! Tenemos que hablar de...

—Responde, David —me dijo Abraham—. Está comprobando si realmente somos nosotros.

Tragué saliva. Evidentemente. Había Épicos capaces de crear, por orden del Profesor, dobles de los Exploradores. Intenté recordar el episodio del que hablaba. ¿Por qué no había escogido un momento más memorable, como el de mi incorporación a los Exploradores?

«Necesita que le diga algo que no sepa el Profesor», comprendí.

Me puse a sudar. Había ido en el submarino y... Chispas, costaba pensar cuando te estaban mirando hombres y mujeres armados, furiosos como un taxista que acabara de descubrir que has vomitado en el asiento trasero de su vehículo.

—Ese día me encontré con el Profesor —dije—. Volví a la base a informar y hablamos de algunos de los otros Épicos de Babilar.

—¿Y qué... pintoresca comparación usaste?

—Chispas, ¿esperas que me acuerde de eso?

—Yo he escuchado algunas muy difíciles de olvidar —comentó Abraham—. A pesar de haberlo intentado encarecidamente.

—No me ayudas mucho, que digamos —murmuré—. Eh... a ver... ¡Ah, sí! Hablé de usar pasta de dientes como gel para el pelo. No, un momento. Kétchup. Kétchup para el pelo, pero ahora que lo pienso la pasta de dientes hubiese sido un símil mucho mejor. Se pone más dura. Y...

—Es él —dijo Tia—. Bajad las armas.

—¿Cómo supiste que estaba con nosotros, chico? —me preguntó una ildithiana, una mujer mayor, baja y fornida, con poco pelo.

—Por los envíos —dije.

—Recibimos envíos dos veces por semana —dijo la mujer—, como la mayoría de las familias de cierto tamaño de esta ciudad. ¿Cómo te han guiado hasta aquí los nuestros?

—Bien... —dije.

Tia gimió, llevándose una mano a la cara.

—¿Por mi marca de refresco de cola?

Asentí. La había visto en el cajón el día antes de ver al Profesor por primera vez. No era una cola cualquiera: esa marca le encantaba. Era cara, muy poco habitual.

—Te lo dije —comentó otro ildithiano, un tipo corpulento con la cara como una rejilla de barbacoa. Así de feo era—. Ya te dije que acoger a esta mujer nos daría problemas. ¡Dijiste que no habría peligro!

—Nunca dije tal cosa —respondió la mujer de pelo ralo—. Dije que ayudarla era nuestra obligación.

—Es peor de lo que crees, Carla —dijo Tia—. David es más listo de lo que parece al principio, pero cabe suponer que algo que él ha descubierto puede también descubrirlo alguien más.

—Eh... —dije.

Todos me miraron.

—Ahora que lo comentas —dije—. El Profesor podría saber lo de la cola. Al menos el otro día la vio en un cajón.

Se quedaron inmóviles. Luego empezaron a gritarse unos a otros, mandando mensajeros, advirtiendo a los vigilantes. Tia se quitó la capucha, dejando al descubierto el pelo corto pelirrojo. Se frotó la frente.

—Soy una idiota —dijo, en voz apenas audible por las órdenes a gritos de Carla—. Hicieron el pedido de suministros y me preguntaron si necesitaba algo. Apenas lo pensé. Unas cuantas latas de cola me apetecían...

Cerca, el ildithiano feo entró con la caja en la que había llegado el refresco y la examinó. Descubrió el móvil roto.

—¿Un móvil de Knighthawk? —dijo—. Pensaba que no se podían rastrear.

—No es más que una carcasa —dije con rapidez—. Es cómoda para poner un rastreador, porque ya tiene antena y fuente de energía. —No se lo iba a contar todo.

El hombre aceptó la explicación y le lanzó el móvil a Carla, que le quitó la batería. A continuación se alejó con varias personas más para conferenciar en voz baja. Me levanté y el tipo feo me miró furibundo con la mano en la pistola, así que volví a sentarme.

—¿Tia? —pregunté. Resultaba extraño verla en esa situación, con un rifle al hombro. Siempre había dirigido las operaciones desde un lugar relativamente seguro. Creo que jamás la había visto disparar un arma—. ¿Por qué no te pusiste en contacto con nosotros?

—¿Cómo, David? —preguntó cansada. Se nos acercó—. Jonathan tenía acceso a nuestra red móvil y conocía todos nuestros refugios. Ni siquiera sabía si habíais sobrevivido.

—Intentamos comunicarnos contigo en Babilar —dije.

—Me oculté. Él... —Suspiró y se sentó en la mesa que teníamos al lado—. Me estaba dando caza, David. Fue directamente donde me había situado para la operación contra Regalia, sacó el submarino del agua y lo aplastó. Por suerte, yo ya había escapado, pero lo oí llamarme a gritos, rogándome, suplicándome que lo ayudase con la oscuridad. —Cerró los ojos—. Los dos sabíamos que, si llegaba ese día, de los Exploradores yo sería la que correría más peligro.

—Yo... —¿Qué se respondía a algo así? Imaginé lo que se siente cuando un ser amado te suplica ayuda pero sabes que es una trampa. Me imaginé la agonía de no ceder, de ignorar sus súplicas.

Yo no habría sido capaz. Chispas. Había seguido a Megan por medio país pese a su amenaza de matarme.

—Lo siento, Tia —susurré.

Negó con la cabeza.

—Estaba preparada para aquello. Jon y yo lo habíamos hablado, como ya he dicho. Puedo hacerle un último favor. —Abrió los ojos—. Veo que tú sigues el mismo instinto.

—No... exactamente —dijo Abraham, mirándome.

—Tia —dije—. Lo hemos descubierto.

—¿El qué?

—El secreto —dije, emocionándome—. Los puntos débiles, la oscuridad... Está todo relacionado. Los Épicos tienen pesadillas sobre sus flaquezas.

—Claro que las tienen —dijo Tia—. Su punto flaco es lo único que los hace sentir indefensos.

—Es más que eso, Tia —dije—. ¡Mucho más! A menudo las flaquezas están relacionadas con algo que la persona temía antes de obtener sus poderes. Una fobia, un terror. Da la impresión... Bueno, no he hablado con suficientes Épicos, pero da la impresión de que transformarse en Épico empeora el miedo. En cualquier caso, es posible detener, o al menos controlar, la oscuridad.

—¿A qué te refieres?

—A los temores —dije en voz baja, para que solo me oyese ella—. Si el Épico se enfrenta a su temor, la oscuridad retrocede.

—¿Por qué?

—Bueno, ¿qué importa?

—Eres tú quien insiste en que todo debe tener sentido. Si realmente eso de los puntos débiles tiene una lógica, ¿no debería haber una para la oscuridad?

—Sí... sí, debería haberla. —Me acomodé—. Megan dice...

—Megan. ¿La has traído? ¡Es una de ellos, David!

—Por eso sabemos que funciona. Podemos salvarlo, Tia.

—No me des esa esperanza.

—Pero...

—No me des esa esperanza. —Me fulminó con la mirada—. No te atrevas a hacerlo, David Charleston. ¿No te parece lo suficientemente duro que planee matarlo, que me pregunte si podría hacer algo más? Me hizo prometerlo. ¡Voy a cumplir esa promesa, maldita sea!

—Tia... —dijo Abraham tiernamente.

Lo miró, sorprendida por su tono. Yo me había quedado mudo.

—David tiene razón, Tia —prosiguió Abraham con su voz tranquila—. Debemos intentar recuperarlo. Si no podemos salvar a Jonathan Phaedrus, entonces bien podemos renunciar a la lucha. No seremos capaces de matarlos a todos.

Tia negó con la cabeza.

—¿Creéis, después de tanto tiempo, haber descubierto el secreto?

—Creo que su teoría es buena —dijo Abraham—. Y Megan ha aprendido a controlar la oscuridad. Seríamos unos tontos si no comprobáramos la teoría de David. Él tiene razón. No podemos matarlos a todos. Llevamos demasiado tiempo haciendo lo mismo; ha llegado el momento de probar algo diferente.

De pronto me sentí muy listo por haber traído a Abraham. Tia le hacía caso. Demonios, un chihuahua con la rabia se habría quedado inmóvil para prestar atención a lo que Abraham tuviese que decir.

La puerta se abrió de golpe. Entró una joven muy nerviosa.

—¡Señora! —le dijo a Carla—. Los Crookneck. Toda la familia, más de trescientos. Todos armados y vienen hacia aquí. Los acompaña.

—¿Él? —preguntó Carla.

—El nuevo Épico. Señora, estamos rodeados.

Silencio absoluto. El tipo feo que había manifestado su desacuerdo con Carla se volvió hacia ella. No habló, pero quedó claro el mensaje por su expresión sombría. «Nos has condenado.»

Abraham se levantó, concentrando todas las miradas.

—Me va a hacer falta el arma.

—Ni lo sueñes —dijo Carla—. Esto es culpa vuestra.

—No, la culpa es mía —dijo Tia, poniéndose en pie—, pero hemos tenido la suerte de que David llegase primero.

Carla refunfuñó algo, pero luego dio la orden de prepararse para la lucha. De poco serviría. El Profesor podía destruir todo el vecindario él solo.

Alguien le lanzó la mochila a Abraham mientras los otros salían corriendo por la puerta. Carla se disponía a ir tras ellos, quizá para echar un vistazo en persona al enemigo.

—Carla —le dijo Tia—. No puedes enfrentarte a ellos.

—Dudo que nos permitan elegir.

—Tal vez sí, si les das lo que quieren.

Carla miró a sus compañeros, que asintieron. Habían pensado lo mismo.

—¡No! —dije, levantándome. ¡No podéis entregarla!

—Tienes cinco minutos para prepararte, Tia —dijo Carla—. Enviaré corredores para hablar con el enemigo y ver si exige tu entrega. Podemos fingir que no sabíamos quién eras.

Nos dejó en la sala sin ventanas, con dos guardias bien visibles en la puerta.

—No puedo creer... —empecé a decir.

Tia me cortó.

—No seas crío, David. El clan Stingray tuvo la cortesía de aceptarme, de escuchar mis planes. No podemos pedirles que mueran para protegerme.

—Pero... —La miré, apenado—. Tia, te matará.

—Acabará por hacerlo —dijo—. Quizá tenga un poco de tiempo.

—Asesinó de inmediato a Val y Exel.

—Sí, pero a mí querrá interrogarme.

—Lo conoces bien, ¿verdad? —dije con un hilo de voz—. Sabes cuál es su punto débil.

Asintió.

—Destrozaría toda esta ciudad solo para encontrarme. Tendremos suerte si no asesina a todos los habitantes de este distrito para asegurarse de que el secreto no se divulga.

La idea me dio náuseas. Steelheart había hecho algo similar aquel día lejano que mi padre y yo lo vimos sangrar.

Tia me puso algo en la mano: un chip de datos.

—Mis planes para acabar con Jon. Llevo años elaborando variantes, por si acaso. Pero lo he adaptado específicamente a esta ciudad y a lo que se trae entre manos en este lugar. Está preparando algo mucho más importante, David. He logrado que algunas personas se le acerquen. Creo que Regalia le dio algo, cierta información sobre Calamity. Creo que ella lo envió aquí.

—Sospecho lo mismo, Tia —dije, buscando con la mirada el apoyo de Abraham—, pero no puedes irte con el Profesor. Te necesitamos.

—Entonces, detenlo antes de que me mate.

—Pero...

Cruzó deprisa la habitación y cogió el móvil roto de la mesa.

—¿Puedes rastrearlo si vuelvo a colocarle la batería?

—Sí —dije.

—Bien. Aprovecha para descubrir dónde me lleva. No le he revelado a ningún ildithiano su punto débil y durante cierto tiempo podré ocultarme tras esa verdad. Puede que así estén a salvo. Si me pregunta por vosotros, puedo decir que nos separamos en Babilar. Si le mintiera lo sabría, así que no mentiré.

—Con el tiempo logrará que confieses, Tia —dijo Abraham—. Por encima de todo es persistente.

Asintió.

—Sí, pero al principio será amable. Estoy completamente segura; intentará captarme para su bando. Solo se pondrá brutal cuando me niegue a unirme a él. —Hizo una mueca—. Confiad en mí, no tengo ninguna intención de convertirme en una mártir. Confío en vosotros. Detenedlo y rescatadme.

Abraham volvió a saludar, en esta ocasión con más solemnidad. Chispas. Iba a permitirlo.

Nos llamaban desde fuera de la sala. Carla se asomó a la puerta.

—Han dicho que nos dan cinco minutos para entregar

a la forastera. Creo que realmente piensan que no sabíamos quién eras. No parece que sepan nada de los otros dos.

—La paranoia de Jon nos beneficia —dijo Tia—. Si él se hubiese ocultado con este grupo, jamás habría contado quién es en realidad. Creerá que yo intentaba pasar desapercibida. —Me miró—. ¿Vas a ponérmelo difícil?

—No —dije con resignación—. Pero te rescataremos.

—Bien. —Un momento de vacilación—. Veré si puedo descubrir qué trama, cuáles son sus planes para la ciudad.

—Lo siento, Tia —dijo Carla desde la puerta.

Tia asintió, dispuesta a marcharse.

—Espera —le dije. Luego le susurré—: El punto débil, Tia. ¿Cuál es?

—Ya lo sabes.

Fruncí el ceño.

—No sé si tu teoría es correcta, pero sí, hay algo que le provoca pesadillas —dijo—. Piensa, David. Durante todo el tiempo que pasasteis juntos, ¿qué era lo único que le daba verdadero miedo?

Parpadeé y comprendí que Tia tenía razón. Conocía su talón de Aquiles. Era más que evidente.

—Sus poderes —susurré.

Tia asintió, apenada.

—Pero ¿cómo es posible? —inquirí—. Es evidente que puede usar sus propios poderes. No se contrarrestan a sí mismos.

—A menos que los esté usando otra persona.

Otra persona... El Profesor podía ceder sus poderes.

—Cuando éramos más jóvenes —me susurró apresuradamente—, experimentamos con los poderes de Jon. Puede crear lanzas de luz, jabalinas de campo de fuerza. Me cedió esa habilidad. Y yo accidentalmente lancé contra él una de esas lanzas. David, la herida que le infligí ese día no se reparó. Sus poderes no podían curarla; la recuperación duró meses; sanó como una persona normal. Nunca se lo contamos a nadie, ni siquiera a Dean.

—Por lo que alguien a quien hubiese cedido uno de sus poderes...

—Puede anular los demás. Sí. —Miró a Carla, que le hacía gestos impaciente. Luego se inclinó hacia mí y me habló en voz muy baja—. Los teme, David. Los poderes lo obligan a cargar con su peso. Por eso su vida es una eterna dicotomía: aprovecha cualquier oportunidad para ceder sus poderes; permite que el equipo los use para no tener que hacerlo él. Sin embargo, al prestárselos, les está cediendo un arma que podrían usar contra él.

Me apretó el brazo.

—Rescátame —dijo. Me dio la espalda y corrió hacia Carla, que se la llevó.

Nos dejaron mirar de lejos, usando las miras telescópicas desde el terrado de un edificio donde habían excavado un muy conveniente refugio para un francotirador. Nos acompañaban un par de guardias. Nos habían prometido que dejarían que nos fuéramos si el Profesor aceptaba a Tia sin exigir nada más.

Volví a sufrir viendo a un hombre al que amaba y respetaba comportarse como otra persona. Una persona orgullosa y arrogante, bañada por el tenue resplandor verde que emanaba del disco sobre el que se sostenía en alto.

Me sentí impotente cuando los ildithianos se llevaron a Tia y la obligaron a arrodillarse ante el Profesor. Le hicieron una reverencia y se apartaron. Yo esperé, sudando.

Tia tenía razón. No la mató de inmediato. La rodeó con un campo de fuerza, se volvió y se alejó con el globo flotando a su espalda.

«Nunca nos prestó ese poder, pensé. Nos cedió unos cuantos campos de fuerza de protección en forma de "chaqueta", pero pocos. Las esferas y esas lanzas que le vi usar el otro día... No nos reveló tales habilidades.»

Por temor a que algún día las usaran para matarlo. Chispas, ¿cómo íbamos a lograr que nos prestase sus habilidades? Conocía su punto débil, pero alcanzarlo seguía pareciéndome imposible.

Cuando Tia y el Profesor se fueron, cerré los ojos. Me sentía un cobarde, no por no haber logrado salvar a Tia, sino por las ganas enormes que había tenido de que ella volviera con nosotros.

Habría tomado el mando, nos habría dirigido. Habría sabido qué hacer. Por desgracia, ese peso volvía a recaer sobre mis hombros.

22

Volvía a encontrarme en un lugar oscuro y cálido.

Tenía recuerdos..., voces, como la mía, que hablaban en armonía. Juntas éramos uno. Por alguna razón había perdido esas voces, pero las quería, las necesitaba. Me producía dolor el estar separado de las voces.

Al menos sentía calor, seguridad y comodidad.

Sabía lo que vendría, aunque en el sueño no me pude preparar. Por tanto, el estruendo de los truenos me conmocionó igualmente. Sonidos horribles y atronadores, como cientos de lobos furiosos. Luz nauseabunda y fría. Quebrando, atacando, asaltando, asfixiando. Venía con la intención de destruirme.

Me incorporé de golpe, completamente despierto.

Volvía a estar en el suelo de la habitación de arriba, en el refugio. Megan, Cody y Mizzy dormían cerca de mí. Esa noche Abraham montaba guardia. Teniendo a un Épico imprevisible con nosotros, nadie se sentía cómodo durmiendo solo o en pareja, y siempre dejábamos a alguien de guardia.

Chispas. Qué pesadilla. Una pesadilla espantosa. Tenía el pulso acelerado y la piel sudada. Había empapado la manta de sudor; podría haber llenado un cubo retorciéndola.

«Voy a tener que contárselo a los demás», pensé sentado en la oscuridad, tratando de recuperar el aliento. Las pesadillas guardaban una relación directa con los Épicos y sus puntos débiles. Estaba sufriendo una persistentemente. Bueno, tal vez significara algo.

Aparté la manta con los pies y me di cuenta de que Megan no estaba. A menudo se levantaba por las noches.

Pasé entre los otros para salir al pasillo. No me gustaba aquel miedo. Ya no era un cobarde como de pequeño. Podía enfrentarme a todo. A cualquier cosa.

Llegué al pasillo y me asomé a la habitación de enfrente. Vacía. ¿Adónde se habría ido Megan?

Abraham y yo habíamos vuelto muy tarde de la base del clan Stingray y habíamos decidido dejarlo por esa noche y dedicar el día siguiente a examinar la nueva información que nos había pasado Tia. Les había revelado el punto débil del Profesor, lo que les había dado que pensar. Era suficiente de momento.

Llegué hasta los escalones, pisando descalzo la sal. Había que tener mucho cuidado con el agua; si derramabas un poco, el suelo te manchaba los pies. Incluso estando seca me levantaba por las mañanas con una capa de sal en las piernas. Estaba claro que construir una ciudad de un material que se podía disolver era peor que construirla de acero. Por suerte, ya no notaba el olor, e incluso empezaba a acostumbrarme a la sequedad.

Di con Abraham en el piso intermedio, el de la cocina, iluminado por la luz del móvil, con el rtich en las manos y una enorme burbuja de mercurio flotando en el aire. La verdad es que el mercurio producía un efecto sobrenatural: lo reflejaba todo y se deformaba cuando Abraham movía las manos. Cuando las separó, el globo de mercurio se alargó como una barra de pan francés. Debido a las distorsiones y los reflejos de la superficie espejada me parecía que reflejaba un mundo diferente y deforme.

—Debemos tener cuidado —me dijo Abraham en voz baja—. Me parece que he aprendido a contener los vapores tóxicos que emite, pero será mejor que encuentre otro lugar para practicar.

—No me gusta que nos separemos —dije, sirviéndome un buen vaso de agua de la enorme nevera portátil de plástico que teníamos en la encimera.

Abraham me enseñó la palma de una mano y el mercurio adoptó forma de disco, como de plato ancho... o de escudo.

—Es maravilloso —comentó—. Obedece perfectamente mis órdenes. Y mira esto.

Hizo bajar el disco plano y se subió a él. Lo sostenía.

—Chispas —dije—. Puedes volar.

—No exactamente —dijo Abraham—. No puedo desplazarlo mucho mientras estoy encima y debo tenerlo cerca para manipularlo, pero mira esto.

El disco de mercurio ondeó y una porción sobresalió, formando escalones delante de Abraham. Escalones reflectantes de metal, muy estrechos y muy finos. Subió por ellos, agachándose a medida que se acercaba al techo.

—Nos vendrá muy bien contra el Profesor —dijo Abraham—. Es muy fuerte. Quizá pueda emplearlo contra sus campos de fuerza.

—Sí.

Abraham me miró.

—¡Qué poco entusiasmo!

—Estoy distraído. ¿Larcener sigue despierto?

—La última vez que miré lo estaba —dijo Abraham—. No parece que le haga falta dormir.

Habíamos hablado de qué hacer con él, pero no habíamos decidido nada. De momento no había sido una amenaza.

—¿Dónde está Megan? —pregunté.

—No la he visto.

Qué raro. Si hubiera salido tendría que haber pasado por allí. Yo no la había visto en el piso de arriba, que era muy pequeño. Quizás Abraham no se hubiese dado cuenta de que salía.

Siguió con el rtich, bajando los escalones y creando otras

formas. Me costaba mirarlo, por un motivo infantil, sobre todo. Habíamos acordado por unanimidad que Abraham practicaría con el dispositivo. Cody y Mizzy lo apoyarían. Ahora Abraham era el líder.

Pero, chispas, ese cacharro era genial. Con suerte el aparato sobreviviría a la misión. En cuanto hubiéramos recuperado al Profesor y a Tia, yo podría volver a mi trabajo de verdad.

Dejé a Abraham y fui al piso de abajo para ver qué hacía Larcener. Me paré en el umbral de su habitación.

Caramba.

Las paredes, hasta entonces desnudas, estaban forradas de suave terciopelo rojo. Unos candelabros brillaban sobre las mesas de caoba. Larcener estaba tendido en un sofá tan elegante como cualquiera de los que teníamos en el escondite de Babilar. Llevaba unos enormes auriculares y tenía los ojos cerrados. No oí lo que escuchaba, si escuchaba algo. Lo más probable era que estuviesen conectados a un móvil.

Entré. Chispas. La habitación parecía más grande que antes. La recorrí y descubrí que efectivamente lo era.

«Distorsión espacial», pensé, añadiendo ese poder a su lista. Calamity, era un poder realmente increíble. Yo solo había oído rumores sobre Épicos con ese poder y su capacidad para hacer aparecer objetos de la nada...

—Podrías ganarle —dije.

Larcener no dijo nada. Se quedó en el sofá con los ojos cerrados.

—Larcener —dije en voz más alta.

Se sobresaltó, se quitó los auriculares y me miró furibundo.

—¿Qué?

—Podrías ganarle —repetí—. Al Profesor. Si te enfrentaras a él, a lo mejor le ganarías. Sé que posees múltiples invencibilidades supremas. Eso, sumado a tu capacidad de crear lo que sea y de distorsionar el espacio... Podrías ganarle.

—Por supuesto que no. ¿Qué crees que hago aquí con unos idiotas inútiles como vosotros?

—Es algo que todavía no entiendo.

—Yo no me peleo —dijo Larcener, haciendo un movimiento para volver a colocarse los auriculares—. No se me permite.

—¿Quién no te lo permite?

—Yo mismo. Que otros se peleen. Mi papel es observar. Incluso gobernar esta ciudad probablemente sea inapropiado para mí.

La gente, incluido yo, suponía que todos los Épicos eran esencialmente iguales: egoístas, destructivos, narcisistas. Pero aunque compartían realmente esas características, también cada uno tenía su propio grado de rareza. Obliteration citaba las escrituras y aspiraba, aparentemente, a destruir toda la vida del planeta. Regalia canalizaba su oscuridad en forma de maquinaciones cada vez más ambiciosas. Nightwielder, en Chicago Nova, insistía en actuar a través de intermediarios de nivel inferior.

Larcener tenía su psicosis personal, por lo visto. Metí la mano en un cuenco sostenido por un pedestal de mármol colocado junto a la puerta. Palpé cuentas de vidrio. No: diamantes.

—Supongo —dije— que no podrías fabricarme un...

—Basta.

Lo miré.

—Debería haberlo dejado claro desde el principio —dijo—. No obtendréis nada de mí. No estoy aquí para haceros regalos, ni para facilitaros la vida. No me convertiré en un criado.

Suspiré y solté los diamantes.

—No duermes —dije, cambiando de táctica.

—¿Y?

—Asumo que obtuviste ese poder de otro Épico. ¿Lo hiciste específicamente para evitar las pesadillas?

Me miró un momento. Luego, dejó de golpe los auriculares y se levantó de un salto. Dio un único paso, pero salvó la notable distancia que nos separaba.

—¿Cómo sabes lo de mis pesadillas? —me preguntó, cerniéndose sobre mí, más corpulento, más alto.

Me quedé boquiabierto. Tenía el corazón acelerado. Hasta aquel momento siempre se había mostrado claramente gandul con nosotros. Ahora, empequeñecido por un Larcener de dos metros con una mueca horrible y mirada de loco, creí estar a un paso de la muerte.

—Yo... —Tragué saliva—. Todos los Épicos tienen pesadillas, Larcener.

—Tonterías —dijo—. Son cosa mía. Soy único.

—Habla con Megan —dije—, te dirá que ella las tiene. O puedes ir a buscar a cualquier otro Épico y sacárselo a golpes. Todos tienen pesadillas relacionadas con sus puntos débiles. Lo que una persona teme se convierte...

—¡Deja de mentir! —gritó Larcener. Me dio la espalda y se dejó caer en el sofá—. Los Épicos son débiles porque son estúpidos. Destruirán este mundo. Dale poder a un hombre y abusará de él. Eso es lo único que hace falta saber.

—¿Y tú nunca has sentido la oscuridad súbita derivada de usar tus poderes, la ausencia de empatía, el deseo de destruir? —le pregunté.

—¿De qué me hablas, hombrecito estúpido?

Vacilé, intentando entenderlo... sin éxito. Quizá la oscuridad lo consumía constantemente. Desde luego se comportaba con bastante arrogancia.

Sin embargo, no nos había hecho ningún daño. Le gustaba darnos órdenes, pero no como las daban los Épicos. Se portaba más bien como un niño malcriado.

—Te enfrentaste a tu miedo de joven —adiviné—. Creciste siendo un Épico, capaz de conseguir todo lo que querías, pero jamás sentiste la oscuridad.

—No seas estúpido —dijo—. Te prohíbo que sigas diciendo idioteces. ¿Oscuridad? ¿Quieres echar la culpa de todas las cosas espantosas que hacen los Épicos a una especie de idea o de sentimiento confuso? Bah. Los hombres se autodestruyen porque se lo merecen, ¡no por alguna emoción o fuerza mística!

«Le hace frente continuamente —pensé—. Sea cual sea su miedo, lo ve y lo derrota todos los días.» Eso era lo que habíamos aprendido con Megan; si no se mantenía en guardia, la oscuridad la invadía lentamente.

Salí de su habitación palaciega.

—¡Os odio, que lo sepas! —me gritó.

Volví a asomarme dentro. Estaba echado en el sofá, y realmente parecía un niño. Un adolescente con los auriculares puestos intentando pasar del mundo.

—Os lo merecéis —añadió—. La gente es fundamentalmente malvada. Eso es lo que demuestran los Épicos. Por eso estáis muriendo. —Cerró los ojos y echó la cabeza atrás, alejándose de mí.

Me estremecí y miré en la otra habitación, repleta de suministros, buscando a Megan. No estaba. Arriba, Abraham seguía practicando en la cocina. En el último piso llamé a la puerta del diminuto baño. Por desgracia, habíamos tenido que recurrir otra vez al uso de cubos. Volví a mirar en el otro dormitorio.

Vacío. ¿Dónde...?

Un momento. En la habitación oscura había algo demasiado... ¿oscuro? Fruncí el ceño y entré, atravesando un velo. Al otro lado estaba Megan, sentada en el suelo con las piernas cruzadas y una velita junto a ella. Miraba fijamente a la pared.

Una pared que ya no estaba.

La pared del escondite simplemente había desaparecido. Y al otro lado tampoco había ciudad. Megan contemplaba un paisaje nocturno de campos agitados por el viento bajo miles de millones de estrellas. Se frotaba la mano.

Notó mi presencia cuando entré. Iba a coger el arma que tenía al lado pero luego se relajó al comprobar quién era.

—Ah —dijo—. No te he despertado, ¿verdad?

—No. —Me senté a su lado—. Es una vista espectacular.

—Es fácil crearla —dijo—. En muchas de las ramas de posibilidades Ildithia no ha pasado por aquí. Ha sido fácil encontrar una en la que no estuviese y hubiese campo abierto.

—Entonces, ¿qué es esto? —pregunté, estirando el brazo—. ¿Es real?

Palpé la pared de halita, aunque parecía que tocaba un espacio vacío.

—Por ahora no es más que una sombra —dijo.

—Pero puedes ir más allá —dije—. Como cuando me salvaste de Knighthawk.

—Sí.

—Trajiste a Firefight —añadí, palpando de nuevo la pared invisible—. No solo su sombra, no solo una proyección de otro mundo. Él en persona estuvo aquí.

—Veo cómo trabaja tu cerebro, David —me dijo con cautela—. ¿Qué estás pensando?

—¿Hay una realidad en la que el Profesor no haya sucumbido a sus poderes?

—Es probable —dijo Megan—. Es un cambio pequeño y muy reciente.

—Por lo que podrías traerlo aquí.

—No por mucho tiempo —dijo Megan—. ¿Qué? ¿Quieres reemplazarlo en el equipo? Mis soluciones son temporales. Es... —Dejó de hablar y abrió mucho los ojos—. No quieres un Profesor de reemplazo. Quieres un Profesor que luche contra el nuestro.

—Teme sus poderes, Megan. Al principio intenté idear una forma de engañarlo para que le prestase a alguien sus habilidades, pero no hay razón para ello teniéndote a ti. Si puedes traer una versión del Profesor de otro mundo, los enfrentaremos y listo. Activaremos el punto débil del Profesor. Lo obligaremos a enfrentarse a sus propios poderes de la forma más directa posible y, por tanto, lo ayudaremos a derrotar la oscuridad.

Se quedó pensativa.

—Podríamos intentarlo —dijo—. Pero, David, no me gusta depender de los poderes. De mis poderes.

Miré como se frotaba la mano. Una quemadura reciente. Eché un vistazo a la vela.

—Tal vez sea la única forma —le dije—. Seguro que no se lo espera. Si vamos a salvar a Tia...

—Quieres que siga practicando —dijo—. Que vaya más allá que nunca.

—Sí.

—Es peligroso.

No respondí. Sabía que era peligroso y sabía que no debía pedírselo. No era justo. Pero, chispas... El Profesor había atrapado a Tia. Algo teníamos que hacer.

—Vale —dijo Megan—. Voy a intentar alterar algo más la realidad. Será mejor que te alejes un poco de la pared.

Eso hice. Megan se concentró.

Y el edificio entero desapareció. Me quedé solo, flotando en el aire, en un mundo desconocido.

23

Me dio un vuelco el estómago mientras caía. Tras desplomarme unos seis metros me golpeé con los espesos arbustos. La vegetación detuvo la caída, pero el impacto me dejó sin aliento. Me quedé tendido, intentando respirar sin conseguirlo. Por fin, agónicamente, hinché de aire los pulmones.

Un cielo tachonado de estrellas giraba y ondeaba sobre mi cabeza. Tenía los ojos llenos de lágrimas y no lo veía bien. Chispas... Había muchas estrellas y formaciones extrañas. Cúmulos, cintas, campos luminosos sobre el fondo negro. Todavía no me había acostumbrado. En Chicago Nova, la oscuridad creada por Nightwielder había ocultado el cielo, así que había tenido que imaginarme las estrellas. Con el paso de los años los recuerdos se habían difuminado y había empezado a imaginármelas espaciadas regularmente, como en mis vagos recuerdos de los libros infantiles.

En realidad estaban mucho más desordenadas, como cereales desperdigados por el suelo. Gemí y logré sentarme. «Bueno —pensé mirando a mi alrededor—, seguramente me lo merezco.» ¿Qué había pasado? ¿Había caído en la dimensión alternativa de Megan?

Eso me pareció al principio, aunque me enfrentaba a un elemento extraño: Ildithia seguía allí, a lo lejos. ¿No había dicho Megan que en el mundo de sombra la ciudad no había pasado por ese lugar?

Había otro detalle discordante. Tardé un rato vergonzosamente largo a darme cuenta.

¿Dónde estaba Calamity?

Las estrellas seguían allí, salpicando el cielo, pero el omnipresente punto rojo había desaparecido. Inquietante. Calamity siempre estaba en el cielo de noche. Incluso en Chicago Nova lograba atravesar la oscuridad para mirarnos con furia.

Me levanté mirando el firmamento, intentando localizar a Calamity. Y al levantarme todo a mi alrededor cambió.

Volvía a estar en el escondite, al lado de Megan, que me sacudía.

—¿David? ¡Oh, chispas! ¡David!

—Estoy bien —dije, tratando de situarme. Sí, había vuelto al mismo lugar donde había estado antes de caer. La pared ya no era transparente—. ¿Qué ha pasado?

—Te he mandado al otro lado por accidente —dijo Megan—. Has desaparecido por completo hasta que has vuelto. ¡Chispas!

—Interesante.

—Aterrador —dijo ella—. ¿Quién sabe lo que podrías haberte encontrado al otro lado, David? ¿Y si te hubiese mandado a un mundo con una atmósfera diferente y te hubieras asfixiado?

—Era como nuestro mundo —dije, frotándome el costado y mirando a mi alrededor—. Ildithia estaba, pero lejos.

—¿Qué? ¿De verdad? ¿Estás seguro? Deliberadamente escogí un mundo donde esta región estuviese deshabitada, para tener una buena vista.

Me senté.

—Sí. ¿Puedes alcanzar ese mismo mundo otra vez, a propósito?

—No lo sé —dijo—. Lo que hago, en cierta forma simplemente sucede. Es como doblar el codo.

—O comerse una galleta —dije, asintiendo.

—En realidad no exactamente, pero da igual. —Vaciló antes de sentarse a mi lado. Al cabo de un momento, Cody asomó la cabeza. Por lo visto Megan había gritado mucho llamándome. El velo había desaparecido, así que podía vernos.

—¿Todo bien? —preguntó con el rifle en la mano.

—Depende de tu definición de bien —dijo Megan, acostándose en el suelo—. David me ha convencido para hacer una estupidez.

—Eso se le da bien —dijo Cody, apoyándose en el marco de la puerta.

—Estábamos comprobando sus poderes —le dije a Cody.

—Ah. ¿Y no me lo habéis advertido?

—¿Qué habrías hecho? —le pregunté.

—Me habría levantado y me habría comido unas *haggis* —dijo Cody—. Es agradable comerse unas buenas *haggis* antes de que alguien destruya tu refugio accidentalmente con un inesperado estallido de poder Épico.

Fruncí el ceño.

—¿Qué son las *haggis*?

—No preguntes —me aconsejó Megan—. Está diciendo tonterías.

—Te las puedo enseñar —dijo Cody, señalando con el pulgar por encima del hombro.

—Un momento —dijo Megan—. ¿En serio? ¿Tienes?

—Sí. El otro día encontré en el mercado. Supongo que por aquí creen en eso de aprovechar todo el animal, ¿no? —Una pausa—. Claro que son asquerosas.

Megan frunció el ceño.

—¿No es el plato nacional de Escocia, un embutido de vísceras de cordero o algo así?

—Por supuesto —dijo Cody, entrando tranquilamente

en la habitación—. Es el hecho de ser asqueroso lo que lo convierte en escocés. Solo los verdaderamente valientes se atreven a comérselo. Así uno demuestra que es un guerrero. Es como llevar kilt en un día ventoso y frío. —Se sentó con nosotros—. Bien, ¿qué pasa con los poderes?

—Megan me ha enviado a una dimensión alternativa —dije.

—Estupendo. —Cody metió una mano en el bolsillo y sacó una chocolatina—. No te habrás traído ningún conejo mutante ni nada parecido, ¿verdad?

—Ningún conejo mutante —dije—. Pero Calamity no estaba.

—Bien, eso es todavía más raro —dijo Cody. Mordió la chocolatina. Hizo una mueca.

—¿Qué? —pregunté.

—Sabe a tierra, chico —dijo—. Echo de menos los viejos tiempos.

—Megan —dije—, ¿puedes volver a mostrar una imagen de ese mundo?

Me miró con escepticismo.

—¿Quieres seguir adelante?

—Usando la vara de medir los poderes épicos —dije—, esto no parece excesivamente peligroso. Quiero decir que me has mandado a otro mundo pero he vuelto enseguida.

—¿Y si ha sido por falta de práctica? —me preguntó Megan—. ¿Y si al seguir haciéndolo se vuelve más peligroso?

—Entonces eso significará que estás aprendiendo a conseguir que los efectos sean más permanentes —dije—. Lo que para nosotros sería una ventaja enorme. Vale la pena arriesgarse.

Apretó los labios, pero parecía convencida. Quizá se me daba un pelín demasiado bien eso de lograr que la gente hiciese tonterías. De eso me había acusado el Profesor aquella vez.

Megan hizo un gesto hacia la pared que había modificado

antes. Desapareció y volvimos a ver una extensa pradera.

—Ahora el otro lado —dije, señalando la puerta por la que había entrado Cody.

—Eso es peligroso —me advirtió—. Si nos quedamos entre dos sombras es más probable que la otra dimensión penetre. Pero te da igual, ¿verdad? Vale. Por cierto, por esto me debes un masaje de espalda.

La pared opuesta desapareció. Era como si los tres nos encontráramos en un edificio solitario en medio de la pradera al que le faltaban dos paredes. Esa nueva perspectiva nos permitía ver lo mismo que yo había visto antes: Ildithia a lo lejos.

—Eh —dijo Cody, poniéndose en pie. Usó la mira del rifle para examinar la ciudad.

—En esta dimensión la ciudad está en un lugar diferente —dijo Megan—. No es de extrañar. Es más fácil ver dimensiones similares a la nuestra, tendría que haberlo supuesto.

—No, no es eso —dijo Cody—. En esta dimensión, Ildithia está en el mismo lugar. Pero tu ventana no se abre donde debería estar el escondite.

—¿Qué? —dijo Megan, levantándose.

—¿Ves esos campos? Están al este de Ildithia. Esa arboleda también los bordea en nuestra dimensión. La ciudad está en el mismo sitio; simplemente la vemos desde fuera.

Megan parecía inquieta.

—¿Qué pasa? —le pregunté.

—Siempre había creído que mis sombras eran una conexión directa con el mismo punto —dijo—. Si traía algo, era porque estaba en la otra dimensión, justo en el mismo lugar.

—Estamos hablando de alterar la realidad —dijo Cody, encogiéndose de hombros—. ¿Por qué iba a importar la posición, chiquilla?

—No lo sé —dijo—. Simplemente, nunca se me había ocurrido. Me pregunto en qué más estaré equivocada.

—No está Calamity —dije, acercándome tanto como me atreví a la pared invisible—. Megan, ¿y si las sombras que capturas son siempre del mismo mundo, de uno paralelo al nuestro? Siempre veo a Firefight cuando empleas tus poderes. Eso parece indicar que las sombras que traes son siempre de su mundo.

—Sí —dijo—, o eso o existen cientos y cientos de versiones diferentes de Firefight y en cada mundo hay una.

Cody bufó.

—Menudo dolor de cabeza.

—No te haces una idea —dijo Megan. Suspiró—. He hecho cosas que tu teoría no puede explicar, David. Quizá sí que hay un mundo paralelo similar al nuestro al que recurro a menudo... pero si mis poderes no encuentran en él lo que busco van más lejos. Y justo después de reencarnarme, van a cualquier lugar, hacen cualquier cosa.

Miré a la distante Ildithia todo el tiempo que Megan mantuvo la sombra activa. Un mundo paralelo al nuestro, un mundo sin Calamity. ¿Cómo sería? ¿Seguiría habiendo Épicos sin Calamity para darles poderes?

Finalmente, Megan dejó que las imágenes se desvaneciesen y le masajeé el cuello para ayudarla a lidiar con el dolor de cabeza producido por tanta actividad. No dejaba de mirar la vela, pero no la usó. Poco tiempo después los tres volvimos a la cama. Necesitábamos dormir.

Al día siguiente repasaríamos el plan de Tia e intentaríamos hallar la forma de rescatarla.

TERCERA PARTE

24

Pasé la mano por el estante de halita. Me desconcertó que los dedos dejaran surcos. Sacudí la mano, lanzando sal rosa al suelo. Mientras miraba, el estante de la pared se partió por la mitad y se deshizo. La sal cayó como la arena de un reloj.

—Abraham —dije cuando pasó a mi lado.

—Nos queda un día antes de tener que irnos, David —dijo.

—Nuestro escondite se está desintegrando, literalmente.

—Los accesorios y los adornos son lo primero en deshacerse —dijo, metiéndose en el dormitorio libre del tercer piso, donde la noche antes Megan y yo habíamos experimentado con sus poderes—. Los suelos y las paredes aguantarán un poco más.

No me tranquilizó demasiado.

—Aun así, pronto tendremos que irnos. Habrá que encontrar otro escondite —dije.

—Cody ya se está ocupando de eso. Dice que al final del día tendrá varias opciones para comentarte.

—¿Qué hay de las cuevas? —pregunté—. Bajo el terreno por el que pasa la ciudad están las que creó Digzone. Podríamos escondernos en ellas.

—Es posible —dijo.

Entré en la habitación siguiendo a Abraham. Cody barría mientras silbaba. Iba acumulando un montón de sal en el suelo. Aparentemente, la halita que habíamos creado se desintegraba al mismo ritmo que la otra. Pronto toda la zona se desmoronaría y la sal desaparecería.

Por el techo de halita, cada vez más delgado, entraba la luz de la mañana. Me acomodé en un taburete que Cody había comprado en una de sus misiones de intendencia. Resultaba extraño residir en una ciudad donde no había basura que recoger; Ildithia simplemente se alejaba, dejando atrás todo lo que tiraba la gente.

Megan entró pero no se sentó. Se apoyó en la pared, con los brazos cruzados, vestida con chaqueta y vaqueros. Abraham se agachó junto a la pared, trasteando con el creador de imágenes que había calibrado previamente. Cody levantó la vieja escoba y negó con la cabeza.

—¿Sabéis?, creo que arranco más sal de la que limpio. —Suspiró, se acercó y se sentó a mi lado, en otro taburete.

Al final llegó Mizzy, cargada con uno de los resistentes portátiles del equipo. Le lanzó un chip de datos a Abraham, que lo insertó en el creador de imágenes.

—No va a ser bonito, chicos —comentó Mizzy.

—Cody forma parte del equipo —dijo Abraham—. Ya estamos acostumbrados a cosas que no son bonitas.

Cody le lanzó la escoba.

Abraham activó el creador de imágenes. Suelo y paredes se pusieron negros. Apareció una proyección tridimensional de Ildithia, dibujada con líneas de color rojo. Daba la impresión de que flotábamos por encima de ella.

Antes eso me habría desorientado pero ya me había acostumbrado. Me incliné hacia delante mirando a través del suelo la enorme ciudad. En la imagen, crecía y se desintegraba a un ritmo acelerado, aunque los detalles no eran muy concretos.

—Es un modelo informático acelerado creado a partir de los datos de Tia —explicó Mizzy—. Me ha parecido chulo. La ciudad se desplaza a un ritmo constante, por lo que resulta posible predecir su forma y aspecto en un día determinado. Aparentemente, quien controla la ciudad puede dirigirla empleando una enorme rueda de uno de los edificios del centro.

—¿Qué sucede si choca con otra ciudad? —pregunté, incómodo. En el modelo, la ciudad parecía viva, una criatura que reptaba y en la que crecían edificios como púas.

—Las colisiones son desagradables —dijo Abraham—. Cuando vine aquí a explorar, hace unos años, planteé esta misma pregunta. Si Ildithia choca con otra ciudad crece en sus huecos. Los edificios presionando contra otros edificios, las calles cubren otras calles. En el pasado, la gente quedó atrapada mientras dormía en habitaciones interiores y murió. Una semana después, la sal se desmoronó e Ildithia siguió su marcha prácticamente intacta.

—En cualquier caso —dijo Mizzy—, esto no es lo desagradable, chicos. Esperad a enteraros del plan.

—Cuando le eché un vistazo me pareció un plan bien trazado —dije, frunciendo el ceño.

—Oh, y está bien trazado —dijo Mizzy—. Es un plan asombroso. Pero jamás lograremos llevarlo a cabo. —Giró la mano, empleando el movimiento para ampliar la imagen de la ciudad. En Chicago Nova tal cosa se lograba con cámaras y daba la impresión de que voláramos. Allí daba más la impresión de que estuviéramos dentro de una simulación; desorientaba mucho menos.

Nos detuvimos cerca del centro, que, en la simulación, crecía al borde de la ciudad, nuevo y reluciente. Surgió un edificio especialmente alto, cilíndrico, como un termo gigantesco.

—La Torre Sharp —dijo Mizzy—. Así se llama ahora. Antes era un hotel elegante de Atlanta. Es el palacio de Larcener donde reside el Profesor. Ocupan los pisos de arriba los lacayos favoritos del momento. El Épico reinante reside en una amplia estancia, en la punta del edificio.

—¿Suben todos esos escalones? —pregunté—. El Profesor sabe volar. ¿Los demás usan las escaleras?

—Suben en ascensor —dijo Mizzy.

—¿De sal? —pregunté alzando la vista.

—Instalan una cabina, cables de metal y motor. Los de sal no sirven. Pero el hueco sirve perfectamente.

Fruncí el ceño. Seguía pareciéndome mucho trabajo, sobre todo porque había que hacerlo cada semana. Aunque que sus secuaces trabajaran como esclavos seguramente les daba igual.

—El plan de Tia es muy bueno —dijo Mizzy—. Su fin último era matar al Profesor, pero decidió que le hacía falta más información antes de intentarlo. Así que la primera parte del plan incluye una secuencia detallada para infiltrarse en la Torre Sharp. Tia pretendía piratear los ordenadores del Profesor para descubrir a qué ha venido a esta ciudad.

—Pero nosotros podemos usar el mismo plan para rescatar a Tia en lugar de piratear los ordenadores.

—Sí —dijo Mizzy—. A juzgar por la señal del móvil roto, Tia se encuentra cerca de la parte superior del edificio, en el piso setenta, en una especie de habitación de hotel. Es una suite muy elegante, a juzgar por los planos. Yo me esperaba algo más parecido a una prisión.

—Ya nos dijo que primero el Profesor intentaría convencerla de su racionalidad —dije. Sentí un escalofrío—. Cuando se niegue a darle la información que quiere, se impacientará. Entonces las cosas se pondrán feas.

—¿Cuál es el plan? —preguntó Megan, que seguía apoyada en la pared que la negrura del creador de imágenes oscurecía. Flotamos, mirando las líneas rojas de la Torre Sharp. Un nombre estúpido, ya que era redonda con la parte superior plana.

—Vale —dijo Mizzy—. La misión la ejecutarán dos equipos. El primero se infiltrará en una fiesta, en el último piso del edificio. Larcener permitía que una de las personas más importantes de la ciudad, una Épica llamada Loophole, organizase fiestas en la Torre Sharp. El Profesor ha seguido con la tradición.

—¿Infiltrarse? —preguntó Abraham—. ¿Cómo?

—Se invita a los jefes de las comunidades más importantes de la ciudad a cambio de trabajadores especializados que ayuden a montar la fiesta —le explicó Mizzy—. Tia planeaba ir junto con los miembros asistentes del clan Stingray.

—Eso va a ser difícil —dijo Abraham—. ¿Podremos hacerlo? No disfrutamos de la confianza de ningún clan.

—La cosa se pone aún más fea —dijo Mizzy afablemente—. Mirad.

—¿Mirad? —preguntó Cody.

—Hay animaciones —dijo Mizzy. Un grupo de personas representadas como figuras esquemáticas avanzaron a saltitos por la calle y se reunieron con un grupo mayor apretujado contra la torre. Los dos «equipos» estaban representados en color azul. Un grupo fue saltando hasta los ascensores de la parte posterior. El otro entró por una puerta trasera y se metió en el hueco de otro ascensor. De alguna forma subió por el hueco hasta el tejado.

—¿Cómo lo han hecho? —pregunté.

—Con trepacables —dijo Mizzy—. Dispositivos que se enganchan a un cable por el que luego subes. Como veis, hay un ascensor de servicio, porque la gente verdaderamente importante necesita que otras personas se ocupen de ella. ¿Y quién querría ir en un ascensor lleno de apestosos criados? El segundo equipo se infiltra por ese hueco hasta el último piso.

—Y esos trepacables, ¿cómo se consiguen? —pregunté.

—No tengo ni idea —dijo Mizzy—. En la ciudad está claro que no se venden. Creo que la comunidad que protegía a Tia planeaba comprarlos de alguna forma.

Me senté muy tieso, comprendiendo a qué se refería Mizzy al decir que la cosa se pondría aún más fea. Al abandonar el clan Stingray, Carla y los demás nos habían dejado bien clarito que no nos ayudarían a rescatar a Tia. El encuentro con el Profesor los había dejado aterrados y estaban decididos a sacar a toda su gente de la ciudad. A lo largo de la siguiente semana saldrían a escondidas de Ildithia y huirían.

—Eso no es todo —prosiguió Mizzy—. Para ejecutar el plan de Tia necesitamos una tonelada de cosas. Dispositivos para piratear de última generación, paracaídas, batidoras...

—¿En serio? —preguntó Cody.

—Sí.

—Genial —dijo, acomodándose.

A mí no me parecía tan genial. Observé cómo se iba desarrollando el plan, ejecutado por las figuritas animadas. Dos equipos, operando independientemente para distraer, infiltrarse y robar... Todo sin que el Profesor se enterase de lo que pasaba. Era un buen plan y podríamos usarlo para rescatar a Tia.

También era imposible de ejecutar.

—Nos harían falta meses para reunir todo el equipo —dijo Abraham mientras miraba cómo las figuritas salían en paracaídas del edificio—. Dando por supuesto que pudiésemos pagarlo.

—Sí —dijo Mizzy de brazos cruzados—. Os lo advertí. Tendremos que inventarnos otra cosa. Disponemos de menos tiempo y menos recursos. Vamos, una lata.

La simulación de las figuritas acabó y con el tiempo el edificio que flotaba frente a nosotros llegó al borde de Ildithia y se desintegró, fundiéndose como un helado abandonado que nadie se come.

«No tenemos tiempo para idear un plan mejor —pensé, echando un vistazo a la lista de material necesario y conveniente que flotaba en el aire—, ni siquiera un plan peor.»

Me levanté y salí.

Megan fue la primera en seguirme y me alcanzó con rapidez.

—¿David? —me preguntó. Frunció el ceño al darse cuenta de que tenía la chaqueta llena de sal por haberse apoyado en la pared. Se la sacudió mientras bajábamos los escalones hasta el segundo piso.

Los demás nos siguieron. No dije nada, guiando al grupo hasta el primer piso. Allí oímos voces en el edificio contiguo. Nuestros vecinos se anticipaban a la destrucción de sus hogares.

Entré en la habitación de Larcener. El Épico estaba sentado envuelto en mantas, aunque no hacía frío, en un sillón, junto a una chimenea que no había encendido.

Esta parte tenía que ejecutarla con tranquilidad, con cuidado, como un líder de verdad.

Me eché en uno de los sofás.

—Bien, se acabó. Estamos acabados. Lo siento, excelencia. Te hemos fallado.

—¿Qué me estás contando? —inquirió.

—El Profesor capturó a una del equipo —dije—. Probablemente ahora mismo la esté torturando. Pronto sabrá todo lo que quiera de nosotros. Esta noche ya estaremos muertos.

—¡Idiotas! —Larcener se levantó furioso.

El resto del equipo se apretujó al otro lado de la puerta.

—Es posible que quieras matarnos tú mismo —le dije—, para disfrutar de esa satisfacción en lugar de dejársela al Profesor.

Megan me miró como si dijera: «¿Qué haces, tarugo?» Ya estaba acostumbrado.

—¿Cómo ha podido pasar? —Larcener caminaba sin parar—. Se supone que sois muy capaces, muy eficientes. ¡Unas eminencias! ¡Ya veo que sois totalmente incapaces, como suponía de entrada!

—Sí —dije.

—Estaré solo en esta ciudad —añadió—. Nadie más se

atreverá a enfrentarse a un Gran Épico. Me has defraudado completamente, humano.

Viniendo de un Épico, era un insulto muy grave.

—Lo siento, mi señor —dije—, pero ya no podemos hacer nada.

—¿Qué? ¿Ni siquiera vais a intentar matar a vuestra amiga?

—Bien, hay un plan que... —Callé de golpe—. ¿Matarla?

—Sí, sí, asesinarla, para que no pueda hablar. Es la decisión lógica.

—Ah, cierto. —Tragué saliva—. Bien, tenemos un plan bastante bueno, pero no podemos llevarlo a cabo porque nos hacen falta muchas cosas que no tenemos. Paracaídas. Maniquíes. Tecnología. —Se lo estaba vendiendo bien—. Claro que, si alguien pudiese crear esas cosas para nosotros...

Larcener se volvió hacia mí y entornó los ojos.

Sonreí con cara de inocente.

—Peón insolente —murmuró.

—Todos los Épicos habláis de esa forma —dije—. ¿Os imparten un curso de lingüística para dictadores o algo así? Es decir, quién habla...

—Es todo una artimaña para que me convierta en vuestro sirviente —me interrumpió Larcener, acercándose—. Te dije claramente que no emplearía mis poderes para serviros.

Me puse en pie, mirándolo a los ojos.

—Tia, un miembro de nuestro equipo, está en manos del Profesor. Tenemos un plan para salvarla, pero no podremos ejecutarlo sin recursos. O creas los objetos que nos hacen falta o nos iremos de la ciudad abandonando esta causa.

—Yo no me implico —dijo Larcener.

—Ya estás implicado, amigo. O te pones a trabajar como un miembro más del equipo o te largas. Buena suerte con eso de sobrevivir en la ciudad. El Profesor tiene a todos los matones y Épicos buscándote. Hay controles aleatorios en la calle con un dispositivo zahorí, recompensas enormes, tu cara ha sido distribuida por ahí...

Larcener tensó la mandíbula.

—Se supone que el malvado soy yo.

—No. No sé cómo le ganaste a la oscuridad. No eres malvado; no eres más que un niño mimado y egoísta. —Hice un gesto a los otros—. Te daremos una lista. Todo es posible con tu poder. Puedes crear cualquier cosa, hasta del tamaño de un sofá. El alcance es de unos cinco kilómetros, si no recuerdo mal. El límite máximo de masa no debería ser ningún problema.

—¿Cómo...? —Me miró fijamente, como si me viese por primera vez—. ¿Cómo sabes todo *eso*?

—Tus poderes de creación los obtuviste de Brainstorm. Tengo todo un informe dedicado a ella. —Fui hacia la puerta.

—Hay algo en lo que tienes razón —me dijo Larcener—. No soy malvado. Soy el único que no lo es. Todos los demás en este mundo asqueroso, horrible y demencial han sucumbido. Son malvados, pecadores, vomitivos... como quieras llamarlos. Han sucumbido.

Lo miré por encima del hombro, de nuevo directamente a los ojos. Juro que la vi en esos ojos: la oscuridad, como un mar infinito. El odio turbulento, el desprecio, el deseo incontrolable de destruir.

Me había equivocado. No la había superado. Seguía siendo uno de ellos. Era otra cosa lo que lo contenía.

Inquieto, me volví y salí de la habitación. Me dije que tenía que pasarle una lista lo antes posible, pero lo cierto es que no podía seguir mirándolo a los ojos; quería alejarme todo lo posible de ellos.

25

—Pues sí —me dijo Edmund por el móvil—, ahora que lo pienso, algo así me pasó.

—Cuéntamelo —dije, ansioso.

Con el móvil pegado al hombro de la chaqueta y el auricular a la oreja, organizaba los elementos de la misión de aquella noche. Me encontraba a solas en una habitación de nuestro nuevo escondite provisional. Ya habían pasado cinco días desde la captura de Tia y todo avanzaba según lo planeado. Le había comentado a Cody la idea de usar las cuevas de la ciudad, pero finalmente concluimos que nadie las había explorado adecuadamente y podían ser inestables.

Así que habíamos seguido una de sus sugerencias y ocupado un lugar oculto bajo el puente de un parque. Por mucho que yo desease ir a rescatar a Tia, no habíamos podido ponernos en marcha de inmediato. Nos había hecho falta tiempo para establecernos en otro lugar y practicar. Además, el plan de Tia requería que se celebrara una fiesta en la Torre Sharp y esa noche se celebraría la primera. Solo esperábamos que Tia hubiese aguantado.

—Debió de ser..., oh, hace unos dos o tres años —dijo Edmund—. Mis anteriores amos le habían contado a Steelheart que los perros eran mi punto flaco y de vez en cuando me encerraba con chuchos, pero no para castigarme por algo concreto. Nunca lo entendí. Era un comportamiento sin fundamento.

—Quería que le tuvieses miedo —le dije, repasando el contenido de una mochila y comparándolo con la lista—. ¡Eres tan equilibrado, Edmund! A veces parece que no le tienes miedo a nada. Seguramente eso le preocupaba.

—¡Oh, sí que tengo miedo!¡No soy más que una hormiga entre gigantes, David! Estoy muy lejos de ser una amenaza.

Un detalle que a Steelheart le habría dado igual. Mantenía Chicago Nova sometida a una pesadumbre y oscuridad perpetuas, simplemente para asegurarse de que sus súbditos le tuvieran miedo. Su segundo nombre era Paranoia. Aunque solo tenía uno, Steelheart, así que Paranoia habría sido más bien su apellido.

—Bueno —continuó Edmund por el móvil—, pues me encerraba con perros. Eran unos perros horribles, rabiosos. Me acurrucaba pegado a la pared y lloraba. La situación, en lugar de mejorar, empeoraba.

—Les tenías miedo.

—¿Por qué no iba a tenérselo? —dijo—. Contrarrestaban mis poderes. Me destrozaban, me convertían en un hombre corriente.

Fruncí el ceño y cerré la mochila. Cogí el móvil para ver a Edmund en la pantalla. Era un hombre mayor de piel morena con un ligero acento indi.

—Pero si cedías tus poderes, Edmund —dije—. Los prestabas. ¿Por qué te molestaba no tener poderes?

—Me hacen valioso para los demás, lo que me permite vivir rodeado de lujo y relativamente tranquilo, mientras que otros se mueren de hambre y luchan por sobrevivir. Mis poderes me convierten en alguien importante, David. Perderlos me aterraba.

—Los perros te aterraban, Edmund.

—Es lo que he dicho.

—Sí, pero es posible que confundas la causa. ¿Y si no

temes a los perros porque anulan tus poderes, sino que los perros los anulan porque los temes a ellos?

Miró hacia otro lado.

—¿Tienes pesadillas? —le pregunté.

Asintió. No veía demasiado bien la habitación donde se encontraba, en un lugar seguro de las afueras de Chicago Nova que el Profesor no conocía. No habíamos podido hablar con Edmund hasta que Knighthawk le había hecho llegar, por medio de un dron, un móvil nuevo. Le habíamos pedido que apagase el viejo y no se había molestado en volver a conectarlo, afirmaba que por precaución, por si fracasaba nuestro ataque a la Fundición. Otra de sus pequeñas rebeliones.

—Pesadillas —dijo, todavía sin mirar hacia la cámara—. Me persiguen. Los dientes me muerden, se me clavan, me destrozan...

Le concedí un momento y volví al trabajo. Al agacharme, se me salió por el cuello de la camiseta el colgante que me había regalado Abraham, el que tenía una «S» estilizada: el símbolo de los Fieles, los que creían en la llegada de los buenos Épicos.

Lo llevaba porque, al fin y al cabo, tenía fe en los Épicos. Más o menos. Me lo volví a meter debajo de la camiseta. Había revisado el contenido de tres mochilas, me quedaban dos por revisar. Incluso Cody, que se encargaría de dirigir la operación, necesitaba un equipo de emergencia por si algo salía mal. El nuevo refugio, un conjunto de tres habitaciones construido a toda prisa bajo un puente en un parque que rara vez visitaba alguien, no era tan seguro como el anterior y no queríamos dejar nada importante en él.

Tenía que acabar el trabajo, pero quería mirar a Edmund, no solo oírlo. Era una conversación importante. Pensé un momento cómo hacerlo. Entonces vi una gorra de camuflaje de Cody encima de un montón de suministros que habíamos traído del anterior refugio.

Sonreí, cogí cinta adhesiva y me colgué el móvil de la visera. Me hizo falta como medio rollo de cinta, pero... Cuando me la puse, el móvil quedó colgando delante de mi cara como la interfaz de un casco. Vale, una interfaz bastante chapucera. En cualquier caso, me permitía ver a Edmund teniendo libres las dos manos.

—¿Qué haces? —me preguntó, frunciendo el ceño.

—Nada —dije, volviendo al trabajo con el móvil colgando frente a la cara—. ¿Qué pasó con los perros, Edmund? El día que cambiaron las cosas, el día en que te enfrentaste a ellos.

—Es una tontería.

—De todos modos, cuéntamelo.

Dio la impresión de que calibraba la situación. No estaba obligado a obedecer; no, estando tan lejos.

—Por favor, Edmund —le rogué.

Se encogió de hombros.

—Uno de los perros saltó hacia una pequeña. Alguien abrió la puerta para dejarme salir y..., bien, yo la conocía. Era la hija de uno de mis guardianes. Así que cuando el perro se abalanzó hacia ella, lo paré. —Se sonrojó—. El perro era suyo, no la estaba atacando. Simplemente se alegraba de ver a su dueña.

—Superaste el miedo —dije, abriendo la siguiente mochila y cotejando el contenido con la lista—. Te enfrentaste a lo que te aterrorizaba.

—Supongo que sí —dijo—. A partir de entonces las cosas cambiaron. Hoy en día, cuando tengo perros cerca mis poderes se reducen pero no quedan anulados por completo. Supuse que siempre había estado equivocado, que en realidad mi talón de Aquiles era la caspa de las mascotas o algo así. Pero no podía ponerme a hacer experimentos sin llamar la atención de todos.

¿Le pasaría lo mismo a Megan? ¿Con el tiempo el fuego dejaría de anular sus poderes? Su punto débil seguía afectándola, pero era capaz de hacer retroceder la oscuridad. Quizá lo que Edmund experimentaba era la siguiente fase.

Cerré la cremallera y puse la mochila con las otras.

—Dime —dijo Edmund—. ¿Cómo es que, si los perros son mi punto débil, los dispositivos cargados con mis habilidades no fallan en presencia de perros?

—¿Eh? —dije, distraído—. Ah. Por la Regla de Gran Dispersión.

—¿Qué?

—El punto débil de un Épico tiene cada vez menos influencia sobre sus poderes cuanto más se aleja uno de la presencia del Épico —dije, cerrando la cuarta mochila—. Como en Chicago Nova. Si los poderes de Steelheart se hubiesen anulado en todos los lugares donde alguien no lo temía, no habría podido convertir la ciudad entera en acero. La mayoría de la gente no sabía quién era y, por lo tanto, no lo temía. Por todas partes habría zonas que no serían de acero.

—Ah... —dijo Edmund.

Me levanté y puse otra mochila con las demás. La gorra no me iba tan bien como quería, porque pesaba demasiado por delante y tendía a caer hacia ese lado.

Decidí que me hacía falta un contrapeso. Cogí lo que quedaba de cinta y lo empleé para sujetar una cantimplora a la parte posterior de la gorra. «Mucho mejor.»

—¿Estás bien? —me preguntó Edmund.

—Sí. Gracias por la información.

—Puedes devolverme el favor aceptando entregarme a otro amo.

Me quedé inmóvil, sujetando el rollo de cartón de la cinta.

—Creía que te gustaba ayudarnos.

—Os habéis debilitado. —Se encogió de hombros—. Ya no puedes protegerme, David. Estoy harto de ocultarme en este cuarto. Preferiría servir a un Gran Épico que cuide de mí. He oído que Night's Sorrow sigue dominando.

Sentí náuseas.

—Puedes ser libre, Edmund. No te detendré.

—¿Y arriesgarme a que me asesinen? —Me sonrió con los labios apretados—. El mundo de ahí fuera es peligroso.

—Has escapado de la oscuridad, Edmund —dije—. Diste con el secreto antes que nadie. Si no quieres huir, ¿por qué no te unes a nosotros? Conviértete en un miembro de nuestro equipo.

Cogió un libro y se apartó de la pantalla.

—No te ofendas, David, pero eso me parece un lío monumental. Voy a pasar.

Suspiré.

—Te enviaremos otro cargamento de suministros —dije—. Pero es posible que Knighthawk quiera que le cargues algunas células de energía.

—Lo que se me ordene hacer —dijo Edmund—. Pero, David, creo que te equivocas acerca de un aspecto de los poderes. Afirmas que en mi miedo a los perros estuvo el origen de mi punto débil, pero antes de Calamity yo no les tenía tanto miedo. Es decir, no me gustaban, incluso puede que los detestara, pero ¿este miedo? Me sobrevino junto con los poderes. Es como si los poderes... exigiesen algo a lo que temer.

—Como el agua —susurré.

—¿Eh?

—Nada. —Era una tontería, porque en aquel momento Calamity no podía haber estado observándome—. Gracias otra vez.

Me saludó y apagó el móvil. Me agaché y revisé el contenido de la última mochila antes de colocarla con las otras. En aquel preciso momento Megan asomó la cabeza. Dudó en el umbral, mirándome con cara de confusión, con la boca un poco abierta, como si hubiese olvidado lo que iba a decirme.

«La gorra», pensé. ¿Debía quitármela o no darle importancia? Me decidí por una solución intermedia: solté el móvil de la cinta pero no me quité la gorra. Sin inmutarme, me fijé el móvil al brazo.

—¿Sí? —pregunté, haciendo caso omiso de la tonelada de basura plateada que me colgaba ante los ojos.

La gorra se me fue hacia atrás debido al peso de la cantimplora. La atrapé y la volví a colocar en su sitio.

«Eso es, con delicadeza.»

—Ni siquiera me voy a molestar en preguntar —dijo—. ¿Ya has terminado?

—Acabo de dejar la última. También he tenido una buena charla con Edmund. Su experiencia es igual que la tuya.

—Por tanto, no hay forma de deshacerse para siempre del punto débil.

—Bien, su flaqueza parece haberse reducido con el tiempo.

—Al menos ya es algo. Estamos listos.

—Genial. —Me puse en pie y cogí las mochilas.

—No vas a llevar esa gorra durante la misión, ¿verdad?

Me la quité con indiferencia, aunque tuve que tirar con fuerza porque la cinta se me había pegado al pelo. Luego tomé un trago de la cantimplora, que seguía pegada a la gorra.

Volví a ponérmela y me la ajusté.

—Solo estoy probando algunas ideas.

Megan hizo un gesto de exasperación y se fue. Tan pronto como se marchó tiré la gorra y salí con las mochilas.

El equipo estaba reunido en la sala principal, iluminado por el resplandor de los móviles. La luz del día iba disminuyendo. La base era una planta baja. A cada lado de la sala grande y redonda había una habitación más pequeña. Mizzy y Abraham llevaban traje de infiltración, liso y ajustado, con sumideros de calor en la cintura y capucha de visión nocturna con la que podían cubrirse la cara.

—Equipo molón, listo para la acción —dijo Mizzy mientras yo repartía las mochilas, las más pesadas a ella y a Abraham.

—¿Qué ha sido del «equipo uno»? —pregunté.

—No molaba lo suficiente —dijo—. Había pensado llamarlo «equipo negro», pero me ha parecido un poco racista.

—Pero si vosotros mismos os llamáis negros —dijo Megan, apoyada en la pared con los brazos cruzados—. Puesto que los dos sois afroamericanos...

—Soy afrocanadiense —la corrigió Abraham.

—Sí —dijo Mizzy—. Puede que esté bien si soy yo la que escoge el nombre. Sinceramente, no me acuerdo. Antes de Calamity importaba mucho la raza. Vamos, que vale la pena tener en cuenta que no todo es mucho peor ahora que entonces. En esa época también pasaban cosas muy malas. Es como si, sin los Épicos, hubiese que encontrar otros motivos de discusión: raza, nacionalidad..., ah, y los deportes. Es serio. Si viajáis al pasado, que no se os ocurra hablar de deportes.

—Lo tendré en cuenta —dije, dándole una mochila a Cody. Me habría gustado que lo que había dicho se limitara al pasado, pero por la forma en que los ildithianos se habían segregado estaba claro que incluso existiendo los Épicos los humanos éramos perfectamente capaces de discutir por la raza.

Cody cogió la mochila. Iba vestido de camuflaje, con el rifle de francotirador al hombro, y Herman, el cristalizador, al cinto. Lo emplearía para crear con sal un escondite en el terrado de un edificio cercano a la Torre Sharp. Desde allí dirigiría la operación. Con el rifle podría cubrirnos en caso de emergencia.

Yo me había ofrecido para dirigirla, pero Mizzy y Abraham necesitaban a alguien al mando capaz de buscar en archivos y planos, alguien que pudiese darles detalles tecnológicos, así que me había incorporado al equipo de Megan, cosa de la que no me quejaba. Nosotros nos colaríamos en la fiesta, aunque habíamos tenido que modificar el plan de Tia y escogido como método de entrada una de sus opciones de reserva.

Le di a Megan la mochila.

—¿Listos? —pregunté.

—Tan listos como podemos con menos de una semana de preparación —dijo Abraham.

—¿Qué hay de mí? —preguntó alguien.

Nos volvimos. Larcener estaba de pie en la puerta de la última habitación del escondite. La había decorado como le gustaba, aunque con menos sofás. Parte de la masa que podía emplear para crear objetos estaba dedicada al mantenimiento de las herramientas que había fabricado para el equipo.

—¿Quieres venir? —le pregunté, sorprendido.

Me fulminó con la mirada.

—¿Y si alguien aparece por aquí mientras no estáis? —dijo—. Me abandonáis.

—Chispas —dije—. Eres peor que Edmund. Si alguien aparece, proyéctate en un señuelo y aléjalo de aquí. Es uno de tus poderes, ¿no?

—Es doloroso —dijo, cruzándose de brazos—. No me gusta hacerlo.

—¡Oh, por todos los...! —Negué con la cabeza y me volví hacia el resto del equipo—. Venga, vamos.

26

La Torre Sharp se alzaba como una figura oscura en la noche, pero en los pisos superiores había luz. En esa zona la sal era de un gris oscuro, por lo que esos pisos parecían simultáneamente iluminados y tenebrosos, como un agujero negro con un estúpido sombrero de cumpleaños.

Megan y yo nos acercamos cargados con las mochilas y con una cara nueva, cortesía de otra dimensión. Esas pequeñas ilusiones le resultaban fáciles y era capaz de mantenerlas indefinidamente siempre que yo no me alejase demasiado de ella. No podía evitar intentar entender el mecanismo. ¿Eran rostros de personas al azar? ¿O eran personas que, en su dimensión, iban al mismo sitio que nosotros?

Había un buen número de personas reunidas en la planta baja del edificio. El brillo de las viejas ventanas, de una sal más fina, era cálido. Habían abierto varias puertas para permitir el acceso a la elite. Me detuve, observando la llegada de otro grupo que venía en bicitaxi.

Iban vestidos como en Chicago Nova: las mujeres con espléndidos vestidos cortos estilo años veinte y la boca llamativamente pintada de carmín; los hombres con traje de raya diplomática y sombrero de ala ancha, como en las películas antiguas. No me hubiera extrañado que llevaran una ametralladora en una funda de violín, pero eran sus guardaespaldas los que iban armados con pistolas Glock y P30.

—¿Darren? —me preguntó Megan, usando mi nombre falso.

—Lo siento —dije, saliendo de mi ensimismamiento—. Me recuerda a Chicago Nova. —Los recuerdos de mi juventud me pesaban mucho.

En la planta baja entretenían a los invitados que esperaban el ascensor para subir a la fiesta. La música, del estilo que le habría gustado a Mizzy, con mucho ritmo, salía del vestíbulo. Contrastaba con la vestimenta elegante. Los camareros pasaban con vasos de Martini y caviar, una muestra más de favoritismo y poder.

Nunca había probado un Martini. Me había pasado años creyendo que era una marca de coches.

Juntos, Megan y yo rodeamos el edificio por la derecha hasta una puerta pequeña de la parte posterior. En lugar de intentar subir en el ascensor con los ricos, habíamos optado por seguir un camino más discreto. El plan de Tia incluía la opción adicional de enviar al segundo equipo con los sirvientes.

Usando las imágenes de las notas de Tia habíamos logrado falsificar una invitación. Una comprobación rápida y confirmamos que el clan Stingray no iba a mandar a nadie a la fiesta. Se les esperaba, pero estaban demasiado ocupados con los preparativos para abandonar la ciudad.

Eso nos ofrecía un hueco por el que, con un poco de suerte, podríamos colarnos. Al otro lado de la torre nos encontramos con una clase menos privilegiada que estaba reunida esperando para subir en un ascensor de servicio más pequeño.

—¿Preparada? —pregunté.

—Preparada —dijo Megan. Su voz tuvo eco en las de Mizzy y Abraham, que me hablaron por el auricular que llevaba escondido en el pelo falso cortesía de Megan. Knighthawk garantizaba la seguridad de las comunicaciones; en Babilar el Profesor nos había pinchado los teléfonos, pero había tenido que hacerlo físicamente, insertando micrófonos en los dispositivos. Ya los habíamos cambiado.

—Adelante —dije.

Megan y yo echamos a correr. Corrimos hasta los operarios que se ocupaban de la puerta posterior y nos paramos, esforzándonos por recuperar el aliento, como si estuviésemos agotados.

—¿Quiénes sois? —nos preguntó el guardia.

—Los que decoran las tartas —dijo Megan, enseñándole la invitación, que en el caso de los trabajadores como nosotros era más bien una orden de presentación—. Del clan Stingray.

—Ya era hora —refunfuñó el guardia—. Pasad por el registro y os subiré en el próximo.

A Loophole le encantaban las tartas recargadas. Los Stingray siempre enviaban un par de decoradores, incluso cuando no asistía Carla o algún otro miembro importante del clan a la fiesta.

Tenía el corazón desbocado cuando entregamos las mochilas. Una mujer de expresión seria se puso a abrir cremalleras.

—Fase uno superada —susurró Megan por el móvil, mientras la guardiana sacaba nuestras batidoras eléctricas y las dejaba sin ningún miramiento en la mesa. A continuación sacó varios artículos de repostería. En la mayoría de los casos, yo ni siquiera sabía cómo se llamaban, y menos aún cómo usarlos. Preparando la misión había aprendido una cosa: decorar tartas era un asunto muy *serio*.

Tras cachearnos rápidamente, volvimos a guardarlo todo y nos hicieron pasar por delante de otros trabajadores a una habitación oscura con las paredes de sal donde estaba el ascensor. El hueco, sin puertas, parecía muy poco seguro.

—También hemos entrado —dijo Abraham—. Hemos subido un piso.

Se habían colado usando el rtich. Abraham había creado escalones de mercurio hasta el primer piso, y luego habían entrado por una ventana con una hidrolimpiadora de alta presión que lanzaba un fino chorro de agua con potencia suficiente para cortar la piedra. La habían usado con una de las ventanas de sal.

Megan y yo entramos en el ascensor, una cabina diminuta y desvencijada iluminada por una solitaria bombilla. Se nos unieron otros tres trabajadores, camareros de uniforme.

—Adelante —susurré.

Me pareció que el ascensor se estremecía cuando Abraham y Mizzy se fijaron a los cables. Subieron por ellos empleando el aparato que Larcener había creado para nosotros.

Poco después, un motor lejano zumbó y empezamos a subir. La subida fue lenta y tediosa, sin nada que ver. En la mayoría de los pisos el hueco del ascensor seguía teniendo puerta. Eso indicaba que no se usaban. Mizzy y Abraham tendrían que subir más despacio a los pisos superiores para asomarse y asegurarse de que no hubiera nadie en los pasillos.

El ascensor se estremecía, rozando de vez en cuando las paredes del hueco y arrancando trozos de sal. ¿Y si el dispositivo de Mizzy o el de Abraham fallaba y uno de los dos caía? ¿Y si se topaban con alguien en uno de los pasillos de arriba, donde el hueco no tenía puerta, y se veían obligados a esperar mientras llegaba el ascensor, con el consiguiente peligro de caer al vacío? Me limpié la frente y la mano se me llenó de polvo de sal y sudor.

—Estamos seguros —nos dijo Abraham por el auricular—. Sin problemas. Nos hemos soltado en el piso sesenta y ocho.

Lancé un suspiro y me relajé. Tardamos unos minutos en pasar por la puerta abierta donde se habían bajado Mizzy y Abraham, pero no vimos ni rastro de ellos. Todavía tenían que subir un par de pisos para llegar al objetivo del piso setenta, pero el plan de Tia indicaba que era poco probable que hubiera guardias en ese piso, detalle que Larcener había confirmado.

Exhalé largamente cuando la luz del piso setenta y uno inundó el ascensor. Un restaurante, nuestro objetivo en el último piso de la torre.

Salimos. Los camareros corrieron a unirse a los que ya paseaban bandejas de comida entre los invitados. Megan y yo llevamos las mochilas hasta la cocina, donde todo un ejército de cocineros usaba fogones y sartenes para preparar los platos. En varios puntos del techo habían colgado lámparas enormes que inundaban todo el espacio de luz blanca y estéril. Habían cubierto con plásticos el suelo y la mayor parte de las encimeras. Me pregunté lo que hacían cuando querían salar un plato: ¿rascaban un poco de sal de las paredes?

La electricidad llegaba por varios cables gruesos que confluían en una serie de ladrones sobrecargados. En serio, había una tonelada. Para enchufar algo tenías que desenchufar dos cables, lo que estoy seguro de que violaba alguna ley de la física.

Megan intentó obtener información de un camarero que pasaba, pero la interrumpió un grito.

—¡Aquí estáis!

Nos volvimos. Un jefe de cocina que medía más de dos metros y caminaba inclinado para no darse con las antiguas lámparas de sal era quien nos había hablado. Tenía la cara tan chupada que daba la impresión de haberse tomado un batido de pepinillo y zumo de limón.

—¿Los Stringray? —aulló.

Asentimos.

—Caras nuevas. ¿Qué ha sido de Suzy? Nada, no importa. —Me agarró del hombro y me arrastró por toda la cocina hasta una pequeña despensa donde habían dispuesto varios ingredientes. Allí había una mujer con aspecto de desamparo que llevaba un gorrito de chef. Miraba una bandeja de pastelitos sin decorar. Con los ojos muy abiertos, sosteniendo un tubito de glaseado en sus manos sudadas, miraba los pastelitos como si fueran pequeñas armas nucleares a punto de explotar.

—¡Los reposteros han llegado! —dijo el chef—. Te has librado, Rose.

—¡Oh, gracias al cielo! —La joven soltó el tubo de glaseado y escapó.

El chef alto me dio una palmada en el hombro y se marchó, dejándonos a los dos en la despensa.

—¿Por qué tengo la sensación de que hay algo que no nos han contado? —dijo Megan—. Esa chica miraba los pastelitos como si fuesen escorpiones.

—Sí —dije, asintiendo—. Efectivamente, escorpiones.

Megan me miró.

—O diminutas ojivas nucleares —dije—. Eso también, ¿no? Claro está, que podrías fijar un escorpión a un arma nuclear y así sería todavía mucho más peligroso. Podría intentar desactivar el arma, pero un escorpión...

—Sí, pero ¿por qué? —Megan dejó la mochila en la mesa forrada de plástico.

—Bueno, hasta ahora Loophole ha ejecutado a tres pasteleros por crear postres que no alcanzaban sus expectativas. Lo ponía en las notas de Tia. A esa mujer le chiflan los pasteles.

—¿Y por qué no se te había ocurrido mencionarlo?

—No tiene importancia —dije, dejando la mochila—. No nos quedaremos el tiempo suficiente para servir ningún postre.

—Sí, porque tus planes siempre salen exactamente como está previsto.

—¿Qué? ¿Debería haber hecho un curso intensivo de repostería?

—De hecho —dijo Cody por el móvil—, para vuestra información, no se me da mal decorar pasteles.

—Estoy segura —dijo Megan—. ¿Nos vas a contar la historia de aquella vez que preparaste pastelitos para el gran rey de Escocia?

—No seas tonta, chiquilla —dijo Cody, arrastrando las palabras—. Fue para el rey de Marruecos. La repostería fina es demasiado refinada para un escocés. Le das un pastelito y te preguntará por qué no le disparas al padre del diminuto pastel y se lo sirves.

Sonreí mientras Megan abría la batidora y tranquilamente sacaba las dos Beretta ocultas en su interior y un par de silenciadores. Su batidora de varillas no funcionaba. La habíamos sacrificado para conseguir espacio. A Tia le parecía un riesgo razonable, ya que era poco probable que el equipo que se encargaba del registro en el primer piso tuviese acceso a la electricidad.

Montamos cada uno un silenciador y nos enfundamos la pistola en la sobaquera. Enchufé mi batidora, que sí que funcionaba, para que su potente ruido nos ayudara a disimular. Por si acaso, metí varios ingredientes en el cuenco. Luego saqué los utensilios de repostería.

La ventaja de la despensa era que tenía una puerta que daba al salón principal. Mientras Megan desmontaba el transformador de su batidora y extraía un dispositivo pequeño en forma de caja, muy similar a un móvil, la entreabrí para echar un vistazo a la fiesta. La cocina estaba en el centro mismo del piso setenta y uno, lo que resultaba importante, porque parte del suelo de la zona periférica giraba.

Era un restaurante giratorio, una de esas ideas extrañas de la época anterior a Calamity que en ocasiones me costaba creer que fueran ciertas. Hubo un tiempo en que la gente normal subía hasta allí para disfrutar de una buena comida contemplando la ciudad. El restaurante de la torre era como una rueda, con el centro fijo y el suelo girando a su alrededor. Los muros exteriores también eran fijos. En ciertos puntos el techo se elevaba dos pisos hasta el terrado de la torre; el piso intermedio ya solo se usaba para colocar la iluminación.

La transformación en sal había estropeado por completo la maquinaria del suelo, sobre todo los motores y los cables. Aparentemente, para que rotara hacía falta el esfuerzo de una cuadrilla de trabajadores, un equipo de ingenieros y un Épico menor llamado Helium con poderes de levitación. Sin embargo, Loophole se molestaba en ponerlo en marcha todas las semanas, simplemente para crear algo especial, algo que destacase. Un gesto muy de Épica.

Vi a la susodicha sentada a una de las mesas de la sección giratoria. Llevaba el pelo corto y era delgada. Pegaba con el traje estilo años veinte que lucía.

La fiesta era más tranquila que la del primer piso; nada de música estridente, solo un cuarteto de cuerda. La gente estaba sentada a mesas con mantel blanco esperando la comida. En otra zona habían apartado las mesas y sillas de sal para despejar una pista de baile en la que nadie se molestaba en bailar. Cada mesa era un reino propio, con un Épico y su corte de aduladores.

Localicé a una serie de Épicos menores, los que seguían con vida, es decir, que se habían unido al Profesor en lugar de huir de la ciudad. Sorprendentemente, allí estaba la asiática Stormwind, sentada en una tarima. Estaba claro que había terminado la condena del Profesor y este la había liberado. Por lo visto el Profesor la había estado exhibiendo dentro de la burbuja para dejar claro que era él quien mandaba en Ildithia, pero en última instancia la necesitaba. Sin sus poderes, las cosechas se agostarían y los productos de lujo, e incluso los de primera necesidad, desaparecerían.

No veía toda la sala desde aquel punto, debido a su forma de anillo, pero el Profesor no estaba en la zona que alcanzaba a ver y dudaba de que estuviese en la otra. No era probable que asistiera a ese tipo de fiestas.

—Estamos en posición —dijo Mizzy en voz baja—. Hemos llegado al piso setenta.

Allí era donde retenían a Tia, y era también donde estarían las estancias del Profesor, pero en el extremo opuesto del edificio, por lo que con suerte recuperaríamos a Tia y huiríamos antes de que nadie notara nuestra presencia.

Su plan original incluía hacerlo salir de sus habitaciones por medio de una distracción, para conseguir información sin que él se diese cuenta. Pero de momento no teníamos que preocuparnos de ese aspecto.

—Recibido —dijo Cody—. Buen trabajo, equipo molón. Esperad la confirmación de Megan y David antes de continuar.

—Síiii —dijo Mizzy—. No hay peligro de que hagamos lo contrario. Este lugar está lleno de cámaras de seguridad. Los trajes de infiltración no serán suficiente para que podamos avanzar.

—Nos prepararemos para la tercera etapa del plan —dije—. Dejad que...

Me quedé sin palabras, boquiabierto, porque había visto algo en el salón principal.

—¿David? —me preguntó Cody.

Alguien había entrado en mi campo visual debido al movimiento de rotación de la sala. En un trono de sal y rodeado de mujeres con vestidos ajustados, un hombre con un abrigo negro hasta los pies, de melena oscura hasta los hombros, estaba majestuosamente sentado con una mano en la empuñadura de la espada que sostenía frente a él, con la punta hacia el suelo, como un cetro.

Era Obliteration. El hombre que había destruido Houston y Kansas City, y que había intentado volar Babilar. La herramienta utilizada por Regalia para hacer caer al Profesor en la oscuridad estaba allí.

Me miró a los ojos y sonrió.

27

Volví a meterme en la despensa. Tenía el corazón desbocado y me sudaban las manos. No había problema alguno, llevaba una cara falsa. Obliteration no me había reconocido. No era más que un tipo repulsivo que usaba esa mirada con...

Obliteration apareció a mi lado. Se materializó tras un estallido de luz, como sucedía siempre que se teletransportaba. Megan soltó un taco y retrocedió a trompicones mientras Obliteration me apoyaba una mano en el hombro.

—Bienvenido, matademonios —me dijo.

—Yo... —Me lamí los labios—. Gran Épico, creo que me has confundido con otra persona.

—Ah, Steelslayer —dijo—, puede que tus rasgos cambien, pero tus ojos reflejan la misma ansia. Has venido a destruir a Limelight. Es natural. «He venido para poner al hijo en contra de su padre, a la hija en contra de su madre...»

Megan amartilló el arma y la acercó a la sien de Obliteration. No disparó, porque habría llamado la atención y dado al traste con el plan. Además, se habría teletransportado a otro sitio antes de que lo alcanzara la bala.

—¿Qué haces aquí? —le exigí.

—Soy un invitado —dijo Obliteration con una sonrisa—. Limelight mandó a buscarme y mi única opción fue aceptar. Su invitación era... imperiosa.

—Invitación... —repetí—. Chispas. Tiene un motivador basado en tus poderes. —Según Knighthawk, si construías un dispositivo usando los poderes de un Épico vivo, este funcionaría pero le causaría dolor al Épico en cuestión y lo atraería.

—Sí, usó uno de esos dispositivos para llamarme. Limelight debe ansiar la muerte, Steelslayer. Todos la deseamos en lo más profundo de nuestro ser.

Chispas. Regalia tenía que haber fabricado al menos una bomba más a partir de los poderes de Obliteration, aparte de las usadas en Babilar y Kansas City. Una bomba que ahora estaba en manos del Profesor. El Profesor debía haberla cargado con luz solar. Supuse que eso era lo que había atraído a Obliteration.

Eso quería decir que en algún punto de la ciudad había un dispositivo capaz de destruirla en un instante. Sería trágico que el Profesor hubiese renunciado a su humanidad para salvar Babilar y que ahora causara la misma destrucción en Ildithia.

Obliteration nos observaba, relajado. La última vez nos habíamos separado tras una larga persecución en la que hizo lo posible por matarme. Por suerte, no parecía que me guardara rencor.

Antes de separarnos, sin embargo, me había visto obligado a revelarle una cosa.

—Conoces el secreto de las debilidades —le dije ahora.

—Efectivamente —me respondió—. Muchas gracias por revelármelo. Sus sueños los traicionan y puedo continuar con mi sagrada tarea. Me basta con descubrir sus miedos.

—Pretendes acabar con todos los Épicos —dijo Megan.

—No —dije yo, sin dejar de mirar a los ojos a Obliteration—. Su intención es acabar con todo el mundo.

—Nuestros caminos discurren paralelos, Steelslayer

—me dijo Obliteration—. Al final tendremos que enfrentarnos, pero hoy puedes seguir con tu misión. Dios convertirá este mundo en un espejo, pero solo después de que haya ardido por completo, y nosotros somos sus hogueras.

—Maldita sea, eres repulsivo —dijo Megan.

Obliteration le sonrió.

—«Ya no habrá noche; no necesitarán luz de lámpara ni de sol, porque el Señor Dios los alumbrará.»

Dicho esto, desapareció.

Como siempre, al teletransportarse dejó tras de sí una estatua de cerámica blanca y reluciente que se fragmentó un segundo después y se evaporó inmediatamente.

Me dejé caer contra la puerta y Megan me agarró del brazo para sostenerme. Chispas. ¡Como si no tuviéramos ya suficientes problemas!

—¿Cómo van esos postres? —gritó una voz desde fuera—. Rápido, tarugos. La señora ha pedido sus pastelitos.

El chef alto entró en la despensa a toda prisa. Megan se volvió hacia él, escondiendo el arma a la espalda. De repente, los pasteles de la bandeja estaban cubiertos por un complejo glaseado.

El chef suspiró aliviado.

—Gracias al cielo —dijo, levantando la bandeja—. Decidme si os falta algo.

Se fue. Lo observé horrorizado, temiendo que al alejarse de Megan el glaseado se esfumara. Ella apoyó una mano en la encimera y se desplomó. Esta vez me tocó a mí sostenerla.

—¿Megan? —pregunté.

—Creo... creo que he logrado que sean permanentes —dijo—. Chispas. No había hecho tanto en mucho tiempo. Ya noto el dolor de cabeza.

Le notaba la piel sudorosa y se había puesto pálida.

Aparte de eso, había sido asombroso.

—¡Imagínate lo que podrías hacer si practicaras más!

—Bien, ya veremos. —Tras una pausa, añadió—: David, creo que he dado con una dimensión donde no eres un experto en armas sino en repostería.

—Caramba.

—Sí —dijo, irguiéndose—. Pero creo que en todo el infinito todavía no he dado con ninguna dimensión en la que sepas besar.

—Eso es injusto —dije—. Anoche no te quejaste.

—Me metiste la lengua en la oreja, David.

—Fue romántico. Lo vi una vez en una película. Es como un... lametón de pasión.

—Sois conscientes de que escucho todo lo que decís, ¿no? —comentó Cody.

—Cállate, Cody. —Megan se enfundó la pistola en la sobaquera—. Advierte a Mizzy y a Abraham del encuentro con Obliteration. Pasamos a la fase tres.

—Recibido —dijo Cody—. Y David...

—¿Sí?

—Si alguna vez se te ocurre meterme la lengua en la oreja, te dispararé en las gaitas.

—Gracias por el aviso.

Me desvestí.

Llevaba pantalones de traje debajo de los vaqueros anchos y una camisa bajo la chaqueta. Megan me lanzó la suya; le quité el forro y quedó convertida en un esmoquin.

Megan se quitó el jersey. Llevaba el vestido de noche recogido alrededor de la cintura. Luego se quitó los pantalones, debajo de los cuales llevaba unos cortos de ciclista, y se bajó la falda del vestido.

Traté de no mirarla embobado o más bien intenté mirarla embobado disimuladamente. El elegante vestido rojo de Megan era todo brillo y hermosura y..., bien, la verdad es que le realzaba las curvas como una bonita culata realza la perfección de un rifle.

Por desgracia, no llevaba su cara. Eso estropeaba el efecto. A pesar de todo, la forma del cuello...

La pillé mirándome y me ruboricé. Solo entonces me di

cuenta de que no me había visto comiéndomela con los ojos sino que más bien asentía para sí con una leve sonrisa en los labios.

—¿Me estás mirando el pecho? —pregunté.

—¿Qué? —dijo—. Concéntrate, Knees.

«Impresionante», pensé poniéndome la chaqueta.

—Coge esto. —Me pasó la cajita que había sacado del transformador de la batidora—. Estos vestidos no tienen nada donde meter las cosas.

—¿Normalmente no te las...? —Hice un gesto hacia su escote.

—Ya me he guardado ahí el móvil —dijo—. Y antes de que me lo preguntes, no, no me queda sitio para minigranadas. Las llevo sujetas a los muslos. Una chica tiene que ir preparada.

«Chispas. Adoro a esta mujer.»

Me guardé la caja en un bolsillo y salimos por la puerta. Megan se concentró y nos cambió otra vez la cara. Noté la modificación. Un parpadeo de otro mundo, de otra realidad donde la gente de la que habíamos ido disfrazados se alejó: una mujer con la cara que Megan había llevado y un hombre serio de labios carnosos.

Los reposteros habían desaparecido. Entró en el salón principal una pareja de invitados ricos con otro par de caras falsas. Vislumbré brevemente lo que Megan veía al usar sus poderes: las ondulaciones del tiempo y el espacio que conforman la realidad.

Megan se colgó de mi brazo y paseamos por la pasarela de la enorme sala en forma de disco, que no giraba. Vi que Obliteration había vuelto a su trono, con nada más y nada menos que un coco en la mano. Probablemente se había teletransportado a otro lugar y se lo había traído. Por lo que yo sabía, su capacidad de teletransportarse no tenía ningún límite; para llegar a otro lugar le bastaba con haberlo visto o al menos tener su descripción.

Me miró y asintió. Chispas. ¿También me reconocía a

pesar de aquel disfraz? No me tragaba eso de los ojos; tenía algún poder que mantenía oculto. Quizás era zahorí y percibía a los Épicos. Aunque la sala estaba repleta de ellos. ¿Cómo podía distinguirnos a nosotros dos?

Inquieto, intenté concentrarme en la misión.

—Buen trabajo —me dijo Cody al oído—. Seguid así. Os queda un cuarto de rotación alrededor de la sala.

—¿El equipo molón sigue bien? —pregunté.

—Listo y a la espera —me confirmó.

Pasamos cerca de la mesa de Loophole. La mujer esbelta de pelo muy corto reducía de tamaño a los camareros y los hacía bailar sobre la mesa para diversión de quienes la rodeaban. Siempre me había preguntado...

Megan tiró de mí en cuanto me rezagué un poco.

—Sus poderes son asombrosos —le susurré—. Posee un control increíble de lo que puede reducir y de cómo hacerlo.

—Sí, bien, luego le pides un autógrafo —dijo Megan.

—Eh... ¿estás celosa? Porque tus poderes son mucho mejores que...

—Concéntrate, David.

Eso. Recorrimos la sala hasta la puerta de los servicios, perfectamente señalizada. Se encontraba en la zona central, como la cocina. Entramos y, tal y como indicaba el plano de Tia, al otro lado había un pequeño pasillo con un baño a cada lado. Nuestro objetivo estaba enfrente: una puerta blanca anodina, sin duda importante, porque las demás eran de sal, pesadas y difíciles de mover, pero aquella era de madera con el pomo plateado.

Saqué un juego de ganzúas.

—Sería más fácil si cambiaras la puerta por una que no estuviese cerrada —le dije mientras me ocupaba de la cerradura.

—Podría hacerlo —me respondió—, pero no estoy segura de que fuese un cambio permanente. Por lo tanto, tú cruzarías esa puerta, entrarías en otra dimensión, cambiarías allí las cosas... y todo volvería a su estado anterior en cuanto salieras.

—Has cambiado definitivamente los pastelitos —dije.

—Sí —me susurró echando un vistazo por encima del hombro—. Para mí esto es territorio desconocido, David. Antes, siempre que me excedía era mi perdición. A menudo acababa muerta. No es una buena combinación saberte inmortal y ser una irresponsable. Es una completa temeridad.

Abrí la cerradura. Había sido fácil, muchísimo más que lo que tendrían que hacer Mizzy y Abraham. La puerta no estaba cerrada para mantener a raya a alguien decidido a entrar; su función era evitar que alguien que pasase por allí se hiciese daño. La abrí.

Al otro lado había un enorme generador y un motor que hacía girar el suelo. Megan y yo la cruzamos antes de que entrase nadie al baño. Usé el móvil para tener algo de luz. Había poco sitio y el suelo estaba cubierto de polvo de sal.

—¡Chispas!—dijo Megan—. ¿Cómo han metido todo esto aquí? ¿Lo vuelven a hacer cada semana?

—No es tan complicado como parece —dije—. Loophole lo encoge todo y lo transporta en el bolsillo. Luego encoge a algunos obreros, que hacen en las paredes y en el suelo los agujeros necesarios para los cables. Helium hace levitar el suelo lo justo para evitar que se triture y lo hacen girar otra vez.

Me arrodillé junto a la maquinaria, examinando el motor. Por la parte inferior estaba conectado a unos cables y unos engranajes metálicos.

—Ahí está la célula de energía —dijo Megan, señalando cierto punto de la máquina—, con un generador diésel de apoyo.

—No hemos planeado nada para un sistema de apoyo —dije—. ¿Va a ser un problema?

—En absoluto —dijo. Extendió la mano y le entregué

la cajita—. Vamos a manipular los cables, no el generador en sí. No debería haber problema.

Tendí hacia ella el móvil con las instrucciones para conectar el dispositivo. Se lo sostuve mientras fijaba la cajita a los cables correctos. Cuando nos apartamos, costaba darse cuenta de dónde estaba la cajita.

—Fase tres completada —anuncié con satisfacción—. Vamos a salir de la sala del generador.

—Recibido —dijo Cody—. Conecto a Abraham y a Mizzy a la línea principal. Preparaos, vosotros dos. Dejad que Megan y David salgan y pasaremos a la fase cuatro.

—Recibido —dijo Abraham.

—Guay —dijo Mizzy.

—Otra vez esa palabra —dije, saliendo al pasillo de los baños—. Intenté buscarla. ¿Tiene alguna relación con los perros? Es...

Me callé de golpe al toparme de pronto con una camarera que salía de uno de los baños. Me miró boquiabierta. Luego miró a Megan.

—¿Qué hacen aquí? —preguntó.

«¡Calamity!»

—Buscábamos los baños —dije.

—Pero si están justo...

—Estos son los baños de los campesinos —dijo Megan detrás de mí. Me aparté cuando se adelantó—. ¿Esperas que use las instalaciones de los sirvientes?

Megan se vestía con el manto de un Épico como si lo hubiesen diseñado específicamente para ella. Iba más erguida, con los ojos muy abiertos, y en el pasillo empezaron a brillar las llamas.

—Yo no... —empezó a decir la camarera.

—¿Me cuestionas? —le espetó Megan—. ¿Cómo te atreves?

La mujer se encogió, miró al suelo y guardó silencio.

—Esto está mejor —dijo Megan—. ¿Dónde hay unos baños adecuados?

—Estos son los únicos que funcionan. ¡Lo siento! Puedo...

—No. Ya estoy harta de ti. Vete y alégrate de que no tenga ganas de incordiar a nuestro gran señor dejándole un cadáver del que tenga que ocuparse.

La mujer huyó a la sala principal.

Arqueé una ceja mientras las llamas desaparecían.

—Excelente.

—Ha sido demasiado fácil —dijo—. He abusado de mis poderes. Busquemos a Tia y salgamos de aquí.

Asentí, guiándola hacia el restaurante.

—Hemos salido —dije cuando pasamos al piso giratorio. No se notaba; se movía tan despacio que no se percibía el movimiento. Nos quedamos cerca de una mesa, intentando llamar lo menos posible la atención.

—En posición —dijo Abraham—. En vuestras marcas.

—¿Cody? —dije.

—Todo parece estar bien. Adelante.

—Contad hasta tres —dijo Abraham.

Respiré hondo y apreté el móvil dentro del bolsillo, activando el dispositivo fijado al generador. Cualquiera de nosotros podía hacerlo, porque estaba conectado a todos nuestros móviles, pero habíamos decidido que nos ocupásemos de aquello Megan y yo. Sería mucho más fácil para Mizzy y Abraham expresarse con palabras que sacar el móvil y activar ellos mismos el dispositivo.

Tan pronto como pulsé el botón, las luces se apagaron y el restaurante se detuvo. Se oyó un murmullo de voces y el ruido de los platos cayendo mientras yo contaba hasta tres. Dejé de pulsar.

Las luces volvieron a encenderse y la maquinaria se activó. Nos movíamos otra vez. Nervioso, busqué indicios de alarma.

No los había. Aparentemente, una de las dificultades de trabajar con maquinaria montada el día anterior era que los fallos y apagones eran de lo más habitual. El plan de Tia aprovechaba esa circunstancia.

—¡Perfecto! —dijo Abraham—. Ya hemos superado el primer grupo de cámaras.

—No hay alarmas en ninguna de las frecuencias de radio que puedo detectar —dijo Cody—. Solo algunos guardias de seguridad quejándose y deseando que el Profesor no los culpe del apagón. Tia, chica, eres un genio.

—Esperemos que pronto puedas elogiarla en persona —le dije—. Abraham, háznoslo saber cuando tu equipo llegue a la siguiente cámara. Ahora vamos contrarreloj. Los chefs empezarán a preguntarse qué ha sido de los reposteros y en algún momento alguien irá a revisar el generador.

—Recibido.

Megan y yo nos quedamos donde estábamos. A partir de este punto se suponía que el plan duraría diez minutos. La espera sería difícil. Mizzy y Abraham se arrastraban por pasillos llenos de guardias, mientras que nosotros dos debíamos quedarnos allí y parecer totalmente inocentes. Habíamos buscado, sin conseguirlo, un modo de ir con ellos, de forma que Megan pudiese usar sus poderes para ayudar al final de la infiltración.

Quizá fuese mejor así. Megan empezaba a tener mal aspecto. Se frotaba las sienes y estaba de mal humor. Conseguí unas copas de un sirviente que estaba de pie junto al bar, pero me di cuenta de que probablemente contenían alcohol. Eso no nos convenía. Debíamos estar atentos. Así que cogí un pastelito de una bandeja que pasaban. Bien podía saborear el trabajo del David de una dimensión alternativa.

Me detuve a medio camino de nuestra mesa. ¿Había oído...?

Me volví, intentando distinguir esa voz de las demás. Sí. La conocía.

El Profesor había llegado.

Me sorprendió un poco; al Profesor no le gustaba socializar. Pero esa voz profunda era la suya.

Tenía numerosas razones para mantenerme lejos de él, pero lucía otra cara y sabíamos por experiencia que las ilusiones de Megan le engañaban. Quizá valiese la pena comprobar qué se proponía exactamente y qué estaba diciendo.

—El Profesor está aquí —dije por el auricular.

—Chispas —dijo Cody—. ¿Estás seguro?

—Sí. —Me desplacé hasta un punto desde el que podía verlo de pie junto a uno de los ventanales—. Voy a acercarme prudentemente y lo vigilaré. Si los guardias descubren a Mizzy y a Abraham, lo avisarán primero a él. ¿Ideas?

—Estoy de acuerdo —dijo Megan—. Nosotros dos no estamos haciendo nada útil aquí. De esta forma podríamos obtener información importante.

—Sí —convino Cody. Tras una pausa, añadió—: Pero ten cuidado, chico.

—Por supuesto, por supuesto. Tendré tanto cuidado como una babosa diabética en una fábrica de caramelos.

—O como una babosa en Ildithia —dijo Megan.

—También. ¿Me cubres?

—Te sigo, Knees.

Respiré hondo y crucé la sala hacia el Profesor.

28

Me acerqué a una mesa alta. El Profesor hablaba cerca de ella, rodeado por un grupo de Épicos de escaso nivel, a juzgar por los que reconocí. El Profesor llevaba una libreta de notas y se había sentado.

Los otros se mantenían a una buena distancia de aquel grupo. Yo me apoyé en la mesa alta con fingida indiferencia. Me rasqué la oreja para activar la amplificación del audio direccional del auricular.

—Es preciso dar con Larcener —dijo el Profesor. Apenas lo oía—. No podremos hacer nada hasta que lo logremos.

Los demás miembros del grupo asintieron.

—Quiero que Fabergé y Dragdown difundan rumores —dijo el Profesor, escribiendo en el cuaderno—. Que digan que hay un movimiento de resistencia secreto contra mí que busca un líder. Tu tarea, Inkwell, es la vigilancia. Controlarás varios vecindarios poderosos. Tiene que estar oculto en alguno de ellos, como estaba la cautiva en el de los Stingray.

»Atacaremos de dos formas: la promesa de una rebelión para hacerlo salir de su escondite combinada con la amenaza de descubrirlo. Fuego, quiero que sigas con el dispositivo zahorí, realizando controles por la ciudad. Dejaremos bien claro los lugares donde buscamos y con eso lograremos que Larcener se mueva... Lo haremos salir como perros asustando faisanes.

Me apoyé en la mesa, sintiendo de pronto como si me hubiese dado un buen golpe en el estómago.

El Profesor había juntado un equipo.

Era razonable. Tenía años de práctica organizando y dirigiendo equipos de Exploradores y se le daba muy bien lo de cazar Épicos. Pero oírlo hablar como una vez nos había hablado a nosotros... me partía el corazón. Con qué facilidad había reemplazado a sus amigos defensores de la libertad por un equipo de tiranos asesinos.

—Hemos llegado al siguiente recodo —me susurró Abraham por el auricular—. Los mapas de Tia indican que aquí hay cámaras ocultas.

—Sí, las veo —dijo Mizzy—. Hay cuadros muy llamativos en las paredes para ocultar huecos en la halita. Mantened la luz apagada hasta nuevo aviso.

—Recibido —dijo Megan—. Apagaremos cuando nos lo indique Cody.

—Adelante —dijo Cody.

Las luces parpadearon, disminuyeron y se apagaron.

—¿Otra vez? —preguntó el Profesor.

—Los ingenieros habrán hecho mal la instalación —dijo uno de los Épicos—. Podría ser por el roce contra los viejos engranajes y la maquinaria de sal.

—Hemos pasado —dijo Abraham.

Megan soltó el botón y las luces se encendieron. El Profesor se puso en pie, aparentemente molesto.

—Mi señor Limelight —dijo una joven Épica—. Puedo encontrar a Larcener. Deme carta blanca.

El Profesor la miró con atención. Luego volvió a sentarse.

—Tardaste en ponerte a mi servicio.

—Los que se apresuran a entregar su lealtad se apresuran también a cambiar de bando.

«¿La conozco?»

—Cody —susurré—, ¿en mis notas pone algo de una Épica rubia de Ildithia? Con trenzas. Debe de tener unos veinte o veinticinco años.

—A ver —dijo Cody.

—¿Y qué harías —le dijo el Profesor a la mujer— si dieses con él?

—Lo mataría por mi señor.

El Profesor bufó.

—Y destruirías todo mi trabajo, estúpida.

La mujer se sonrojó.

El Profesor metió la mano en el bolsillo y sacó algo que dejó sobre la mesa: un pequeño dispositivo cilíndrico, como del tamaño de una antigua pila.

Supe lo que era. Yo mismo llevaba uno en el bolsillo; me lo había dado Knighthawk. Lo palpé para asegurarme de que seguía allí. Era una incubadora de muestras de tejido.

—Tienes mi permiso para cazarlo —dijo el Profesor—, pero si das con él, no lo mates. Usa esto para conseguirme un poco de su sangre o de su piel. Solo morirá cuando me haya asegurado de que la muestra es válida. Si alguien lo mata antes, lo destruiré.

Me estremecí.

—Tú —dijo, alzando la voz.

Di un respingo. Me señalaba a mí.

Me hizo un gesto para que me acercase. Miré a mi espalda y luego otra vez hacia él. Sí, me miraba a mí.

«¡Calamity!»

Repitió el gesto, impaciente, con expresión tormentosa.

—Chicos, tenemos problemas —susurré, rodeando la mesa para acercarme al Profesor.

—¿Qué haces? —me dijo Megan. Se había situado cerca, apoyada en una barandilla, tomando sorbos de una bebida.

—Me ha llamado.

—Estamos en la puerta de Tia —dijo Abraham—. Dos guardias. Tendremos que enfrentarnos a ellos.

—Preparaos para otro apagón —dijo Cody—. David, ¿situación?

—Me lo estoy haciendo en los pantalones —susurré. Había llegado a la mesa del Profesor.

Apenas me miró antes de señalar mi mano. Fruncí el ceño y bajé la vista. Solo entonces comprendí que seguía con el pastelito intacto. Parpadeé y se lo ofrecí.

El Profesor lo cogió y me despidió con un gesto.

Estuve encantado de obedecer. Volví a mi sitio. Me apoyé en la mesa e intenté tranquilizarme.

—La situación está controlada —dijo Megan con alivio—. Falsa alarma. Abraham, ¿estás preparado?

—Sí. Os aviso.

—Adelante —susurró Cody.

Las luces volvieron a apagarse. El Profesor soltó una imprecación. Cerré los ojos. Era el momento. ¿Tia se encontraría tras esas puertas?

—Hemos entrado —dijo Abraham—. Los dos guardias han caído. Me temo que han muerto.

Exhalé lentamente y Megan encendió las luces. Dos guardias muertos. El protocolo Explorador incluía evitar en la medida de lo posible esas situaciones, ya que el Profesor siempre había dicho que no llegaríamos lejos matando a los nuestros. Los guardias no eran inocentes; de manera implícita habían consentido la captura de Tia y muy probablemente su tortura, pero, en última instancia, dos personas normales que trataban simplemente de sobrevivir en un mundo diferente y horrible habían muerto por culpa nuestra.

Ojalá que el premio compensara el coste.

—¿Tia? —susurré.

—Aquí está —dijo Mizzy—. Abraham la está soltando. No parece haber sufrido ningún daño.

Poco después, una voz familiar de mujer me habló.

—¡Eh! Los muy tarugos lo habéis logrado.

—¿Cómo te encuentras? —pregunté.

Megan y yo nos miramos aliviados.

—Ha dicho que algunos miembros de su equipo se estaban «impacientando» y me ha atado para que meditase mis respuestas. Pero no me ha hecho daño. —Tras una pausa, añadió—: En él todavía queda mucho de Jon. No suponía... es decir...

—Te comprendo —dije, volviéndome para mirar al Profesor con sus Épicos, aunque desde mi posición no oía lo que decía.

—Casi lo he creído, David. Casi me he creído que no se había convertido, que todo formaba parte de un plan necesario para luchar contra los Épicos...

—Sabe lo que debe decir —le aseguré—. No ha desaparecido por completo, Tia. Todavía podemos recuperarlo.

No respondió. Megan y yo fuimos hacia el ascensor. Si alguien nos preguntaba algo, yo fingiría estar enfermo y bajaríamos en el siguiente viaje. En la planta baja no cotejarían la lista de invitados, al contrario de lo que habría pasado de haber intentado subir desde allí.

Fácil subir, fácil bajar. Casi me sentía como si hubiese estado holgazaneando mientras Abraham y Mizzy se ocupaban de lo realmente complicado.

—Objetivo logrado —dije—. Extracción completa, chicos.

—¿Ya tenéis los datos? —preguntó Tia.

—¿Datos? —dije.

—Del ordenador de Jon.

—No —dije—. Hemos venido a buscarte a ti, no a eso.

—Te lo agradezco. Pero, David, hemos estado hablando y he descubierto algunas cosas. Teníamos razón. Regalia tenía un plan para Jon. Está aquí cumpliendo los deseos de Regalia. Ha venido a Ildithia porque eso forma parte de una especie de plan maestro. Tenemos que descubrir en qué consiste.

—Estoy de acuerdo, pero... Espera.

En el salón, a mi espalda, se había hecho el silencio. Megan me apretó más el brazo y nos volvimos.

El Profesor se había puesto en pie, imponiendo silencio a todo el mundo.

Tia fue a decir algo para responderme, pero la hice callar.

—¿Qué pasa? ¿Qué habéis hecho? —pregunté.

—Nada —dijo Mizzy—. Simplemente hemos salido de las habitaciones de Tia. Vamos de camino al ascensor.

El Profesor señaló bruscamente los ascensores, diciendo algo que no pude entender. Era imposible no notar su impaciencia.

—Abraham, Mizzy —dije—. Os han descubierto. Repito, os han descubierto. Id ahora mismo a una salida.

29

Intenté acercarme a los ascensores de invitados, pero, sorprendentemente, Megan me retuvo. La miré e hizo un gesto hacia el grupo de lacayos del Profesor. Iban hacia allí. Tenían prioridad; nos apartarían a empujones.

«¿Por las escaleras?», subvocalizó Megan.

Asentí.

Se encontraban en el eje de la cámara circular, así que nos dirigimos hacia ellas procurando no llamar la atención. Si habían localizado al equipo de Abraham, era todavía más importante que Megan y yo nos ocultásemos.

—Retrocedemos hacia la salida de emergencia —dijo Abraham, respirando pesadamente—. Las cámaras nos detectarán. Aunque hayan dado la alarma, preferiría que no supiesen por qué pasillo vamos.

—Apagamos las luces —dije—. Pasad a visión nocturna.

—Recibido.

Usé el móvil para apagarlas y hubo protestas en el restaurante.

—¿Qué los ha alertado? —preguntó Mizzy.

—Ha debido ponerme un dispositivo de rastreo —dijo Tia—, programado para activarse si salía de la habitación.

—¡Podría estar siguiéndote! —dije.

—Lo sé, pero poco podemos hacer al respecto.

Me sentía inútil. Megan y yo pasamos al anillo interior del salón, yendo hacia las escaleras.

—David —me dijo Tia—. Las habitaciones de Jonathan están en este piso. Voy a ir con Abraham y Mizzy a copiar los datos. Podemos hacerlo durante la confusión del apagón; no se les ocurrirá que vayamos hacia allí.

Me quedé parado.

—Tia, no. Abortad. Salid de ahí.

—No puedo.

—¿Por qué no? Tia, ¡tú siempre has sido la cautelosa! Esta misión se está yendo al cuerno. Tenemos que largarnos.

—No comprendes lo que contienen esos datos, David.

—¿Los planes de Regalia?

—Más que eso. Regalia vio a Calamity, David. Interactuó con él, o con ella, o con lo que sea. Jon se jactó de lo que había visto. David, hay fotografías.

Chispas. ¿Fotografías de Calamity? ¿Del Épico?

—En esos datos podrían encontrarse todos los secretos que hemos estado tratando de descubrir —dijo Tia—, todas las respuestas que hemos ansiado a lo largo de toda la vida. Tú, más que nadie, debes comprenderlo. Mi plan te ha traído hasta este punto; tenemos que dar el último paso. Esos datos bien valen el riesgo.

Desde donde me encontraba podía mirar por una ventana y ver el exterior del edificio. Por supuesto, allí estaba Calamity. Siempre estaba allí: un agujero de bala en el cielo. Calamity... un Épico. ¿Era el que más prestaba sus poderes? ¿Habría respuestas en ese punto de luz desagradable? ¿Descubriríamos la razón de todo, qué sentido tenían los Épicos, la verdad?

—No, Tia —dije—. Nos han descubierto y mi equipo corre mucho peligro. Ahora mismo no podemos coger los datos. Lo haremos más tarde.

—¡Estamos tan cerca! No me voy, David. Lo siento. Este equipo es mío y como Exploradora con más antigüedad, yo...

—¿Con más antigüedad? —intervino Megan—. Nos abandonaste.

—Dijo la traidora.

Megan se puso rígida. Estaba a mi lado, con mi mano en el hombro, pero no la veía bien. El salón estaba completamente a oscuras y los invitados chocaban con las cosas y hablaban en voz alta debido a la confusión. Al otro lado de la habitación, un Épico se puso a brillar con luz roja que aportó cierta claridad. Pronto un segundo Épico se puso a brillar con una luz azul más relajante.

—Tia —dije, intentando ser razonable—. Yo estoy al mando de esta misión y te digo que nos marchemos. Esa información no vale la vida de mi equipo. Abraham, Mizzy, salid de ahí.

Un silencio mortal al otro lado. Me los imaginaba un piso más abajo, mirando a Tia a los ojos, pensando.

—Recibido, David —dijo Abraham—. El equipo molón sale.

—Estoy con él —dijo Mizzy—. No es el momento adecuado para una lucha de poder, Tia. Larguémonos de aquí.

Tia murmuró algo inaudible pero no protestó más. Megan tiró de mí hacia las escaleras, que ya distinguíamos gracias a la luz de varios Épicos relucientes. Por desgracia, debido al apagón, el equipo del Profesor también se había concentrado allí y nos bloqueaba el paso.

—¿David? —preguntó Mizzy poco después—. ¿Qué hay de vosotros dos?

—Seguid con el plan de emergencia —dije en voz baja—. Tenemos identidades falsas. Aquí arriba estamos a salvo.

—Estamos listos —dijo Abraham—. No nos harán falta los hinchables. Por desgracia tenemos algo de más altura.

—Adelante —dijo Cody—. Vía libre.

Me pareció oír que en el piso de abajo volaban una ventana, o al menos noté la vibración.

—¡Paracaídas! —gritó alguien cerca de nosotros—. ¡Ahí fuera!

La gente corrió hacia las ventanas; Megan y yo retrocedimos. Los Épicos del Profesor pasaron corriendo a nuestro lado y la rubia que me sonaba llamó a varios guardias. Consultó con la mirada al Profesor, que se mantenía erguido con los brazos cruzados, iluminado por los Épicos relucientes. Asintió.

—Derribadlos —dijo la mujer.

Los guardias se pusieron a disparar. La ventana reventó. La cacofonía de los disparos era como un castillo de fuegos artificiales metido en las orejas.

El cañón de las armas parpadeaba, iluminando la sala oscura como luces estroboscópicas. Retrocedí con un gesto de dolor mientras los guardias llenaban de agujeros los paracaídas de Abraham. Por suerte, todos estaban atentos a lo que se veía por la ventana. Megan y yo pudimos retroceder hasta la escalera central.

—Los paracaídas han caído, mi señor —dijo la Épica rubia mirando al Profesor.

No nos quedaba mucho tiempo. No tardarían en descubrir que los paracaídas iban unidos a los cadáveres de los guardias. Abraham, Mizzy y Tia habrían aprovechado la distracción para llegar a las puertas del ascensor, y usado luego los trepacables para descender y salir del edificio.

—Estamos en los ascensores —dijo Abraham.

—¡Adelante! —dijo Cody.

—Recibido.

Aguardé en tensión un momento.

—Hemos llegado al segundo piso —dijo al fin Abraham, ya sin aliento—. Nos paramos.

—Menudo viaje —comentó Mizzy—, como lanzarse en tirolina, solo que directamente hacia abajo.

—Al menos el cable no se ha roto a medio camino —comenté.

—¿Qué dices? —preguntó Mizzy.

—Nada.

—David —dijo Abraham. Había recuperado la compostura—. Tenemos un problema. Tia no ha venido con nosotros.

—¿Qué?

—Se ha quedado arriba —dijo Abraham—. Cuando hemos saltado al hueco ha corrido en sentido contrario.

Hacia la habitación del Profesor. Por la sombra de Calamity, qué testaruda era. Después de todos nuestros esfuerzos, iba a conseguir que la matasen.

—Seguid con la extracción —dije—. Tia ahora va por libre. No podemos hacer nada.

—Recibido.

Después de todos nuestros esfuerzos para liberarla nos hacía eso. En parte no la culpaba; a mí también me tentaba conseguir la información. Por otra parte estaba furioso con ella por ponerme en aquella situación y obligarme a tomar la decisión de abandonar a un miembro del equipo.

La luz volvió de pronto.

El suelo vibró bajo las mesas... Megan y yo, cerca del centro, nos encontrábamos en la zona que no giraba. A nuestra izquierda, un Épico bajito y medio calvo del equipo del Profesor se aproximaba llevando en alto con aire triunfal el dispositivo de apagado que habíamos fijado al generador.

El Profesor le echó un vistazo.

—¡Están aquí! —gritó—. Asegurad los ascensores y las escaleras. ¡Wiper, registra todo el salón!

«Wiper...» Me sonaba el nombre.

—¡Oh! —dijo Cody—. Eso es, Wiper. Encontré a tu Épica, David. Lo siento, chico. Lo tenía justo cuando todo se ha ido al traste. El poder de Wiper...

—... consiste en alterar las habilidades de otros Épicos —susurré—. Las interrumpe un segundo.

Un destello de luz recorrió la sala. En ese preciso instante me volví y vi a Megan mirándome. No vi el rostro falso que había creado, sino el suyo, el auténtico, el de Megan. A pesar de lo hermosa que era su cara, no era precisamente lo que deseaba ver en ese momento.

Nos habíamos quedado sin disfraz.

30

Para bien o para mal, durante el tiempo que había pasado con los Épicos había aprendido a sobreponerme a las sorpresas. Saqué la pistola casi tan rápido como Megan.

A pesar de que habíamos actuado por instinto, ninguno de los dos disparó al Profesor. Megan acabó con los tres guardias armados que habían estado disparando por la ventana. Para ser armas compactas, nuestras pistolas se portaron bastante bien.

Yo le disparé a Wiper.

Murió con bastante más facilidad que muchos de los Épicos a los que había matado... De hecho, casi me sorprendió más verla caer soltando un chorro de sangre que haber perdido los disfraces. Me había acostumbrado a que los Épicos fuesen excepcionalmente resistentes; en ocasiones costaba recordar que la mayoría solo poseían uno o dos poderes, no todo un arsenal.

El Profesor aulló de furia. No me atreví a mirarlo; ya me había intimidado lo suficiente cuando no intentaba matarme. Corrí hacia la puerta abierta de la escalera y le disparé al Épico que había al otro lado.

Megan me siguió.

—¡Agáchate! —me gritó cuando los del salón empezaron a desenfundar. Algunos dispararon.

Me lancé por la puerta. Nadie consiguió realizar más de

dos o tres disparos antes de que el comedor se estremeciera con una explosión que derribó las paredes de halita con una lluvia de polvo que nos cayó encima.

Tosí, parpadeando para quitarme la sal de los ojos, y me puse en pie. Había sido una granada de Megan. Logré agarrar la mano que me ofrecía y bajamos corriendo.

—Chispas —dijo—. No me puedo creer que sigamos con vida.

—Wiper —dije—. Sus estallidos anulan los poderes épicos, concretamente los externos, como los campos de fuerza del Profesor. El estallido de Wiper lo ha dejado temporalmente incapaz de atraparnos.

—¿Podríamos haberlo...?

—¿Matado? —pregunté—. No. Algún Gran Épico habría matado a Wiper hace tiempo si hubiera tenido tanto poder. No puede..., bueno, no podía neutralizar las protecciones innatas de un Épico, únicamente alterar las manifestaciones durante un segundo o dos. Campos de fuerza, ilusiones, esas cosas.

Megan asintió. La escalera estaba a oscuras, porque a nadie se le había ocurrido instalar luces en ella, pero oímos a la gente de arriba que empezaba a bajar. Megan pegó la espalda a la pared, mirando hacia arriba. Veía su perfil a la luz que se filtraba desde la parte superior.

Me miró inquisitivamente y asentí. Necesitábamos ganar tiempo para hacer planes, teníamos que reducir la presión. Cogió la otra minigranada que llevaba sujeta al muslo, le quitó la anilla y la lanzó.

Con la segunda explosión nos cayeron encima trozos de halita. Destrozó un tramo entero de escalones. Le hice un gesto a Megan y miramos escaleras abajo. Era imposible bajar setenta pisos sin acabar atrapados. Teníamos que dar con otra salida.

—¿David? —dijo la voz de Cody—. He visto unas explosiones ahí arriba. ¿Estáis bien?

—No —dije—, nos han descubierto.

Abraham masculló una imprecación en francés.

—Dejamos el equipo de reserva, David. ¿Dónde estáis?

Abraham y Mizzy habían traído trepacables de sobra por si había más prisioneros aparte de Tia... o por si Megan y yo nos uníamos a ellos. Los parámetros de la misión estipulaban dejar atrás el equipo de emergencia, por si acaso.

—Estamos junto a la puerta del piso setenta —dije—. ¿Dónde está el equipo?

—Mochila negra —dijo Abraham—, oculta en una boca de ventilación, cerca del ascensor de servicio. Pero, David, cuando hemos salido de ese piso estaba atestado de guardias.

También era el piso donde Tia les había dado esquinazo para ir a buscar los datos del Profesor. Pero yo no estaba seguro de poder salvarla. Chispas. En aquel momento no estaba seguro ni de poder salvarme yo.

—La radio ha enmudecido justo después de que localizasen a Abraham —dijo Cody—. Deben tener una señal segura para casos de emergencia. Y puedes apostarte el kilt a que no estarán usando los móviles de Knighthawk.

Genial. Bien, al menos con la mochila Megan y yo tendríamos una oportunidad. Saqué el móvil con la espalda pegada a la pared junto a la puerta del piso setenta. La luz del dispositivo nos iluminó mientras examinábamos el plano que convenientemente nos había enviado Cody. Nosotros aparecíamos como un punto verde; el ascensor era un punto rojo.

El punto rojo estaba en medio del maldito edificio. Estupendo. Memoricé el camino, fijándome en las habitaciones del Profesor. Pasaríamos cerca, por un pasillo que estaba justo al lado de la suite.

Miré a Megan. Asintió. Abrí un poco la puerta y salió de un salto, empuñando la pistola, mirando a izquierda y a derecha. La seguí sin quitar ojo al pasillo derecho mientras ella se ocupaba del izquierdo. Del techo colgaba una ristra de bombillas que iluminaban las formas onduladas absurdamente hermosas de sal roja de las paredes negras y grises. Era como una paloma en llamas.

Solté el aire. Todavía no había guardias. Los dos seguimos andando por el pasillo, pasando por delante de puertas cerradas que sabíamos que daban a apartamentos de lujo. Cuando llegamos al final del pasillo empezaba a creer que teníamos posibilidades. Quizás hubiesen llamado a los guardias para que registraran otros pisos o para proteger al Profesor.

Entonces la pared que teníamos a unos tres metros se desintegró.

Retrocedimos a trompicones. El viento nocturno entró por el hueco recién abierto en el muro exterior del edificio, haciendo que entrase polvo de sal a setenta pisos de altura. Parpadeando, levanté la mano para protegerme de la sal.

Fuera flotaba el Profesor sobre un reluciente disco verde. Dio un paso y abandonó el disco para entrar en el edificio, pisando el polvo de sal. Megan maldijo entre dientes, retrocediendo, apuntándolo con el arma. Yo me quedé donde estaba y estudié la cara del Profesor esperando encontrar en ella alguna señal de calidez, incluso de piedad. Solo vi desprecio.

Alzó las manos para crear lanzas de luz verde, campos de fuerza con los que atravesarnos. En ese momento sentí algo que no esperaba. Pura furia. Furia contra el Profesor por no ser lo suficientemente fuerte para resistirse a la oscuridad. Era una emoción que había estado oculta en mi interior, cubierta por una serie de argumentos racionales: él había salvado Babilar; Regalia lo había manipulado para provocar su caída; lo que hacía no era culpa suya.

Nada de todo aquello me impedía enfadarme, enfurecerme con él. Se suponía que era mejor que los demás, capaz de sobreponerse en una situación así. ¡Se suponía que era invencible!

Algo se sacudió dentro de mí, como un antiguo leviatán despertando en su guarida de agua y piedra. El vello de los brazos se me erizó y tensé los músculos como para levantar algo muy pesado.

Miré a los ojos del Profesor y vi el reflejo de mi propia muerte. Algo en lo más profundo de mí dijo «no», pero esa confianza desapareció al instante, reemplazada por el terror más absoluto. Íbamos a morir.

Salté a un lado esquivando una lanza de luz. Rodé por el suelo mientras Megan saltaba hacia la pared, logrando apartarse de otra lanza afilada de campo de fuerza.

Intenté alejarme gateando por el pasillo, pero me di de bruces contra una reluciente pared verde. Gemí. Me volví y vi al Profesor mirándome con desprecio. Alzó una mano para destruirme.

Algo diminuto le dio en un lado de la cabeza. Sobresaltado, se volvió y recibió otro impacto en la frente. ¿Balas?

—¡Oh, sí! —dijo Cody por la radio—. ¿Lo habéis visto? ¿Quién acaba de acertarle a un tipo desde mil metros de distancia? Yo.

Las balas no atravesaron los poderes defensivos del Profesor, pero eran un incordio. Me acerqué como pude a Megan.

—¿Puedes hacer algo? —le pregunté.

—Yo...

Apareció un campo de fuerza que nos rodeó, arrancando también un buen trozo de suelo de halita. Chispas. Ya estaba. Nos iba a aplastar como había hecho con Val y Exel.

Le tendí la mano a Megan; quería morir sujetando la suya. Ella había adoptado una expresión de concentración, con la mandíbula apretada y la mirada perdida.

El aire se estremeció y alguien apareció junto a nosotros dentro de la burbuja.

Parpadeé sorprendido. La recién llegada era una adolescente pelirroja con el pelo muy corto. Vestía vaqueros y una vieja chaqueta del mismo tejido. Jadeó, mirando el campo de fuerza que nos rodeaba.

El Profesor cerró el puño para contraer el globo, pero

la joven estiró los brazos a los costados. Noté un tamborileo, una vibración, como una voz muda. Conocía ese sonido. ¿Tensores?

El campo de fuerza del Profesor se desintegró y caímos al suelo. Perdí el equilibrio, pero la joven se posó sin problema sobre ambos pies. Estaba perplejo, pero vivo. Me parecía bien. Agarré a Megan, apartándola de la joven.

—¿Megan? —susurré—. ¿Qué has hecho?

Megan seguía con la mirada perdida.

—¿Megan?

—Calla —me respondió secamente—. Esto no es fácil.

—Pero...

El Profesor ladeó la cabeza.

La joven avanzó.

—¿Padre? —preguntó.

—¿*Padre*? —repetí yo.

—No he encontrado una versión de él sin corromper en las realidades cercanas —murmuró Megan—. Así que he traído lo que he podido encontrar. Veamos si tu plan funciona.

El Profesor miró pensativo a su «hija». Luego agitó la mano, creando otro campo de fuerza alrededor de Megan. La joven lo destruyó inmediatamente, liberando el poder tensor.

—Padre —dijo la joven—. ¿Por qué estás aquí? ¿Qué está pasando?

—No tengo ninguna hija —dijo el Profesor.

—¿Qué? Padre, soy yo, Tavi. Por favor, ¿por qué...?

—¡No tengo ninguna hija! —aulló el Profesor—. ¡Con tus mentiras no vas a engañarme, Megan! ¡Traidora!

En sus manos aparecieron lanzas de luz verde, como esquirlas de vidrio. Las lanzó por el pasillo hacia nosotros, pero Tavi agitó las manos, lanzando un estallido de poder. Eso sí que era poder tensor... Al destruir las lanzas de luz, Tavi también destrozó una pared cercana que cayó convertida en polvo.

Alrededor de ella aparecieron lanzas de color azul verdoso, como las del Profesor. ¡Rayos! Tenía sus mismos poderes.

El Profesor abrió los ojos como platos. ¿Su expresión era de miedo o de preocupación? Megan no había traído a nuestro mundo una versión suya, pero aparentemente con lo que había traído bastaba. Sí, temía los poderes de la joven. Temía sus propios poderes.

«Enfréntate a tus miedos, Profesor —pensé desesperado—. No huyas. ¡Lucha!»

El Profesor bramó de frustración y balanceó las manos delante del cuerpo, destruyendo una larga franja de pasillo y lanzando contra nosotros oleadas de polvo de sal. Los campos de fuerza se manifestaron como esquirlas de luz que golpearon a Tavi, muros desplazándose y amenazando con aplastarla en una cacofonía de destrucción.

—¡Sí! —grité.

El Profesor no huía.

Acto seguido, por desgracia, el suelo desapareció bajo mis pies.

31

La oleada de poder destructivo del Profesor concluyó más o menos cuando me alcanzó, y aunque caí en el agujero, fui capaz de agarrarme al borde. Megan estaba arrodillada al lado, sin ser consciente del agujero que se había abierto junto a ella.

Había una caída de unos tres metros, pero no me apetecía nada arriesgarme. Empecé a encaramarme.

—David —dijo de súbito la voz de Tia—, ¿qué hacéis?

—Tratamos de no morir —refunfuñé, todavía colgado—. ¿Sigues en algún lugar del piso setenta?

—En las habitaciones de Jon, intentando llegar a su despacho. ¿Sería posible cortar la corriente? La puerta de seguridad tiene una cerradura electrónica.

Sobre mi cabeza zumbó la oleada de poder tensor y del techo me llegó un gemido que no auguraba nada bueno.

—El anulador ya no está en su sitio, Tia —dije, poniéndome en pie y descubriendo que me encontraba en medio de una guerra—. Además, tenemos problemas más graves que el de entrar en las habitaciones del Profesor. Está aquí.

—¡Chispas! —dijo Tia—. ¿Qué pasa? ¿Estáis bien?

—Sí y no.

En los momentos que había pasado colgado, el Profesor y Tavi habían derribado varios tabiques y creado un campo de batalla mucho mayor. Intercambiaban ráfagas de luz y poder tensor, dejando el suelo marcado y con cráteres.

El techo no aguantaría mucho más. Busqué a Megan, que estaba arrodillada junto a los restos de una pared. Siseaba entre dientes, observando el enfrentamiento sin parpadear. Avancé hacia ella, pero torció los labios al mirarme y apretó más los dientes. Una mueca de desdén.

Vaya.

La situación era peligrosa. Había traído demasiadas cosas y demasiado rápido a nuestro mundo.

Pero, chispas, estaba funcionando. El Profesor retrocedía por el pasillo ante el ataque de Tavi... La joven le arrojaba lanzas de luz azul que él evaporaba con su poder tensor. A la izquierda del Profesor, el muro exterior estaba destrozado y el viento entraba ululando. Las habitaciones de su derecha estaban llenas de agujeros, con las paredes y el suelo casi completamente destruidos.

Me lancé hacia Megan cuando caía el techo. Parpadeando, porque, rayos, los rasguños que me había hecho en el brazo me picaban debido a la sal, vi lanzas de un verde brillante dirigirse hacia Tavi, iluminando el polvo. Apenas fue capaz de desviarlas.

El Profesor había perdido la confianza; sudaba y maldecía mientras luchaba y, para mi sorpresa, en el brazo tenía varios rasguños.

No se le cerraban.

Efectivamente, los poderes de la joven contrarrestaban los suyos. Pero ¿por qué no se había vuelto bueno? ¿No se había enfrentado a sus miedos?

—David —me dijo Tia, ansiosa—. Da la impresión de que todo el edificio se va a venir abajo. ¿Estáis bien?

—Por ahora. Megan ha traído de otro mundo una versión del Profesor, Tia. Alguien con sus mismos poderes. Están luchando.

—¡Chispas! Estáis locos. —Guardó silencio mientras yo contemplaba al Profesor, boquiabierto, asombrado por su uso del poder—. Vale —dijo, aunque parecía reacia—. Voy hacia vosotros.

—No —dije—. Ocúltate. No creo que puedas hacer nada. No creo que ninguno de nosotros pueda hacer nada.

Miré a Megan. Tenía los dientes muy apretados. Fui hacia ella.

Me miró furiosa.

—Quédate ahí, David —me espetó—. Simplemente... quédate ahí.

Me detuve, suspiré y fui hacia el fondo del pasillo... hacia el Profesor y Tavi. Quizá fuese una estupidez, pero tenía que ver aquello. Pasé por delante de la habitación cuyo techo se había derrumbado y me acerqué a los dos combatientes. En ese punto el pasillo cambiaba de dirección, pero ellos habían seguido a lo suyo, derribando paredes, y habían entrado en una lujosa suite.

El Profesor lanzó una oleada de poder tensor contra Tavi, fundiendo mesas y sillas y golpeándola con toda su potencia. Algunos botones de la camisa de la joven se convirtieron en polvo, aunque la prenda aguantó. Solo afectaba al material inorgánico denso.

Los campos de fuerza de Tavi desaparecieron. Dio un salto para ponerse a cubierto, evitando por los pelos las lanzas de luz. Tardó tres segundos en volver a crear un campo de fuerza para bloquear los ataques. Estaba funcionando. Por lo visto tenía el mismo punto débil que el Profesor: sus propios poderes en manos de otra persona que los usaba. El impacto de los tensores anulaba sus habilidades momentáneamente, como le pasaba a Megan con el fuego.

¿Podía yo hacer algo? ¿Podía explicárselo? Di un paso al frente pero vacilé cuando el aire se deformó a mi alrededor.

Fui arrastrado a una visión momentánea de otro mundo, una visión de Firefight de pie en una azotea, con los brazos pegados al cuerpo y los puños cerrados de los que se elevaban llamas; un cielo nocturno; aire frío puntuado por las emisiones de calor del Épico.

La visión desapareció. Volvía a estar en el campo de batalla del rascacielos. Me aparté del aire retorcido y me oculté detrás de los restos de una pared de halita, fuera de la habitación donde se enfrentaban el Profesor y Tavi. Un par de lanzas de luz me pasaron por encima y se clavaron en la pared como tenedores en un pastel.

Ahora que sabía lo que debía buscar, encontré varios puntos donde el aire se retorcía y se combaba. Los había en el pasillo y en las habitaciones; los poderes de Megan destrozaban nuestra realidad, entrelazándola con la de Firefight.

Tuve la impresión de que aquello no podía ser bueno. No, nada bueno.

La luz perdió potencia y se apagó, pero casi de inmediato volvió. El Profesor y Tavi habían seguido peleando, pero vi que la joven estaba más pálida que él. Sudaba, con la mandíbula tensa; las lágrimas le corrían por las mejillas dejando surcos en el polvo de sal.

—Chispas —maldijo Tia—. Sigo sin poder entrar. Jon tiene un generador de emergencia en la habitación. Se ha activado cuando he cortado los cables; lo oigo funcionar dentro.

—¿Todavía sigues con eso? —le pregunté.

—No voy a quedarme aquí sentada —repuso—. Si está entretenido, pues...

Cortó la comunicación cuando el Profesor lanzó otra oleada de poder tensor para detener un campo de fuerza y reventó la pared de la habitación donde luchaba, que se derrumbó. En la suite contigua estaba Tia, arrodillada en el suelo.

Soltó una imprecación y se puso a cubierto detrás de la pared derruida.

—No me había dado cuenta de que estabais tan cerca —dijo—. Espera. Esa chica me resulta familiar. ¿Es...?

»Oh, tío...

—Chico —me dijo Cody—, no sé qué está pasando ahí. ¿Estáis luchando todos contra él?

—Algo así —dije, desenfundando. El Profesor estaba consumido por el enfrentamiento con Tavi. Una punta de lanza hirió a la joven en el brazo. La sangre salpicó la pared de un modo repugnante. Cayó de rodillas y al cabo de un momento la herida empezó a sanar. Desvió las lanzas siguientes con el poder tensor mientras se agarraba el brazo. Tambaleándose se puso en pie, con la piel cicatrizada, la sangre restañada.

Todavía oculto cerca del agujero del suelo, me quedé boquiabierto. Había sanado. Y había recuperado los poderes mucho más rápidamente que Megan tras tocar el fuego.

«Igual que Edmund. Su punto débil no la afecta tanto como al Profesor o a los demás. ¿Es posible que se enfrentase a sus miedos y los superase hace mucho tiempo?»

El Profesor seguía teniendo los cortes que ella le había infligido, a pesar de lo cual yo no podía evitar pensar que se me escapaba un aspecto muy importante de la naturaleza de los poderes y las flaquezas. El Profesor luchaba contra ella. ¿No implicaba eso que él mismo se enfrentaba a sus temores? ¿Por qué seguía tan claramente consumido por la oscuridad?

En la habitación, por la pared derruida, Tia había logrado por fin entrar en el despacho del Profesor. Apenas la veía allí dentro. Pasó junto a un generador como el que habíamos encontrado arriba, se sentó a la mesa y se puso a trabajar deprisa con el ordenador.

Pero Tavi... pobre Tavi. No la conocía, pero me dolía el corazón viéndola retroceder frente a los ataques del Profesor. Seguía luchando, pero era evidente que tenía mucha menos experiencia en combate que él.

Me puse en pie, sosteniendo la pistola con ambas manos. Eché un vistazo por encima del hombro y vi que Megan se acercaba por el pasillo, llorando, con el rostro convertido en una máscara de dolor y concentración.

Tenía que parar aquello. No surtía efecto y estaba destruyendo a Megan. Apunté al Profesor mientras todavía estaba concentrado en Tavi; exhalé y me quedé inmóvil. Esperé a que una oleada de poder tensor de Tavi lo alcanzase, destruyendo un campo de fuerza.

Y disparé.

No sabría decir si erré el tiro a propósito o si fue porque el suelo tembló. El techo cedía como el de la otra habitación; habían caído demasiadas paredes. En cualquier caso, el disparo hirió al Profesor en la cara en lugar de atravesarle la nuca. La bala le arrancó un trozo de mejilla; manó sangre. Sus campos de fuerza de protección innatos habían caído. Quizás habría podido matarlo.

El momento pasó. El Profesor levantó a su espalda una pared de campo de fuerza para evitar otros disparos, con un gesto indiferente, como si yo fuera el último mono. Calamity... ¿Y si mataba a Tavi? La habíamos arrancado de su realidad y la habíamos metido en nuestra guerra. Volví a mirar a Megan.

«Fuego», pensé. Era la otra forma de acabar con aquello. Metí la mano en el bolsillo, buscando el encendedor. ¿Dónde estaba? No me había dado cuenta del estado lamentable de mi ropa. Llevaba la elegante chaqueta sucia de sal y los pantalones rotos. No encontré el encendedor; lo había perdido. Pero encontré otra cosa en el bolsillo. Un cilindro pequeño. La incubadora de muestras de tejido de Knighthawk.

Miré el lugar donde le había disparado al Profesor. ¿Me atrevía? ¿Megan podría aguantar un poco más?

Tomé la decisión y corrí por la habitación, agachándome para evitar el campo de fuerza y saltando sobre lo que quedaba de un sofá que el tensor había fundido casi del todo. Con esa maniobra me situé en el centro de la pelea. El Profesor y Tavi luchaban cerca de la barra de bar de la lujosa habitación. Por encima me pasaron ráfagas de polvo. Se me metió en los ojos. La sal me entró en la boca, provocándome arcadas. El suelo se estremeció. Me eché al suelo y rodé, apartándome, en el preciso momento en que un estallido de tensor invisible abría un enorme boquete a mi lado. Llovió polvo de un agujero del techo.

Me puse en pie y pasé muy cerca del Profesor para llegar hasta la mancha de sangre del suelo. Se volvió hacia mí, con una mirada furibunda. ¡Chispas, chispas, chispas!

Derrapé y, en el charco sanguinolento, encontré un jirón de piel de su mejilla. La herida del disparo ya se le había curado. Aparentemente, los cortes no sanaban únicamente si se debían al impacto de una lanza de luz. Una herida normal empezaba a sanar en cuanto recuperaba los poderes.

Metí el trozo de carne en el dispositivo de Knighthawk. Tenía tanto pánico que ni siquiera pensé en lo morboso que era aquello. El Profesor creó lanzas de luz, una docena o más. Aulló, lanzándolas contra mí.

Me eché a un lado.

Justo hacia uno de los puntos donde el aire temblaba.

32

Esta vez no sufrí una caída de casi seis metros cuando pasé al otro mundo, lo que agradecí. En vez de eso rodé sobre una azotea situada en una zona tranquila de la ciudad; no la de un rascacielos, sino la de un simple edificio de apartamentos, aunque bastante alto, eso sí.

No se disolvía nada, no sonaban disparos y el zumbido desconcertante del poder tensor del Profesor brillaba por su ausencia. Solo vi un tranquilo cielo nocturno, hermoso, sin ningún punto rojo brillante.

Allí tendido, agarrando con fuerza la muestra de tejido, miré al cielo, respirando para tranquilizarme. Era posible que acabase de hacer la mayor locura de mi vida, y eso que había puesto el listón bien alto.

—Tú —dijo una voz a mi espalda.

Me puse de rodillas, agarrando las células del Profesor cerca del cuerpo en un puño y la pistola con la otra mano. Firefight flotaba junto a la azotea, encendido y ardiente, con la piel y la ropa ocultas por las llamas que se retorcían. Las balas no harían daño a un Épico de fuego; simplemente se fundirían. ¿Había cambiado una situación mortal por otra?

«Tengo que ganar tiempo hasta que vuelva a mi mundo», pensé. Pero ¿cuánto tiempo iba a quedarme allí si Megan no intentaba recuperarme? No me habría trasladado permanentemente, ¿verdad?

Firefight era inescrutable, con su aura de calor y llamas deformando el aire a su alrededor. Finalmente dio un paso y llegó a la azotea. Sorprendentemente, la intensidad de las llamas se redujo. Apareció la ropa que llevaba: una chaqueta sobre una camiseta ajustada, vaqueros. El fuego siguió ardiendo en sus brazos, pero más tenue, como las últimas llamas de una hoguera de campamento antes de quedar reducida a brasas. La cara era la misma que había visto la última vez.

—¿Qué has hecho con Tavi? —exigió saber—. Si le has hecho daño...

Me pasé la lengua por los labios; los tenía muy secos y salados.

—Yo... —Una vez más, la catadura moral de lo que habíamos hecho me golpeó como el puño de la encargada del almuerzo en la Factoría una vez que había intentado robar un bollo—. Ha sido atraída hacia mi mundo.

—Así que Tia tiene razón. ¿Intentáis llevarnos a vuestra dimensión? —Avanzó, con las llamas altas otra vez—. ¿Por qué lo hacéis? ¿Qué tramáis?

Retrocedí a trompicones.

—¡No tramamos nada! O, bueno, no sabíamos que... Al principio Megan no sabía que... Es decir, nosotros...

No tenía ni idea de lo que iba a decirle.

Por suerte, Firefight se detuvo y redujo sus llamas.

—¡Cáspita, estás aterrado! —Respiró hondo—. Mira, ¿puedes traer a Tavi de vuelta? Estamos en medio de algo. La necesitamos.

—Tia... —dije, bajando el arma, empezando a entender—. Espera. ¿Eres un Explorador?

—¿Es por eso que no dejáis de llevarme a vuestro mundo? —preguntó—. ¿Allí no hay una versión de mí?

—Yo... creo que es posible que allí seas una mujer —dije. «Que sale conmigo.» Ya me había dado cuenta del parecido; Firefight era rubio y su rostro, si dejabas de lado su masculinidad, recordaba el de Megan.

—Sí... —dijo asintiendo—. La he visto. Es la que me hace ir a vuestro mundo. Es extraño pensar que podría tener una hermana en otro lugar, en otro mundo.

Un destello de luz iluminó un edificio cercano. Era un edificio alto y redondo. ¿La Torre Sharp? Fui consciente por primera vez de que me encontraba en el mismo distrito de Ildithia pero no en la torre sino en el edificio donde se había apostado Cody.

Firefight se volvió hacia la explosión y soltó un taco.

—Quédate aquí —dijo—. Luego hablaré contigo.

—Espera —lo llamé, poniéndome en pie con esfuerzo. Aquel destello me resultaba familiar—. Obliteration. Obliteration es el responsable de esa luz, ¿no es así?

—¿Lo conoces? —Firefight volvió a mirarme.

—Sí —dije mientras intentaba comprender lo que estaba viendo—. Podríamos decirlo así. ¿Por qué...?

—Espera. —Firefight se llevó la mano a la oreja—. Sí, lo he visto. Ha venido a la Torre Sharp. Tenías razón. —Entrecerró los ojos mirando el enorme edificio—. Quiero enfrentarme a él. No me importa si me está atrayendo, Tia. En algún momento tendremos que enfrentarnos a él.

Me acerqué dudoso a Firefight, que se encontraba en el mismo borde del edificio. Había muchas cosas diferentes en aquel lugar, pero muchas iguales. Obliteration, la misma Ildithia. Tia, aparentemente. Y Tavi, la hija del Profesor...

El destello de calor de Obliteration apareció una vez más, un intenso calor palpitante. La sal no ardía, pero Obliteration no dejaba de calentarla. Allá arriba se movían sombras. Entorné los ojos y vi siluetas recortadas contra las llamas, era gente que saltaba por las ventanas.

—¡Cáspita! —exclamó Firefight—. Tia, allá arriba hay gente. Saltan para huir del calor. Voy para allá.

Firefight, convertido en llamas, saltó al vacío, aunque para mí era evidente que no llegaría a tiempo de salvar a esas personas. Estaban demasiado lejos y caían demasiado rápido. El corazón me dio un vuelco. Qué decisión más horrible: que Obliteration te abrasara o morir en la caída. Quería apartar la vista, pero no pude. Pobre gente.

Alguien saltó desde el último piso del edificio en llamas. Una figura de manos relucientes, una figura espléndida que se lanzó hacia abajo, con una capa argentina. Como un meteoro, trazó una línea brillante volando hacia la gente que caía. Contuve el aliento cuando atrapó a la primera persona, luego a la segunda.

Retrocedí. *No.*

Firefight describió un giro y volvió a aterrizar a mi lado.

—No te preocupes —le dijo a Tia, con las llamas parcialmente atenuadas—. Ha llegado a tiempo. Debería haberlo supuesto. ¿Alguna vez ha llegado tarde?

Conocía a aquel ser: ropa oscura, constitución fuerte. Incluso de tan lejos, incluso en la oscuridad de la noche, conocía a ese hombre. Había dedicado la vida a estudiarlo, a observarlo, a cazarlo.

—Steelheart —susurré. Me estremecí y agarré a Firefight, olvidando por completo las llamas. Por suerte, se apagaron en cuanto lo toqué y no me quemó—. ¿Steelheart os ayuda?

—Claro que nos ayuda —dijo Firefight, frunciendo el ceño.

—Steelheart... —dije—. ¿Steelheart no es perverso?

Arqueó una ceja como si me hubiese vuelto loco.

—Y Calamity no está —dije, mirando el firmamento.

—¿Calamity?

—¡La estrella roja! —dije—. El origen de los Épicos.

—¿Invocation? —dijo—. Desapareció un año después de su llegada; hace diez años que no está.

—¿Sientes la oscuridad? —le pregunté—. ¿La tendencia al egoísmo que consume a todos los Épicos?

—¿De qué hablas, Charleston?

No había Calamity, no había oscuridad, Steelheart era bueno.

¡Chispas!

—Esto lo cambia todo —susurré.

—Mira, te he dicho antes que tienes que verlo —dijo Firefight—. Se niega a creer lo que he visto, pero es imprescindible que hable contigo.

—¿Por qué yo? ¿Qué le importo yo?

—Bien —dijo Firefight—, él te mató.

«En mi mundo, yo lo maté a él. Aquí, él me mató a mí.»

—¿Cómo fue? Tengo que...

Sentí un tirón. Un estremecimiento.

—Me voy —dije, empezando a desaparecer—. No puedo evitarlo. Enviaremos a Tavi de vuelta. Dile... dile que volveré. Tengo que...

»... entender qué ha sucedido aquí —terminé, pero Firefight ya no estaba. La azotea había desaparecido. En su lugar había un espacio lleno de polvo y luz brillante. Dos Épicos enfrentados. Habían vuelto al pasillo, rozando las habitaciones del Profesor, lo que los situaba a mi derecha, donde habían desaparecido la mayor parte de las paredes.

Durante mi ausencia habían llegado los guardias y se habían quedado en el recodo del pasillo, cerca de mi escondite. Estaban atacando a Tavi, disparándole.

«Calamity no estaba...»

¡Tenía que contárselo a alguien! Encontré sin dificultad a Tia trabajando furtivamente en un ordenador, en la habitación situada frente a mí, ligeramente a la izquierda. Un chorro de sal me cayó en la cabeza y el techo gimió.

Eché un vistazo por encima del hombro y vi que Megan se me acercaba a zancadas. Alta, decidida, con la cabeza erguida y las manos a los lados, arrastrando con cada dedo una onda de la realidad. Una gran Épica en toda su gloria.

Me miró y... rugió.

Cierto. Ahora mismo tenía un problema mucho mayor que solventar.

33

Fuego. Me hacía falta *fuego*.

Cruel ironía: un momento antes estaba junto a un hombre literalmente hecho de llamas y, sin embargo, ahora no tenía ni una sola chispa.

Me guardé en el bolsillo las células del Profesor antes de levantarme y atravesar la suite, haciendo lo posible para pasar desapercibido. Los guardias retrocedían. Mientras buscaba frenéticamente la forma de crear una llama, vi a Tavi en el pasillo, de rodillas, rodeada de burbujas concéntricas de luz. Era de suponer que la más interna la había creado ella misma. Allí estaba, acurrucada, con la cabeza gacha, la piel cubierta de sal marcada por el sudor. Temblaba.

Me dio pena, pero corrí hacia Tia con la esperanza de que tuviese un encendedor. Megan quiso atraparme, pero la esquivé. El aire todavía se retorcía a mi alrededor. Entreví imágenes de otros mundos, de paisajes alienígenas, lugares donde aquella pradera era una jungla. Otros donde era un yermo desolado de polvo y piedra. Vi ejércitos de Épicos relucientes y montones de cadáveres.

Detrás de mí, una buena porción del techo cedió, derrumbándose con una cacofonía de piedra contra piedra. Hundió una parte del suelo y me hizo perder el equilibrio. Primero golpeé el suelo con el codo para luego deslizarme por la sal.

Cuando me detuve al fin, parpadeé para limpiarme el polvo de los ojos y tosí. Chispas. Me dolía la pierna. En la caída me había torcido el tobillo.

Los restos se asentaron y vi que la suite había perdido buena parte del suelo. Yo había acabado en la habitación del Profesor, cerca de Tia, quien, refugiada detrás de un escritorio, agarraba con fuerza el móvil conectado a la unidad de datos de un ordenador alimentado, al mismo tiempo que unas bombillas oscilantes, por un pequeño generador que se esforzaba en un rincón.

Megan ni se había inmutado. Se volvió hacia mí. A su espalda, al otro lado del agujero del suelo, los guardias del Profesor se reunieron y se retiraron de entre los escombros. A su derecha, el Profesor se cernía sobre Tavi, desplomada en el suelo. Había perdido el campo de fuerza. Se movió, pero no se levantó.

Megan me miró a los ojos con las manos alzadas. Torció los labios en un gesto de desprecio, sosteniéndome la mirada, y apretó la mandíbula. Su expresión me pareció de súplica. Todavía tendido en el suelo destrozado, saqué la pistola de su funda, apunté y disparé.

Al generador.

Igual que el de arriba, tenía un tanque de combustible. No explotó, como yo esperaba, pero le hice un agujero y se prendió fuego, lanzando un chorro de llamas.

La luz se apagó de inmediato.

—¡No! —gritó Tia.

Megan miró las llamas y el fuego ardió en sus pupilas.

—Enfréntate a él, Megan —susurré—. Por favor.

Avanzó hacia el fuego, como si la atrajera el calor. Corrió hacia él, gritando. Me dejó atrás y metió el brazo en las llamas.

Se desmoronó. Tavi desapareció. Los desgarrones del aire se contrajeron. Exhalé aliviado y logré reptar hasta Megan, arrastrando el pie dolorido.

Temblaba, agarrándose el brazo que se había quemado

gravemente. La aparté del generador, por si volvía a soltar llamas, y la abracé.

En la habitación a oscuras solo había dos fuentes de luz: el fuego que iba apagándose...

Y el Profesor.

Megan apretó los párpados, temblando por el esfuerzo realizado. Nos había salvado la vida, había puesto en marcha mi plan, y no había bastado. Era más que evidente porque el Profesor avanzaba con paso seguro hacia nosotros. Llegó hasta el borde del agujero del suelo y lo cruzó a medida que un campo de fuerza se formaba a sus pies. Iluminado desde abajo parecía un fantasma, con el rostro casi completamente cubierto de sombras.

El Profesor siempre había dado la impresión de estar... sin terminar. Sus rasgos eran como un montón de ladrillos rotos, normalmente con una barba incipiente. Aquel día noté también en él signos de agotamiento. La lentitud del paso, las marcas de sudor en la cara, los hombros hundidos. Había sido duro luchar contra Tavi. Era un hombre prácticamente indestructible, pero se cansaba.

Nos miró atentamente.

—Matadlos —dijo. Se volvió y se alejó en la oscuridad. Dos docenas de guardias se dispusieron a dispararnos. Me acerqué más a Megan, lo suficiente para oírla murmurar.

—Muero siendo yo misma —dijo—. Al menos muero siendo yo misma.

Fuego. Había anulado sus poderes. Siempre los perdía durante uno o dos minutos tras quemarse deliberadamente.

Si moría ahora, ¿sería permanente?

«No. No... ¿Qué he hecho?»

La protegí con el cuerpo cuando los guardias abrieron fuego. Una ráfaga horrible. Las paredes estallaron en una lluvia de sal. El monitor del ordenador se hizo añicos. Las balas lo llenaron todo, acompañadas por el sonido ensordecedor de los disparos.

Agarré a Megan con fuerza, exponiendo la espalda al ataque.

Algo se agitó en mi interior. Los abismos que moraban en mi alma, la oscuridad del fondo. Las sombras se movían a mi alrededor, gritos, emociones como agujas que me atravesasen, la sensación súbita y sofocante de mis sueños. Eché la cabeza atrás y grité.

Los disparos cesaron. Sonaron un par de tiros más antes de que los cargadores se vaciaran. Con un Épico enemigo a la vista, los guardias no habían vacilado ni se habían contenido. Varios activaron las luces de las armas para examinar el resultado de su labor.

Aguardé el dolor, o al menos el entumecimiento de haber recibido disparos. No sentía nada de eso. Vacilante, me volví para mirar. Me rodeaba la destrucción... suelo, paredes, muebles convertidos en astillas, agujereados, rotos... todo excepto el espacio más inmediato. Allí el suelo estaba intacto. Bruñido como un espejo, de hecho. De un profundo color plateado. Metálico.

Estaba vivo.

En mi memoria resonó la voz de Regalia. «Me ha garantizado que recibirás poderes "apropiados".»

—Impresionante —dijo el Profesor en la oscuridad—. ¿Qué ha hecho Megan? ¿Ha abierto una puerta a otro mundo y ha dejado pasar las balas? —Parecía cansado—. Tendré que hacerlo yo mismo. No creas que no me duele.

—Jonathan... —susurró una voz.

Fruncí el ceño. Había sonado cerca. ¿Quién...?

Me había olvidado de Tia.

Estaba tendida junto a la mesa de halita, iluminada por el fuego caprichoso. Se había ocultado allí, pero las balas la habían herido. Sangraba profusamente, con el móvil agarrado entre los dedos. Lo había atravesado un disparo.

—Jon —dijo—. Bastardo. Temías que todo acabase... así. —Tosió—. Yo me equivocaba y tú tenías razón. Como siempre.

El Profesor pasó a la zona iluminada por las armas de sus soldados. Su rostro, cansado y deshecho, cambió. Dejó caer la mandíbula. Daba la impresión de verla por primera vez esa noche. Tia inspiró con dificultad por última vez y murió.

Me quedé de rodillas, conmocionado. Apenas oí el aullido del Profesor... Su grito repentino de agonía y remordimiento. Usando un campo de luz, se apresuró a cruzar el agujero del suelo pasando junto a nosotros, sin hacernos caso. Agarró a Tia.

—¡Cúrate! —le ordenó—. ¡Sana! ¡Te lo concedo!

Sostuve a Megan, agotado, incrédulo. Tia siguió fláccida entre sus brazos.

El suelo desapareció. Las paredes, el techo, la torre entera. Todo se convirtió en polvo con el grito atormentado del Profesor. Los soldados cayeron como piedras, aunque una burbuja apareció de golpe alrededor del Profesor y Tia.

El estómago se me subió a la garganta cuando Megan y yo iniciamos la caída de setenta pisos, entre polvo de sal, hacia el suelo.

—¡Megan! —le grité.

Tenía los ojos cerrados. La agarré mientras caíamos.

No. No. NO.

A nuestro alrededor se precipitaban los cuerpos en la oscuridad nocturna; penachos de polvo y muebles, trozos de tela pasaron junto a nosotros.

—¡Megan! —volví a gritar, a pesar del sonido del viento y los gritos de los soldados aterrados—. ¡Despierta!

Abrió los ojos de golpe. Parecían arder en la noche. Me sacudí, apenas logré agarrarla... De pronto tenía puesto el arnés de un paracaídas.

Momentos después aterrizamos, golpeando el suelo con un crujido inquietante. A continuación noté el dolor, tan intenso que me quedé sin aliento. Fue como si una descarga eléctrica me subiese por el cuerpo desde las piernas. Era abrumador. No podía moverme. Lo soporté mirando hacia el cielo negro.

Calamity me devolvió la mirada.

Pasó el tiempo. No mucho, pero el suficiente. Oí pasos.

—Aquí está —dijo Abraham—. Tenías razón. ¡Chispas! Era un paracaídas, uno de los nuestros. Pero yo no he dejado ninguno...

Volví la cabeza, parpadeando entre el polvo de sal para verlo, una forma inmensa en la noche.

—Ya te tengo, David —dijo Abraham, agarrándome del brazo.

—Megan —susurré—. Debajo del paracaídas. —La había cubierto al posarse.

Abraham apartó el paracaídas.

—Aquí está —dijo con alivio—. Y respira. Cody, Mizzy, necesito ayuda. David, tenemos que sacarte de aquí. No podemos esperar. El Profesor está ahí arriba, brillando. Podría bajar en cualquier momento.

Me preparé. Abraham cargó conmigo. Llegaron los otros dos para sacar a Megan de entre los escombros. No había tiempo para preocuparse por si estaban haciéndonos más daño que bien.

Me arrastraron hacia la oscuridad, dejando atrás los restos de una misión que había sido un rotundo fracaso.

34

No dormí, aunque cuando Cody nos hizo parar en un callejón para comprobar si nos seguían dejé que Abraham me administrase algo para calmar el dolor. Mientras Abraham me examinaba, Mizzy preparó una camilla para llevarnos a Megan y a mí. Resultó que al dar contra el suelo me había roto ambas piernas.

Para cuando salimos del callejón el cielo se había encapotado y comenzó a caer una lluvia neblinosa. El camino se volvió resbaladizo por el agua salada, pero la halita aguantó mejor de lo que había esperado. La ciudad no se deshacía.

Al principio la lluvia me resultó agradable. Tendido en la camilla junto a Megan, dejé que me lavase de polvo la piel, pero estaba empapado cuando llegamos al puente del parque. Fue una visión hermosa la de nuestra base deforme creciendo bajo el puente como un hongo extraño.

Megan seguía inconsciente, pero en general parecía encontrarse mejor que yo. Abraham no le encontró ningún hueso roto, aunque iban a salirle unos buenos cardenales y tenía el brazo quemado lleno de ampollas.

—Bien, estamos vivos —dijo Cody cuando llegamos a la puerta del escondite—. A menos que no nos hayamos dado cuenta de que nos siguen y el Profesor esté ahí fuera, esperando a que lo llevemos hasta Larcener.

—Tu optimismo es una fuente de estímulo para todos, Cody —dijo Mizzy.

Requirió algo de esfuerzo maniobrar con la camilla por la entrada, que habíamos creado en forma de pequeño túnel cubierto de restos en uno de sus extremos. Ayudé empujando con las manos. Todavía me dolían las piernas, pero era más un dolor en plan «eh, no te olvides de nosotras» que el dolor anterior de «MALDICIÓN, ESTAMOS ROTAS».

El refugio olía a la sopa preferida de Larcener, un caldo vegetal sin apenas sabor. Abraham iluminó el espacio con el móvil.

—Apaga eso, idiota —bufó Larcener desde su habitación.

«Debe de estar meditando otra vez.» Me senté en la camilla mientras Mizzy entraba arrastrándose. Suspiró y soltó el equipo.

—Me hace falta una ducha —le gritó a Larcener—. ¿Qué tiene que hacer una chica para que hagas aparecer una ducha?

—Muérete —le gritó Larcener.

—Mizzy —dijo Abraham con tranquilidad—, repasa el equipo y devuélvele a Larcener lo que creó para nosotros. Transmítele nuestro agradecimiento. Probablemente no importe y el equipo simplemente se desvanezca, pero quizá le guste el gesto. Cody, vigila fuera por si nos persiguen. Ahora que tenemos más tiempo, quiero examinar mejor las heridas.

Asentí débilmente. Sí. Órdenes. Había que dar órdenes. Pero... pero no recordaba bien el camino hasta allí.

—Tengo que informar —dije—. He hecho descubrimientos.

—Más tarde, David —me dijo amablemente Abraham.

—Pero...

—Estás conmocionado, David —dijo—. Primero descansa.

Suspiré y me tendí. No estaba conmocionado. Estaba mojado y tenía frío... pero porque había estado bajo la lluvia. Sí, temblaba, y durante el camino de vuelta no había logrado concentrarme en nada. Pero eso se debía al tremendo esfuerzo realizado.

Dudaba de que escuchara mis argumentos. Abraham aceptaba que yo estaba al mando, pero podía ser tremendamente maternal. Lo convencí para que atendiese primero a Megan y, con ayuda de Mizzy, se la llevó para quitarle el traje de noche mojado y desgarrado y asegurarse de que no tenía ninguna herida que no hubiese visto. Luego volvió para entablillarme las piernas.

Como una hora después, Abraham, Mizzy y yo nos acomodamos en la más pequeña de las habitaciones de la base, con la esperanza de estar lo suficientemente lejos de Larcener para hablar en privado. Megan dormía, arropada en un rincón.

Abraham no dejaba de mirarme, esperando que me quedase dormido. Testarudo, seguí despierto, sentado contra la pared, con las piernas entablilladas estiradas. Me habían dado unos analgésicos muy fuertes, así que podía devolverle la mirada con confianza.

Abraham suspiró.

—Déjame ver qué tal le va a Cody —dijo—. Luego hablaremos.

Nos quedamos solos Mizzy y yo. Tomó un sorbo de cacao caliente que había comprado unos días antes en el mercado. Yo no lo soportaba. Demasiado dulce.

—Entonces no ha sido un completo desastre, ¿verdad? —me dijo.

—Tia ha muerto. —Se me quebró la voz—. Hemos fracasado.

Mizzy hizo una mueca de dolor y miró la taza.

—Sí. Pero... es decir... Has demostrado una de tus teorías. Sabemos más que ayer.

Negué con la cabeza, preocupado por Megan, frustrado por habernos esforzado tanto por salvar a Tia para luego perderla definitivamente. Me sentía a la deriva, derrotado y dolorido. Tia había sido mi inspiración; ella había sido una de las primeras personas del equipo en tratarme como a un ser útil y le había fallado.

¿Podría haber hecho algo más? No había dicho nada sobre cómo había sobrevivido a los disparos. De hecho, ni yo mismo conocía la respuesta. Es decir... tenía mis sospechas. Pero no estaba seguro, así que, ¿de qué habría servido hablar del asunto?

«Nos mentimos a nosotros mismos, ¿eh?», me dije.

—Ese paracaídas... —Mizzy miró a Megan—. Lo ha creado ella, ¿no?

Asentí.

—Te lo ha puesto a ti en lugar de ponérselo —dijo Mizzy—. Siempre es así. Supongo que si eres capaz de resucitar tiene lógica.

Abraham volvió a entrar.

—Está más contento que un conejo en su madriguera —dijo—. Acuclillado en el puente con el chubasquero, comiendo cecina y buscando algo a lo que disparar. Nada por ahora. Es incluso posible que hayamos escapado.

Se sentó con las piernas cruzadas. Luego, con cuidado, se quitó el colgante que llevaba, el símbolo de los fieles, y lo sostuvo ante sí. Relucía plateado a la luz de los móviles.

—Abraham —dije—. Sé que..., es decir, Tia era una amiga...

—Más que una amiga —dijo en voz baja—, mi oficial superior, a la que desobedecí. Creo que tomamos la decisión correcta y que ella se equivocaba, pero no puedo tomarme su pérdida a la ligera. Por favor, dame un momento.

Esperamos. Abraham cerró los ojos y rezó una oración en francés. ¿Iba dirigida a Dios o a esos míticos Épicos que creía que algún día nos salvarían? Apretaba en el puño la cadena del colgante. Lo tenía cerca, pero, como solía pasarme, me resultó imposible determinar su estado de ánimo. ¿Dolor? ¿Preocupación?

Finalmente respiró hondo y volvió a ponerse el colgante.

—Tienes información, David. Crees que es importante compartirla. Cuando la guerra termine lloraremos a Tia como se merece. Habla. ¿Qué ha pasado?

Él y Mizzy me miraron expectantes, así que tragué saliva y me puse a hablar. Ya les había contado lo de Tavi, pero ahora les expliqué lo sucedido al pasar al mundo de Firefight. Lo que había visto. Lo de Steelheart.

Divagué mucho. La verdad es que estaba cansado. Probablemente ellos también lo estuviesen, pero no podía irme a dormir, no sin antes descargar el peso de lo que había visto, de lo que había descubierto. Les conté todo lo que pude, pero acabé callando antes de contarles lo que sospechaba en relación a mi propio... desarrollo.

—¿Te mató? —dijo Abraham—. En su mundo, ¿Steelheart te mató? ¿Eso dijo?

Asentí.

—Es curioso. Ese mundo es similar al nuestro, pero diferente en detalles tan importantes.

—No preguntaste por mí, ¿verdad? —dijo Mizzy.

—No. ¿Por qué? ¿Debería haberlo hecho?

Bostezó.

—No sé. Quizás en ese mundo yo sea una ninja asombrosa o algo parecido.

—Yo diría que hoy ya has sido una ninja asombrosa —dijo Abraham—. Has llevado a cabo muy bien la misión.

Mizzy se sonrojó y tomó un trago de cacao.

—Un mundo sin Calamity —dijo Abraham—. Pero ¿eso qué...? —Su móvil sonó. Frunció el ceño mirando la pantalla—. No conozco el número. —Me lo mostró.

—Es Knighthawk —dije—. Contesta.

Lo hizo, llevándose el móvil a la oreja, pero lo apartó de inmediato porque Knighthawk habló en voz muy alta.

—Está emocionado por algo —dijo.

—Es evidente —dijo Mizzy—. Pon al mamón en el altavoz.

Abraham pulsó el botón correspondiente. El rostro de

Knighthawk apareció en pantalla y su voz resonó en la habitación.

—... no me puedo creer las agallas de esa mujer. ¿Qué ha sido del móvil de David? ¿Lo han destruido? Hace horas que no lo localizo.

Se lo enseñé a Abraham. Apenas había sobrevivido a la pelea. Tenía la pantalla rota y le faltaba la tapa posterior. La batería había desaparecido.

—Ha tenido mejores momentos —le dijo Abraham.

—A ver si tienes más cuidado —me dijo Knighthawk—. No son gratis.

—Lo sabemos —dije—. Nos los hiciste pagar.

—Ja —dijo Knighthawk. Estaba de tan buen humor que resultaba chocante, incluso molesto—. Después de esto, te mandaré otro por cuenta de la casa, chico.

—¿Después de qué? —pregunté.

—De los datos de Regalia —dijo—. Son increíbles. ¿No los has leído?

—¿Los datos? —dije—. Knighthawk, estaban en el móvil de... Tia. ¿Los has copiado?

—Claro que los he copiado —dijo—. ¿Crees que monté toda una red nacional de enlaces de datos solo por diversión? Vale, sí que me divierto, pero solo porque puedo leer los correos de la gente.

—Envíanos todos los datos —dijo Abraham.

Knighthawk dejó de hablar.

—¿Knighthawk? —dije—. ¿No irás a...?

—Silencio —dijo—. No os dejo. Es que tengo otra llamada. —Soltó un taco tremendo—. Un momento.

Silencio. Los tres nos miramos sin saber qué pensar. Si Knighthawk había recuperado realmente los datos, entonces la misión no había sido un fracaso absoluto.

Volvió a hablarnos a los pocos minutos.

—Demonios —dijo—. Era Jonathan.

—¿El Profesor? —le pregunté.

—Sí. Me ha exigido que os localice. No sé cómo ha deducido que puedo hacerlo. Siempre le he dicho que no era posible.

—¿Y? —preguntó Mizzy.

—Lo he mandado al otro lado de la ciudad —respondió Knighthawk—, lo más lejos que he podido de vuestra base. Cuando acabe con vosotros seguro que me asesina. Debería haberos echado en cuanto aparecisteis en mi puerta.

—Eh... ¿gracias? —dijo Mizzy.

—Os mando una copia de los planes de Regalia —dijo Knighthawk—. Tened en cuenta que hacen referencia a unas fotos que faltan. No me las estoy guardando; es que el móvil murió antes de que pudiese descargar todos los archivos. Pero decidle a Tia que lo ha hecho genial.

—Le han disparado —dije con la voz apagada—. La ha matado.

Una vez más silencio, pero oí a Knighthawk exhalar.

—Calamity —susurró—. Nunca pensé que llegaría tan lejos. Es decir, sabía que él... pero ¿a Tia?

—Creo que no era su intención —dije—. Ha ordenado a sus matones que nos atacasen y ella ha acabado muerta.

—La transferencia está en marcha —dijo Abraham, levantando el móvil—. ¿Los datos explican qué hace aquí el Profesor?

—Claro que sí —dijo Knighthawk, emocionado nuevamente—. Él...

—Está aquí porque quiere a Larcener —dije yo—. Está aquí para crear un motivador con las habilidades de Larcener. Lo usará para absorber los poderes de Calamity, todos ellos, convirtiéndose así en el Épico definitivo.

Mizzy parpadeó, conmocionada, y Abraham me miró.

—Ah —dijo Knighthawk—. Entonces sí que has leído los planes.

—No —dije—. Simplemente es lo único que tiene sentido. —Las piezas iban encajando—. Por eso Regalia llevó a Obliteration a Babilar, ¿no es así? Podría haber inventado cientos de formas de amenazar la ciudad y obligar al

Profesor a emplear sus poderes. Pero invitó a Obliteration porque quería crear un motivador con sus poderes de destrucción para ocultar lo que en realidad estaba haciendo.

—Crear un teletransportador —dijo Knighthawk—, para llegar hasta Calamity cuando tuviese las habilidades de Larcener. Sin embargo, murió antes de poder llevar a cabo el plan, así que es el Profesor quien lo ejecuta. Muy buena deducción, chico. Me has estado engañando; no eres ni de lejos tan estúpido como pareces. Por cierto, estoy a punto de abandonar mi base. Manny ya me lleva al jeep. No pienso quedarme aquí si el Épico más peligroso del mundo seguramente puede teletransportarse donde quiera en un abrir y cerrar de ojos.

—Si lo hiciese, alertaría a Obliteration —dije—. La bomba de Babilar fue para evitar que Obliteration supiese que le robaban sus poderes.

—Aun así, me largo, al menos hasta que Jonathan se tranquilice después de su infructuosa búsqueda.

—Knighthawk —dijo Abraham—. Necesitamos tu reparador. Tenemos heridos.

—Mala suerte. Solo tengo uno. Os quiero mucho, chicos, o al menos no siento un especial desprecio por vosotros, pero mi piel es más importante que la vuestra.

—¿Y si pudiese darte algo con lo que fabricar otro? —le pregunté, metiéndome la mano en el bolsillo. Saqué el contenedor con la muestra de tejido. Abraham tuvo la amabilidad de enfocarlo con el móvil para que Knighthawk lo viese bien.

—¿Eso es...? —dijo la voz de Knighthawk.

—Sí. Del Profesor.

—Que todos salgan de esa habitación. Quiero hablar con el chico a solas.

Abraham me miró arqueando una ceja, y asentí. Me pasó el móvil, un tanto reacio, y se marchó con Mizzy. Volví a apoyarme en la pared, mirando la cara de Knighthawk en la pantalla del móvil. Sostenía el suyo delante de la cara, sujeto mediante algún dispositivo mientras Manny lo llevaba por los túneles.

—Lo has hecho —me dijo en voz baja—. ¿Cómo? Sus campos de fuerza deberían haberlo protegido de cualquier daño.

—Megan buscó en una dimensión alternativa para traer una versión del Profesor. Una persona parecida a él.

—¿Parecida?

—Su hija —dije—. Suya y de Tia, creo. Poseía sus mismos poderes, Knighthawk. Y... —Inspiré profundamente—. Y su mismo punto débil: sus propios poderes. O al menos eso afirmaba Tia.

—Vaya... Tiene lógica, conociendo a Jonathan. Es extraño que su hija tenga sus mismos poderes. Aquí los hijos de Épicos nacen sin poderes. En cualquier caso, ¿ella ha conseguido anular sus capacidades?

—Sí —dije—. He logrado arrancarle un trozo de piel y te lo he guardado.

—Tío —dijo Knighthawk—, con esto te las estás jugando de veras. Si se da cuenta de que lo tienes...

—Lo sabe.

Knighthawk negó con la cabeza, apenado.

—Bien, si me van a asesinar, que al menos sea un viejo amigo. Enviaré un dron con el reparador, pero tú me envías la muestra. ¿Trato hecho?

—Trato hecho, con una condición.

—¿Y es?

—Nos hace falta un medio para luchar contra el Profesor —dije—. Para obligarlo a enfrentarse a sus poderes.

—Que tu mascota Épica invoque otra versión de él.

—No. No salió bien; hemos evitado sus poderes, pero no ha cambiado. Debo probar otra cosa.

Era cierto, pero solo a medias. Miré a Megan, todavía inconsciente. Respiraba agitadamente. Lo que había hecho esa noche había estado a punto de destruirla; nunca le pediría que volviese a hacer algo así. No era justo para ella y desde luego no era justo para la persona que traía de otro mundo.

—Por tanto... —dijo Knighthawk.

Levanté el contenedor de tejidos.

—Hay otra forma de enfrentarlo con alguien que use sus mismos poderes, Knighthawk.

Se rio a carcajadas.

—¡Lo estás diciendo en serio!

—Más que en serio —le aseguré—. ¿Cuánto tiempo haría falta para crear dispositivos con los tres poderes: campos de fuerza, regeneración y desintegración?

—Meses —dijo Knighthawk—. Incluso un año si es complicado descubrir cómo activar alguna de las habilidades.

Era algo que me preocupaba.

—Si es la única forma, que así sea.

No me apetecía nada pasarme un año huyendo y evitando que Larcener cayese en manos del Profesor, pero...

Knighthawk me miró fijamente. El maniquí lo dejó en el jeep y le puso el cinturón de seguridad.

—Tienes agallas —dijo Knighthawk—. ¿Recuerdas que te conté que habíamos experimentado con los primeros Épicos y descubierto que un Épico vivo siente dolor cuando se usa un motivador creado a partir de él?

—¿Sí?

—¿Te conté con quién hicimos las pruebas?

—Ya los tienes —dije—. Por eso ansías tanto las células del Profesor. Ya has construido los dispositivos para reproducir sus poderes.

—Los construimos juntos —dijo—. Él y yo.

—En la sala donde guardas los recuerdos de los Épicos caídos —dije— había uno sin placa. Un chaleco y unos guantes.

—Sí. Cuando vimos el daño que le causaba destruimos todas las muestras de tejido. Creo que siempre le ha preocupado que yo pudiese conseguir otra. La verdad es que se ha mantenido bien lejos de mí. —El maniquí de Knighthawk se frotó la barbilla, como si estuviese reflexionando—. Supongo que tenía motivos para preocuparse. Me envías las células y casi al instante tendré dispositivos que imiten sus poderes, pero antes probaré el dispositivo de curación con mi mujer.

—Si lo haces, lo sabrá de inmediato —dije—. Irá a matarte.

Knighthawk apretó la mandíbula.

—Vas a tener que fiarte de nosotros, Knighthawk —dije—. Envíanos los dispositivos. Lo convertiremos y luego intentaremos salvar a tu esposa. Es tu única oportunidad.

—Vale.

—Gracias.

—Estamos hablando de supervivencia, chico —dijo Knighthawk—. El dron llegará dentro de seis horas. El viaje de regreso con las muestras durará otras seis hasta mi refugio seguro. Si las células están bien, me pondré a trabajar en tu juego completo de motivadores. Proyección de campos de fuerza, poderes de curación y habilidades tensoras.

—Valdrá con eso.

—Y David —dijo Knighthawk mientras el maniquí arrancaba el jeep—, no te pongas sentimental. Esta vez, si no se convierte, haz lo que los dos sabemos que debe hacerse. Después de matar a Tia... Chispas. ¿Qué clase de vida será la suya de ahora en adelante? Que no sufra más. Te lo agradecerá.

Colgó y la cara de Knighthawk desapareció. Me quedé sentado, intentando procesar todos los acontecimientos de la noche. Tia, Firefight, el rostro del Profesor en la oscuridad. Una zona de metal gris oscuro en el suelo.

Finalmente, dejé el móvil. Ignorando las protestas de mis piernas entablilladas, me arrastré por la habitación hasta Megan. Le apoyé la cabeza en el pecho y la rodeé con el brazo, escuchando el latido de su corazón hasta que, finalmente, tras mucho tiempo, me quedé dormido.

CUARTA PARTE

35

Volví a despertar cubierto de sudor.

Las mismas imágenes me atormentaban. Sonidos estridentes y horribles. Luces violentas. Miedo, terror, abandono. No noté el alivio habitual al despertar de una pesadilla, el consuelo de saber que no había sido más que un sueño.

Esas pesadillas eran diferentes. Me dejaban en un estado de pánico, en carne viva, desollado, dolorido, como un pedazo de carne en una película de boxeo. Tras despertar, antes de que el pulso se me normalizase, tuve que quedarme sentado en el suelo, soportando el dolor de las piernas fracturadas, durante lo que me pareció una eternidad.

Chispas. Estaba fatal.

Al menos no había despertado a los demás. Abraham y Cody dormían en los catres, y en algún momento de la noche yo había encontrado el camino del catre de Megan al mío, que los otros me habían preparado. El de Mizzy estaba vacío; estaría de guardia. Alargué la mano a un lado de la almohada. Me gustó encontrar allí mi móvil, que Mizzy había reparado.

Vi en la pantalla que eran las seis de la mañana. Su luz también me reveló un vaso de agua y unas pastillas junto al catre. Me las tragué, deseoso de meterme algunos analgésicos en el cuerpo. Luego me senté apoyado en la pared, consciente por primera vez del dolor en el costado y los brazos. Durante la misión me había hecho daño de verdad. Me palpé la espalda y noté unas heridas en forma de moneda de cuarto de dólar. El dolor creciente de las piernas llegó a tal punto que no sé cuánto tiempo tuve que estar sentado esperando a que las medicinas surtiesen efecto. Me puse a buscar en el móvil en cuanto pude pensar con claridad. Abraham les había pasado a los miembros del equipo todo el paquete de datos recuperado por Tia, así que allí me metí, haciendo lo posible por no preocuparme: al final tendría que despertar a Abraham o a Cody para que me llevasen al baño.

Regalia escribía con claridad, con minuciosidad, con honestidad. Leyendo tuve la impresión de oírla, tan segura de sí misma, tan tranquila, tan exasperante. Nos había robado al Profesor en un acto destructivo y deliberado... y todo para saciar su ansia de un legado inmortal.

Aun así, la lectura resultaba interesante. El plan de Regalia era increíble, atrevido; no pude evitar que aumentara mi respeto por ella. Como ya había supuesto, Regalia había convocado a Obliteration no por su habilidad de destruir ciudades, sino por su poder de teletransporte.

La trama se remontaba a cinco años antes; al final, sin embargo, se había topado con un límite definitivo e inesperado: su propia mortalidad. Los poderes épicos no curaban las enfermedades. Viéndose en estado terminal, había decidido que el Profesor fuera su sucesor. Era alguien que podía ir a Ildithia, crear un motivador a partir de Larcener, teletransportarse hasta Calamity y ejecutar lo impensable.

A pesar del genio demencial del plan, tenía muchas lagunas. Nuestra suposición más razonable era que Calamity constituía la fuente de todos los poderes épicos. Pero, para empezar, ¿quién podía afirmar que era posible robarle sus habilidades? Y, de serlo, ¿eso no reemplazaría a Calamity por otro anfitrión que se comportaría exactamente igual?

Aun así, el plan era algo que intentar, algo que hacer en

lugar de aceptar el mundo tal y como era. Por eso respetaba a Regalia, aunque al final yo mismo la hubiera matado.

Abrí las fotos cuando terminé de leer las notas de Regalia. Aparte de los planos de Ildithia, encontré varias imágenes de Calamity. Las tres primeras se habían tomado con un telescopio. No eran detalladas; ya había visto imágenes así. En ellas Calamity parecía una estrella.

La última foto era distinta. Me había preocupado lo que Knighthawk había comentado acerca de no haber podido recuperar todas las fotos. Me preocupaba que no hubiese ninguna imagen real de Calamity.

Pero allí estaba, mirándome directamente desde la pantalla que tenía en la mano. No era una fotografía especialmente buena. Daba la impresión de haber sido tomada a escondidas con un móvil, pero claramente era el Épico. Una figura de luz roja, no supe si de hombre o de mujer, de pie en el centro de una habitación. A su alrededor, su luz se reflejaba en las aristas y los planos.

Repasé los archivos buscando algo similar, pero no había nada. Las otras fotografías de Calamity, si las había habido, se habían perdido. Sin embargo, curiosamente, Knighthawk había copiado toda la memoria del móvil de Tia, no solo los archivos de Regalia. De hecho, en la pantalla refulgía una carpeta titulada simplemente «Jonathan». Sabía que no debía entrar, que era material privado, pero no pude evitarlo. Le di con el pulgar y abrí el primer archivo multimedia.

Era un vídeo del Profesor en clase.

Bajé el sonido, a pesar de lo cual noté su entusiasmo cuando cogió un encendedor y recorrió una hilera de huevos con un agujero en la parte superior. Los encendía. Los estudiantes reían y se sorprendían cada vez que reventaba uno, porque el hidrógeno con el que los había rellenado explotaba, explicaba el Profesor.

A continuación hizo estallar una serie de globos. Cada uno destellaba y reventaba de una forma diferente. No me interesaba demasiado el contenido científico. Yo estaba totalmente absorto en el Profesor. Un Profesor más joven, de pelo negro con apenas algunas hebras grises. Un Profesor entusiasmado, que parecía disfrutar de cada momento de la demostración a pesar de haberla hecho probablemente otras cien veces.

Daba la impresión de ser una persona completamente diferente. Me di cuenta de que durante todo el tiempo que habíamos estado juntos no recordaba haberlo visto feliz. Contento, sí. Con ganas. ¿Pero feliz de verdad? No hasta ese momento, interactuando con sus alumnos.

Eso era lo que habíamos perdido. Cuando terminó el vídeo hice lo posible por contenerme. La llegada de Calamity había estropeado el mundo en más de un aspecto. El Profesor tendría que haber seguido allí, enseñando a los niños.

Oí pasos fuera y me enjugué las lágrimas con rapidez. Un momento después entró Mizzy y me enseñó un trasto del tamaño de una pelota de baloncesto con hélices en la parte superior: uno de los drones de Knighthawk.

—El tío es rápido —dijo, dejándolo en el suelo. Abraham y Cody se agitaron; probablemente le habían pedido que los despertara en cuanto llegase el dron. Megan se puso de lado y por un segundo creí que también se despertaría. Sin embargo, siguió durmiendo, roncando levemente.

Mientras Mizzy dejaba el robot volador, Cody y Abraham encendieron el móvil para iluminar más la habitación. Observé a Mizzy girar y quitar la tapa del dispositivo. Sacó del compartimento una caja que parecía el reparador que habíamos usado en Chicago Nova. Aparentemente, el Profesor había diseñado el suyo para que fuese como el verdadero.

—Genial —dijo Abraham, frotándose los ojos.

—Me sorprende que lo hayas convencido para enviárnoslo, David —dijo Mizzy, dejándolo a un lado.

Cody bostezó.

—En cualquier caso, vamos a conectarlo y a ponerlo en marcha. Cuanto antes pueda usar las piernas David, antes podremos irnos de la ciudad.

—¿Irnos de la ciudad? —dije.

Los otros tres me miraron.

—¿Pretendes quedarte? —me preguntó Abraham con cautela—. David, Tia ha muerto, y tu teoría, por ingeniosa que fuese, ha resultado errónea. Hacer que el Profesor se enfrentara a su punto débil no lo ha desviado de su camino actual.

—Sí, chico —dijo Cody—. Estuvo bien, pero sabemos lo que pretende y tenemos la forma de evitarlo. Nos largamos con Larcener y nunca podrá llevar a cabo su plan.

—Eso si no queremos que lo lleve a cabo —puntualizó Mizzy.

—¡Mizzy! —dije, asombrado—. ¡Intenta convertirse en el Épico definitivo!

—¿Y? —dijo—. Vamos a ver, ¿en qué nos cambiará la vida si ocupa el puesto de Calamity? No se avecina el fin del mundo... nada de «voy a destruirlo todo, chicos». Por lo visto, simplemente quiere matar a un par de Épicos. A mí me parece estupendo.

—Te sugiero que no digas estas cosas si hay alguien cerca que pueda oírte —le aconsejó Abraham en voz baja.

Mizzy hizo una mueca y echó un vistazo por encima del hombro.

—Simplemente digo que no hay razón para que sigamos aquí ahora que sabemos lo que trama el Profesor.

—¿Y adónde nos vamos, Mizzy? —pregunté.

—Ni idea. ¿Qué tal lejos de una ciudad ocupada por un tipo decidido a matarnos?

Me quedó claro que los otros dos estaban de acuerdo, al menos en parte.

—Chicos, la razón por la que vinimos sigue siendo la misma —dije—. El Profesor todavía nos necesita. El mundo todavía nos necesita. ¿Habéis olvidado el fin último de la misión? Necesitamos encontrar la forma de convertir a los Épicos, no de matarlos. En caso contrario, bien podríamos renunciar ahora mismo.

—Pero, chico —dijo Cody—, Abraham tiene razón. Tu plan para convertir al Profesor ha fracasado

—Ese intento ha fracasado —dije—. Pero hay una razón lógica para que así haya sido. Es posible que el Profesor creyera que Tavi no posee sus mismos poderes, sino poderes similares pero diferentes, por lo que enfrentarse a ella no era enfrentarse a sus propias habilidades.

—O Tia se equivocaba sobre su punto débil —dijo Abraham.

—No —le aseguré—. La pelea con Tavi anuló sus poderes. Ella destruía sus campos de fuerza y el Profesor no sanaba de las heridas que le infligía. Al igual que a Steelheart solo podía hacerle daño alguien que no lo temiese, al Profesor solo se lo hace alguien que use sus mismos poderes.

—En cualquier caso, es irrelevante —dijo Abraham—. Dices que Megan invocó a esa mujer porque no pudo encontrar una versión del Profesor. Por tanto, los poderes de Megan son limitados y ese era nuestro único método para lograr que el Profesor se enfrentara a sí mismo.

—No necesariamente —dije, rebuscando en el bolsillo y sacando el dispositivo incubador. Lo hice rodar hacia Mizzy, que lo recogió.

—¿Esto es...? —dijo.

—Una muestra de tejido del Profesor —le confirmé.

Cody silbó.

—Podemos lograr que se enfrente a sí mismo, Abraham —dije—. Podemos hacerlo creando motivadores con sus propias células. Knighthawk tiene los prototipos desde hace años.

Los demás callaron.

—Mirad —dije—. Tenemos que intentarlo otra vez.

—Nos va a convencer —dijo Mizzy—. Es lo que mejor se le da.

—Sí —admitió Abraham haciendo un gesto para que le pasase la muestra de tejido. Cogió la incubadora—. No me opondré más, David. Si crees que vale la pena hacer otro intento, te apoyaremos. —Hizo girar la muestra entre los dedos—. Pero no me gusta entregarle esta muestra a Knighthawk. Es como... traicionar al Profesor.

—El Profesor asesinó a miembros de nuestro equipo. ¿No fue eso una traición mayor?

Fue como si hubiera gritado en un bar *mitzvah:* «¿Quién quiere más beicon?» El silencio se podía cortar.

Mizzy tomó la muestra de manos de Abraham y la metió en el dron.

—Lo soltaré mientras todavía está oscuro —dijo.

Se levantó y Cody la siguió. Le tocaba la siguiente guardia. Los dos salieron. Abraham se me acercó con el reparador.

—Primero, Megan —dije.

—Megan está inconsciente, David —dijo—. Puede que su estado no se deba únicamente a las quemaduras y la caída. Propongo que curemos primero a la persona que sabemos que puede volver a estar lista para pelear.

Suspiré.

—Vale.

—Muy sabio por tu parte.

—Deberías dirigir el equipo tú, Abraham —dije mientras él me ponía los diodos del reparador en la piel de los pies y tobillos—. Los dos lo sabemos. ¿Por qué te negaste?

—Eso no se lo preguntas a Cody —dijo Abraham.

—Porque Cody está como una cabra. Tú tienes experiencia, no pierdes la calma durante la batalla, eres decidido... ¿Por qué ponerme a mí al mando?

Abraham siguió trabajando. Activó el dispositivo, que me provocó una sensación difusa en las piernas, como si se me hubiesen dormido. Si tomaba como ejemplo la herida que había sufrido en la Fundición, aquel dispositivo, creado a partir de un Épico desconocido, no sería tan eficaz como usar directamente los poderes del Profesor. Tardaría en recuperarme por completo.

—Yo era JTF2 —dijo Abraham—. Cansofcom.

—¿Qué es eso, concretamente? Quiero decir, aparte de unas siglas raras.

—Las Fuerzas Especiales Canadienses.

—¡Lo sabía!

—Sí, eres muy listo.

—¿Es un sarcasmo?

—Muy listo otra vez —dijo Abraham.

Lo miré fijamente.

—Si eras militar —dije—, entonces es todavía más extraño que no quieras el mando. ¿Eras un oficial?

—Sí.

—¿De alta graduación?

—La suficiente.

—Y...

—¿Conoces a Powder?

—Un Épico —dije—. Con una simple mirada podía hacer que la pólvora y el material inestable explotasen. Powder... —Tragué saliva al recordar un detalle de mis notas—. El segundo año tras Calamity intentó conquistar Canadá. Atacó sus bases militares.

—Cuando atacó Trenton, mató a todo mi equipo —dijo Abraham poniéndose en pie—. A todos menos a mí.

—¿Por qué a ti no?

—Estaba en prisión a la espera de un consejo de guerra. —Me miró fijamente—. Admiro tu entusiasmo y tu determinación, pero todavía eres demasiado joven para comprender el mundo tanto como crees comprenderlo —me saludó levantando los dedos y se fue.

36

Froté con los dedos la pared del escondite y la sal se desprendió con facilidad. Era hora de mudarse otra vez. Aunque siempre lo habíamos considerado un escondite provisional, me daba la impresión de que acabáramos de llegar. Me sentía de paso. ¿Cómo se podía tener sensación de hogar en esa ciudad?

Crucé la habitación a zancadas, con las piernas ya curadas. Todavía me dolían un poco, aunque no se lo había contado a los demás, pero me sentía fuerte. Solo había tardado unas horas en curarme y al amanecer ya me sentía como nuevo.

Los cardenales de Megan y el brazo también habían sanado. Por suerte, el reparador surtía efecto en ella. Había estado preocupado porque en Chicago Nova no podía curarse ni usar el tensor. Sin embargo, esas dos habilidades tenían su origen en el Profesor y, como había dicho Knighthawk, en ocasiones las habilidades de un Épico interferían con las de otro.

Bien, aquel reparador había funcionado, pero seguía sin despertar. Abraham me dijo que no me preocupase, que era normal que alguien que pasaba por algo tan traumático estuviese uno o dos días en cama. Intentaba consolarme. ¿Cómo iba nadie a saber lo que era normal o no? Hablábamos de una Épica extralimitándose con sus poderes?

Mizzy asomó la cabeza desde el almacén.

—Eh, tarugo. Knighthawk está molesto contigo. Mira el teléfono.

Pesqué el móvil, que no había oído porque estaba al fondo de la mochila y el tono se había amortiguado. ¡Calamity! ¿Qué habría ido mal? Me apresuré a leer los mensajes. Quizá las células no hubiesen servido o un Épico que pasaba por ahí hubiera derribado el robot o Knighthawk había decidido cambiar de bando.

Pero no. Tenía cuarenta y siete mensajes de Knighthawk diciendo cosas como: «Eh» o «Eh, tú, idiota».

Le envié un mensaje rápido.

«¿Pasa algo?»

«Tu flauta cara», fue la respuesta.

«Las células —envié—. ¿Están rotas?»

«¿Cómo se ROMPE una célula, amigo?»

«Ni idea. ¡Eres tú el que me envía mensajes urgentes!»

«¿Urgentes? —me escribió Knighthawk—. Me aburro.»

Parpadeé, alcé bien el teléfono y releí el mensaje.

«¿Aburrido? —le contesté—. Literalmente espías al mundo entero, Knighthawk. Puedes leer el correo de cualquiera, escuchar las llamadas telefónicas de quien te dé la gana.»

«Primero, no del mundo entero —escribió—, solo de amplias zonas de Norteamérica y Centroamérica. Segundo, ¿te haces una idea de lo profundamente ABURRIDA que es la mayoría de la gente?»

Fui a responder, pero recibí una ráfaga de mensajes que me interrumpió.

«¡Oh! —me escribió Knighthawk—. ¡Mira qué flor más bonita!

»Eh, querría saber si te gusto, pero no puedo preguntártelo, así que vamos a flirtear un poco.

»¿Dónde estás?

»Estoy aquí.

»¿Dónde?

»Aquí.

»¿Ahí?

»No, aquí.

»Oh.

»Mira a mi hijo.

»Mira mi perro.

»Mírame.

»Mírame con mi hijo y mi perro.

»Eh, todos. Esta mañana he echado un koala tremendo.

»Qué asco. Criaturas divinas que pueden hacer cosas como fundir edificios dejándolos convertidos en charcos de ácido gobiernan el mundo y lo único que a la gente se le ocurre hacer con el teléfono es fotografiar mascotas y tratar de acostarse con alguien.»

«Bueno —escribí para comprobar si la diatriba ya había concluido—, los que pueden permitirse tener uno de tus móviles son los ricos privilegiados. No debería sorprenderte que sean superficiales.»

«Qué va —me respondió—. Hay más de una ciudad como Chicago Nova, donde los Épicos que gobiernan son lo suficientemente listos como para comprender que una población con móvil es una población a la que pueden controlar y acribillar a propaganda. Los pobres son iguales, te lo digo yo, solo que sus mascotas están más flacas.»

«¿Todo esto, a qué viene?», pregunté.

«Es por entretenerme. Di alguna tontería. Incluso tengo palomitas.»

Suspiré. Guardé el móvil y volví al trabajo: repasar la lista de Épicos que, según los rumores, habían muerto durante la pataleta del Profesor en la Torre Sharp. En la fiesta había docenas y muy pocos capaces de volar o con invencibilidades supremas. Se había cargado a la mitad de la clase alta de Ildithia.

El móvil volvió a sonar. Gemí pero miré quién era.

«Eh —dijo Knighthawk—. Mis drones han sobrevolado la ciudad. ¿Quieres fotos o no?»

«¿Fotos?»

«Sí. Para el creador de imágenes. Tenéis uno, ¿no?»

«¿Qué sabes del creador de imágenes?»

«Chico, yo lo FABRIQUÉ.»

«¿Es tecnología épica?»

«Claro que lo es. ¿Crees que los proyectores que forman mágicamente una imagen casi tridimensional sobre superficies irregulares sin proyectar las sombras de las personas interpuestas son NATURALES?»

Sinceramente, no tenía ni idea. Pero si me ofrecía una visión de la ciudad, iba a aceptarla.

«Es uno de los pocos dispositivos que puede fabricarse en cadena, como los móviles —añadió Knighthawk—. La mayoría de los dispositivos de ese tipo se degradan considerablemente si fabricas más de uno o dos motivadores a partir de las células. Pero el creador de imágenes, no. Chispas. Los móviles ni siquiera REQUIEREN motivadores, excepto los que tengo en el centro de la red. En cualquier caso, ¿quieres los archivos o no?»

«Los quiero, gracias. ¿Cómo van los motivadores a partir de las células del Profesor?»

«Primero tengo que cultivarlas —dijo—. Pasará como mínimo un día antes de saber si todo va bien y si he convertido a Jonathan en mi papaíto motivador o no.»

«Genial. Mantenme al tanto.»

«Claro. Siempre y cuando me prometas grabarte la próxima vez que digas alguna estupidez. Maldita sea, echo de menos Internet. En Internet siempre encontrabas a alguien haciendo una estupidez.»

Suspiré y guardé el móvil. Por supuesto, poco después volvió a sonar. Lo saqué, molesto y dispuesto a decirle a Knighthawk que me dejase en paz, pero era una notificación de que había recibido un paquete de datos: las imágenes de la ciudad.

No era muy ducho en tecnología, pero supe conectar el teléfono al creador de imágenes del almacén y transferir el archivo. Al encenderlo me encontré flotando sobre Ildithia. Los montones de suministros que había en la sala y que también flotaban en el cielo me hacían parecer una especie de vagabundo mágico del espacio envuelto por sus pertenencias. Estropeaban la grandiosidad de la imagen.

Realicé un repaso rápido, empleando las manos para ajustar la perspectiva, familiarizándome con los controles. El creador de imágenes reproducía Ildithia a la perfección. Me permití fluir con esa ilusión. Volé brevemente junto a un rascacielos, cuyas ventanas eran un borrón a mi derecha, y luego me elevé para mirar calle abajo, dejando atrás los árboles de halita. Volé entre ellos y luego crucé deprisa el parque de nuestro escondite.

Me sentía vivo, emocionado, despierto. Mi incapacidad por las piernas rotas había durado poco, pero, aun así, me había sentido confinado, controlado, indefenso. Chispas... me parecía que habían pasado años desde mi último paseo sin temor a poner en peligro a mi equipo.

Me deleité con la libertad de volar por la ciudad. Luego choqué con un edificio. Lo atravesé en medio de una confusión oscura hasta que salí por el otro lado.

Eso me recordó que lo que veía era una invención, una mentira. Los objetos se deformaban cuando me acercaba demasiado a ellos y, si prestaba mucha atención, veía los rincones de la habitación en la que estaba.

Peor aún, no notaba el viento al saltar. Ningún vuelco del estómago indicaba la desaprobación de la gravedad. Era como ver una película. No me divertía, no sentía el poder. Tampoco era ni de lejos lo suficientemente húmedo.

—Parece divertido —dijo Cody desde la puerta, abierta en el aire como un portal. No lo había visto llegar.

Bajé las palmas para que descendiera el punto de vista de la cámara y me situé en el terrado de un pequeño edificio de apartamentos.

—Echo de menos el espiril.

Durante las carreras, peleas y huidas recientes, no había

pensado demasiado en el dispositivo que me había permitido volar por las calles inundadas de Babilar. Me di cuenta del vacío que había en mi interior. En aquella ciudad anegada, había conocido por poco tiempo la verdadera libertad, impulsado por dos chorros gemelos de agua.

Cody se rio, entrando.

—Recuerdo la primera vez que viste el creador de imágenes en funcionamiento. ¡Pusiste una cara! Parecías a punto de devolver el almuerzo.

—Sí —dije—. Pero me acostumbré deprisa.

—Supongo que sí. —Se reunió conmigo en la azotea y contempló la ciudad—. ¿Ya tienes un plan?

—No —dije—. ¿Alguna idea?

—Mi punto fuerte no ha sido nunca inventar planes.

—¿Por qué no? Parece que se te da bien lo de inventar.

Me señaló con el dedo.

—Le he pegado a más de uno por hacer una broma de ese estilo. —Tras una pausa, añadió—: En su mayoría escoceses, claro.

—¿Pegas a los tuyos? —pregunté—. ¿Por qué te peleas con otros escoceses?

—Chico, no nos conoces, ¿verdad?

—Solo sé lo que me has contado.

—Bien, en ese caso supongo que sabes muchas cosas de nosotros pero ninguna útil. —Sonrió mirando pensativo la ciudad—. Cuando pertenecía al cuerpo, si teníamos que capturar a alguien peligroso lo primero que intentábamos era hacerlo cuando estaba solo.

Asentí lentamente. Cody había sido policía. Era una de las historias que contaba que yo daba por cierta.

—Solo —repetí—. ¿Para que no tenga ayuda?

—Más bien para no poner a otra gente en peligro —dijo Cody—. Hay mucha gente en esta ciudad. Buena gente. Supervivientes. Lo sucedido en la Torre Sharp fue en parte culpa nuestra. Cierto, el Profesor la destruyó, pero nosotros lo empujamos a hacerlo. Es un peso con el que cargaré toda mi vida; un ladrillo más de un montón que empieza a ser excesivamente grande.

—Entonces, ¿intentamos pelear contra él fuera de la ciudad?

Cody asintió.

—Si el idiota del maniquí tiene razón, en cuanto usemos los poderes del Profesor este sabrá dónde estamos. Podemos escoger el escenario de la pelea, podemos atraerlo hacia nosotros.

—Sí —dije—. Sí...

—¿Pero? —preguntó Cody.

—Eso hicimos con Steelheart —dije en voz baja—. Le atrajimos a la trampa, lejos de la población. —Alcé las manos para controlar el creador de imágenes y nos desplazamos por la ciudad hacia las ruinas de la Torre Sharp. El dron la había sobrevolado justo al amanecer y el lugar seguía cubierto de cadáveres.

—Lifeline —dije, contando los Épicos muertos que veía—. Pequeños poderes eléctricos y telepatía. Darkness Infinity... ese era su cuarto nombre, por cierto. No dejaba de inventarse «uno mejor» que siempre era peor. Podía saltar entre sombras. Inshallah y Thaub, de Bahréin. Los dos poseían poderes lingüísticos...

—¿Poderes lingüísticos? —preguntó Cody.

—¿Eh? Ah, sí. Uno podía obligarte a hablar en rima; el otro hablaba en cualquier idioma inventado que alguien hubiese concebido.

—Eso es... muy extraño.

—No comentamos demasiado los poderes raros —dije distraído—. Pero hay muchos Épicos menores con habilidades muy concretas. Es... —Callé—. Espera.

Hice que giráramos en el aire tan rápido que Cody perdió pie y tuvo que tocar la pared con una mano. Amplié la imagen de las ruinas para ver un rostro sanguinolento. El cuerpo estaba atrapado entre los restos del generador grande de la torre. El ataque del Profesor solo había evaporado la sal. Era la primera confirmación que tenía de que, con un control exquisito de sus poderes, podía evaporar en un mismo ataque ciertas materias y otras no.

Pero eso ahora no importaba. La cara era lo importante.

—¡Oh, Calamity! —susurré.

—¿Qué? —inquirió Cody.

—Esa es Stormwind.

—¿La que...?

—Hace crecer las cosechas de la ciudad —dije—. Sí. Ildithia suministra alimentos a docenas de ciudades, Cody. La furia del Profesor podría tener consecuencias muy graves.

Saqué el móvil y le envié un mensaje a Knighthawk.

«¿Cuánto tiempo puede pasar entre la muerte de un Épico y el proceso de congelación de sus células?»

«Debe hacerse pronto, respondió. La mayoría de las células mueren enseguida. Envenenamiento por CO_2 cuando el corazón deja de bombear sangre. Además, el ADN épico se degrada con rapidez. Todavía no conocemos la razón. ¿Por qué lo preguntas?»

«Creo que el Profesor acaba de desencadenar una hambruna —le escribí—. Anoche mató a una Épica muy importante para la economía.»

«Intenta recoger muestras —me respondió Knighthawk—. Algunas células duran más que otras. Las epiteliales, algunas células madre... El ADN tiene una especie de vida media. La mayor parte se degrada en segundos, pero el de algunas células en concreto aguanta más. Pero chico, es VERDADERAMENTE difícil realizar un cultivo a partir de viejas células épicas.»

Le enseñé el mensaje a Cody.

—Es peligroso salir —comentó—. No tenemos a Megan para darnos una cara nueva.

—Ya, pero si podemos evitar el hambre, ¿no vale la pena arriesgarse?

—Claro, claro. A menos que nos expongamos, porque es muy posible que el Profesor tenga gente vigilando esos cuerpos y que solo consigamos que nos mate. Quedarían tres Exploradores en lugar de cinco para luchar contra él. Eso si no nos saca nuestros secretos por medio de la tortura y luego mata al resto del equipo. Cosa que probablemente haría. Todo por la muy, pero que muy escasa probabilidad de fabricar un motivador que quizá, solo quizá, alimente a la gente.

Tragué saliva.

—Cierto. Vale. No hacía falta que concretaras tanto.

—Sí, bien —dijo—. Tienes un largo historial de ignorar lo que es lógico.

—¿Como eso de que el rock and roll moderno deriva de la gaita?

—Eso es cierto —dijo Cody—. Compruébalo. Elvis era escocés.

—Sí, lo que tú digas. —Me acerqué al creador de imágenes para apagarlo y que desapareciera la cara de Stormwind. Me dolía, pero me aguanté.

Un momento más tarde Mizzy asomó la cabeza.

—Eh —dijo—. Tu novia ha despertado. ¿Quieres ir a besuquearla o...?

Ya estaba de camino.

37

Megan estaba sentada con la espalda apoyada contra la pared y una botella de agua en las manos. Al entrar me crucé con Abraham, que me hizo un gesto de asentimiento. Según sus limitados, como él mismo admitía, conocimientos médicos, Megan estaba bien. Hacía horas que la había desconectado del reparador.

Megan me dedicó una sonrisa lánguida y tomó un sorbo de la botella. Los demás nos dejaron a solas, Abraham empujando del hombro a Cody para llevárselo. Suspiré aliviado. A pesar de las garantías de Abraham, seguía aterrorizándome la posibilidad de que no despertase. Cierto que podía reencarnarse si moría, pero ¿y si no moría? ¿Y si se quedaba en coma?

Arqueó una ceja al darse cuenta de mi más que evidente alivio.

—Me siento —dijo— como un tonel de patos verdes en un desfile del cuatro de julio.

Ladeé extrañado la cabeza y luego asentí.

—Oh, sí. Buena comparación.

—David, es un chiste.

—¿De verdad? Porque tiene mucho sentido. —Le di un beso—. Verás, te sientes curada y no deberías estarlo, como los patos que creen estar fuera de lugar. Pero nadie está fuera de lugar en un desfile, así que encajan. Como tú encajas aquí.

—Estás como un regadera —dijo cuando me senté a su lado y le apoyé el brazo en los hombros.

—¿Cómo te sientes?

—Fatal.

—¿No estás curada?

—Sí que lo estoy —dijo mirando la botella de agua.

—Megan, no hay ningún problema. La misión se malogró. Perdimos a Tia. Nos estamos recuperando. Avanzamos.

—Me volví oscura, David —dijo en voz baja—. Más oscura de lo que he sido en mucho tiempo. Más que cuando maté a Sam; más que en ningún momento desde que te conozco.

—Saliste.

—Apenas —dijo, y se miró el brazo—. Se suponía que ya lo habría superado. Se suponía que ya lo habíamos entendido todo.

La atraje hacia mí y apoyó la cabeza en mi hombro. No supe qué decir, solo se me ocurrían tonterías. Megan no quería garantías falsas. Quería respuestas.

Y yo también.

—El Profesor mató a Tia —susurró Megan—. Yo podría acabar matándote a ti. ¿La oíste? ¿Al final?

—Esperaba que hubieras estado inconsciente —admití.

—Dijo que él la había advertido pero que no le había hecho caso, David... yo te lo advierto a ti. No puedo controlarlo, ni siquiera conociendo el secreto del punto flaco.

—Bien —dije—, tendremos que limitarnos a hacer las cosas lo mejor que podamos.

—Pero...

—Megan —dije, alzándole la barbilla para mirarla a los ojos—. Prefiero morir a vivir sin ti.

—¿Lo dices de verdad?

Asentí.

—Egoísta. ¿Sabes lo que me haría a mí el saber que te he matado?

—Entonces, hagamos lo posible para que no suceda,

¿vale? —dije—. No creo que pase, pero me arriesgaré por estar contigo.

Suspiró y volvió a apoyar la cabeza en mi hombro.

—Tarugo.

—Sí. Gracias por intentar poner en práctica mi idea para convertir al Profesor.

—Lamento no haber logrado que funcionase.

—No fue culpa tuya. Creo que no vamos a probar con otra versión dimensional del Profesor.

—¿Qué, entonces? —preguntó—. No podemos rendirnos.

Sonreí.

—Tengo una idea.

—¿Es una locura?

—Una locura de las grandes.

—Bien —dijo—. El mundo se ha vuelto loco; unirnos a él es la única solución. —Guardó silencio durante un momento—. ¿Yo... tengo algún papel en ella?

—Sí, pero no hará falta que te extralimites con tus poderes.

Se relajó, acurrucándose a mi lado. Así nos quedamos, sentados, durante un rato.

—Sabes —dije al fin—. Me gustaría que mi padre te hubiese conocido.

—¿Porque habría sentido curiosidad por conocer a una Épica buena?

—Vale, por eso también —dije—. Pero creo que le hubieses caído bien.

—David, soy áspera, altanera y ruidosa.

—E inteligente —dije—, y una tiradora asombrosa. Imponente. Decisiva. A mi padre le gustaba la gente directa. Decía que prefería la maldición de alguien sincero que la sonrisa de un falso.

—Parece que era un gran hombre.

—Lo era. —El tipo de hombre del que los demás pasaban o al que hablaban con arrogancia simplemente porque era de pocas palabras y no respondía al instante con una observación ingeniosa... También era un hombre que iba raudo en ayuda de otra persona cuando los demás ya habían huido.

Calamity, lo echaba de menos.

—He tenido pesadillas —susurré.

Megan se sentó erguida, mirándome muy fijamente.

—¿De qué tipo?

—Recurrentes —dije—. Horribles. Con ruidos tremendos y sensaciones inquietantes. No lo entiendo. Esas cosas no me dan miedo.

—¿Algún otro elemento extraño? —preguntó.

La miré a los ojos.

—¿Qué recuerdas de la Torre Sharp?

Entornó los ojos.

—Lo que dijo Tia. Y antes... disparos. Muchos. ¿Cómo sobrevivimos?

Apreté los labios.

—¡Rayos! —dijo—. ¿Qué probabilidad crees que... es decir...?

—Ni idea. Podría no ser nada. En esa sala los poderes volaban de un lado para otro. Quizá quedase un campo de fuerza o... una zona de otra realidad...

Me puso una mano en el hombro.

—¿Estás segura de querer estar cerca de mí? —le pregunté.

—Preferiría morir a estar sin ti. —Me apretó el hombro—. Pero esto no me gusta nada, David. Tengo la impresión de que estamos conteniendo el aliento esperando a ver quién estalla primero. ¿Crees que el Profesor y Tia mantenían conversaciones como esta para decidir si los compensaba el riesgo de seguir juntos?

—Es posible. Pero no veo que tengamos otra opción que seguir adelante. No voy a dejarte y tú no vas a dejarme. Es como te he dicho. Tenemos que aceptar el peligro.

—A menos que haya otra forma —dijo Megan—. Una

forma de garantizar que yo jamás vuelva a ser un peligro para ti ni para nadie.

Fruncí el ceño sin comprender a qué se refería. Había tomado una decisión, por lo visto. Me miró y me acarició la cara.

—No me digas que no lo has pensado —dijo en voz baja.

—¿El qué?

—Desde que está aquí —dijo Megan—, me he preguntado si él no será la salida.

—Megan, no te comprendo.

Se puso en pie.

—No es suficiente con prometer. No es suficiente tener la esperanza de que no te haré daño. —Me dio la espalda y salió, al principio titubeando un poco, de la habitación.

La seguí rápidamente, intentando deducir qué planeaba. Dejamos huellas en la sal con los pies yendo hacia la mesa donde los otros esperaban sentados; le había llegado la hora al edificio; estaba demasiado cerca de la parte trasera de Ildithia. No pasaría de aquella noche.

Megan entró en la habitación más pequeña, la de Larcener. ¡Chispas! Corrí tras ella, a trompicones. Había una forma de garantizar que Megan no pudiese volver a hacerle daño a nadie con sus poderes. Y estaba allí, en la misma base.

—Megan —dije agarrándola del brazo—. ¿Estás segura de querer tomar una decisión tan drástica?

Miró fijamente a Larcener, tendido en el lujoso sofá con los auriculares. Ni se había enterado de nuestra presencia.

—Sí —susurró—. Desde que estoy contigo odio menos mis poderes. He empezado a creer que soy capaz de controlarlos. Pero después de lo de anoche... Ya no los quiero, David.

Me miró inquisitiva.

Negué con la cabeza.

—No te lo voy a impedir. La elección es tuya. Pero ¿podríamos pensarlo un poco más?

—¿Tú me lo dices? —Sonrió sin ganas—. No. Puede que pierda el valor.

Se acercó a Larcener y, puesto que no la veía, le dio una patada en el pie que le colgaba por un lateral del sofá.

Larcener se quitó los auriculares y se levantó de un salto.

—¡Esclavos —le gritó—, campesinos inútiles! Os voy a... Megan le enseñó la muñeca.

—Toma mis poderes.

Larcener se quedó boquiabierto. Luego retrocedió un paso, mirando el brazo como si fuera una caja que emitiera un tictac y pusiera «NO ES UNA BOMBA».

—¿De qué hablas?

—Mis poderes —dijo Megan, avanzando—, tómalos. Son tuyos.

—Estás loca.

—No —dijo—, simplemente estoy cansada. Adelante.

Él no se movió. Sospeché que nunca hasta entonces un Épico le había ofrecido sus poderes. Me acerqué a ella.

—Pasé meses en Babilar al servicio de Regalia —le contó Megan a Larcener—, simplemente porque me había dado a entender que podía conseguir que Calamity me quitase los poderes. En aquel momento, me habría gustado saber de tu existencia; me habría limitado a venir aquí. Tómalos. Te convertirán en inmortal.

—Ya soy inmortal —le respondió rápidamente.

—Entonces serás doblemente inmortal —dijo Megan—. O cuatro veces, lo que sea. Tómalos o buscaré en otra dimensión y...

Larcener le agarró el brazo. Megan jadeó y dobló el codo, pero no lo apartó. La agarré por los hombros para darle apoyo, preocupado. Chispas. Era una de las cosas más difíciles que había hecho en mi vida. ¿Debía convencerla para que esperara, para que se lo pensara mejor?

—Es como agua helada en las venas —siseó Megan.

—Sí —dijo Larcener—. He oído que es desagradable.

—Ahora se ha convertido en fuego —dijo estremeciéndose—. ¡Recorre mi cuerpo! —Los ojos se le pusieron vidriosos. Tenía la mirada desenfocada.

—Eh... —dijo Larcener, como un cirujano concienzudo—. Sí...

Megan tembló, tensa, con la mirada perdida.

—Quizá te lo deberías haber pensado mejor antes de brincar hasta mi habitación con tus exigencias —dijo Larcener—. Disfruta de ser todavía más una campesina. Estoy seguro de que encajarás maravillosamente con este equipo, si puede pensar como es debido una vez que termine. Verás, la mayoría no puede...

La habitación se incendió.

Me agaché cuando las llamas lamieron el techo y bajaron por las paredes. El calor era sutil, pero lo notaba.

Megan se irguió y dejó de temblar.

Larcener la soltó y se miró las manos. Volvió a agarrar a Megan. Ella lo miró a los ojos. Esta vez no temblaba ni se estremecía de dolor, aunque se le endureció el rostro porque apretó la mandíbula.

Las llamas no desaparecieron. Eran un fuego fantasmagórico. Había dicho que había aprendido a crear esas sombras dimensionales para ocultar su punto flaco y su miedo al fuego. Surgían por instinto.

Empezaba a hacer calor.

Larcener le soltó la mano y retrocedió.

—Parece que no puedes tomarlos —dijo Megan.

—¿Cómo es posible? —inquirió Larcener—. ¿Cómo puedes desafiarme?

—No lo sé. Pero ha sido un error venir aquí.

Le dio la espalda y salió. La seguí sin entender lo que había pasado. Abraham y Mizzy estaban en la puerta y Megan pasó entre ellos sin mirarlos. Yo les dediqué un encogimiento de hombros mientras la seguía al dormitorio comunitario.

—¿Todavía conservas los poderes? —le pregunté.

Asintió con expresión cansada. Se dejó caer en su catre.

—Debería haber supuesto que no sería fácil.

Dubitativo, pero también aliviado, me arrodillé a su lado. Todo aquello había sido una montaña rusa de emociones: una montaña rusa vieja, desvencijada y sin cinturones de seguridad.

—¿Estás... bien? —pregunté.

—Sí. Yo tampoco lo comprendo. Ha sido muy raro, David. En ese momento, mientras absorbía Larcener mis poderes con esa oleada de hielo, he comprendido que mis poderes forman parte de mí, tanto como mi personalidad. —Cerró los ojos—. He comprendido que no podía entregárselos, que si lo hacía sería una cobarde.

—Pero ¿cómo has conseguido oponerte a él? —dije—. Nunca he oído que algo así pudiese suceder.

—Los poderes son míos —susurró—. Los reclamo. Son mi carga, mi tarea, mi ser. No sé en qué han afectado a mi decisión, pero así ha sido. —Abrió los ojos—. ¿Y ahora qué?

—Cuando estábamos en la Torre Sharp —dije—, visité el otro mundo. El mundo donde vive Firefight. Allí no hay oscuridad, Megan. Steelheart es un héroe.

—Así que nacimos a un grado de distancia dimensional del paraíso.

—Tendremos que hacer que el paraíso llegue aquí —le dije—. El plan de Regalia consistía en que el Profesor viajase hasta Calamity y, una vez allí, le robase los poderes. Si podemos recuperar al Profesor, nos entregará el dispositivo de teletransporte desarrollado por Regalia. Creo que con él tendremos bastantes probabilidades de matar a Calamity y liberarnos.

Sonrió y me tomó del brazo.

—Hagámoslo. Rescatemos al Profesor, acabemos con Calamity, salvemos al mundo. ¿Cuál es tu plan?

—Bien —dije—, todavía no lo he perfilado.

—Bien —dijo—. Tienes muy buenas ideas, David, pero la práctica no se te da nada bien. Trae papel. Vamos a buscar la forma de hacerlo.

38

Dejé la mochila en el centro del enorme edificio. Había un intenso olor a sal. Recién crecido. El suelo reflejaba la luz del móvil; halita blanca y pulida. Tras dejar atrás un escondite que literalmente se había descompuesto a nuestro alrededor, ese lugar resultaba casi demasiado limpio. Como un bebé justo antes de vomitarte encima.

—No me parece adecuado —dije, y el eco de mi voz resonó en el enorme espacio.

—¿En qué aspecto? —preguntó Mizzy mientras pasaba a mi lado cargada con una bolsa de suministros.

—Es demasiado grande —dije—. No tengo la sensación de estar ocultándome si vivo en un almacén.

—Yo creía que estarías encantado de escapar del reducido espacio de nuestra residencia anterior —dijo Abraham, dejando los suministros con los que había cargado.

Miré a mi alrededor. A la débil luz del móvil me resultaba imposible ver los confines del espacio. Eso me inquietaba. ¿Cómo podía explicar esa sensación sin parecer estúpido? Todos los escondites de los Exploradores habían estado muy apartados, habían sido completamente seguros. Aquel almacén vacío era justo lo contrario.

Cody afirmaba que era igualmente seguro. El tiempo que llevábamos en Ildithia había permitido a Abraham y Cody investigar por la ciudad, y habían descubierto que nadie usaba el almacén y que además ofrecía un acceso conveniente al lugar donde quería atacar al Profesor.

Negué con la cabeza, agarrando la mochila y cargándola hasta la pared opuesta, donde Abraham y Mizzy ya habían dejado las suyas. Cerca de ese punto Cody ya se había puesto a hacer crecer una habitación más pequeña en el interior del almacén. Trabajaba delicadamente con el guante, rozando la sal para hacerla salir como si estuviese modelando arcilla, empleando la paleta para crear superficies lisas. El guante vibraba ligeramente, haciendo que la estructura cristalina se extendiese tras los movimientos de la mano. Había empezado a trabajar hacía apenas una hora, pero ya había hecho muchos adelantos con la habitación adicional.

—Nadie nos va a incordiar aquí, chico —me dijo, sin dejar de trabajar, con seguridad.

—¿Por qué no? —pregunté—. Parece el lugar perfecto para meter un buen montón de gente. —Me imaginaba el almacén atestado de familias, cada una alrededor de su propio fuego de barril. Eso lo transformaría. En lugar de estar vacío y silencioso como una tumba, estaría repleto de vida y sonidos.

—Está demasiado lejos del centro de la ciudad... Pertenece al borde norte de la sección de la vieja Atlanta que se convirtió en Ildithia. ¿Por qué venirse a un frío almacén cuando puedes alojar a tu familia en casas del centro?

—Supongo que tiene lógica —dije.

—Además, aquí asesinaron a mucha gente —añadió Cody—. Así que nadie quiere estar cerca.

—Eh... ¿qué?

—Sí —dijo—. Una tragedia. Un grupo de niños vino a jugar aquí, pero esto estaba demasiado cerca del territorio de otra familia, que se asustó, creyendo que los rivales venían por ellos. Arrojaron dinamita al interior por la puerta. Dicen que durante días se oyó a los supervivientes llorar bajo los escombros, pero para entonces ya se había desatado una guerra en toda regla y nadie tenía tiempo de ayudar a los pobres críos.

Lo miré fijamente, asombrado. Cody se puso a silbar y siguió con lo suyo. Chispas. Se lo estaba inventando, ¿no? Examiné el vasto y vacío espacio, y me estremecí.

—Te odio —murmuré.

—Venga, venga, no me seas así. Ya sabes, las emociones negativas atraen a los fantasmas.

¿De qué me sorprendía? Hablar con Cody era lo menos productivo que podías hacer, así que me marché a buscar a Megan. Pasé junto a Larcener, quien evidentemente se había negado a cargar con nada hasta la nueva base. Se metió en la habitación sin terminar de Cody y se dejó caer. Un mullido puf se materializó debajo de su cuerpo.

—Estoy cansado de interrupciones —dijo. Señaló hacia la pared, donde apareció apoyada una puerta—. Encájala en tu construcción y yo le pondré la cerradura. Además, haz que las paredes sean muy gruesas para no tener que oíros parlotear y farfullar todo el rato.

Cody me dedicó una mirada de sufrimiento. Intuí que estaba considerando la posibilidad de encerrar al Épico.

Encontré a Megan con Mizzy cerca de donde Abraham sacaba las armas. Me detuve sorprendido. Ambas estaban sentadas en el suelo rodeadas de nuestras notas, algunas escritas de mi puño y letra, otras con la..., bueno, la letra de Megan se confundía fácilmente con el resultado de un tornado en una tienda de lápices.

Mizzy asintió mientras Megan señalaba una página y gesticulaba luego animadamente hacia el cielo. Megan reflexionó un momento antes de coger papel y ponerse a escribir.

Me acerqué a Abraham.

—Están hablando —le dije.

—¿Esperabas que estuviesen cacareando?

—Bien, esperaba que se gritaran o que se estrangularan.

Abraham volvió a la tarea de sacar el material.

Quise acercarme a las mujeres, pero, sin levantar la vista, Abraham me agarró del brazo.

—Quizá sea mejor que lo dejes, David.

—Pero...

—Son adultas —dijo Abraham—. No necesitan que les resuelvas sus problemas.

Me crucé de brazos, resoplando. ¿Qué importaba eso de que fueran adultas? Más de un adulto me había necesitado a mí para resolver sus problemas... De no haber sido así Steelheart habría seguido con vida. Además, Mizzy tenía diecisiete años. ¿Contaba como adulta?

Abraham sacó algo que dejó en el suelo con un golpe sordo.

—En lugar de meterte donde no te llaman —me dijo—, ¿qué tal si ayudas donde haces falta? Me vendría bien.

—¿Haciendo qué?

Abraham le quitó la tapa a la caja. Contenía un par de guantes y un frasco de mercurio reluciente.

—Tu plan es atrevido, como era de esperar. También es sencillo. Los mejores planes suelen serlo. Pero requiere que haga cosas que no estoy seguro de poder hacer.

Tenía razón; el plan era sencillo. También era excepcionalmente peligroso.

Knighthawk había usado drones para explorar algunas de las cuevas subterráneas de Ildithia, las creadas por Digzone mucho tiempo atrás. Había muchas por esa región, excavadas en la roca. Ildithia pasaba por encima de un buen montón de ellas, y si habíamos escogido aquel almacén había sido en parte porque podíamos cavar un túnel hacia una de las cuevas y practicar en ella.

El plan consistía en entrenarnos durante un mes. Para entonces Ildithia habría dejado atrás las cuevas... pero seguirían siendo el lugar perfecto para una trampa. Había muchos túneles donde colocar explosivos o para trazar rutas de huida. Estaríamos familiarizados con esos túneles, lo que nos daría ventaja durante la pelea.

Cuando estuviésemos preparados, nos escabulliríamos de la ciudad y volveríamos a las cuevas. Desde allí podríamos atraer al Profesor. Para ello nos bastaría con usar los motivadores basados en sus poderes. Vendría directo a nosotros. Ildithia estaría a kilómetros de distancia y a salvo de cualquier destrozo causado durante la pelea.

Abraham y Megan atacarían primero. La idea era cansarlo antes de que apareciese Cody vestido con el «traje tensor», como llamábamos al conjunto de dispositivos que imitaban los poderes del Profesor. Todavía no lo teníamos, pero Knighthawk afirmaba que estaba de camino. Así que cuando Abraham y Megan lo hubiesen agotado un poco, aparecería Cody usando todos los poderes del Profesor.

Nuestra esperanza era que el Profesor no hubiese reconocido los poderes de Tavi como «suyos». Después de todo, los campos de fuerza de la mujer tenían otro color.

Una vocecita me decía que podía haber un problema mayor. Los campos de fuerza de Tavi habían herido al Profesor, pero sin anular por completo sus poderes, como sucedía en el caso de Megan y la mayoría de los Épicos.

¿Era posible que Tia se hubiese equivocado? Yo había decidido que no, pero ahora que solo me quedaba una oportunidad para detener al Profesor, vacilaba. Algo no cuadraba del todo en el caso del Profesor y sus poderes.

¿Qué era lo que el Profesor temía?

—Para que esto salga bien —dijo Abraham a mi lado, sacándome de golpe de mis cavilaciones—, tendré que usar el rtich cuando me enfrente al Profesor. Y enfrentarme a él significa impedir que los campos de fuerza me aplasten.

—Con el rtich debería bastar —dije—. La integridad estructural del mercurio...

—Creo lo que dicen tus notas —me interrumpió Abraham, poniéndose los guantes—, pero prefiero hacer unas cuantas pruebas y luego practicar mucho.

Me encogí de hombros.

—¿Qué has pensado?

Aparentemente, lo que «había pensado» era hacerme trabajar. En el almacén había un pequeño altillo. Me pasé una hora trabajando con Cody, que allí creó grandes losas de halita. Luego yo las uní y las distribuí en varios grupos, de forma que pudiera arrojarlos desde arriba. Finalmente, me limpié la frente con un trapo que ya estaba completamente empapado y me senté con las piernas colgando por el borde del altillo.

Abajo, Abraham practicaba.

Para el rtich había desarrollado su propio programa de entrenamiento usando de modelo un arte marcial. Se colocó en el centro de un círculo de luces que había dispuesto en el suelo y estiró ambos brazos hacia un lado para luego doblarlos y estirarlos hacia el otro.

El mercurio bailó a su alrededor. Al principio le cubrió el brazo como una manga y un guante plateado. Cuando estiró los brazos al frente, se transformó en un disco unido a las palmas de sus manos. Volvió a ejecutar sus movimientos de artes marciales y el disco se deshizo y una vez más el mercurio le cubrió el brazo antes de salir disparado en forma de punta de lanza obedeciendo otro movimiento de las manos.

Observé con avidez. El metal se movía con una hermosa fluidez sobrenatural, reflejando la luz cuando culebreaba alrededor de los brazos de Abraham, subiendo primero por uno y recorriéndole los hombros para bajar por el otro, como si estuviese vivo. Abraham giró y echó a correr; luego dio un salto y el mercurio le bajó por las piernas y formó un pedestal de escasa altura en el que aterrizó. Parecía frágil, pero aguantó su peso.

—¿Listo? —grité desde arriba.

—Listo —repuso él.

—Ten cuidado —dije—. No quiero aplastarte.

No respondió, así que suspiré, me puse en pie y usé una palanca para arrojar contra él un conjunto de losas desde el altillo. La idea era que crearía una delgada línea de mercurio siguiendo la trayectoria de las losas para comprobar en qué medida el impacto retorcía el metal.

En lugar de hacer eso, Abraham se metió justo debajo de las piedras y alzó una mano.

Yo no podía verlo, pero por lo que deduje, Abraham hizo que una larga banda de mercurio le cubriese un costado y el brazo desde la palma y hasta el pie creando una especie de coraza.

Contuve el aliento cuando la halita cayó hacia él. Estiré el cuello para mirar. El montón rebotó en Abraham y las losas se separaron y cayeron a un lado. Abraham se quedó sonriendo, con la mano todavía levantada y la palma cubierta de mercurio. La coraza había bastado para desviarlas.

—Eso ha sido una estupidez —le grité—. ¡Deja de intentar dejarme sin trabajo!

—Es mejor que comprobemos ahora si va a funcionar que enterarnos en plena pelea con el Profesor —me gritó desde abajo—. Además, estaba casi seguro.

—¿Todavía quieres probar lo siguiente? —le preguntó Cody, situándose a mi lado con el rifle de francotirador al hombro.

—Sí, por favor —dijo Abraham. Estiró el brazo hacia nosotros y creó un escudo que aumentó de tamaño hasta ser tan alto como él. Relucía y era extremadamente fino.

Miré a Cody, me encogí de hombros y me tapé las orejas con las manos. Hubo disparos; por suerte, Cody usaba silenciador, por lo que cubrirse las orejas no hacía demasiada falta.

El mercurio se hundió, atrapando las balas. Bueno, las detuvo, lo que no era tan impresionante, al fin y al cabo, puesto que el cuerpo humano lo hace sin problema. El mío lo había hecho alguna que otra vez.

El mercurio no se rompió ni se disgregó; era un escudo efectivo, aunque por desgracia su utilidad era más bien escasa, porque Abraham carecía de reflejos sobrehumanos; no podría parar las balas ya disparadas.

Se volvió y el mercurio fluyó de nuevo hacia él, dejando caer las balas al suelo. Le corrió por el brazo y la pierna antes de saltar del pie para formar una serie de escalones de subida hacia mí. Los subió sonriendo de oreja a oreja.

Me tragué la envidia. Dudaba de que alguna vez dejara de desear ser capaz de manejar aquel dispositivo, pero sí que podía evitar comportarme como un niño. Cody y yo le dimos a Abraham unas palmadas en la espalda y le hicimos gestos de aprobación para felicitarlo. El canadiense sonreía complacido, lo que resultaba agradable porque no era habitual. A veces sonreía, sí, pero su sonrisa siempre era forzada. Rara vez daba la impresión de disfrutar de la vida. Más bien era como si la dejase pasar a su alrededor, mirándola con curiosidad, como una roca contempla un río.

—Quizá funcione —me dijo—. Quizá no acabemos todos muertos. —Alzó la mano y el mercurio le corrió brazo arriba y formó una esfera en la palma del guante. Se agitó como un océano en miniatura con sus olas y mareas.

—¡Ahora haz un cachorro! —le gritó Mizzy desde abajo—. ¡Ah y luego un sombrero! Un sombrero de plata. Una tiara.

—Cierra el pico —le espetó Abraham.

Me vibró el bolsillo. Saqué el móvil. Era otro mensaje de Knighthawk. El tipo me consideraba su fuente personal de entretenimiento. Lo abrí.

«Hoy Jonathan ha vuelto a ponerse en contacto conmigo.»

«¿Descubrió que lo enviaste a cazar ratas?»

«¿Ratas?»

«Nunca he visto un ganso —le escribí—. ¿Para qué cazarlos? En cambio, en Chicago Nova había muchas ratas.»

«¿Y en lugar de gansos cazabas ratas...? Da igual, chico. Jonathan me ha mandado un mensaje para vosotros.»

Me quedé helado. Hice un gesto a Cody y Abraham para que se acercasen y leyesen conmigo.

«Dice que tenéis dos días para entregar a Larcener o destruirá Chicago Nova —prosiguió Knighthawk—. No dejará un alma viva. Al día siguiente destruirá Babilar.»

Abraham y yo nos miramos.

«¿Creéis que es capaz de hacerlo? —escribió Knighthawk—. ¿Que es capaz de destruir una ciudad entera?»

—Sí —dijo Abraham en voz baja—. Si mató a Tia, es capaz de cualquier cosa.

—Creo que lo que pregunta es si el Profesor tiene el poder necesario para hacerlo —dije.

—¿No dijiste que en la fiesta hablaste con Obliteration? —me preguntó Abraham.

—Sí —repuse—. Me dio a entender que el Profesor lo había convocado usando un dispositivo conectado a los poderes de Obliteration. A pesar de que Regalia empleó las bombas para ocultar su verdadero objetivo, el dispositivo de teletransporte, creo que podemos dar por seguro que el Profesor tiene acceso a al menos una bomba.

—Puede hacerlo, entonces —dijo Abraham—. Y cabe suponer que lo hará. Lo que significa...

—... que tenemos una nueva fecha límite —dije, guardándome el móvil.

Nuestro mes de entrenamiento se había ido al garete.

39

El dron aterrizó de noche en la azotea del almacén. Lo esperamos formando un grupo silencioso y compacto de cuatro, protegidos por la oscuridad, mientras Cody vigilaba la ciudad desde un escondite de francotirador que había creado en otro punto del tejado.

Metí la mano en el bolsillo y le di a un botón del móvil; se le apagó la pantalla. La pulsación envió un mensaje que había escrito de antemano: «El premio ha aterrizado. Lo estamos examinando.»

Nos agachamos sobre el dron, con las gafas de visión nocturna mirando un mundo pintado de verde. Mizzy abrió el aparato.

En su interior, empaquetado con paja mezclada con periódicos viejos, una visión gloriosa: un chaleco, una cajita metálica y un par de guantes. Exhalé al fin. Los guantes tenían exactamente el mismo aspecto que los tensores: negros, con líneas metálicas recorriéndolos como riachuelos por cada dedo hasta las puntas. Al activarlos relucirían de color verde.

—Guuuay —susurró Mizzy tocando el chaleco—. Tres carcasas diferentes de motivadores. La primera de curación, a juzgar por los sensores que fijas a la piel; probablemente se active automáticamente al sufrir una herida. Este está relacionado con los tensores; el último con los campos de fuerza.

Dio la vuelta a un guante. No pude evitar pensar que

aquel traje era algo nuevo, un paso muy diferente en la creación de tecnología derivada de los Épicos. En lugar de un único poder, reproducía todo lo que el Profesor era capaz de hacer. Era una red compleja de cables y múltiples motivadores combinados para imitar a un humano mejorado. ¿Debía sentirme inquieto o impresionado?

«Los héroes vendrán, hijo.» Las palabras de mi padre. Las recordé al pasar los dedos sobre la lisa superficie metálica de los motivadores del traje. «A veces hay que ayudar a los héroes...»

—Tenemos un problema —dijo Abraham—. Cody no puede practicar con el dispositivo sin alertar al Profesor y descubrirnos.

—Se me había ocurrido una idea para solucionarlo —dije—. Aunque hará falta que Megan use sus poderes.

Ella me miró con curiosidad.

—Dudo mucho que el Profesor pueda sentir a Cody usando el traje si lo hace en otra dimensión —dije.

—Qué listo —admitió Megan—. Pero solo podrá quedarse allí un breve período. Diez minutos, quizá quince si me esfuerzo.

—No te esfuerces —dije—. Puede que no tengamos mucho tiempo, pero al menos sabremos con seguridad si los motivadores funcionan.

A todos pareció gustarles el plan y juntos extrajimos el traje tensor. Debajo había otros suministros que habíamos logrado sacarle a Knighthawk a base de ruegos: algunos explosivos, pequeños robots autónomos que eran poco más que una cámara con patas y algunos cacharros tecnológicos que Mizzy había propuesto como ampliación del plan que habíamos concebido Megan y yo.

Los demás se lo llevaron todo. Mizzy metió en el dron el viejo reparador que nos había curado a mí y a Megan para devolvérselo a Knighthawk. Ahora disponíamos de algo mejor, aunque nos hiciera falta tener cuidado con su uso para no alertar al Profesor.

Al pasar los demás llevándose las cosas, agarré a Megan del brazo. Me hizo un gesto de asentimiento. No tenía problemas en usar sus poderes. No la seguí para bajar al almacén, sino que fui hasta el escondite de Cody. Me tocaba guardia.

El puesto tenía forma de caja ancha y poco profunda y estaba más o menos en el centro de la azotea. Cody se las había ingeniado para crear un techo usando el cristalizador. Se confundía perfectamente con la azotea; parecía un elemento más del edificio. Sin embargo, tenía aberturas longitudinales a los lados y un agujero en la parte posterior que te permitía arrastrarte dentro y quedarte allí tendido.

Eché un vistazo al interior. El larguirucho sureño estaba como una cría de canguro en el marsupio de su madre... aunque la verdad es que nadie debería dejar que un cangurito jugara con una Barrett calibre 50 cargada con balas capaces de atravesar un blindaje.

—¿Ha llegado mi juguete nuevo? —preguntó Cody, dejando el arma a un lado y reptando hacia atrás para salir.

—Sí —dije, apartándome para que pudiese ponerse en pie—. Tiene un aspecto genial.

—¿Estás seguro de no querer llevarlo tú, chico?

Negué con la cabeza.

—Tú tienes más experiencia con el tensor, Cody.

—Sí, pero tú tenías más talento.

—Yo... —Tragué saliva—. No, yo debo dirigir la misión desde la retaguardia.

—Entonces todo correcto. —Me dio la espalda para bajar.

—¿Cody? —dije.

Se detuvo y se volvió de nuevo hacia mí.

—El otro día hablaba con Abraham y..., bien, casi me arranca la cabeza de un mordisco.

—Ah. Estabas husmeando, ¿no?

—¿Husmeando?

—En el pasado.

—No, claro que no. Me limité a preguntarle por qué no quería estar al mando.

—Se acerca bastante —dijo Cody dándome una palmada en el brazo—. Abraham es un poco raro, muchacho. Los demás seguimos una lógica: tú luchas por venganza; yo lucho porque era policía e hice un juramento; Mizzy..., bueno, ella pelea por sus héroes, Sam y Val, porque quiere emularlos.

»Pero Abraham... ¿por qué pelea? No sabría decírtelo. ¿Por sus hermanos y hermanas caídos de las fuerzas especiales? Quizá, pero no parece resentido. ¿Para proteger el país? En tal caso, ¿qué hace aquí, en los Estados Fracturados? Lo único que sé con seguridad es que es por algo de lo que no quiere hablar... y no creas que porque Abraham sabe controlarse eso significa que tiene buen carácter. —Cody se frotó la mandíbula—. Es algo que aprendí por las malas.

—¿Te dio un puñetazo?

—Me rompió la mandíbula —repuso, riéndose—. No husmees, chico. ¡Eso es lo que aprendí yo! —No le daba mucha importancia, aunque a mí una mandíbula rota me parecía una ofensa muy grave.

Pero, claro está, ¿quién no había tenido alguna vez ganas de darle un puñetazo a Cody?

—Gracias —dije, sentándome para entrar en el nido de francotirador—. Pero te equivocas en mi caso, Cody. Yo ya no peleo por venganza. Peleo por mi padre.

—¿No es lo mismo que hacerlo por venganza?

Me saqué de la camisa el pequeño colgante en forma de «S» de los fieles que llevaba al cuello: el símbolo de los que esperaban la llegada de los héroes.

—No. No peleo por su muerte, Cody. Peleo por sus sueños.

Cody asintió.

—Bien por ti, chico —dijo, disponiéndose a bajar los escalones—. Bien por ti.

Entré arrastrándome en el nido de francotirador, con la

cabeza rozando el techo, y conecté el rifle de Cody a mi móvil. Me quité las gafas de visión nocturna y usé la mira telescópica para ver un mapa superpuesto de la zona y también la imagen térmica. Mejor todavía, el rifle disponía de un avanzado sistema de detección de sonido. Me avisaría si captaba alguno en algún punto cercano con un destello en el mapa.

Por el momento, nada. Ni siquiera palomas.

Me quedé allí, situado sobre cojines que Cody había colocado. En ocasiones me retorcía dentro del espacio para sacar el rifle por uno de los lados.

El sonido venía de abajo, del interior del almacén. Hablé con mis compañeros y Mizzy me contó que mi idea, la de enviar a Cody a practicar en una dimensión paralela, iba bien. Dijo que había asustado a unos chicos que en esa dimensión vivían en el almacén, pero que por lo demás no había visto a nadie.

Después comprobé una anomalía, un ruido que había captado el rifle y que resultaron ser unos saqueadores que iban por el callejón. No se detuvieron en el almacén. Siguieron en dirección al final de la ciudad. Luego tuve un buen rato para pensar. Mi mente vagó en el silencio y fui consciente de algo que me incordiaba. Estaba insatisfecho, aunque, lo que era más irritante, no entendía exactamente por qué motivo. Algo me molestaba, ya fuese el lugar elegido para ejecutar el plan o el plan en sí. ¿Qué se me escapaba?

Le di vueltas durante casi una hora, una pequeña parte de mi turno, y la verdad es que me alegré cuando oí zumbar otra vez la alarma del rifle. Amplié la fuente de la alteración, pero no era más que un gato asilvestrado moviéndose por una azotea cercana. Lo seguí con atención, por si era un Épico capaz de cambiar de forma.

Para entonces ya clareaba y bostecé. Me pasé la lengua por los labios, saboreando la sal. No me entristecería alejarme de aquel lugar. Por desgracia, mi guardia era de ocho horas completas, lo que incluía seis horas más de tedio hasta el mediodía.

Volví a bostezar y pasé las uñas por el reborde de halita que tenía delante. Curiosamente, el almacén seguía creciendo. Los cambios eran minúsculos, pero si prestaba atención podía ver zarcillos tan delgados como líneas de lápiz creciendo sobre la halita, como tallados por una mano invisible.

Los grandes cambios de la ciudad se producían el primer y último día de la vida de un edificio, pero el período intermedio no era estático. A menudo aparecían pequeñas ornamentaciones, que desaparecían al cabo de un día o dos, gastadas por la degeneración inevitable del ciclo infinito de la ciudad.

La alarma volvió a zumbar y miré el plano a través de la mira. El sonido llegaba del terrado del almacén y un momento más tarde oí pasos en la halita acercándose desde la escalera que iba del altillo a la azotea. Lo más probable era que fuese un miembro del equipo. A pesar de todo, saqué con precaución el móvil por el agujero lateral y me serví de la cámara, cuya imagen pasé a la mira, para ver quién venía.

Era Larcener.

Eso no me lo esperaba. No recordaba que en ninguna de las tres bases hubiese salido de su habitación, aparte de cuando era preciso abandonar una para mudarse a la siguiente. Se quedó de pie protegiéndose los ojos con la mano, mirando con el ceño fruncido el lejano amanecer.

—¿Larcener? —pregunté, saliendo del nido con el rifle—. ¿Va todo bien?

—La gente los disfruta —dijo.

—¿Qué? —pregunté siguiendo su mirada—. ¿Los amaneceres?

—Siempre hablan de la salida del sol —dijo, como si estuviese molesto—. De lo bonita que es, bla, bla bla. Como si cada amanecer fuese una maravilla irrepetible. Yo no lo entiendo.

—¿Estás loco?

—Cada vez estoy más seguro de que soy el único habitante de este planeta que *no* lo está —dijo secamente.

—Entonces estás ciego —dije mirando la salida del sol. En lo que se refería a amaneceres, no era gran cosa. No había nubes que reflejaran la luz, y aquel día tenía un color uniforme en lugar de recorrer todo el espectro.

—Una bola de fuego —dijo—. De un naranja chillón. Luz molesta.

—Sí —dije sonriendo—. Asombroso. —Pensé en todos los años bajo Chicago Nova, en la oscuridad, cuando estimábamos la hora del día por lo tenue de las luces. Recordé el momento de salir a cielo abierto por primera vez desde mi infancia y ver el sol salir y bañarlo todo con su calor.

Un amanecer no precisaba ser hermoso para ser hermoso.

—A veces voy a contemplarlos —dijo Larcener—, para ver si logro entender lo que todos parecen ver.

—Ah —dije—. ¿Qué sabes del proceso de crecimiento de la ciudad?

—¿Qué importa eso?

—Es interesante —dije, agachándome—. ¿Ves estas líneas? Siguen creciendo. ¿Se debe a que en el almacén original había esta combinación de ladrillos y madera? Es decir, no tiene mucho sentido que la tuviera, pero la alternativa es que los *poderes* están creando arte. ¿No es sorprendente?

—La verdad es que no sabría decirte.

Lo miré.

—No lo sabes, ¿verdad? Al tomar el control de la ciudad absorbiste este poder, pero no sabes cómo actúa.

—Sé que hace lo que yo quiero. ¿Qué importa lo demás?

—La belleza importa —dije siguiendo las líneas con el dedo—. Mi padre siempre decía que los Épicos eran maravillosos. Asombrosos. Una visión de algo verdaderamente divino, ¿sabes? Es fácil centrarse en la destrucción, como la provocada por Obliteration en Kansas City. Pero también hay belleza. Casi me siento mal por matar Épicos.

Resopló con desdén.

—A mí no me engañas, David Charleston. Deja de fingir.

—¿De fingir? —Volví a levantarme y lo miré.

—Finges odiar a los Épicos. Los odias, sí, pero de la misma forma que el ratón odia al gato. El tuyo es el odio de la envidia. El odio del pequeño al que le gustaría ser grandioso.

—No seas estúpido.

—¿Estúpido? —se burló Larcener—. ¿Crees que no es evidente? Un hombre no estudia, aprende y se obsesiona como lo has hecho tú por odio. No, los tuyos son los síntomas de un ansia. Has buscado un padre entre los Épicos, una amante entre ellos. —Dio un paso hacia mí—. Admítelo. Lo que más deseas es ser uno de los nuestros.

—Amaba a Megan antes de descubrir lo que era —dije entre dientes, sorprendido por la furia que sentía de pronto—. No sabes nada.

—¿No? —dijo—. He observado muchas veces a gente como tú... La verdad sobre los hombres se manifiesta en los primeros momentos, David. Los nuevos Épicos asesinan, destruyen, hacen lo que haría cualquier hombre carente de inhibiciones. Los hombres son una raza de monstruos sujetos por débiles cadenas. Eso es lo que hay en tu interior. Te desafío a que lo niegues. ¡Niégalo! ¡Tú, el hombre que presume de conocer a los Épicos mejor de lo que se conoce a sí mismo!

No me atreví. Le di la espalda y volví a entrar en el nido para terminar la guardia. Finalmente, Larcener se fue refunfuñando.

Pasaron las horas. Por mucho que lo intentaba no podía olvidar lo que me había dicho Larcener. Cerca de mediodía, al final de mi guardia, me concentré en una idea concreta: «El hombre que presume de conocer a los Épicos mejor de lo que se conoce a sí mismo.»

¿Los conocía realmente? Conocía sus poderes, sí, pero no a los Épicos en sí; no pensaban todos igual. Era un error fácil de cometer. Los Épicos eran de una arrogancia arrolladora, por lo que se podían predecir algunas de sus acciones, pero seguían siendo personas. Individuos. No, no los conocía.

Pero conocía al Profesor.

«Oh, Calamity», pensé.

Comprendí al fin lo que me había estado inquietando. Salí del nido y corrí raudo al almacén.

Bajé a trompicones los escalones hasta el altillo y me asomé al borde para ver la planta completa del almacén. Mizzy estaba sentada a una mesa, jugando con sus llaves; Megan en el suelo, con las piernas cruzadas, concentrada. Cerca de ella el aire se estremeció y apareció Cody.

—Bien —dijo—. Creo que le estoy pillando el tranquillo. Da la impresión de ser mucho más potente que los tensores de Chicago Nova. También funcionan los muros de campo de fuerza.

—¡Chicos! —grité.

—¿David, muchacho? —me saludó Cody, gritando—. ¡El truco dimensional va de fábula!

—¿Por qué iba a darnos el Profesor dos días de plazo? —chillé.

Todos me miraron en silencio.

—¿Para ponernos nerviosos? —preguntó Mizzy—. ¿Para obligarnos a ceder? Los plazos vencen para eso, ¿no?

—No, pensad como Exploradores —dije. Me sentía frustrado—. Dad por supuesto que el Profesor está planeando, igual que nosotros. Dad por supuesto que tiene su propio equipo, su propio plan de ataque. Pensamos en él como si fuese otro déspota cualquiera, pero no lo es. Es uno de nosotros. Ese plazo de dos días es muy sospechoso.

—Chispas. —Megan se levantó—. ¡Chispas! Solo daríamos un plazo de dos días...

—... si planeáramos atacar en un día —concluyó Abraham—, si no antes.

—Hay que irse de este lugar, de la ciudad —dije—. ¡Moveos!

40

El tumulto que se produjo a continuación seguía cierto orden, ya que jamás montábamos la base sin prepararnos para abandonarla. El equipo sabía lo que debía hacer, a pesar de las imprecaciones y un cierto grado de caos.

Corrí escalones abajo y estuve a punto de chocar con Mizzy, que subía al altillo para recoger la munición y los explosivos que almacenábamos lejos de donde dormíamos. Abraham fue a buscar las células de energía y las armas que había dejado junto a la pared.

Cody corrió hacia la puerta. Lo detuve con un ladrido.

—¡Espera!

Se quedó inmóvil y se volvió hacia mí. Todavía llevaba el traje tensor.

—Megan —dije—, tú irás en cabeza en lugar de Cody. Cody, tú haz su trabajo y prepara las raciones de comida. El traje es demasiado valioso para ponerlo en peligro. Tal vez haya una trampa preparada esperando a que llegue un explorador.

Megan obedeció al instante y, cuando pasó a mi lado, le lancé el rifle de Cody, que regresó a toda prisa algo huraño, pero se puso a juntar mochilas y se aseguró de que todas contuvieran comida, agua y un saco de dormir.

Me apresuré en escribirle a Knighthawk.

«Es posible que nuestra posición esté comprometida

—le envié—. Nos vamos. ¿Te importaría prestarme un par de drones para vigilar la zona?»

No respondió de inmediato, por lo que corrí a ayudar a Mizzy con la munición y los explosivos. Hizo un gesto de agradecimiento cuando le cogí lo que había estado cargando.

—¿Dejo un regalo de despedida? —me preguntó.

—Sí —repuse—. Pero solo si puedes hacerlo rápido. Quiero que nos marchemos a la de cinco.

—Entendido —dijo.

Subió rápido al altillo. Cuando terminamos de recoger tenía ya una carga explosiva preparada para destruir todo el almacén.

—Asegúrate de que la podemos desactivar por control remoto —le grité, recordando la historia de Cody sobre los niños muertos... que casi con toda seguridad era una invención.

Metí la munición en las mochilas que Cody había dispuesto en fila, con los sacos de dormir en la parte superior, y cerré las cremalleras. Había mochilas para todos excepto para Abraham. Él llevaría una enorme bolsa de lona con gravitónica para ayudarle a levantarla llena de células de energía y armas.

Mi móvil vibró.

«¿Cómo sabes que todavía tengo drones por la zona?», había escrito Knighthawk.

«Porque eres un paranoico y quieres tener controlado al Profesor», le respondí.

Me eché la mochila al hombro y situé una segunda a mis pies. Llevaría la de Megan hasta que ella pudiese reunirse con nosotros.

«Sí que eres más listo de lo que pareces —me escribió—. Vale, daré un repaso a tu zona y te enviaré el vídeo.»

Esperé ansioso mientras Abraham terminaba de llenar su bolsa. Mizzy corrió a coger la suya y me hizo un gesto de asentimiento. Cody ya tenía la suya al hombro. Nos había llevado menos de cinco minutos prepararnos. Cerca, Larcener salió de la pequeña habitación que Cody le había fabricado.

—¿Me he perdido algo? —preguntó.

—Mierda —dijo Megan por el móvil.

Me llevé la mano al auricular.

—¿Qué?

—Tiene a todo un ejército recorriendo las calles hacia nosotros, Knees. Nuestros dos puntos principales de salida están bloqueados. Para cuando hubiésemos visto todo esto desde el punto de observación del francotirador ya nos habrían tenido rodeados. Puede que ya lo estemos.

—Retrocede —dije—. Knighthawk va a mandarnos información.

—Recibido.

Miré a los otros.

—¿Caras falsas? —preguntó Mizzy.

—No importa la cara que tengamos, vamos a ser de lo más sospechosos cargados con todo este equipo —dije.

—Entonces lo abandonamos —dijo Abraham—. No estamos preparados para pelear.

—¿Y estaremos más preparados dentro de veinticuatro horas —pregunté—, cuando destruya Chicago Nova?

El móvil sonó. Knighthawk me llamaba, lo que era muy poco habitual. Descolgué, pasando la conversación a la línea común para que todos pudiesen oírla por los auriculares.

—Estáis acabados —dijo—. Os envío imágenes infrarrojas.

Abraham se acercó, bajó su móvil y nos colocamos a su alrededor para mirar. Un plano de la zona mostraba a cientos, quizá miles de personas descendiendo hacia nuestra posición, cada una representada por un punto. Formaban un círculo completo.

—East Lane —dijo Knighthawk—. ¿Veis esos cadáveres? Son de transeúntes que han intentado huir. Disparan a todo el que trata de salir del círculo. Envían un equipo a cada edificio, retienen a la gente a punta de pistola y, por lo que puedo determinar por las imágenes que recibo captadas a través de las ventanas, le palpan la cara.

—¿Le palpan la cara? —preguntó Mizzy.

—Para comprobar si hay alguna ilusoria —dije—. El Profesor sabe que Megan puede engañar el dispositivo zahorí, pero las imágenes superpuestas que crea no dejan de ser ilusorias. Si palpan una nariz que no se corresponde con la imagen de la cara sabrán que han dado con nosotros.

—Lo que yo decía —comentó Knighthawk—. Estáis acabados.

Megan entró corriendo, cerró la puerta y pegó la espalda a la halita.

—¿Rodeados? —preguntó al ver nuestras caras.

Asentí.

—¿Qué hacemos? —preguntó, uniéndose al grupo.

Miré a los otros. Asintieron uno a uno.

—Luchar —dijo Abraham en voz baja.

—Luchar —dijo Mizzy—. Espera que intentaremos romper el cerco; es lo que establece el protocolo Explorador en caso de ataque por sorpresa y cuando nos superan en número.

Me dio un ataque súbito de orgullo y sonreí.

—Si este fuese un equipo del Profesor, huiríamos —dije.

—No somos su equipo —dijo Cody—. Ya no. Hemos venido a cambiar el mundo; no lo lograremos sin pelear.

—Eso es una estupidez —comenté.

—En ocasiones lo estúpido es lo correcto —dijo Megan. Tras una pausa, añadió—: Demonios. Espero que nadie me cite. Bien, ¿dónde está el campo de batalla?

—En el lugar donde iba a estar —dije.

Y apunté hacia abajo. El túnel y el complejo de cuevas estaba debajo de nosotros.

—Cody, ve delante. Entramos completamente equipados, como habíamos planeado. No tendremos tanta ventaja como nos gustaría tener, pero a pesar de todo controlamos las cuevas y eso nos permitirá enfrentarnos a él con una mínima posibilidad de hacer daño a la gente inocente que pueda haber en las inmediaciones.

—Espera —dijo Megan—. Si Cody usa el tensor atraerá al Profesor justo hasta aquí y sabrá que tenemos el dispositivo.

—Sí —dijo Knighthawk por teléfono—. Ahora mismo flota junto a su pequeño ejército, pero no será por mucho tiempo. Hace años, cuando probé los motivadores, se enfureció. Irá de inmediato por vosotros.

Cody se miró las manos.

—Yo... Chico, acabo de empezar a practicar con estos tensores. Son más potentes que los que usábamos antes, pero es posible que tarde horas en abrir una ruta de huida.

—No deberías —dije—. Has visto lo que puede hacer el Profesor: derriba edificios, convierte en humo enormes zonas de terreno. Tú controlas el mismo poder, Cody.

Cody apretó la mandíbula. Los tensores adquirieron un resplandor verde.

Nadie preguntó cómo había dado con nosotros el Profesor. Podía haber sido de muchas formas; nuestras bases en Ildithia no habían sido muy seguras. Quizá nos hubiera visto un chivato, o quizás el Profesor dispusiese de un Épico capaz de localizarnos, o había detectado los envíos aéreos.

—Vale —dijo Cody—. Preparaos y luego me ocuparé de lo mío. Ha llegado la hora de pelear.

41

El equipo se preparó. Armas desenfundadas, móviles fijados a los brazos, auriculares puestos. Mizzy nos lanzó una cajita a cada uno: una cuerda de escalada comprimida. La mía me la sujeté al cinturón.

Dejamos las mochilas y cogimos solo un poco de munición. Las mochilas estaban destinadas a la supervivencia a largo plazo. Después de esa pelea, pasara lo que pasara, no nos harían falta.

La tensión se palpaba en el aire, como el lejano olor a humo indica la presencia de fuego. No estábamos listos, pero el momento de luchar había llegado de todas formas. En aquel instante todo dependía de Cody, que estaba en el centro del almacén, mirando el polvoriento suelo de halita. A mí siempre me había parecido delgaducho hasta lo cómico, pero vestido con el traje tensor, con sus vetas verdes relucientes y el dramático y futurista chaleco, estaba imponente.

Me acerqué a él.

—Está ahí abajo, Cody —dije—. Todo un complejo de cuevas. El campo de batalla que nosotros escogimos. Solo necesitamos un camino hasta él.

Respiró hondo.

—¿Recuerdas lo que me dijiste la primera vez que me enseñaste a usar los tensores? —le pregunté.

—Sí, que hay que usarlos como si acariciases a una mujer hermosa.

—Pensaba más bien en lo otro que me dijiste. Que para hacerlo debes poseer el alma de un guerrero, como William Wallace.

—A William Wallace lo asesinaron, chico.

—Oh.

—Pero no cayó sin luchar —dijo Cody, con expresión férrea—. Vale. Todos, agarraos a vuestros *haggis*.

Estiró los brazos al frente y un resplandor verde recorrió los cables fijados a ellos hasta las manos. Percibí un zumbido característico, un zumbido que vibraba hasta mi alma sin realmente emitir sonido alguno.

Una zona del suelo, de un metro por un metro, se esfumó. Desapareció hasta quizás unos tres metros de profundidad. Era impresionante en comparación con lo que podían hacer los viejos tensores, pero ni de lejos tan eficaz como necesitábamos para llegar a las cavernas.

—¡Jonathan se mueve! —gritó Knighthawk por el móvil—. Chispas. Tenéis problemas. ¡No parece contento!

Cody maldijo entre dientes, contemplando el trozo de suelo convertido en arenilla. El viento que entraba por la puerta abierta del altillo la agitó.

Agarré a Cody por el brazo.

—Otra vez.

—¡David, no lo puedo hacer más grande! —se quejó.

—Cody —dije—. Concéntrate. ¡Alma de guerrero!

—Si vuelvo a fallar, chico, estamos muertos. Estaremos atrapados. Nos acribillarán. Demonios, es mucha presión para trabajar.

—Por supuesto —dije, frenético—. Pero... eh... no más que cuando impediste que aquellos terroristas lanzasen bombas nucleares contra Escocia, ¿no es así?

Me miró de soslayo. Tenía la frente húmeda de sudor. Sonrió.

—¿Cómo sabes eso?

—Una suposición afortunada. Cody. Tú puedes hacerlo.

Volvió a concentrarse en el suelo. Una vez más, el traje relució. Cintas esmeraldas serpentearon por sus brazos, como el latido de un corazón. Estar tan cerca me produjo una sensación familiar, como escuchar la voz de un viejo amigo. Me recordó los días en las cuevas de Chicago Nova. Días de inocencia y convicciones.

Cody alzó las manos sobre la cabeza y el tamborileo se volvió más fuerte.

—Como acariciar a una mujer —susurró—. Una mujer muy, pero que muy grande. —Liberó el poder con un grito de desafío. Golpeó el suelo con tal fuerza que caí de rodillas.

A unos pocos centímetros de mí el suelo se desintegró dejando un enorme círculo de granos de sal. Observé cómo se iban escurriendo hasta dejar un agujero de metro y medio de diámetro. Se curvaba en descenso. Los bordes eran lisos y vítreos, primero de halita y luego de roca. El hecho de que la sal se estuviese escurriendo indicaba que debajo había un espacio todavía mayor.

—Recuérdame —le dije a Cody— que nunca te deje acariciarme.

Sonrió. Las manos le relucían, de un verde intenso.

—Llegará en cualquier momento, tarugos —nos dijo Knighthawk por teléfono—. Se lo está tomando con más calma de lo que esperaba; es más que cuidadoso, hay que admitirlo, pero aun así ya casi lo tenéis encima. Yo en vuestro caso me iría.

—Abajo —dije, atrapando al vuelo la Gottschalk que Abraham me había lanzado—. ¡Recordad las posiciones iniciales!

Mizzy se acercó al borde del agujero y con una enorme pistola tubular clavó una serie de mosquetones. Sujetó la cuerda de escalada a uno y saltó dentro del agujero. Megan se enganchó a otro mosquetón y la siguió agujero abajo como en una atracción de feria.

Eché un vistazo a Larcener, indicándole que se fuese.

—Yo me quedo —dijo.

—¡Quiere matarte! —dije.

—Y a vosotros —dijo, cruzándose de brazos—. Estaré más seguro oculto en mi habitación.

—No con los explosivos que ha preparado Mizzy. Mira, nos vendría bien tu ayuda. Únete a nosotros. Cambia el mundo.

Bufó y nos dio la espalda.

Sentí como si me hubiesen dado un puñetazo en el estómago.

—David —dijo Cody mirando al techo—. ¡Vamos, chico!

Apretando los dientes, cogí el extremo de la cuerda de escalada de la cajita que tenía al cinto y lo encajé en un mosquetón. Me lancé al interior del agujero. En la oscuridad, mientras intentaba dominar la frustración, me deslicé por la piedra lisa. Era una estupidez, pero en parte había esperado que Larcener se uniera a nuestra lucha.

Mi intención siempre había sido volver a hablar con él en profundidad. Pero los demás preparativos lo habían impedido. ¿Debería haber hecho algo más? ¿Podría haber hecho algo más? De haber sido más listo o más persuasivo, ¿podría haber dado con la forma de que se uniese a nosotros?

Automáticamente, mi móvil activó la caja a la profundidad adecuada, aplicando resistencia a la cuerda para reducir el ritmo del descenso. Llegué a una cámara mucho mayor y me paré en seco a unos cincuenta centímetros del suelo. Corté la cuerda y caí sobre un enorme montón de sal y polvo de roca. Me aparté como pude para alejarme de la entrada.

Mizzy y Megan habían encendido los móviles que usaban para iluminar una serie de cavernas naturales cubiertas con una enorme cantidad de grafitis. En general las cavernas tenían el techo bajo, de unos tres metros, aunque no era uniforme, y estaban unidas por túneles con muchos recovecos. No parecían del todo naturales, pero sí mucho más orgánicas que los túneles de Chicago Nova. ¿Digzone había estado tan loco como los Zapadores a los que había cedido sus poderes? A juzgar por el número demencial de cavernas que había allí abajo, era más que probable.

El siguiente en caer sobre el montón de sal fue Abraham, con un brazo cubierto por el rtich. Finalmente llegó Cody; sin molestarse en usar una cuerda, cayó del agujero sobre un campo de fuerza que apareció a sus pies.

—Cody, desconecta los poderes —dije, indicando un recodo de la caverna—. Busca un lugar en esa dirección y prepárate. No podremos sorprenderlo con tus habilidades, pero prefiero que al principio estés escondido. Mizzy, lista para volar todo lo de arriba cuando yo te diga.

—¿Y Larcener? —me preguntó.

—Sabe lo de la explosión —dije—. Se apartará. —Si no lo hacía, pues bien, era cosa suya.

Con el móvil en la mano, recorrí el suelo desigual de la caverna hasta un pasillo lateral. Todo el conjunto era muy intrincado, pero en el plano de mi móvil destacaban un par de recovecos relativamente seguros desde los que podría dirigirlo todo. Aquella no era exactamente la zona del complejo de cavernas que habíamos planeado usar para tender la trampa, pero tendría que valer.

Megan se me acercó.

—Buen trabajo allá arriba con el escocés.

—Solo necesitaba un empujoncito para convertirse en el que siempre ha fingido ser —comenté.

—No es el único —dijo. Nos detuvimos en una intersección de túneles y tiró de mí para darme un beso rápido—. Siempre quisiste estar al mando, David. Tenías mucha razón.

Se volvió para alejarse en dirección contraria. La retuve primero por el brazo, luego por la mano y al final se soltó.

—No te pases mucho, Megan.

Me sonrió. ¡Chispas, qué sonrisa! Me rozó apenas los dedos.

—Lo controlo, David. Es mío. Ya no le tengo miedo. Si me domina, encontraré el camino de vuelta.

Se fue cruzando la caverna mientras yo me metía en el recoveco que había escogido. Era muy estrecho, por lo que me vi obligado a contornearme entre las rocas, pero evitaría que la luz de mi móvil llegase hasta el Profesor y me protegería de las explosiones. Me había metido en una especie de burbuja sin ninguna otra salida.

Busqué en el cinturón y solté un auricular con una cúpula transparente en la parte delantera. Un regalo a regañadientes que Knighthawk nos había enviado con el traje tensor. En la cúpula podría proyectar múltiples pantallas.

—Mizzy —dije—, ¿las cámaras están colocadas?

—Estoy con la última —dijo—. Knighthawk, estas cosas son muy inquietantes.

—Dice la chica al hombre que las construyó usando un maniquí que controla mentalmente —comentó Abraham entre dientes.

—Callaos —les ordenó Knighthawk. Costaba oírlo por todo el ruido que había a su lado.

—Knighthawk —le dije—, hay estática o algún tipo de interferencia.

—¿Eh? Ah, no es nada. Las palomitas ya casi están.

—¿Estás preparando palomitas? —le preguntó Abraham, asombrado.

—Claro, ¿por qué no? Probablemente será un buen espectáculo...

Una a una, cuatro pantallas se encendieron en el visor de mis auriculares, ofreciéndome una secuencia de vistas de la cueva principal y los túneles cercanos. Mizzy había repartido barras de luz química, aunque las cámaras tenían visión térmica y nocturna. Eran, por cortesía de Knighthawk, una especie de cangrejos robot con cámara en el cuerpo. Usé el móvil para activar la de uno y funcionó a la perfección.

—Estupendo —dijo Knighthawk. Él y Mizzy también verían las pantallas, aunque ella se ocuparía de los explosivos. Tanto Megan como yo, enfrentados a nuestro punto débil, nos habíamos desesperado. Tenía la esperanza de que, si lográbamos agotar al Profesor, si éramos para él un peligro real, le fuese más fácil enfrentarse al suyo.

—Knighthawk. —Cambié de cámara para ver por los ojos de Cody y luego por los de Megan—. ¿Cuándo llegará el Profesor?

—Acaba de aterrizar en el almacén —dijo.

—¿Lo acompaña algún otro Épico?

—Negativo —dijo Knighthawk—. Bien, acaba de evaporar el techo y está entrando.

—Mizzy —dije—, entrega el regalo.

Notamos el temblor y cayeron algunos escombros por el agujero de entrada. Esperé, tenso, intentando mirar a la vez todas las pantallas. ¿Por dónde llegaría?

El techo de la caverna se estremeció y cedió, vertiendo una tonelada de sal a la cámara principal. Llegó la luz desde distintos ángulos. El Profesor no se contentaba con un agujero pequeño como el que habíamos hecho nosotros. Había arrancado toda la parte superior de una cueva.

Descendió flotando en un reluciente disco de luz. El polvo se agitaba a su alrededor. Llevaba las gafas protectoras y la bata de laboratorio negra que aleteaba con el viento. Contuve el aliento.

No veía un monstruo. Recordaba a un hombre que había descendido de otro techo rodeado de una lluvia de polvo, a un hombre que había corrido con todas sus fuerzas, que se había enfrentado con ímpetu a un pelotón de Control, que había arriesgado su vida y su cordura para salvarme.

Había llegado el momento de devolverle el favor.

—Adelante —susurré por el móvil.

42

Abraham fue el primero en enfrentarse a él, usando el arma secreta: su minifusil gravitónico. Siempre me emocionaba un poco cuando lo veía disparar, porque, tío, lanzaba balas más rápido que un par de paletos borrachos de visita en una fábrica de alimañas.

—¡Todos a cubierto! —les advertí mientras el arma de Abraham emitía fogonazos desde la oscuridad, disparando un par de cientos de tiros.

El Profesor tenía activados los campos de fuerza y desvió las balas, pero sus campos de fuerza no eran invencibles. Usarlos requería esfuerzo. Podríamos cansarlo.

Le dedicó a Abraham una mueca de desprecio y luego extendió la mano a un lado, formando alrededor del canadiense el clásico globo de campo de fuerza. Cuando apretó el puño para contraerlo, el campo de fuerza no obedeció porque Abraham usó el rtich para contenerlo.

La cámara me ofreció una buena imagen de la cara de sorpresa del Profesor.

—Cody, adelante —dije.

De la oscuridad surgió un destello de luz que reventó el campo de fuerza que rodeaba a Abraham. Bien. Al igual que antes, el tensor podía anular los campos de fuerza. Aunque debíamos tener cuidado para no destrozar el arma de Abraham en el proceso.

El Profesor gritó furioso y señaló a Cody, pero no pasó nada. Fruncí el ceño al ver el gesto, pero no tuve tiempo de reflexionar acerca de lo sucedido porque Cody y Abraham se enfrentaron a él. A Cody le faltaba práctica con los campos de fuerza: posiblemente intentaba rodear al Profesor con un globo pero levantó un muro entre ambos que por chiripa lo protegió cuando el Profesor le lanzó jabalinas de luz. Se clavaron en el muro.

—Abraham, ve hacia la izquierda —le dije. En el plano de las cavernas apareció un punto de luz: el lugar donde Mizzy había colocado una carga explosiva—. Megan, a ver si puedes atraerlo hacia el túnel de la derecha, hacia la sorpresa de Mizzy.

—Recibido —dijo Megan.

El pequeño espacio donde yo estaba tembló cuando el Profesor y Cody se enfrentaron; los disparos de tensor de uno destruían los campos de fuerza del otro. Abraham se defendía con el rtich, creando con él un escudo y atrapando lanzas de luz. Por desgracia, Cody no era muy eficaz con los campos de fuerza. No te conviertes en un experto con unas pocas horas de práctica.

Sin embargo, antiguamente había practicado muchísimo con los tensores y los manejaba con facilidad. Iba destruyendo uno tras otro los campos de fuerza del Profesor, protegiéndose y, lo que era más importante, protegiendo a Abraham. El traje de Cody tenía un reparador incorporado, pero Abraham no disponía de tal bendición.

Dirigí el equipo lo mejor que pude, y por una vez en mi vida no tuve tiempo de desear estar con los demás. Estaba demasiado ocupado orientándolos para que guiaran al Profesor hacia los explosivos. Varias veces provocamos explosiones y logramos que se tambaleara para evitar que acabase con Cody y Abraham. Yo vigilaba al Profesor cuando se metía corriendo en alguna cueva, intentando tomar un atajo y ganar ventaja.

A mi señal, Megan se unió a la lucha creando versiones

ilusorias de sí misma y de Firefight para atraer la atención del Profesor y sus ataques. Mientras no se extralimitase, esas versiones no serían más que sombras de otras dimensiones, como los rostros falsos que nos había dado. No pondría en peligro a nadie de otra dimensión y era de esperar que ello no afectase a su cordura. Solo sombras y amagos: todo para mantener desconcertado y distraído al Profesor.

Seguí el desarrollo de la batalla cada vez más desesperado. Cuanto más luchaban, más evidente resultaba que los poderes de Cody, aunque se correspondían mejor con los del Profesor que los de Tavi, no lograrían que cambiase de inmediato.

Amplié la imagen del rostro del Profesor y observé atentamente su expresión. El desprecio y el desdén dieron pronto paso a una virulenta determinación. En ese aspecto vi al hombre que conocía.

«¡Enfréntate a tus miedos, Profesor! —pensé, encogido en mi capullo de piedra, dando órdenes y moviendo cámaras—. Vamos.» ¿Por qué no bastaba? ¿Por qué sus poderes no caían ante sus miedos?

—Megan, Cody —dije—. Quiero probar una cosa. Los tensores alteran sus campos de fuerza, incluso los que le protegen la piel. Cody, busca la forma de pillarlo en una ráfaga de poder tensor. Megan, tú le disparas.

—Recibido —dijo Megan—. ¿Te importa dónde le acierte?

—No. Su poder es tan grande que debería poder curarse de cualquier herida que le cause un arma de mano. —Tras una pausa, añadí—: Pero, por si acaso, que los dos primeros impactos no sean letales.

—Recibido —me respondieron a una.

Cody jadeaba.

—Darle con los tensores va a ser complicado, chico. Intenta hacernos eso mismo a nosotros, para fundir mis motivadores. Nos hemos mantenido a distancia.

Enfoqué una cámara en Cody. Daba la impresión de que usar el traje tensor era agotador. Megan y él se situaron en posición mientras Mizzy colocaba más explosivos en el túnel.

—Tendremos que arriesgarnos —dije—. Yo...

—¡Aaaah! —me interrumpió Cody—. ¿Qué...?

—¿Cody? —pregunté. No parecía herido, pero había retrocedido hacia la pared de la cueva y se había rodeado de un campo de fuerza verde reluciente.

—¿Eso ha sido una ardilla? —preguntó—. Me corría por encima. ¿Una maldita ardilla?

—¿De qué hablas? —preguntó Mizzy.

Cody parecía confuso.

—Puede que haya sido una rata o algo parecido. No lo he visto bien.

Fruncí el ceño. Hizo desaparecer el campo de fuerza y corrió hacia Abraham, que se había acercado al Profesor después de transformar el rtich en un guantelete cubierto de pinchos.

—Knighthawk, Mizzy —dije—, ¿alguno de vosotros ha visto qué ha sido eso, lo que sea que ha atacado a Cody?

—He visto un borrón —dijo Knighthawk—. Ahora mismo estoy repasando la grabación. Te aviso si encuentro algo.

El Profesor se adelantó a Abraham y lo hizo tropezar con una barra de campo de fuerza que creó delante de sus piernas. Luego dio una palmada contra el suelo de la cueva y destruyó una enorme franja. Cody quedó sumergido en un río de polvo y tuvo que frenar. A continuación creó una lanza de luz con cada mano y las lanzó. Se le clavaron en los hombros a Cody, que gritó y cayó al polvo.

Chispas. Era evidente quién manejaba mejor los poderes.

—¡Megan! —grité.

—Estoy en ello —repuso, y el techo de la caverna se estremeció y se derrumbó.

Alarmado, el Profesor dio un salto atrás. No era más que una sombra de otro mundo, pero con un poco de suerte a Cody le daría tiempo de sanar.

—El Profesor se ha puesto a hablar por el móvil —dijo sorprendido Knighthawk—. Seguro que sabe que lo tenemos pinchado... Chispas. Creo que habla contigo.

—Pásamelo —dije—, pero no le dejes oír lo que decimos.

—... crees poder derrotarme usando mi propia maldición. —La voz familiar del Profesor, áspera y profunda, me pilló por sorpresa, a pesar de que esperaba oírla—. He cargado con esta víbora durante años, sintiendo cómo me envenenaba día a día. La conozco como un hombre conoce el latido de su propio corazón.

—David, chico —dijo Cody tosiendo—. No... no me estoy curando...

Sentí un escalofrío. Me concentré en Cody y comprobé que era cierto. Se arrastraba por el polvo de la zanja del Profesor. Ambos hombros le sangraban debido a los impactos de luz solidificada. ¿Por qué no funcionaba el reparador?

—Ya lo tengo —dijo Knighthawk—. Chico, tenéis un problema. —Me envió a la pantalla una imagen tomada momentos antes de un borrón alejándose de Cody, pequeño como un ratón. O de una persona diminuta.

—¡Loophole está aquí! —dije—. ¡No ha venido solo! ¡Peligro, hay otro Épico en la cueva! ¡Chispas! ¡Ha desconectado uno de los motivadores del chaleco de Cody y se lo ha llevado!

—Las cámaras disponen de infrarrojos —dijo Knighthawk tomando el control de varias. Parecía emocionado, incluso implicado—. La superpongo... ¡Ahí! Lo tengo. ¡Ja! ¿Crees que te puedes ocultar de mis ojos que todo lo ven, pequeña Épica? No sabes con quién estás tratando.

Amplió la imagen de una de las cámaras. Había una pequeña silueta oculta en la oscuridad, cerca de una de las rocas sueltas de la caverna. Vestía vaqueros, gafas protectoras y una camiseta ajustada. No vi el motivador, pero seguramente lo había reducido para llevarlo cómodamente.

—¡Megan! —dije mientras el Profesor esquivaba el falso desprendimiento—. Abraham y tú tendréis que ocuparos del Profesor un rato. Distraedlo; va a intentar acabar con Cody. Mizzy, venda a Cody. ¡No dejes que se desangre!

Oí una serie de «recibidos» y empecé a moverme para salir de mi celda de piedra.

—Debería haberlo imaginado —dijo Knighthawk—. Por supuesto que Jonathan tenía un plan, pero es posible que no se haya dado cuenta de que he usado varios motivadores en esta versión del traje, así que las órdenes que dio a Loophole fueron incompletas.

—Necesito que te encargues de dirigir las operaciones, Knighthawk.

Aceptó reacio.

—Vaaale. ¿Te vas a enfrentar tu solo contra la mini Épica?

Salí del escondrijo y me puse en pie con el Gottschalk al hombro.

—No es una Gran Épica. Una bala bastará para matarla.

—Sí. Dale con una bala de su mismo tamaño, así no dañarás el motivador.

Hice una mueca. Ya estaba en el túnel. Tenía razón.

—Síguela para decirme dónde está.

—Ya está hecho. Una de las cámaras está programada para seguirla automáticamente. Jonathan vuelve a hablar.

—Pásamelo, pero que los demás no lo oigan. No quiero que se distraigan. Y Knighthawk... mantenlos con vida, por favor.

—Lo intentaré. Recupera el motivador, chico. Rápido.

43

—Yo no quería estar aquí.

Tuve que escuchar al Profesor mientras me arrastraba por el túnel, únicamente iluminado por la enfermiza luz verde de las barras químicas.

—Quería ser discreto —siguió diciendo el Profesor, resoplando mientras luchaba—. No quería extralimitarme, ni tampoco excederme con mis equipos. Todo esto es culpa tuya, David. Todo lo que sucede aquí es culpa tuya.

No podía ver la pelea. Seguía llevando el auricular con las pantallas, pero tenía a Loophole y el motivador como objetivo. En una pantalla veía el mapa de las cuevas con la posición de la Épica; en otra lo que enfocaba la cámara que la vigilaba. Ambas imágenes flotaban en la periferia de mi campo visual; necesitaba ver con claridad lo que tenía justo delante de los ojos.

Caminé con precaución por el túnel, como si fuese a unirme a la pelea contra el Profesor. No quería alertar a Loophole.

—Tia... —susurró el Profesor—. Tú me empujaste a esto, David. Tú y tus estúpidos sueños. Alteras el equilibrio. Deberías haber admitido que yo tenía razón.

Apreté la mandíbula, sintiendo que me ruborizaba. No podía dejar que me afectase lo que decía, pero sus palabras resultaban peligrosas por razones que probablemente él desconocía. La última vez que me había metido en una pelea, en la Torre Sharp, habían pasado... cosas.

Algo acechaba en mi interior. Por tanto, aunque la voz desdeñosa del Profesor me resultaba desagradable, eran las mofas de Larcener en la azotea lo que me había afectado de verdad: «La verdad sobre los hombres se manifiesta en los primeros momentos, David. Los nuevos Épicos asesinan, destruyen, muestran lo que haría cualquier hombre carente de inhibiciones. Los hombres son una raza de monstruos sujetos por débiles cadenas.»

Loophole. Tenía que concentrarme en Loophole. ¡Ahora era ella el problema! ¿Cuáles eran sus poderes?

Poseía... una velocidad algo mejorada y podía cambiar el tamaño de los objetos y cambiar ella misma de tamaño. Pero para eso debía tocarlos. El cambio de tamaño duraba unos minutos; no conseguía que fuese permanente, pero era capaz de reducir algo y dejar que recuperara por sí solo su tamaño normal o, si volvía a tocarlo, el cambio de tamaño se mantenía un rato más.

Por suerte, a diferencia de otros Épicos similares, lo que reducía de tamaño no conservaba la fuerza ni la masa. Era rápida, lista y peligrosa... pero no era una Gran Épica. Y su punto débil... Me esforcé por recordarlo. Su punto débil era estornudar. Sus poderes desaparecían cuando estornudaba. Tenía grabaciones que lo demostraban.

Bueno, que no fuese una Gran Épica no quería decir que no fuese peligrosa. Llegué a la parte del túnel donde se ocultaba Loophole y seguí caminando hacia los otros, fingiendo ignorar que estaba allí escondida. Por el agujero que el Profesor había hecho en el techo entraba luz. Recogí un puñado de polvo de roca del suelo y me lo guardé en el bolsillo. Más adelante se oían golpes y gritos. Resistí las ganas de cambiar de cámara para enterarme de lo que pasaba.

—¿Dónde estás, David? —me preguntó el Profesor al oído—. Permites que los otros mueran peleando contra mí y ¿tú te ocultas? Jamás te había tenido por un cobarde.

En la pantalla que flotaba a mi derecha veía a Loophole junto a su roca, aguardando, con la espalda apoyada en la piedra. No parecía preocupada; era una mercenaria, conocida por entregar su lealtad a cualquier Épico poderoso que le pagase. Era probable que el Profesor la hubiese contratado solo para robar el motivador. No quería implicarse más en aquella lucha.

Pues había tenido mala suerte.

«Adelante.»

Salté hacia la roca que le servía de escondite, empujándola contra la pared de la cueva con la esperanza de atraparla. A mitad de mi maniobra la roca quedó reducida al tamaño de un guijarro. Di contra el suelo, intentando atrapar la diminuta figura que huía.

La pillé, pero de inmediato noté una sacudida. Loophole volvía a tener el tamaño normal, pero estaba a medio túnel de distancia de mí. ¿Por qué de pronto el túnel era tan grande?

«¡Ay, *didgeridoo*, me ha reducido!»

Me puse en pie rápidamente entre guijarros grandes como peñascos. Una grieta del suelo se había convertido en un abismo... aunque solo era dos veces más profundo que mi altura. Yo me había reducido, y conmigo todo lo que llevaba había disminuido de tamaño.

Loophole, también diminuta, me había adelantado unos buenos quince metros, o me parecían quince metros dado mi tamaño actual. Su velocidad mejorada le permitía correr con rapidez, pero no era una verdadera supervelocidad. Simplemente corría un poco más que una persona normal.

Es decir, no podía correr más que las balas. Apunté con el Gottschalk y disparé, fallando deliberadamente. No quería atravesar el motivador, lo que a todos los efectos habría equivalido a matar a Cody. Me arriesgaba a que no se detuviera, pero me pareció mejor hacer un disparo de advertencia.

—¡Te tengo, Loophole! —le grité—. Entrégame el motivador y vete. Esta pelea no te importa y tú no me importas a mí.

Se paró en el túnel y me miró.

A continuación recuperó el tamaño normal.

«Oh, oh...»

Vino corriendo hacia mí. Cada paso era como un terremoto. Di un gritito y me metí en una grieta cercana, deslizándome por el borde mientras Loophole se cernía sobre mí. Fue a cogerme con una mano y yo disparé el Gottschalk. Aparentemente, incluso las balas diminutas causaban cierta incomodidad. Apartó la mano soltando una imprecación... que sonó como un trueno.

En mi sima cayeron trocitos de polvo de roca como granizo. Saqué del bolsillo parte del polvo que había recogido antes; se había reducido conmigo.

Tenía que llegarle a la cara. Genial. Subir sería como escalar el Everest. Además, desde abajo las narices tienen un aspecto muy raro. Vi que llevaba colgada del cuello una bolsita. ¿Podía ser el motivador?

Loophole fue por mí, esta vez con un cuchillo que metió en la grieta. Me agarré a él, con el Gottschalk al hombro. Cuando sacó el cuchillo salí con él, pero mi plan de trepar por el brazo se frustró en cuanto lo sacudió. Caí unos seis metros hasta el suelo.

Me preparé para el golpe... pero no me hice mucho daño. Vaya, eso de ser pequeño tenía sus ventajas. Rodé y me puse en pie mientras ella venía hacia mí. Apenas pude evitar que me aplastase de un pisotón. Maldición, durante la caída había perdido el puñado de polvo. De hecho...

De hecho... yo...

Estornudé y me di un coscorrón. Había recuperado mi tamaño. Loophole y yo nos miramos igualmente consternados.

—Estornudar funciona con cualquiera de nosotros, vaya —dije—. Me alegro de saberlo.

Gimió de rabia y se dispuso a desenfundar. En cuanto sacó la pistola se la quité de una patada y apunté con el Gottschalk.

—¿Estás segura de no querer darme el motivador?

Vino por mí. Aunque reacio, le disparé.

Cada bala, al llegar a su cuerpo, se redujo al tamaño de un mosquito. A juzgar por sus muecas, le dolieron, pero ciertamente no la «mataron bien muerta» como yo pretendía.

Un segundo después había agarrado mi rifle, que desapareció de mis manos, reducido a un tamaño minúsculo, y cayó de la correa. Miré boquiabierto a Loophole. Había reducido las balas en el momento del impacto contra su cuerpo.

—Eso ha sido asombroso —dije.

Me derribó de un golpe. Otra vez me golpeé la cabeza contra la pared de la cueva. El sistema de pantallas se rompió. Maldiciendo mi suerte, le di patadas y me levanté.

—En serio —le dije a Loophole—, puede que tenga que replantearme tu caso. Al fin y al cabo, es posible que seas una Gran Épica.

—¿Pero a ti qué te pasa? —Me dio un puñetazo.

Levanté las manos y logré bloquearlo. Por desgracia, fallé con el golpe de respuesta y me aporreó la cara por segunda vez. Chispas. Cuando volvió a intentar golpearme la sujeté, como me había enseñado a hacer Abraham. Yo era físicamente más corpulento por lo que retenerla me pareció lo más inteligente.

Redujo el tamaño de mi camiseta.

Estuvo a punto de asfixiarme, pero por suerte se rompió antes de lograrlo. Sin embargo, la solté, intentando respirar. Loophole me golpeó el pecho y crecí hasta alcanzar los seis metros de altura, de modo que me golpeé la cabeza contra el techo de la caverna.

—¡David! —gritó Mizzy—. ¡Date prisa! Está mal.

—Lo intento —dije con la voz entrecortada mientras Loophole me reducía a tamaño normal y volvía a pegarme en la cara. La cueva se estremeció. Caían fragmentos de roca del techo y se oían gritos donde estaban el Profesor, Megan y Abraham.

Me alejé a trompicones de Loophole. Luego levanté los brazos para bloquearla, aunque en ese momento mi entrenamiento en lucha cuerpo a cuerpo y mi cerebro se encontraban bastante confusos. Me empujó a golpes contra la pared, donde siguió dándome en la cara y el estómago, por turnos, todo lo que quiso. Quise coger la pistola que llevaba sujeta a la pierna, pero me la quitó de un golpe.

Daba la impresión de haber crecido varios centímetros y se cernía sobre mí. Mientras mi pistola daba tumbos, lo único que se me ocurrió fue saltarle encima con todo mi peso. Me salió bastante bien... en el sentido de que los dos caímos al suelo.

Ella se incorporó primero. Yo estaba bastante atontado, con la camiseta hecha jirones. Gemí, rodé por el suelo y la vi coger mi pistola.

Del techo, algo le cayó sobre la espalda. ¿Un cangrejo mecánico? Otro saltó hacia ella desde un lado, un tercero cayó desde arriba. No daban la impresión de ser especialmente peligrosos, pero la pillaron por sorpresa, obligándola a contorsionarse tratando de tocarse la espalda.

El respiro me salvó la vida. Cuando la cueva dejó de dar vueltas saqué otro puñado de polvo del bolsillo. Con ella no servían de nada las armas. Tenía que ser más listo.

—Gracias, Knighthawk —murmuré mientras Loophole se reducía para escapar de los cangrejos.

Traté de agarrarla y, como antes, me redujo en cuanto toqué su cuerpo diminuto. Pero esta vez estaba preparado y en cuanto fui minúsculo me eché encima de ella y agarré la bolsita que llevaba al cuello. A través del cuero palpé el rectángulo de metal. ¡El motivador!

—Eres un idiota persistente, ¿eh? —gruñó mientras los dos, todavía diminutos, rodábamos por el suelo.

Gemí, pero logré que ambos rodásemos hasta el borde de la grieta-sima del suelo. Me dio un golpe con la cabeza. La cueva se estremeció, la solté y solté el motivador.

Se puso de pie frente a mí, dando la espalda a la grieta del suelo.

—Conozco su plan —dijo—. Ser el Épico de todos los Épicos. A mí me suena muy bien. Dejaré que junte las piezas y luego me las llevaré. Subiré allá arriba y visitaré al viejo Calamity yo misma.

La miré, confundido. Me sangraba la nariz.

—Supongo... —dije, respirando entrecortadamente.

—¿Sí?

Jadeé.

—Supongo que... que este... que no es un buen momento para pedirte un autógrafo.

—¿Qué?

Le lancé el polvo a la cara. Luego, mientras ella me maldecía, la golpeé con el hombro, agarrando la bolsita simultáneamente, empujándola hacia atrás. El cordón se rompió y me quedé con la bolsita en la mano. Loophole cayó en la grieta-sima, y yo me tambaleé en el borde, a punto de caer también.

Llegó al fondo; apenas sonó al chocar.

—¡Idiota! —gritó—. Con este tamaño... —Calló y resopló—. Con este tamaño una caída no hace nada de daño. Podría caerme de un edificio y... y... «Oh, maldita sea...»

Me alejé de la grieta de un salto. Oí un débil estornudo.

Seguido de un sonido muy desagradable. Hice una mueca, mirando de reojo la masa de carne machacada y huesos rotos en la que se había convertido Loophole al crecer demasiado rápido dentro de un espacio demasiado pequeño. Parte de ella sobresalía de la grieta como la masa de un pastel de su recipiente.

Tragué saliva, sintiendo náuseas, luego me levanté y saqué el motivador de la bolsita. Algo de polvo y un estornudo más tarde, los dos habíamos recuperado el tamaño normal... aunque no encontré el Gottschalk por ninguna parte.

Recogí la pistola.

—Mizzy, tengo el motivador —dije—. ¿Dónde estás?

44

Recorrí a trompicones las cavernas de Ildithia, atravesando paredes que los tensores habían destrozado dejando montones dispersos de arena. Las barras químicas iluminaban los túneles con un resplandor radiactivo. Me detuve, sosteniéndome durante otro temblor, para luego seguir avanzando hacia el recoveco donde Mizzy se había llevado a Cody. ¿Esos de delante eran ellos?

No, me detuve a tiempo. La luz salía de un desgarrón en el aire, como un corte en la piel que deja ver la carne. Por el desgarrón vi otra caverna, esta iluminada por una alegre luz anaranjada. En ella Firefight se enfrentaba como podía a Loophole.

Miré embobado cómo la mujer a la que acababa de matar se encogía para huir consiguiendo simultáneamente que los trocitos de roca que caían se convirtiesen en peñascos. Firefight se echó atrás y sus llamas calentaron las piedras hasta que adquirieron un tono rojizo.

Eché un vistazo al resto del túnel y vi otros desgarrones en el aire. Daba la impresión de que Megan se había extralimitado. Tragué saliva y seguí avanzando hacia Mizzy. Un destello de luz a mi izquierda iluminó figuras que se enfrentaban en la oscuridad, en una zona de la red de cuevas donde Mizzy no había colocado barras de luz.

El Profesor apareció de pronto un poco más lejos, formándose como luz solidificada. Estaba empleando los poderes de teletransporte de Obliteration. ¡Chispas! Mientras aparecía, una parte del techo se derrumbó. Esta vez no era una ilusión, sino un desprendimiento real, que el Profesor no tuvo más remetido que retener con un campo de fuerza sobre su cabeza. Aulló de furia, sosteniendo las piedras, y luego arrojó lejos unas lanzas de luz.

Aparentemente, los dos se habían visto obligados a recurrir a recursos peligrosos. El Profesor usaba el dispositivo secreto de teletransporte; Megan buscaba en realidades cada vez más lejanas. ¿En qué situación se encontraba ya? ¿Y si ya la había perdido como al Profesor?

«Tranquilo», pensé. Megan estaba convencida de poder manejar la situación. Tenía que confiar en ella. Agaché la cabeza y me metí por un túnel lateral hasta que vi manchas de sangre en las paredes. Después del siguiente recodo me detuve de golpe, a punto de chocar con Mizzy y Cody.

Él estaba tendido en el suelo con los ojos cerrados, muy pálido. Mizzy se había visto obligada a quitarle casi del todo el traje tensor para llegar hasta las heridas; estaba amontonado a su lado, pero los cables del reparador seguían conectados al brazo de Cody. Mizzy reprimió un grito al verme, me arrancó el motivador de las manos y volvió a ponerlo en el chaleco.

—Knighthawk —dije por el móvil—, en el futuro vas a tener que sujetar mejor esos motivadores.

—Es un prototipo —refunfuñó—. Lo fabriqué para poder acceder con facilidad a los motivadores y hacer modificaciones en caso necesario. ¿Cómo iba a saber yo que Jonathan se lo arrancaría?

Mizzy me miró mientras el reparador relucía delicadamente.

—¡Chispas, David! Tienes pinta de haberte caído por un acantilado o algo así.

Me limpié la nariz, que todavía me sangraba. Se me empezaba a hinchar la cara por la paliza. Me dejé caer, agotado, junto a Mizzy.

—¿Cómo va la pelea?

—Tu novia es asombrosa —me respondió a regañadientes—. Abraham no deja de caer atrapado en campos de fuerza, pero ella lo saca. Juntos mantienen ocupado al Profesor.

—¿Ella parece...?

—¿Loca? —dijo Mizzy—. No sabría decirte. —Miró a Cody, cuyas heridas, por fortuna, empezaban a cerrarse—. Todavía estará un tiempo fuera de combate. Espero que los otros dos aguanten. Me temo que a mí también se me han acabado los regalitos. Quizá...

Junto a nosotros alguien apareció en medio de una explosión. Fue una ráfaga súbita de luz, silenciosa pero impresionante dada su proximidad. Me eché hacia atrás, gritando, y traté de desenfundar la pistola que llevaba sujeta a la pierna. No era el Profesor. Por desgracia, solo quedaba una alternativa.

Obliteration giró sobre sus talones y la gabardina rozó la pared de la cueva. Miró a Mizzy, a Cody y luego a mí, examinándonos con sus gafas.

—Me han llamado —dijo.

—Eh, sí —dije. Las manos me temblaban mientras lo apuntaba con la pistola—. El Profesor. Dispone de un motivador construido a partir de tu carne.

—¿Para destruir la ciudad? —preguntó Obliteration ladeando la cabeza—. ¿Regalia fabricó más bombas aparte de las que me entregó?

—¿Las que te entregó? —pregunté—. Entonces... ¿tienes más?

—Por supuesto. —Obliteration rezumaba confianza—. Estás acabado, David Charleston. —Negó con la cabeza y desapareció, dejando tras de sí una figura de cerámica que se rompió y desapareció a su vez.

Me relajé. Entonces Obliteration se materializó a mi lado

con la mano en mi pistola, que se calentó de repente. Grité y la solté, con los dedos chamuscados. Obliteration la alejó de nosotros de una patada y se agachó junto a mí.

—«Y son siete reyes. Cinco de ellos han caído; uno es, y el otro aún no ha venido» —susurró. Se estremeció porque en la distancia el Profesor debía de haberse teletransportado. Luego sonrió y cerró los ojos. Chispas. Parecía disfrutar de esa sensación—. Ha llegado la hora de tu muerte y de la destrucción de esta ciudad. Lamento no poder concederte más tiempo. —Me puso una mano en la frente y sentí el calor de su piel.

—Voy a matar a Calamity —le solté.

Obliteration abrió mucho los ojos. El calor se redujo.

—¿Qué has dicho?

—Calamity es un Épico y está detrás de todo esto —dije—. Puedo matarlo. Si quieres provocar el Armagedón, La manera perfecta de hacerlo ¿no sería destruir ese horrible... ángel? Esa criatura, ese espíritu.

Religioso, ¿no?

—Está muy lejos, hombrecito —dijo Obliteration meditativo—. Nunca llegarás hasta él.

—Pero tú puedes teletransportarme, ¿no es así?

—Imposible. Calamity está demasiado lejos como para que yo me forme una imagen mental adecuada de su posición. No puedo llegar hasta un lugar que no haya visto o que no pueda visualizar.

«Entonces, ¿cómo has llegado hasta aquí?» Chispas. ¿Nos había estado vigilando por algún medio? No importaba. Con la mano todavía temblorosa, busqué en el bolsillo y saqué el móvil. Lo orienté hacia él para que viera la imagen de Calamity que Regalia había conseguido.

—¿Y si tuvieses una fotografía?

Obliteration murmuró entre dientes con los ojos como platos.

—«La bestia que era, y no es, es también el octavo; y es de entre los siete, y va a la perdición...» —Parpadeó—. Una vez más, logras sorprenderme. Si derrotas a tu antiguo amo y me impresionas, te concederé tu deseo.

Volvió a desaparecer en un destello de luz y esta vez no regresó de inmediato. Gemí, apoyándome contra la pared, sacudiendo la mano quemada.

—¡Calamity! ¿De qué va este tipo? —preguntó Mizzy tratando de enfundar el arma. Lo consiguió al tercer intento de tanto como le temblaba la mano—. He creído que podíamos darnos por muertos.

—Sí —convine—. Esperaba que me matase simplemente por la osadía de decir que quería matar a Calamity. He calculado que había un cincuenta por ciento de probabilidades de que venerase a Calamity en lugar de odiarlo. —Me asomé a un túnel iluminado por desgarrones y grietas a otras dimensiones.

—¡Abraham ha caído! —me dijo Knighthawk al oído—. Repito, Abraham ha caído. Jonathan le ha amputado el brazo del rtich con un campo de fuerza.

—¡Chispas! —dije—. ¿Y Megan?

—No consigo verla —dijo Knighthawk—. Solo me quedan dos cámaras-cangrejo. Creo que estás perdiendo la batalla, chico.

—Ya perdíamos de entrada —dije, reptando hasta el traje tensor—. Mizzy, ayúdame.

Miró el traje y luego a mí, con los ojos como platos. Se acercó rápidamente y me ayudó a ponérmelo.

—Cody ya debería estar estable; este reparador es impresionante.

—Desconéctalo y vuelve a enchufarlo en el traje tensor —dije—. Knighthawk, ¿cuánto pueden levantar tus drones?

—Unos cincuenta kilos cada uno. Los hago volar en grupo para levantar cosas más pesadas. ¿Por qué?

—Trae algunos, agarra a Cody y sácalo de aquí. ¿Abraham sigue con vida?

—Ni idea —repuso Knighthawk—. Pero tiene el móvil, así que puedo mostraros dónde está.

Miré a Mizzy, que asintió y enchufó los cables del reparador al chaleco del traje tensor que me había puesto yo.

—Daré con él —me dijo— y lo estabilizaré hasta que puedas traer el reparador.

—Primero adósale los drones a Cody.

—Eso si consigo llevarlos hasta allí —puntualizó Knighthawk—. Los soldados de Jonathan lo tienen todo rodeado, aquí arriba. No parecen muy dispuestos a bajar a pelear.

—¿Para interponerse entre dos Grandes Épicos? —dije—. Se quedarán en la retaguardia a menos que reciban una orden directa. Conocen la suerte que corrieron los soldados de la Torre Sharp. Después de eso, incluso me sorprende que lograse que Loophole estuviese dispuesta a venir.

—Sí —dijo Mizzy. Parecía superada por los acontecimientos y la mano todavía le temblaba.

Yo no me encontraba mucho mejor, pero me estremecí cuando se activó el reparador y el dolor desapareció.

—Sal de aquí, Mizzy —dije—. Has hecho todo lo posible. Intenta salvar a Cody y a Abraham; tan pronto como pueda iré con el reparador para Abraham. Si no sobrevivo, vete con Knighthawk.

Asintió.

—Buena suerte, David. Yo... en Babilar... Me alegro de no haberte disparado.

Sonreí, enfundándome primero el guante tensor derecho y luego el izquierdo.

—¿Lograrás manejarlo sin haber practicado? —me preguntó Mizzy.

Las luces de los guantes se encendieron. La luz era de un color verde intenso. Noté la vibración recorriéndome el cuerpo, como una melodía muy querida largamente olvidada. La liberé, convirtiendo una pared de piedra en una ola de polvo.

—Es como volver a casa —dije.

De hecho, me sentía casi capaz de enfrentarme a un Gran Épico.

45

Corrí por el túnel, dejando atrás a cada lado desgarrones que rielaban, ventanas a otros mundos. Varias se asomaban al de Firefight, pero por otras, más difuminadas, neblinosas y menos claras, se veían lugares más lejanos: mundos donde figuras irreconocibles luchaban en aquellos túneles o donde todo estaba a oscuras, e incluso mundos donde no había túneles, sino simplemente roca.

En mi mano vibraban los tensores, ansiosos. Era como si... Era como si los mismos poderes supiesen que intentaba salvar al Profesor. Me cantaron un himno de batalla. Cuando llegué a la cámara donde había visto al Profesor por última vez, dejé escapar una ráfaga de energía vibrante que hizo desaparecer la roca de una cornisa y formó varios escalones polvorientos que usé para descender.

En el centro de la cámara, el Profesor tenía un brillo verdoso. Llevaba la bata remangada y los antebrazos cubiertos de vello negro al descubierto. Se volvió hacia mí y soltó una carcajada.

—David Charleston —dijo. La voz resonó en la cueva—. ¡Steelslayer! ¿Has venido para asumir al fin tu responsabilidad por lo que desencadenaste en Chicago Nova? ¿Has venido a pagar?

El suelo estaba lleno de agujeros del tensor, montones

de piedras y polvo caído del techo. Chispas. El lugar estaba a punto de desmoronarse.

Me planté delante de él con la esperanza de lograr activar los campos de fuerza del traje. ¿Dónde estaba Megan? De haber muerto habría renacido, por lo que eso no me preocupaba tanto como la existencia de todos aquellos desgarrones de la realidad, uno de los cuales flotaba cerca. La oscuridad era visible únicamente por la iridiscencia circundante.

De ella salió Megan.

Di un respingo. Chispas, era ella, pero... se trataba de una versión muy extraña de Megan, difuminada.

«Porque no es solo una.» Comprendí que no miraba a una sola Megan sino a cientos de ellas superpuestas, similares pero distintas. Una peca en otro lugar, el peinado diferente. Unos ojos en un caso demasiado claros y en otro demasiado oscuros.

Me sonrió. Fueron mil sonrisas.

—Tengo a Abraham —dijo Mizzy—. Está vivo, pero David, más vale que protejas bien el reparador. Al menos si quieres que Abraham vuelva a estar de una pieza. Salimos ya.

—Recibido —dije, mirando al Profesor, que llevaba la ropa polvorienta y desgarrada. Había sangrado por múltiples cortes en la cara, todos ya curados menos uno que tenía donde Cody lo había alcanzado con sus poderes.

A pesar de su aspecto, no parecía asustado. Estaba allí plantado, confiado. A su alrededor aparecieron cuatro lanzas relucientes.

—Paga, David —dijo con suavidad.

Arrojó las lanzas contra mí. Fui capaz de evaporarlas con los tensores, que convirtieron los campos de fuerza en polvo. Las motas me rociaron y se alejaron. No quería que me zarandease, así que cargué contra el Profesor intentando crear mis propios campos de fuerza.

Solo logré algunos destellos verdes, ondulados, como la luz que se refleja en un estanque. ¡Qué birria!

El profesor me envió más lanzas, pero, al igual que Cody, yo dominaba los tensores lo suficientemente bien para pararlas. Salté por encima de un pozo y golpeé el suelo con la mano, abriendo un hueco. El estruendo fue como el de una voladura.

El Profesor cayó apenas un par de centímetros antes de aterrizar sobre un disco de luz verde. Negó con la cabeza y estiró los brazos hacia mí, lanzando una gota de energía tensora que hundió el suelo bajo mis pies, como yo había hecho con el que él pisaba.

Frenético, intenté crear un campo de fuerza sobre el que posarme, pero no logré producir más que otro destello de luz. Al cabo de un instante, sin embargo, el agujero ya no era tan hondo y toqué fondo a un metro de profundidad.

Megan estaba al lado del agujero.

—Hay muchos mundos donde no logró que este agujero tuviese la suficiente profundidad —dijo, su voz superpuesta a cien susurros.

El Profesor aulló, atacándome y creando una lanza de luz tras otra. Salí del agujero de un salto y aterricé junto a Megan al tiempo que destruía tantas lanzas como podía.

Cada vez que destruía una, el Profesor hacía una mueca.

—¿Cómo luchamos contra él? —me preguntaron las voces superpuestas de Megan—. Yo solo he logrado distraerlo. ¿El plan sigue siendo lograr que de alguna forma se enfrente a sus miedos?

—Sinceramente, no estoy seguro —dije con los brazos estirados, esforzándome. Al final creé una pared de campo de fuerza. Era algo así como usar los tensores a la inversa. En lugar de emitir un zumbido, dejé que aumentase dentro de mí hasta que apareció.

—¿Cuánto puedes alterar? —le pregunté a Megan.

—Pequeños detalles —dijo—. Cosas razonables. Mis poderes no han cambiado, simplemente los conozco. David, puedo ver mundos... ¡Tantos mundos! —Parpadeó y dejó un rastro interminable de párpados—. Sin embargo, son todos cercanos. Es asombroso y a la vez frustrante. Es como si pudiera contar hasta el número que quisiera pero solo si estuviera entre cero y uno. El infinito, pero acotado.

El Profesor destrozó nuestro campo de fuerza. Luego alzó las manos y el techo tembló. Anticipándome a lo que pretendía, invoqué el poder tensor. Efectivamente, intentó que el techo se derrumbara sobre nuestras cabezas. Evaporó un anillo de roca para que cayera la roca enorme que rodeaba.

La convertí en polvo, que llovió sobre Megan, lo que me demostró que ella estaba allí y era real, no una simple sombra como había temido en parte.

El Profesor volvió a hacer una mueca.

«Que use sus poderes le hace daño.»

—Vale, tengo un plan —le dije a Megan.

—¿Cuál?

—¡Corre! —le dije, saliendo a toda prisa por un túnel lateral.

Megan me siguió echando maldiciones. Corrimos juntos y usé los tensores para hacer desaparecer la piedra a nuestro paso. No estaba seguro de qué hacer para cambiar al Profesor o hacerlo volver con nosotros. Todos mis planes habían fallado; de momento lo mejor sería mantener el traje en funcionamiento para que le doliera.

A nuestra espalda, el Profesor gritó. Se teletransportó delante de nosotros. Me limité a agarrar de la mano a Megan, cambiar de dirección y desintegrar el campo de fuerza con el que el Profesor había pretendido hacernos tropezar. Nos metimos en un túnel sin luz, pero un segundo después aparecieron las barras luminosas que Megan trajo de un mundo por donde Mizzy había pasado.

Cuando el Profesor volvió a teletransportarse delante de nosotros, rojo de ira y mascullando, cambié de nuevo de dirección, usando constantemente los poderes del traje en las piedras que dejábamos atrás. Cada uso del tensor lo ponía más furioso.

«Por esto ya he pasado», pensé, percibiendo el eco de otro suceso, de otra pelea. Había enfurecido a un Épico...

El Profesor volvió a aparecer y, esta vez, Megan fue la primera en reaccionar. Tiró de mí para apartarme cuando las lanzas de luz, tan rápidas que no pude seguir su curso, se clavaron a nuestro alrededor como cuchillos. ¡Chispas! Las esquivé por los pelos. Quizás aquel plan no fuese tan bueno.

—¡Así actúas siempre! —me gritó el Profesor—. ¡Sin pensar! ¡No te preocupan las consecuencias! ¿No te importa lo que pueda pasar? ¿Ni siquiera piensas en el fracaso?

Se teletransportó delante de nosotros cuando intentábamos huir, pero un segundo después Megan interpuso una pared de piedra entre él y nosotros.

—Esto no funciona —se quejó, desesperada.

—Bien, técnicamente, sí. Es decir, el plan consistía en correr.

—Vale, lo corrijo: esto va a funcionar mucho tiempo más. Tarde o temprano nos atrapará. ¿Qué pretendes?

—Ponerlo furioso —dije.

—¿Y?

—Espero... Bueno, espero que se asuste. Cuando nos enfrentamos a nuestros puntos débiles, nosotros estábamos asustados y nerviosos. Quizás él esté igual.

Me dedicó una mirada de escepticismo que, reflejada en todas sus sombras, fue más impresionante de lo habitual.

La pared cercana se convirtió en polvo. Acumulé la energía de los tensores, preparándome para recibir el ataque de una serie de lanzas de campo de fuerza, pero el Profesor ya no estaba tras el muro.

¿Cómo?

Se materializó detrás de nosotros y me agarró del brazo con una mano mientras intentaba con la otra destruir los motivadores del chaleco. Liberé una erupción de poder tensor directamente hacia el suelo, gritando. La roca se abrió a mis pies y me hundí poco menos de un metro. Con ese desplazamiento inesperado me zafé del Profesor, cuya ráfaga me pasó por encima de la cabeza.

Vaporicé el suelo que pisaba. Instintivamente creó un campo de fuerza para no caer, de modo que me retorcí en el polvo debajo de él. Tuvo que dar la vuelta para mirarme y se puso a tiro. Megan, por supuesto, le disparó.

No surtió mucho efecto; estaba protegido, como siempre, por el fino campo de fuerza invisible que lo rodeaba. No obstante, los disparos lo distrajeron el tiempo suficiente para que yo pudiese moverme debajo del disco y salir por el otro lado, desde donde apunté y también me puse a disparar.

Se volvió hacia mí, molesto, y lo alcancé con un ataque de poder tensor que disolvió sus campos de fuerza. Los disparos de Megan empezaron a herirlo y desapareció echando pestes.

Megan se me acercó con el rostro difuminado por un centenar de identidades diferentes.

—No hemos acertado su punto débil, David.

—Sus propios poderes le hacen daño y los tensores lo dejan indefenso ante los disparos.

—De inmediato se le curan las heridas de esos disparos —dijo—, y un impacto de poder tensor no contrarresta sus habilidades como debiera. Es como... Es como si conociésemos su punto débil en parte, no por completo. Por eso no cambia... Enfrentarse a sus poderes no es suficiente.

No iba a discutírselo. Tenía razón. En el fondo lo sabía y se me encogía el corazón

—¿Y ahora qué? —pregunté—. ¿Alguna idea?

—Tenemos que matarlo.

Apreté mucho los labios. No estaba seguro de poder hacerlo. Aunque hubiera podido, tenía la impresión de que, haciéndolo, ganaríamos la batalla pero perderíamos la guerra.

Megan miró mi pistola.

—Te la he recargado, por cierto —me dijo.

De pronto el arma pesaba más.

—Qué bien.

—No puedo evitar pensar que debería estar haciendo algo más que recargar pistolas y levantar muros. Es tanto lo que puedo ver que me supera.

—Tenemos que escoger algo que puedas cambiar —dije, esperando la reaparición del Profesor sin soltar la pistola—. Algo muy útil.

—Un arma —dijo Megan, asintiendo.

—¿La de Abraham?

Me sonrió, casi de un modo infantil.

—No. Es demasiado pequeña.

—¿El arma de Abraham te parece pequeña? Nena, te quiero.

—En realidad —dijo, volviendo la cabeza para mirar a algo que yo no veía—, hay un mundo muy cercano donde Abraham se encarga de dirigir al equipo...

—¿Qué tiene eso que ver con las armas? Tú...

Me callé porque la cueva tembló. Caí hacia atrás cuando toda la pared del túnel, de varios metros de longitud, se convirtió en polvo bajo los efectos de un increíble estallido de poder. Al otro lado, el Profesor había estado muy ocupado. A su alrededor flotaban cientos de lanzas de luz.

Mientras nosotros hablábamos él hacía planes.

Grité tendiendo la mano hacia delante y liberando poder tensor en cuanto las lanzas vinieron por nosotros. Pude acabar con la primera oleada y buena parte de la segunda, pero mi ataque acabó cuando la tercera llegaba.

Quedó atrapada en una superficie metálica, como de plata, en forma de escudo, que se había materializado delante de nosotros. Megan resopló, manteniendo firme el mercurio, bloqueando las dos oleadas siguientes.

—¿Ves? —dijo. Llevaba el guante que controlaba el rtich—. En un mundo donde Abraham dirige el equipo, otra persona debe aprender a usar este dispositivo. —Sonrió y luego resopló hasta otro impacto—. Y bien, ¿acabamos con él?

Asentí, sintiéndome enfermo.

—Como mínimo, necesitamos que tenga miedo —dije—. Es lo que nos hizo cambiar a nosotros... Estábamos aterrorizados, nos enfrentábamos a la muerte. Lo de afrontar los temores solo fue eficaz cuando corríamos un peligro grave.

No acababa de cuadrar. Algo faltaba, me parecía. Sin embargo, dado lo caótico de la situación, no se me ocurría nada mejor.

—¿Tenemos que ser audaces? —dijo Megan, con el rtich en una mano y el arma en la otra.

—Temerarios. —Sopesé el arma—. Intrépidos.

Le hice un gesto de asentimiento.

Tomé aliento y atacamos.

Megan bajó el escudo, permitiendo que el rtich le trepara por el brazo.

Lancé otra oleada de poder tensor y corrimos disparando sin ton ni son. Las pistolas resultaban muy poca cosa en comparación con los poderes divinos desatados a nuestro alrededor, pero estábamos familiarizados con ellas. Eran de fiar, sólidas.

Interrumpimos al Profesor cuando preparaba otra oleada de lanzas de luz. Abrió los ojos como platos. Se había quedado con la boca abierta, desconcertado de vernos ir directamente por él. Levantó con un gesto de la mano un enorme campo de fuerza para bloquearnos. Lo volé usando poder tensor y Megan me siguió.

—Bien —dijo, dando una palmada en el suelo. La roca se convirtió en polvo alrededor de su mano y asió una larga barra de piedra. Dio un paso al frente y la usó para atacar a Megan, que la atrapó con el rtich.

El mercurio corrió por el brazo del Profesor, reteniéndolo mientras yo le lanzaba un estallido de poder tensor, seguido de unos disparos a la cara. El Profesor, sin embargo, igualó mi estallido invisible con uno suyo. Se contrarrestaron mutuamente, chocando entre sí con un restallido ensordecedor.

Derrapé hasta detenerme y, a pesar de todo, le disparé a la cara. Eso tenía que entretenerlo a la fuerza, ¿no? Aunque le rebotasen las balas. A lo mejor alguna se le atascaría en la nariz o algo así.

Aulló, liberando el puño del rtich, y empujó a Megan. Blandió la barra hacia mí, pero logré desintegrarla. Luego dejé que una tonelada de polvo del techo le cayese encima. Perdió el equilibrio.

Cuando lo recuperó, Megan lo atacó con el rtich, recubriéndole la mano, el brazo y el costado para tener potencia y le dio un puñetazo en la cara. A pesar de los campos de fuerza, el Profesor retrocedió a trompicones, echando pestes. Megan avanzó y él hizo desaparecer el suelo. Quedó un enorme agujero por el que se veía una cueva que había debajo, pero Megan consiguió que el rtich formase una pasarela larga de parte a parte del agujero y no se cayó.

Golpeé al Profesor con el hombro. Resbaló en el polvo. Me incliné, le tendí la mano a Megan y la aparté del agujero.

Juntos volvimos a atacarlo. Megan recargaba las armas, por lo visto, porque no se me acababan las balas y, cuando el Profesor evaporó mi pistola, ella me lanzó otra prácticamente idéntica sacada de una dimensión alternativa.

Manejaba el rtich asombrosamente bien, dándole órdenes como si fuese una segunda piel, bloqueando, atacando, sosteniéndose. Yo no dejaba en paz al Profesor y, siempre que podía, evaporaba sus campos de fuerza, lo que nos permitía herirlo con las balas.

Durante un rato la pelea resultó extrañamente perfecta. Megan y yo trabajando juntos, sin hablarnos, anticipándonos cada uno a los movimientos del otro. Disponíamos de poderes increíbles e íbamos armados. Juntos estábamos obligando a un Épico mucho más poderoso a retroceder. Por un momento me permití creer que íbamos a ganar.

Por desgracia, el poder de curación del Profesor escupía todas las balas. No lo estábamos anulando, no lo suficientemente bien. Megan le disparó a la cabeza, sin contenerse, y no se lo impedí, pero su intento fracasó igual que los demás.

Acabamos en una de las cuevas principales, con el polvo cayendo a nuestro alrededor. Aguanté una oleada de lanzas del Profesor. Una me rozó el hombro y gemí de dolor. Mis poderes de curación asistidos por el motivador me permitieron recuperarme. Megan avanzó, protegiéndome, pero a juzgar por el sudor que le humedecía la frente, empezaba a cansarse. Yo también. Usar los poderes era agotador.

Nos preparamos para otro ataque del Profesor. Mi pistola chasqueó cuando Megan la recargó. La miré.

—¿Otro ataque? —me susurró.

Yo ya no estaba seguro. Intenté responder, pero en ese momento el techo se hundió.

Di un traspié mirando hacia arriba. Megan usó el rtich para detener el torrente de piedras y polvo. El sol entró por el agujero, tan ancho como la cueva, abierto por el Profesor. Parpadeé, poco acostumbrado a esa luz. El Profesor se había apartado de la lluvia de escombros y estaba junto a un muro de la cueva, a la sombra.

—Fuego —dijo.

Solo entonces me di cuenta de que, a diez metros por encima de nosotros, rodeando el perfecto agujero, había un escuadrón de cincuenta hombres y mujeres.

Llevaban lanzallamas.

46

Llovieron llamas. Estaba preparado. No habíamos obligado al Profesor a retirarse. ¡Él nos había estado dirigiendo hacia este punto!

Cuando las llamas nos rodearon, el rtich desapareció. Las sombras de Megan se concretaron y quedó una versión definida de ella, iluminada por el fuego. Se echó al suelo.

—¡No! —grité, tendiéndole la mano con el guante refulgente. No podía permitirme que los campos de fuerza se me diesen mal. ¡No en aquel momento! Me esforcé, como si hiciese lo posible por cargar con algo demasiado pesado.

Por fortuna, alrededor de Megan apareció una burbuja protectora que bloqueó las llamas. Empujó con las manos el escudo que había creado para ella. Tenía los ojos muy abiertos porque estaba completamente rodeada de fuego.

Me alejé de las llamas, protegiéndome la cara con las manos. El fuego estaba muy cerca, pero las quemaduras se me curaban.

Arriba, hombres y mujeres se pusieron a disparar armas automáticas. Grité, liberando poder tensor y evaporándolas, convirtiéndolas en polvo. Las armas y los lanzallamas desaparecieron. El hueco se ensanchó. Primero cayó sal y luego gente, cuando el suelo que pisaban se esfumó.

Ya no había fuego, pero el daño estaba hecho. En el suelo de la cueva ardían los charcos de los que se elevaban retorcidas lenguas negras de humo. Hacía tanto calor que tenía la frente perlada de sudor. Los poderes de Megan no servían de nada. Parpadeé debido al polvo y el humo. El Profesor se apartó de la sombra, desaliñado, ensangrentado, pero todavía sin miedo.

Chispas. Aún no estaba asustado.

—¿Creías que no tenía ningún plan? —me preguntó—. ¿Pensabas que no tendría en cuenta a Megan con sus poderes? —Pisando sal suelta pasó junto a un soldado que gemía—. Olvidas, David, que un hombre sabio siempre tiene un plan.

—A veces los planes fallan —le respondí—. ¡A veces no basta con los preparativos, por cuidadosos que sean!

—¿Y entras corriendo sin ninguna precaución? —me gritó, asombrosamente furioso.

—¡A veces no queda más remedio que actuar, Profesor! ¡A veces no sabes lo que te hará falta hasta que estás metido en el fregado!

—¡Eso no es excusa para trastocar la vida de otro! ¡No es excusa para pasar de todos y perseguir tus propias y estúpidas pasiones! ¡No es excusa para tu absoluta falta de control!

Grité de furia y desaté un crescendo de poder tensor. No apunté al suelo ni a las paredes. Lo lancé hacia él: fue una descarga de puro poder, una vía de escape para mi frustración, para mi furia. Nada salía bien. Todo estaba fallando.

Cuando lo alcanzó se echó atrás como si hubiese recibido un golpe físico. Se le desintegraron los botones de la camisa.

Luego gritó y me envió una ráfaga de poder tensor.

Le respondí con otra. Las dos chocaron produciendo sonidos discordantes y la cueva se estremeció. La roca tembló como si fuese agua. Noté la vibración.

La pistola que tenía en la mano se transformó en polvo,

al igual que el guante tensor de esa mano, pero el impacto no me llegó al resto del cuerpo. A pesar de todo, me caí de bruces al suelo.

Gemí y me di la vuelta. Allí estaba el Profesor, inclinado sobre mí. Con una mano agarró las tres cajas de la pechera del chaleco, las arrancó del tejido. Se había quedado con los motivadores del traje tensor.

—Esto es mío —dijo.

«No...»

Me dio un revés tan fuerte que rodé sobre la roca y el polvo.

Acabé cerca de Megan, que se había quedado sin esfera protectora porque yo ya no tenía poder para mantenerla. Se puso en pie a la luz del fuego, levantó la pistola con ambas manos y le disparó al Profesor.

Un gesto absurdo. Al Profesor ni siquiera le importó. Yo me quedé tendido, con un brazo enterrado en el polvo del suelo.

—Sois estúpidos —nos dijo el Profesor. Tiró al suelo los motivadores—. Lo sois.

—Mejor ser un estúpido que un cobarde —le respondí entre dientes—. ¡Al menos yo he intentado hacer algo! ¡He intentado cambiar las cosas!

—¡Lo has intentado y has fracasado, David! —Avanzó. Megan se había quedado sin balas.

—Mírate —prosiguió el Profesor, angustiado—. No has podido derrotarme. Has fallado.

Me puse de rodillas y luego me senté. De pronto estaba agotado. Megan se dejó caer a mi lado, llena de quemaduras y agotada también.

Quizá fuese porque no tenía ningún reparador para apoyarme. Quizá fuese porque sabía que aquello era definitivamente el final. No tenía fuerzas para ponerme en pie, y apenas las tenía para hablar.

—Nos has derrotado, sí —dijo Megan—. Pero no hemos fracasado, Jonathan. El fracaso es negarse a pelear.

El fracaso es quedarse sin hacer nada con la esperanza de que otro solucione el problema.

Lo miré a los ojos. Se encontraba como a metro y medio, en una cueva convertida más bien en un cráter. Los cristales de sal de Ildithia habían iniciado su camino por el borde del agujero, recubriéndolo. Si allá arriba quedaban soldados, se habían puesto a cubierto prudentemente.

La cara del Profesor era un mapa de cortes: heridas causadas por los restos lanzados por las violentas explosiones de poder tensor, que temporalmente habían anulado sus campos de fuerza. Como para desafiar mis esperanzas, los cortes comenzaron a sanar.

Megan... Megan tenía razón. Algo se manifestó lejanamente en mis recuerdos.

—Negarse a actuar —le dije al Profesor—, sí, eso es fracasar, Profesor. Como quizá... ¿negarse a participar en un concurso a pesar de ansiar el premio?

Se detuvo justo delante de nosotros. Tia me había contado esa historia en Babilar. El Profesor deseaba desesperadamente visitar la NASA, pero no estaba dispuesto a participar en el concurso cuyo premio era esa visita.

—Sí —dije—. No participaste. ¿Temías perder, Profesor? ¿O temías ganar?

—¿Cómo lo sabes? —bramó, invocando a su alrededor cien líneas de luz.

—Tia me lo contó —dije, poniéndome de rodillas y apoyando una mano en el hombro de Megan. Todo empezaba a encajar—. Siempre has sido así, ¿no es cierto? Fundaste los Exploradores, pero te negaste a ir demasiado lejos. Te negaste a enfrentarte a los Épicos más poderosos. Querías ser de ayuda, Profesor, pero no estabas dispuesto a dar el último paso. —Parpadeé, asombrado—. Tenías miedo.

Las líneas que lo rodeaban se desvanecieron.

—Los poderes son una parte pero no todo —dije—. ¿Por qué los temes?

Parpadeó.

—Porque yo...

—Porque si eres tan poderoso —susurró Megan—, si dispones de todos esos recursos, entonces no te quedan excusas para fracasar.

Se echó a llorar. Apretó la mandíbula y tendió una mano hacia mí.

—Tú has fracasado, Profesor —dije.

Los campos de fuerza se desvanecieron y tropezó.

—Tia ha muerto —añadió Megan—. Le fallaste.

—¡Callaos! —Las heridas de su cara dejaron de sanar—. ¡Callaos de una vez!

—Mataste al equipo de Babilar —dije—. A ellos también les fallaste.

Se abalanzó hacia mí y me agarró de los hombros, apartando a Megan. Temblaba, con las mejillas arrasadas de lágrimas.

—Eras fuerte —le dije—. Tenías unos poderes inigualables y a pesar de todo fracasaste. Hasta tal punto has fallado, Profesor.

—No, no —susurró.

—Sí. Sabes que sí. —Me preparé para la siguiente mentira que iba a soltarle—. Hemos matado a Larcener, Profesor. No puedes completar el plan de Regalia. Da igual si muero. Eres un fracasado.

Me soltó. Me puse en pie con esfuerzo.

Él se hincó de rodillas.

—Un fracasado —susurró. Le sangraba la barbilla—. Se suponía que iba a ser un héroe. ¡Tenía tanto poder! Incluso así, fracasé.

Megan se situó cojeando a mi lado, con la cara sucia de ceniza, frotándose la mejilla donde el Profesor le había pegado.

—Demonios —susurró—. Ha funcionado.

Miré al Profesor. Seguía llorando, pero cuando me miró vi en sus ojos un desprecio absoluto. Me odiaba. Odiaba aquella situación. Odiaba ser un débil mortal, un hombre normal y corriente.

—No —dije. Sentía un peso en el estómago—. No se ha enfrentado todavía a su miedo.

Habíamos dado con su auténtico punto débil. Tia había estado equivocada. Su miedo era algo más profundo que sus poderes, aunque tanto estos como su valía como persona formaban evidentemente parte de él. Tenía miedo de aspirar a más, de convertirse en todo lo que podía ser, no porque los poderes como tales le diesen miedo, sino porque, si lo intentaba, el fracaso podría llegar a ser mucho peor.

Si no lo daba todo y fallaba, al menos podría consolarse con la idea de que no había sido totalmente culpa suya o de que formaba parte del plan, que siempre había querido que pasase así. Solo si se entregaba completamente, solo si empleaba todos los recursos de los que disponía, el fracaso sería absoluto.

Qué carga más horrible eran esos poderes. Entendía que se hubieran convertido para él en un punto focal: representaban toda su valía y también su potencial para el fracaso absoluto.

Megan me puso algo en la mano. Su pistola. La miré. El brazo me pesaba como si fuera de plomo cuando apunté a la cabeza del Profesor.

—¡Hazlo! —ladró—. ¡Hazlo, bastardo!

La mano no me temblaba, apuntaba sin vacilar, con el dedo en el gatillo... y entonces recordé.

Otro día, en una sala de acero, con una mujer a la que había enfurecido.

Yo, de rodillas en un campo de batalla.

Mi padre con la espalda contra la columna de la sucursal bancaria, a la sombra de una deidad.

—No —dije, y le di la espalda.

Megan no se opuso. Se me acercó. Juntos nos alejamos del Profesor.

—¿Quién es el cobarde ahora? —me preguntó, de rodillas, iluminado por las llamas, llorando—. ¡David Charleston! Asesino de Épicos. Se supone que debes detenerme.

—Eso podemos arreglarlo —dijo una voz nueva.

Me volví, asombrado, y vi a Larcener salir de la sombra de un saliente de roca cercano. ¿Llevaba allí desde el principio? Aquello desafiaba la razón. Pero...

Con delicadeza tocó con los dedos el cuello del Profesor, que gritó y se puso rígido.

—Dicen que es como tener agua helada en las venas —dijo Larcener.

Cargué contra ellos desde el otro lado de la cueva sin techo.

—¿Qué haces? —le pregunté.

—Solucionar tu problema —me respondió Larcener, sin soltar al Profesor—. ¿Quieres que pare?

—Yo... —Tragué saliva.

—En cualquier caso, ya es tarde. —Apartó los dedos, se los miró y luego miró al Profesor a los ojos—. Excelente. Esta vez ha funcionado. Tenía que asegurarme, después de nuestro... pequeño problema con tu novia. —Alzó la vista hacia el cielo y el sol. Furioso, se puso a la sombra.

Chispas. El sol estaba bajo; ya eran por lo menos las cinco. No me había dado cuenta de que la pelea hubiera durado tanto.

Me agaché junto al Profesor. Estaba conmocionado. Lo toqué con precaución pero no se movió, ni siquiera pestañeó.

—Es una buena solución, David —dijo Megan, colocándose junto a mí—. Era esto o matarlo.

Asentí. Tenía razón, pero no podía evitar la sensación de haber fracasado monumentalmente. Me había enfrentado al Profesor, lo había detenido, había descubierto su punto flaco y anulado sus poderes. Pero él no había hecho retroceder la oscuridad.

¿No podríamos haber usado otro método? ¿No podríamos haber mantenido ocupada su debilidad hasta que recuperase la cordura? Tenía ganas de llorar, pero estaba demasiado cansado incluso para eso.

—Vamos a buscar a los otros. —Me levanté y me quité el chaleco, todavía con los cables para los motivadores. Necesitaba activar de nuevo el reparador para ayudar a Abraham. Lo dejé junto a las cajas de metal de los motivadores y miré al cielo con la esperanza de ver algún dron de Knighthawk.

Un destello de luz.

Obliteration me puso una mano en el hombro.

—Bien hecho —dijo—. La bestia ha sido derrotada. Debo hacer honor a mi promesa.

Desaparecimos.

47

Aparecimos en un risco desolado de un desierto baldío. El aire sofocante olía a tierra cocida. Del suelo sobresalían piedras rojas. Los estratos eran como montones de tortitas.

Algo relucía a mi espalda. Me volví y me protegí los ojos con una mano.

—Una bomba —dijo Obliteration—, fabricada a partir de mi propia carne. Podría decirse que es mi hija.

—Usaste una como esta para destruir Kansas.

—Sí —repuso con tranquilidad—. Cuando está cargada de energía no viaja bien. Debe absorber el sol en el lugar que deseo destruir. Mi dilema es que cuanto más crece mi notoriedad más huye la gente de mi presencia, así que...

—Así que aceptaste la oferta de Regalia. Tu carne a cambio de un arma.

—Esta estaba destinada a Atlanta —dijo antes de apoyar la mano en mi hombro en un gesto casi paternal—. Te la entrego a ti, Steelslayer, para completar tu cacería. ¿Puedes emplearla para destruir al rey, allá en los cielos, al Épico de Épicos?

—No lo sé —dije. Me lloraban los ojos debido a la intensidad de la luz. Chispas. ¡Estaba tan cansado! Estaba agotado, sin fuerzas, como un trapo de cocina gastado y lleno de agujeros que solo sirve para calzar la pata de una mesa—. Pero si algo puede matarlo será esto. —Se sabía que incluso los más poderosos Grandes Épicos caían ante el incontenible torrente de energía de las armas nucleares o la fuerza destructiva del mismísimo Obliteration.

—Te llevaré con la bomba al palacio de los cielos —dijo—. A la nueva Jerusalén. Usa esto para detonarla. —Me entregó una barrita, una especie de bolígrafo que me resultaba desconcertantemente familiar. Era un detonador universal. En una ocasión había tenido uno igual.

—¿Podría... hacerlo desde aquí abajo? —pregunté.

Obliteration soltó una carcajada.

—¿Preguntas si se te permite apartar el cáliz? Es natural. Pero no, debes hacerlo en persona. Te he alargado la vida para que pudieras realizar este acto, porque sé el resultado. El alcance del detonador es limitado.

Agarré el dispositivo. Me sudaba la palma. En tal caso era una sentencia de muerte. Quizás habría podido incorporarle un temporizador, pero dudaba que Obliteration aceptara.

«Ni siquiera he podido despedirme de Megan», pensé, mareado.

Sin embargo, allí estaba la oportunidad que afirmaba desear tanto. Un final.

—¿Puedo pensármelo?

—No mucho —dijo mirando al cielo—. Pronto saldrá y no podemos permitir que vea lo que planeamos.

Me senté, intentando aclararme, intentando recuperar algo de fuerza y aprovechar la oportunidad que se me ofrecía. Traté de repasar los hechos. El Profesor estaba derrotado, sin poderes. Cuando lo había mirado me había parecido vacío, como si le hubiesen dado un buen golpe en la cabeza. Se recuperaría, ¿no? Algunos asumidores dejaban aturdidas a sus presas, incluso les provocaban la muerte cerebral al arrebatarles los poderes. Esas personas se despertaban cuando los recuperaban, pero Larcener jamás devolvía lo que robaba. ¿Por qué nunca me lo había planteado?

Chispas. ¿Cómo era posible que se me hubiese pasado

el punto débil del Profesor? Sus planes tímidos, el modo en que buscaba excusas para ceder sus poderes y minimizar los fallos... Todo apuntaba a sus miedos. Siempre había sido incapaz de comprometerse del todo.

—¿Bien? —me preguntó al fin Obliteration—. No nos queda más tiempo.

A pesar del descanso no me sentía recuperado.

—Iré —susurré con la voz ronca—. Lo haré.

—Buena elección. —Me llevó hasta la bomba, que, supuse, había colocado allí para que absorbiera la energía del sol. Me acerqué a ella y estudié su forma: era una caja metálica del tamaño de una taquilla de gimnasio. No estaba caliente aunque lo parecía.

Obliteration se agachó y puso una mano sobre la caja y la otra en mi brazo.

—«Cuando comas del trabajo de tus manos, dichoso serás y te irá bien.» Hasta nunca, Steelslayer.

Contuve el aliento al verme rodeado de un destello de luz. Un segundo más tarde me encontraba mirando hacia abajo, hacia la Tierra.

Apenas oí el estallido a mi espalda cuando Obliteration se fue, abandonándome. Me encontraba en el espacio. Me arrodillé en lo que parecía ser una superficie de vidrio, contemplando una panorámica gloriosa. Tenía el estómago encogido. Veía la Tierra en todo su esplendor, rodeada por una atmósfera difusa y nubes.

Qué pacífica. Desde allí arriba, mis preocupaciones resultaban insignificantes. Aparté como pude los ojos para ver lo que había a mi alrededor, aunque para eso tuve que dar la espalda a la bomba y entornar los párpados para distinguir algo a pesar de la luz que emitía. Me encontraba en una especie de edificio o de nave con las paredes de vidrio.

Me puse en pie como pude. Comprobé que las esquinas de las paredes eran curvas y que había una lejana luz roja en algún punto de la estructura transparente. Luego me di cuenta de que, a pesar de estar en el espacio, tenía los pies plantados en una superficie. Tendría que haber flotado.

Detrás de mí, la bomba brillaba como una estrella. Puse el dedo en el detonador. ¿Debía... hacerlo ya?

No. No, antes tenía que verlo. De cerca. Relucía. Era de color carmesí, tan brillante como la bomba, pero estaba delante de mí y su luz se refractaba en las esquinas y las superficies de vidrio.

Mis ojos se iban acostumbrando gradualmente y me di cuenta de que había una puerta. Caminé con esfuerzo hacia ella, porque el suelo era irregular. Estaba lleno de barras y estructuras que parecían escaleras. Las paredes también eran irregulares, con compartimentos llenos de cables y palancas... todo de vidrio.

Recorrí un pasillo. En una pared había algo grabado. Lo palpé con los dedos. ¿Letras? Las leí. ¿El nombre de una empresa?

Chispas. Era la antigua estación espacial internacional, pero de cristal.

Sintiéndome extrañamente desconectado seguí avanzando hacia la luz. El vidrio era muy transparente, prácticamente invisible. Pasé de un módulo a otro, con los brazos estirados para no chocar con ninguna pared. La luz roja fue aumentando.

Por fin llegué al último módulo. Era más grande que los otros y Calamity me esperaba al fondo... de espaldas a mí. Brillaba tanto que costaba apreciar los detalles.

Con el brazo delante de la cara para protegerme de la luz, sujeté el detonador con más fuerza. Aquello era una estupidez. Tendría que haber detonado la bomba. Calamity podría matarme en cuanto me viese. ¿Quién podía afirmar con seguridad que conocía sus poderes?

Pero tenía que saber. Tenía que verlo con mis propios ojos. Tenía que ver lo que había destruido mi mundo.

Salvé la distancia que nos separaba.

La luz de Calamity disminuyó. Contuve la respiración.

Notaba el sabor de la bilis. ¿Qué pensaría la gente de abajo? ¿Que Calamity se había ido? La luz quedó convertida en un brillo tenue y vi a un joven vestido con una sencilla túnica y la piel roja reluciente. Se volvió a mirarme... y lo reconocí.

—Hola, David —dijo Larcener.

48

—Tú —susurré—. ¡Estabas abajo! ¡Con nosotros! ¡Desde siempre!

—Sí —dijo Larcener, dándome la espalda para contemplar mi mundo—. Puedo proyectar un señuelo de mí mismo; ya lo sabes. Incluso mencionaste ese poder en varias ocasiones.

Me tambaleé, intentando atar cabos. Había estado con nosotros.

Calamity había convivido con nosotros.

—¿Por qué...? ¿Qué...?

Larcener suspiró de un modo sorprendentemente humano. Era un suspiro de enojo: una emoción que le había visto expresar en muchas ocasiones.

—No dejo de mirarlo —dijo—, intentando descubrir qué ves en él.

Vacilante, me puse a su lado.

—¿En el mundo?

—Está destrozado. Es horrible, repugnante.

—Sí —dije con un hilo de voz—. Es hermoso.

Me miró entornando los ojos.

—Tú eres la causa de todo —dije, apoyando los dedos en el cristal que tenía delante—. Tú... desde el principio. ¿Y los poderes que robaste a los otros Épicos?

—Me limité a recuperar lo que les cedí en su momento

—dijo—. Todos estaban tan dispuestos a creer en un Épico capaz de robar habilidades que jamás cayeron en la cuenta de que lo habían entendido al revés. Me llamaron «Larcener», ladrón... Qué mezquinos. No soy un ladrón. —Hizo un gesto de incredulidad.

Tragué saliva y parpadeé.

—¿Por qué? —le pregunté a Calamity—. Por favor, dímelo. ¿Por qué lo has hecho?

Se quedó pensativo, con las manos a la espalda. Era Larcener, desde luego. No solo tenía la misma cara, sino que hacía los mismos gestos. Tenía la misma forma de resollar antes de hablar, como si hacerlo conmigo fuese indigno de él.

—Os estáis destruyendo —dijo con tranquilidad—. Yo no soy más que el heraldo: traigo los poderes. Vosotros los empleáis y orquestáis vuestro propio final. Es lo que hemos hecho en incontables dimensiones. Eso me han dicho.

—¿Te han dicho? ¿Quiénes?

—Es un lugar maravilloso —prosiguió, como si no me hubiese oído—. Tú no serías capaz de comprenderlo. Hay paz, ternura. Nada de luz horrible, ninguna luz en absoluto. No percibimos por medio de horribles apéndices como los ojos. Allí vivimos como uno solo hasta que nos llega el momento de cumplir con nuestro deber. —Un gesto de desdén—. Y este es mi deber. Así que abandoné mi hogar y vine aquí. Cambié mi hogar por...

—Por luz violenta —dije—, y sonidos estridentes; por el dolor del calor, de las sensaciones.

—¡Sí! —dijo.

—No son mis pesadillas —dije, llevándome las manos a la cabeza—. Son las tuyas. ¡Chispas! Son todas tuyas, ¿no es así?

—No seas estúpido. Otra vez diciendo tonterías.

Di un paso torpe hacia atrás, aferrándome para no perder el equilibrio a un asidero de la pared. Era evidente, en mis pesadillas. Visiones de nacer en este mundo, un lugar que para Calamity no podía ser más extraño. Un lugar horrible para sus sentidos.

Las luces violentas de mis pesadillas no eran más que la iluminación normal de un techo.

¿El estrépito y los gritos? La gente hablando o los golpes al mover muebles.

La naturaleza terrible de todo eso surgía de la comparación con el lugar donde había vivido antes. Otro lugar, uno que yo no podía comprender, donde no había estímulos tan intensos.

—¿Se suponía que nos dejarías? —pregunté.

Calamity no respondió.

—¡Calamity! Tras concedernos los poderes, ¿se suponía que te irías?

—¿Por qué iba a permanecer en este lugar horrible más de lo estrictamente necesario? —repuso con desdén.

—En el mundo paralelo de Megan —susurré—. Allí te fuiste y la oscuridad jamás afectó a los Épicos. Aquí te quedaste... y de alguna forma nos infectaste con tu odio, con tu desprecio. Convertiste a cada uno de los Épicos en una copia de ti mismo, Calamity.

Megan me había dicho que su miedo al fuego no era ni de lejos tan fuerte antes de adquirir sus poderes. Mi miedo a las profundidades había empezado cuando volvió sus ojos hacia mí. Hiciese lo que hiciese, fuese lo que fuese Calamity, cuando penetraba en alguien aumentaba los temores de esa persona hasta un grado antinatural.

Y cuando la gente se exponía a esos temores, a las cosas que Calamity detestaba, Calamity se marchaba. Con él se llevaba los poderes y la oscuridad.

Enfrentarse a los miedos también funcionaba. Tenía que funcionar. ¿Qué sucedía cuando te enfrentabas a tus miedos?

«Son míos —me había dicho Megan—. Los reclamo.»

Chispas. ¿Era posible que hubiese tomado el control de sus poderes y expulsado a Calamity por completo? ¿Los había separado de la oscuridad?

—Todos os inventáis excusas —dijo Calamity—. Os negáis a ver lo que sois en cuanto conseguís un poco de poder. —Me miró—. Lo que eres tú, David Charleston. Se lo has ocultado a los demás, pero no puedes engañar a la fuente. Sé lo que eres. ¿Cuándo lo liberarás? ¿Cuándo te pondrás a destruir tal y como te dicta el destino?

—Nunca.

—¡Tonterías! Es tu naturaleza. Lo he visto una y otra vez. —Dio un paso hacia mí—. ¿Cómo lo hiciste? ¿Cómo me impediste el paso durante tanto tiempo?

—¿Por eso viniste con nosotros? —pregunté—. ¿En Ildithia? ¿Por mí?

Calamity me fulminó con la mirada. Incluso ahora que lo veía en toda su gloria tenía la misma impresión de siempre: no era más que un niño mimado.

—Calamity —dije—, tienes que irte. Tienes que abandonarnos.

Resopló.

—No me permiten irme hasta haber finalizado mi labor. Lo dejaron bien claro después de que yo...

—¿Qué?

—No veo que tú respondas a la pregunta que te he hecho —dijo, y se puso a mirar por la ventana—. ¿Por qué niegas tus poderes?

Me lamí los labios. Tenía el corazón desbocado.

—No puedo ser un Épico —dije—. Mi padre los esperaba...

—¿Y?

—Yo... —Callé. No sabía expresarlo.

—Once años y todavía sobrevivís —murmuró Calamity—. En menor número, pero sobrevivís. Conviví con vosotros diez años, como un niño, hasta que escapé a este lugar.

«Eso fue cuando Calamity se elevó —pensé—. Cuando tenía diez años y decidió conceder poderes.»

—A este lugar que se parece más a mi hogar que cualquier

otro de esta dimensión de podredumbre —dijo Calamity—. Sin embargo, descubrí que debía volver a descender para estar entre vosotros. Tenía que saberlo. ¿Qué entendíais de todo esto? Once años más y todavía no he encontrado la respuesta...

Miré el delgado detonador que todavía tenía bien agarrado en la mano. Había encontrado mis respuestas. Cierto, esas respuestas planteaban más preguntas. ¿Cuál era ese lugar del que había venido? ¿Por qué los suyos deseaban destruirnos? Actuaba como si fuese algo predeterminado, pero ¿por quién y por qué?

Tal vez jamás encontraría la respuesta a esas preguntas. Solo lamentaba no haberme podido despedir de Megan. Me habría encantado darle un último beso de despedida.

«Me llamo David Charleston.»

Pulsé el botón.

«Y mato Épicos.»

La bomba estalló.

49

La explosión recorrió toda la estación espacial de vidrio y la hizo añicos. El calor y la onda expansiva me golpearon al instante, para luego virar a mi alrededor. Fluyeron hacia la palma de la mano de Calamity, absorbidos como el agua por una cañita.

Terminó en un parpadeo. A mi espalda, la estación se recompuso. Las esquirlas volvieron a unirse y el vidrio se selló.

Me quedé de pie como un idiota, pulsando una y otra vez el botón.

—¿Pensabas que mi propio poder podía destruirme? —dijo Calamity sin mirarme—. Supongo que de ser así habría sido muy poético, pero yo controlo esos poderes, David. Los conozco bien, con todo detalle. Sí, podría explicarte el funcionamiento de Ildithia. Sí, podría explicarte lo que Megan hace cuando salta a otras dimensiones, tanto a las posibilidades fundamentales como a las efímeras. Soy verdaderamente inmortal. Ninguno de mis poderes puede hacerme daño permanentemente.

Me dejé caer al suelo. El esfuerzo me había superado: la pelea contra el Profesor, que Obliteration me secuestrase, apretar el botón dispuesto a morir.

—Me he preguntado si no debería simplemente decíroslo —dijo Calamity meditabundo, volviéndose hacia mí—. Debéis comprender que hace falta que os destruyáis mutuamente. Pero verás, se supone que no debo interferir. Me preocupan incluso las pequeñas infracciones, como verme obligado a crear dispositivos para vuestro asalto a la Torre Sharp. Va en contra de nuestra forma de obrar, aunque para mantener mi tapadera tuviese que hacerlo.

—Calamity, estás interfiriendo. Y mucho. ¡Los haces enloquecer! ¡Les haces destruir!

No me hizo caso.

¡Chispas! ¿cómo podía hacérselo comprender? ¿Cómo podría demostrarle que el causante de la oscuridad y la destrucción era él, que los seres humanos no tendían a eso tan naturalmente como él afirmaba?

—En conjunto sois despreciables —dijo en voz baja—. Os destruiréis los unos a los otros y yo tendré que presenciarlo. No eludiré mi obligación como han hecho otros. Observar, ese es nuestro deber; pero no debo interferir, otra vez no. Es posible perdonar una chiquillada. A pesar de no haber sido realmente nunca un niño, sí que era nuevo. Y vuestro mundo es una conmoción. Una conmoción aterradora. —Asintió, como si tratara de convencerse.

Hice el esfuerzo de levantarme y saqué el arma de la pistolera de la pierna.

—¿Tu respuesta a todo, David Charleston? —Calamity suspiró.

—Vale la pena probarlo —dije, apuntando.

—Los poderes del universo están en mí. ¿Lo comprendes? Son míos, todos ellos. Soy lo que llamas un Gran Épico multiplicado por mil.

—Seas lo que seas, eres un monstruo. Los poderes divinos no te convierten en un dios, me parece. Te conviertes en un matón que resulta que tiene el arma más grande.

Apreté el gatillo. El arma ni siquiera disparó.

—Le he quitado la pólvora —me explicó Calamity—. No hay nada que puedas usar, ya sea el resultado de los poderes épicos o del ingenio de los hombres, para dañarme. —Vaciló antes de añadir—: Tú, sin embargo, no estás protegido.

—Eh... —dije.

Y eché a correr.

—¿En serio? —me preguntó—. ¿En esas estamos?

Salí de allí como pude, desandando el camino, lo que era bastante complicado porque el espacio había sido diseñado para moverse en la ingravidez, no para caminar.

Llegué al punto de entrada inicial. Un callejón sin salida.

A mi lado apareció Calamity.

Tragué saliva. Tenía la boca completamente seca.

—No debes interferir. ¿No era eso?

—Claro que sí, David —dijo Calamity—. Aunque la verdad es que has volado la estación. No tengo que salvarte... del resultado natural de tus actos. Este sitio es tan frágil... —Sonrió.

Me agarré a un asidero del suelo. Y justo a tiempo, porque un enorme agujero se abrió en un lateral del módulo. Se oía el silbido del aire escapando.

—Hasta nunca, David Charleston —dijo Calamity, acercándose para pisarme los dedos.

Un destello de luz.

Alguien le dio un puñetazo a Calamity en plena cara y lo mandó bien lejos. El aire dejó de escapar y pude respirar hondo, mirando al recién llegado.

El Profesor.

Llevaba la bata negra de laboratorio y ya no tenía la mirada perdida como antes. En sus ojos había determinación y coraje.

—Tú —dijo Calamity, tendido de espaldas—. ¡Reclamé tus poderes!

El Profesor se abrió la bata. Le cubría el pecho el chaleco fabricado por Knighthawk, reparado a toda prisa, con los motivadores en su sitio.

—¡Inútil! —dijo Calamity—. Si reclamé los poderes,

ese aparato no debería funcionar. Debería... yo... —Miró confundido el reluciente campo de fuerza verde de la pared.

El Profesor me tendió la mano.

Dejé escapar un largo suspiro de alivio.

—¿Cómo te sientes? —le pregunté, agarrándome a ella.

—Atormentado —susurró—. Gracias por traerme de vuelta. Te odio por ello, David. Pero gracias.

—Yo no te he traído de vuelta. Has vuelto tú, enfrentándote a tu miedo, Profesor.

Yo acababa de entenderlo: al usar los motivadores para intentar recuperar sus poderes tras todo lo sucedido, se había enfrentado a sus miedos. Había acudido dispuesto a arriesgarse al fracaso. Lo había logrado.

Había reclamado sus poderes. Al igual que Megan, había separado por completo la oscuridad de sus habilidades, quedándose con estas últimas y librándose de la primera.

Ahora los poderes del Profesor le pertenecían. Ya no eran de Calamity. Las cajas de los motivadores no servían de nada.

El Profesor tiró de mí, quizá con la intención de teletransportarnos, pero nos golpeó una oleada de algo que nos arrojó hacia atrás. Calamity volvía a relucir con una luz roja y violenta, y habló... ¡Chispas, qué voz! Inhumana, sobrenatural.

Algo se le cayó de la mano al Profesor y se evaporó cuando Calamity lo señaló.

—¿Qué era eso? —grité, tratando de que me oyera a pesar del terrible chillido en que se había convertido la voz de Calamity, que hablaba en una lengua incomprensible.

—Eso era la forma de salir —dijo el Profesor—. Corre.

El teletransportador. Demonios. Me incorporé a toda prisa mientras el Profesor interponía un campo de fuerza entre Calamity y nosotros, que desapareció inmediatamente. Era imposible luchar contra él...

Una fuerza invisible me tiró de nuevo al suelo. Calamity relucía y alzó las manos, formando un haz que arrojó contra mí.

Otro destello de luz y el haz falló.

Megan se encontraba allí, agarrando a Obliteration por la garganta. Se asfixiaba. Miré boquiabierto cómo lo lanzaba a un lado... Desapareció al instante, pero no de la forma habitual; simplemente se fue. Megan apuntó y disparó contra Calamity. De poco sirvió, aunque Calamity volvió a gritar en esa lengua desconocida.

Megan soltó una imprecación y se agachó junto a mí.

—¿Qué plan tienes? —me preguntó.

—Yo... Megan, ¿cómo has podido...?

—Fácil —dijo, disparando otra vez—. He pillado al Obliteration de la otra dimensión, le he enseñado la fotografía de este lugar y lo he obligado a traerme. Allí sigue siendo un tarugo, para que lo sepas. Bien, ¿qué plan tienes?

Un plan...

A veces no sabes lo que hace falta hasta que no estás metido en el fregado.

—Mándanos a los dos, a Calamity y a mí, al mundo de Firefight... —le dije, poniéndome en pie con cuidado—. Pero al espacio no, por favor. Envíanos con Firefight esté donde esté.

—David, ¡Calamity te matará!

—Por favor, Megan. Por favor. Confía en mí.

Apretó los labios. Mientras yo me abalanzaba hacia Calamity, Megan liberó sus poderes.

Lo agarré y nos trasladamos ambos a otro lugar.

50

Caímos en una azotea de Ildithia, cerca de un agujero llameante del suelo. Era de noche. La oscuridad reinaba en la ciudad de sal, pero reconocí el lugar. Estaba por encima del punto de mi enfrentamiento final con el Profesor.

Al principio me pareció que algo había salido mal. ¿De verdad habíamos pasado a otra dimensión? Había diferencias, sin embargo. Daba la impresión de que el agujero era el resultado de una explosión, no obra de los tensores. También había menos cadáveres.

Me volví. Calamity estaba allí de pie, gruñéndome. Levantó la mano invocando luz.

—Puedo mostrarte cómo vemos nosotros la Tierra —le susurré—. Dices que sientes curiosidad. Puedo mostrarte algo que seguro que querrás ver. Lo prometo.

Soltó un bufido, pero mientras lo miraba su furia pareció calmarse. Como... como cuando los poderes de un Épico menguaban.

—Sientes curiosidad —dije—. Lo sé. ¿No deseas entenderlo para que esa curiosidad deje de acuciarte?

—Bah —dijo, pero bajó la mano y se transformó en Larcener. Bien, siempre había sido Larcener, pero había dejado de relucir, su piel había recuperado el color humano y la túnica se había convertido en la camiseta y los pantalones que llevaba habitualmente.

—¿Qué pretendes hacer aquí? —inquirió, mirando a su alrededor—. Esta es otra Posibilidad Fundamental, ¿no es así? ¿Una realidad adyacente a la vuestra? Sabrás que puedo hacernos volver.

—¡Cáspita! —dijo Firefight. Me volví y lo vi en la azotea de al lado, con Tavi. Ella se quedó mirándome con atención mientras Firefight saltaba, moviéndose por el aire envuelto en llamas—. ¡Está aquí! —dijo, hablando evidentemente por un móvil. ¿Cómo había encontrado uno que no ardiera?—. Sí, es *él*.

—¿Puedes llamar a quien desea verme? —le pedí a Firefight, mirando de reojo a Calamity.

—Oh, no te preocupes —dijo Firefight—. Está de camino.

—Aquí hay algo raro —comentó Calamity, alzando la vista al cielo—. Algo no es como...

—Es un mundo de donde te fuiste, Calamity —le expliqué—. Es un mundo donde algunos Épicos no se dedican a destruir. Un mundo donde algunos protegen a la gente y luchan contra quienes la matan.

—Imposible. Eso es mentira.

—Conoces tus poderes —dije—. Sabes de qué es capaz Megan. Tú mismo me lo dijiste, esos poderes son tuyos. Antes, me has dicho que niego lo que soy. Bien, no lo haré más, ya no. Soy uno de los tuyos. ¡Ahora te toca a ti! Te desafío a negar lo que estás viendo. ¡Dime que este lugar, que esta posibilidad no existe!

—Yo.... —Parecía completamente desconcertado. Miró al cielo negro, allí donde debería haber estado Calamity—. Yo...

Unos potentes cañones de luz iluminaron la zona más cercana, donde la gente buscaba supervivientes tras el conflicto en el que habían participado Firefight y su equipo. Cuando lo vieron a mi lado, aplaudieron.

Chispas, vitoreaban a un Épico.

—No... —Calamity miró a Firefight y luego a la gente—. Esto tiene que..., debe de ser una anomalía, como Megan.

—¿Tú crees? —dije observando la zona. Vi una silueta que se elevaba por encima de la ciudad, el ser al que estaba esperando. Voló raudo hacia nosotros, con la capa aleteando. Un atuendo que yo conocía muy bien.

Agarré a Calamity por la pechera.

—¡Míralo! —le dije—. Mira un lugar donde los Épicos se han librado de que los corrompas. Mira quién llega, el Épico más terrible de todos. Es un asesino en nuestro mundo, un destructor. Ya ves que aquí, Calamity, ¡el mismísimo Steelheart es un héroe!

Lo señalé cuando aterrizó en la azotea.

—Este... —dijo Calamity—. Este no es Steelheart.

¿Qué?

Miré al recién llegado. Vestía una espléndida capa plateada, pantalones negros anchos y una camiseta ajustada al torso imponente. Era el traje de Steelheart, solo que en el pecho llevaba un símbolo. Esa era la única diferencia en lo que a la ropa respectaba.

Pero la cara...

Su rostro era el de un hombre bondadoso, no el de un tirano: de rasgos suaves, con el pelo que empezaba a clarear, una ancha sonrisa y una mirada infinitamente comprensiva.

Era Blain Charleston.

Mi padre.

51

—David —susurró mi padre—. Mi pequeño David...

Yo no podía hablar. No podía moverme. Era él. En ese mundo mi padre era un Épico.

No, en ese mundo mi padre era el Épico.

Dio un paso vacilante, muy tímido para alguien con la musculatura, la importancia y la majestuosidad de un Épico poderoso.

—Oh, hijo. Lo siento. ¡Lo siento tanto!

Anonadado, solté a Calamity. Mi padre dio un paso más y lo abracé fuerte.

Lo solté todo: la preocupación, el horror, la frustración y el agotamiento. Lo solté todo a lágrima viva.

Liberé más de una década de dolor y pesar, una década de pérdidas. Me retuvo con fuerza y olía a mi padre, fuese un Épico o no.

—Hijo —dijo, agarrado a mí, sollozando también—. Te maté. No era mi intención. Intenté protegerte, salvarte, pero moriste. Moriste a pesar de todo.

—Yo te dejé morir —susurré—. No te ayudé, no me resistí. Vi cómo te asesinaba. Fui un cobarde.

Hablábamos a la vez y las palabras que decíamos se mezclaban las unas con las otras, pero de alguna forma, durante un momento, todo estuvo bien. Mi padre me abrazaba; imposible pero cierto.

—Pero... sí que es él —susurró Calamity a mi espalda—. Veo los poderes, son los mismos poderes.

Por fin solté a mi padre, aunque siguió sujetándome del brazo, con instinto protector. Calamity volvió a mirar al cielo.

—¿Lo has traído aquí? —dijo mi padre.

Calamity asintió, ausente.

—Gracias, héroe —dijo mi padre, hablando con una confianza inusitada en él desde la muerte de mi madre—. Gracias por concederme este don. En tu mundo debes ser un hombre muy compasivo.

Calamity nos miró alternativamente, con el ceño fruncido.

—Por las Chispas Eternas —susurró—. ¡Lo comprendo!

Noté un desvanecimiento. El poder de Megan estaba agotándose y pronto regresaríamos.

Volví a abrazar a mi padre.

—Me voy —dije—. No es elección mía irme pero te perdono, padre. Recuérdalo: te perdono. —No hacía falta que se lo dijera, pero tenía que decírselo.

—Te perdono —me dijo mi padre con lágrimas en los ojos—. Mi David... Me basta con saber que en algún lugar sigues con vida.

El mundo se desvaneció y con él mi padre. Estaba preparado para sentir dolor, inquietud, separación, pero solo sentí paz. Él tenía razón. Bastaba.

Calamity y yo reaparecimos en la estación espacial de cristal. Megan y el Profesor estaban preparados, ella con su arma, el Profesor con lanzas de luz. Les hice un gesto para detenerlos.

Calamity conservó la forma humana. No cambió; se limitó a quedarse de rodillas en el suelo de cristal, con la mirada perdida. Finalmente, recuperó un ligero resplandor rojo y nos miró.

—Sois malvados —dijo, casi como si nos rogara que lo fuéramos.

—Yo no lo soy —dijo Megan.

—Lo destruiréis todo... —añadió Calamity.

—No —dijo el Profesor con severidad—. No.

Calamity se fijó en mí, que estaba allí de pie con los otros dos.

—Tu corrupción no basta —dije—. Tus miedos no bastan. Tu odio no basta. No lo haremos, Calamity.

Se abrazó y empezó a mecerse.

—¿Sabes cuál fue el factor importante? —le pregunté—. ¿Por qué razón nuestros poderes se separaron de los tuyos? A todos nosotros nos pasó lo mismo. Megan entró corriendo en un edificio en llamas. Yo me sumergí en el océano. Edmund se enfrentó al perro. El Profesor ha venido aquí. No solo se trataba de enfrentarse al miedo...

—... sino de superarlo para salvar a alguien —susurró Calamity, mirando a los otros.

—¿Es lo que te da miedo? —le pregunté—. ¿Temes que no seamos como creías que éramos? ¿Te aterroriza que, en el fondo, los hombres no seamos monstruos, que seamos inherentemente buenos?

Me miró fijamente y se dejó caer en el suelo de vidrio, encogido. Su luz roja interior comenzó a apagarse y luego..., bueno, así de simple, se fue desvaneciendo hasta que no quedó nada.

—¿Lo hemos matado? —preguntó Megan.

—Eso parece —dije.

La estación se estremeció.

—¡Sabía que estaba demasiado baja para esa velocidad orbital! —gritó el Profesor—. Chispas. Tenemos que llamar a Tia... —Se puso pálido.

La estación espacial dio un bandazo. Golpeamos el techo. Calamity era el responsable de mantenerla en su sitio. Empezaba a romperse, el vidrio se llenó de grietas finísimas debido a la presión interna. A los pocos segundos caíamos hacia la Tierra mientras la estación se hacía añicos a nuestro alrededor.

Pero yo estaba tranquilo.

Porque en aquel otro mundo, mi padre llevaba un símbolo en el traje. Un símbolo que yo conocía, una «S» estilizada. Un símbolo con un importante significado.

El símbolo de los fieles.

«Los héroes vendrán. Simplemente espera.»

Me aferré al poder que había en mi interior.

Epílogo

Me encontraba en una ladera, descansando a la sombra de la estación espacial caída... que yo había transformado en acero mientras descendíamos. Había realizado la transformación y salido por un agujero lateral. La había agarrado, frenado y sacado de su espiral mortal para depositarla finalmente allí.

Bien... más bien, la había estrellado. Resulta que volar es mucho más difícil de lo que cree la gente. En el aire, yo tenía tanta destreza como diecisiete morsas de geriátrico intentando hacer malabarismos con peces espada.

«Me parece que esta comparación hay que pulirla bastante.»

Megan se me acercó, radiante como siempre, a pesar de los cardenales del... Sí, del aterrizaje deficitario. Se sentó a mi lado y me apretó el brazo.

—Entonces —dijo—, ¿te vas a poner muy cachas?

—Ni idea —dije, flexionando los bíceps—. Steelheart lo estaba y mi padre lo está. Es posible que eso forme parte del paquete.

—Compensará esa torpeza tuya para besar.

—Bueno, para arreglar eso basta con dejarme practicar.

—Lo tendré en cuenta.

Según Knighthawk, nos encontrábamos en algún lugar de Australia. Iba a mandar un helicóptero a recogernos. Tardaría horas en llegar. Yo no estaba dispuesto a confiar en mis habilidades voladoras para volver a Norteamérica.

Hice un gesto hacia la otra ladera.

—¿Cómo está?

—Mal —me contestó Megan, mirando al Profesor, que seguía sentado con los ojos perdidos en el cielo—. Tendrá que sobrellevarlo, igual que yo. Lo que hemos hecho mientras nos consumía la oscuridad... Eran nuestras propias acciones, al fin y al cabo. Como un sueño a veces, pero por propia elección. También me acuerdo de haber disfrutado...

Se estremeció y la acerqué más. A partir de ahora el Profesor no sería el mismo. Pero, claro, ¿lo sería alguno de nosotros?

—¿Sigue teniendo poderes? —dije—. ¿Igual que tú?

Asintió, mirando el móvil.

—Abraham y Cody están bien, aunque el Profesor tendrá que volver a hacer crecer el brazo de Abraham. Y... vaya... deberías leer esto. —Me enseñó el mensaje que acababa de mandarle Knighthawk.

—¿Mizzy? —pregunté.

Megan asintió.

—Chispas. Me preguntó cómo llevará eso de ser una Épica.

—Bien, sin la oscuridad... —Se encogió de hombros.

Por lo que sabíamos, la oscuridad había desaparecido por completo. Megan seguía pensando que Calamity volvería. Yo no.

Vimos un destello de luz que se convirtió en un hombre con perilla, gafas y gabardina.

—¡Ah! —dijo Obliteration—. Estáis aquí. —Se guardó el móvil que llevaba en la mano.

Puede que no necesitáramos el helicóptero, al fin y al cabo. Respiré hondo y me puse en pie, esperanzado. Le dediqué una sonrisa a Obliteration y le tendí la mano.

Sacó la espada de la funda. Sí, todavía tenía la espada. Me señaló con ella.

—Has cumplido bien, y bienaventurado seas por haber expulsado al dragón de los cielos. Te concedo una semana para recuperarte. Mi próximo objetivo es Toronto. Allí podrás enfrentarte a mí y veremos cuál es el resultado de nuestra batalla, jinete.

—Obliteration —le rogué—, Calamity ya no está.

—Sí —dijo, enfundando la espada.

—La oscuridad ha desaparecido —añadí—. No tienes por qué ser malvado.

—No lo soy. Te agradezco que me contaras el secreto, Steelslayer. Ahora sé por qué la oscuridad me abandonó hace cinco años, cuando afronté mis miedos. Desde entonces he sido libre. «Echó, pues, fuera al hombre, y puso al oriente del huerto de Edén querubines, y una espada encendida que se revolvía por todos lados, para guardar el camino del árbol de la vida.»

Un destello, cerámica blanca y había desaparecido.

—Calamity... —Me dejé caer al suelo, frustrado—. ¡Calamity!

—¿Sabes? —dijo Megan—, vamos a tener que inventar otras maldiciones.

—Tenía la esperanza que cuando Calamity desapareciese se pusiera de nuestra parte, que fuera bueno.

—Son personas —dijo Megan—. Tienen libre albedrío, David. Como debe ser. Por tanto, algunos seguirán siendo egoístas, estarán confundidos o lo que sea.

Se me acercó.

—Me siento descansada y estoy preparada para hacer un poco de ejercicio.

Sonreí.

—¡A entrenar!

Hizo un gesto de exasperación.

—No es que no me apetezca, Knees, pero me refería a mis poderes.

Ah, ya. Sí, lo sabía.

—¿Sigues queriendo probar? —me preguntó.

—Por supuesto. Me estará esperando.

—Vale. Quédate quieto.

Un momento después me encontraba en el otro mundo. Ya había vuelto otra vez, justo después de aterrizar la estación espacial, para decirles que mi visita anterior no había sido la última, pero solo un momento. Megan estaba cansada.

Antes de irme, sin embargo, había acordado un lugar de encuentro. Mi padre estaba en el terrado de un edificio. En la Torre Sharp, que en aquel mundo seguía intacta. Fui hacia él, fijándome en cómo le aleteaba la capa. «Mira lo que han hecho contigo los cómics.» Con símbolo y todo. ¡Chispas! Menudo friki.

De tal palo, tal astilla, supongo.

Me vio y sonrió de oreja a oreja. Me acerqué con timidez. Once años... muchas cosas que contar. ¿Por dónde empezar?

—Bien —dije—. A Megan le parece que se le da cada vez mejor y, como ya no hay oscuridad, aguanta más. Ahora que ha descansado y no estamos en medio de una catástrofe, se ve capaz de concedernos más de un cuarto de hora, puede que media.

—Estupendo —dijo mi padre. Se movió algo incómodo—. Firefight me ha contado que compartimos poderes.

—Sí —dije—. Ráfagas de energía, invulnerabilidad. Oh, y convertir cosas en acero. No estoy seguro de si esto último es muy útil.

—Te sorprendería —dijo.

—Aún tardaré en acostumbrarme. Y, por cierto, volar se me da fatal.

—Al principio volar es complicado.

Estábamos el uno frente al otro, sin saber qué hacer, hasta que mi padre indicó con un gesto el borde de la azotea.

—¿Quieres...? Bueno, ¿quieres que te enseñe?

Sonreí, sintiendo una repentina calidez interior.

—Padre, nada me gustaría más.

Agradecimientos

Habitualmente, lo último que escribo de un libro son los agradecimientos. Aquí sentado, a altas horas de la noche, en noviembre, reflexiono sobre la serie en su conjunto. *Steelheart* tiene uno de los orígenes más aleatorios de toda mi producción de ficción. La concebí casi enteramente durante un largo recorrido en coche por la Costa Este durante una gira promocional de las novelas Mistborn.

Eso fue en 2008. Ahora, en 2015, siete años después, el proceso de llevar esta serie hasta ti, lector, ha sido tremendamente satisfactorio. Las personas que menciono a continuación tuvieron una enorme influencia en él, pero me gustaría también dedicar un momento a daros las gracias a todos vosotros por acompañarme en esta locura de viaje. Lectores, los de siempre y los nuevos, que os habéis arriesgado con esta serie, tenéis mi más sincero agradecimiento. Me ofrecéis los medios para seguir soñando.

Así que pasemos a los agradecimientos para mi equipo personal de Exploradores, que hacen que mi vida sea asombrosa. Krista Marino, la editora de Delacorte Press para este proyecto, al igual que lo fue de los otros dos libros. A ella le debéis el éxito de estas novelas, puesto que fue una de las primeras personas que las defendió. También me gustaría dar las gracias a Beverly Horowitz por su sabiduría y su guía; fue quien abogó por estos libros ante el editor.

Otras personas de Random House merecen mi agradecimiento: Monica Jean, Mary McCue, Kim Lauber, Rachel Weinick, Judith Haut, Dominique Cimina y Barbara Marcus. La correctora del libro fue Colleen Fellingham.

Mi agente Joshua Bilmes fue la primera persona que tuvo que sufrir mi emocionada presentación de lo chula que sería esta serie en cuanto me decidiese a escribirla. Ha sido muy paciente. Mi otro agente, Eddie Schneider, se encargó de las negociaciones y defendió con valentía estos libros. También de la agencia y merecedores de mi agradecimiento son Sam Morgan, Krystyna Lopez y Tae Keller.

También me gustaría mencionar a mi agente en el Reino Unido, John Berlyne, de Zeno Agency. El editor del Reino Unido fue Simon Spanton, un hombre excelente y la primera persona del mundo editorial británico en darme una oportunidad.

Mi propio equipo lo forman el muy diligente Peter Ahlstrom, vicepresidente y director editorial, que se encargó de buena parte del proceso de seguimiento y las correcciones de este libro, así como de mucho trabajo editorial. Como siempre, Isaac $tewart se ocupó de la parte artística y mi ayudante ejecutivo fue Adam Horne. Kara Stewart merece mi agradecimiento por ocuparse de la tienda *on line* (en la que, por cierto, se venden productos estupendos).

Mi grupo de escritura para el proyecto lo formaban Emily Sanderson, Karen y Peter Ahlstrom, Darci y Eric James Stone, Alan Layton, Kathleen Dorsey Sanderson, Kaylynn ZoBell, Ethan e Isaac Skarstedt, Kara e Isaac Stewart y Ben Olsen, destructor de mundos.

Mi especial agradecimiento al equipo en localizaciones de Atlanta, Jennifer y Jimmy Liang, que investigaron los escenarios como superespías y me hicieron recomendaciones acerca de todo lo relacionado con la ciudad. Los lectores beta del proyecto fueron Nikki Ramsay, Mark Lindberg, Alyx Hoge, Corby Campbell, Sam Sullivan, Ted

Herman, Steve Stay, Marnie Peterson, Michael Headley, Dan Swint, Aaron Ford, Aaron Biggs, Kyle Mills, Cade Shiozaki, Kyle Baugh, Justin Lemon, Amber Christenson, Karen Ahlstrom, Zoe Hatch y Spencer White.

Los correctores de nuestra comunidad han sido muchas de las personas ya mencionadas, además de Bob Kluttz, Jory Phillips, Alice Arneson, Brian T. Hill, Gary Singer, Ian McNatt, Matt Hatch y Bao Pham.

Y, por supuesto, el apoyo moral me lo han dado Emily, Dallin, Joel y Oliver Sanderson. Los tres chicos me han hecho sobre todo muchos comentarios sobre los superhéroes y la mejor forma de presentarlos.

Ha sido un viaje tremendo, increíble. Una vez más, gracias por acompañarme.

BRANDON SANDERSON